# 갈밭을
# 헤맨
# 고양이들

## 제2권

박주원 장편소설

# 갈밭을
# 헤맨
# 고양이들

제2권

**칼날 위에 선 삶**

bookin

# 차례

## 제 2 권 칼날 위에 선 삶

## 제2권

## 칼날 위에 선 삶

방바닥에 펴져 있는 이불 밑에다 발을 밀어넣었다. 냉돌의 차가움이 오싹 정강이를 감고 올라왔다. 그러나 그 차가움은 오래 전부터 친숙해 있던 동일물체처럼 그녀의 체온과 쉽게 동화되어 버렸다. 그녀는 겨울을 좋아했다. 남들은 대개 그랬다. 만화방창한 봄, 만물의 소생이 누리의 축복으로 가득 찬 봄이 좋다고. 잠재해 있는 열정의 발산으로 뜨거운 열기, 무성한 수목들의 성장이 좋다고 여름 예찬을 부르짖기도 한다. 하지만 그녀는 겨울에 더 친숙했다. 무엇보다 혼자일 수 있고, 혼자 웅크린 것이 조금도 이상스러워 보이지 않는 분위기가 좋았다. 나를 가장 나답게, 외로움이 표 나지 않게 두꺼운 옷으로 감쌀 수 있어서 겨울은 그녀에게 오히려 여유와 편안함을 주었다. 지금 양지는 그 냉기로 무장된 공간의 가장 한가운데 놓여 마침내 도달한 자존의 공간과 맞닿아 있다. 게다가 어둠은 괴괴하게 잦아들어 심해의 밑바닥처럼 깊은 적막의 안온한 무게까지 선사하고 있다.

어깨에 내리는 적요를 가만히 받아들이고 있던 양지는 갑자기 자리를 털고 일어섰다. 이 차가움, 이 어둠이 오늘은 출구 없는 벽 속에 갇힌 듯한 두려움으로 그녀를 숨 막히게 했다. 안방 문을 열고 무작정 밖으로 나섰다. 우수수, 검부러기를 쓸며 지나가던 바람이 흙먼지를 끼얹어 온다. 스산한 바람결은 히히히…. 괴기스러운 웃음을 터뜨리며 감겨오는 검은 손처럼 전신을 소름 끼치게 더듬기 시작한다. 서둘러서 처마 끝에 대롱 매달려 있는 알전구의 스위치를 비틀었다. 낮은 촉수의 전구에서 조금 밀려난 어둠은 더 빠끔하고 완강하게 버티고 서서 그녀의 고립감을 부추기고 있다. 양지는 못이 삭고 결이 휘어서 삐걱거리는 대청의 한가운데로 가서 천장에 늘어져 있는 전등불도 켰다. 하지만 어둠이 활짝 걷히기를 기대하는 마음에다 전력소비를 줄이기 위한 낮은 촉수의 전구는 실망만 안겨준다.

이래서는 안 돼. 침착해야지. 양지는 자신에게 일러 듣기며 일체의 행동을 자제했다. 어설프게 뻗치는 마음을 가라앉혀 자신의 숨소리에다 귀를 기울였다. 그리고 팔짱을 낀 채로 조용히 자세를 낮추었다. 빛의 입자들 사이에 점이 된 듯 가만히 가라앉았다. 바람에 두런거리는 어둠의 소리를 들으며 한참 눈을 감고 있었다. 바람 속에도 온기가 있었다. 어둠 속에도 밝음은 있었다. 조금 안정된 마음으로 양지는 눈을 떴다. 철사로 얼기설기 얽매어 있는 건넌방 문이 눈에 들어왔다. 저 문이 왜 저렇게 망가졌는가. 양지는 또 기억하고 싶지 않은 과거 속으로 말려들어가지 않을 수 없다. 양지는 고개를 저으며 벌떡 무릎을 펴고 일어섰다. 그렇지만 기억은 줄줄이 기억을 달고 나왔다. 고래 싸움은 언제나 새우들의 등에다 생채기를 냈다. 고래는 언제나 난폭하게 그릇이며 가구등속을 온전하게 제 모양 지니고 남아 있지 못하게 했다. 아버지의 몸부림으로 당하게 마련인 자식들의 피해를 줄이기 위해 어머니가 당한 일방적인 위기의 흔적이었다. 특히 성남 언니로 인해 하루도 평온한 날 없었던 그때 더욱 부서진 문짝이 많다. '아, 자신은 얼마나 그렇게 완벽하고 우수했던가, 뻔뻔스럽기 짝이 없던 아버지….' 이 집의 다른 문들이 이 나마라도 남아 있는 게 신기하다는 생각도 없지 않았다.

양지는 이 집의 문들이 고궁이나 고찰의 문양을 본떠서 조형된 것을 몇 년 전 고궁에 놀러갔을 때에야 비로소 알았다. 문뿐만이 아니었다. 부자나 양반들의 취향에 따라 유물이나 역사가 이어진다는 역사가들의 말을 양지는 그때 다시 깨달았다. 아까 그 남자들이 말한 대로 툇마루까지 휘돌아친 난간의 목조각이며, 하늘을 향해 깃을 떨치듯 치솟은 추녀의 귀면鬼面 아로새겨진 막새기와, 지금은 모두 남의 소유가 되어버린 논들 가운데서 일감 더디게 하는 장애물 취급이나 당하고 있는 작은 흙무덤 같은 정자 구룡정九龍亭의 폐허와 연못, 들 가운데의 인공 못에 그림처럼 떠 있었으나 지금은 조그만 풀덤불처럼 잡초만 우거져 있는 형국의 무산 십이 봉, 그리고 집에서 사비로 지어서 부처님에게 바쳤다는 등 너머 골짜기의 용연사龍蓮寺. 한창 때는 영화스러웠을 모습이었으나 지금은 모두 허망하게 스러진 한 가문의 잔해들이다. 신학기가 되면 건축을 전공하는 대학생들이 찾아와서 기웃거리고 점잖은 풍채를 앞세운 지방의 사학가들이 뻔질나게 찾아오기도 했던 기억을 양지는 갖고 있다. 예나 지금이나 문화유산적인 건축물이나 유적의 가치에 눌려 후손들이 안팎으로 앓는 내상을 다른 사람들은 모른다.

세도 있게 잘 나가던 그때는 참 떵떵거리고 잘 살았지. 중국 무산의 십이 봉을 본떠서 지은 정원이라더라. 꿈속 같은 옛날 영화제. 흙 한 짐 지고 오는 남자한테 쌀 한 홉, 돌 한 덩이 안고 오는 아낙네한테 보리쌀 한 홉씩 품삯을 쳐주면서 기민饑民구제도 했고⋯. 비석모듬에 보든 오른쪽으로 넘어져 있는 기 그때 나라에서 내린 공덕비란다. 몇 그루 남아 빨갛게 꽃 피우는 꼬부라진 늙은 백일홍 그늘 아래서 언젠가 어머니는 전설을 들려주듯 한 어조로 한숨 섞어 들려주었다. 양지는 쓸쓸했다. 영화로움은 조상들의 것이었지 후손들에게 남은 것은 선조의 빛과 그늘에 헷갈리며 몽유적으로 앓아야 되는 후유증밖에 없다.

양지는 대청 너머를 물끄러미 바라보고 있었다. 메마르고 검은 문살을 넘어 시선은 그 안으로 설렁 들어갔다. 묵혀둔 방 특유의 방향과 적막 속에는 불탄 사당에서 옮겨온 조상들의 위패와 족보함이 보관돼 있을 거였다. 아울러서, 하늘을 찌르는 불꽃과 연기 속에서 들리던 요사스럽고 간드러진 언니의 웃음소리도 되살아났다. 그때는 정말 당장이라도 종말이 오는 것 같았다.

집구석 다 망했다, 망했다! 불길에 싸여 고스란히 주저앉는 사당 주위를 맴돌며 설치고 다니던 아버지의 고함소리와 사당의 불을 끄는 일보다 아버지의 성화를 감당하지 못해 죽을상이 된 채 아버지를 따라 돌며 어쩔 줄 몰라 하던 어머니. 금방이라도 혼령들의 불벼락이 떨어져 천지개벽이라도 난 듯이 공포심에 가슴 조이며 덩달아서 울어대던 자매들, 특히 뇌성마비 환자인 용남 언니의 거품을 문 발작은 집안의 혼동과 비참의 극을 완성하는 압권이었다.

양지는 불을 켜고 안을 들여다볼까 하다가 내밀었던 손을 문에서 뗐다. 허섭스레기 잡동사니들과 섞여 있는 물품들을 굳이 확인해야 할 필요는 없었다. 몸을 돌리는 순간 그 안에서 들리는 어떤 기척 때문에 저도 모를 냉소와 아울러 미간이 찌푸려졌다. 그러나 이내 고개를 저어 떠오른 생각을 지워 버렸다. 여전한 소리였다. 찌익, 찍, 찍. 비좁은 틈에서 숨죽이고 있던 쥐들의 활동이다. 진작부터 쥐들의 소굴이 된 것을 모르지 않으면서 어머니는 아직도 제삿날은 어김없이 목욕재계하고 깨끗이 빠다린 흰옷을 갈아입은 뒤 쥐들이 비웃으며 분탕치다 곤두박였을 위패를 찾아내서 먼지를 닦고 쥐똥을 쓸어내면서, 너무 공손해서 떨리는 손길로 제수를 장만해 올릴 것이다. 그리고 조상들의 음덕이 남편과 딸자식들의 머리 위로 주저리주저리 내리기를 기원하고 또 소망하면서 눈물 어린 눈길로 향연을 우러르며 하염없이 무릎 꾼 자세를 풀지 않을 것이다. 겉보기는 비록 야위고 작고 하잘것없는 인간이지만 그 정성만은 천지신명들을 감동시켜 기적 같은 가호가 내릴 것을 간절히 염원하면서 말이다. 나는 분명히 신이나 운이 있다고 믿는다. 내 정성이 부족하여 운 때를 못 맞추는 게 탈이지만 사람의 말이나 행동은 그의 마음가짐에 따라 만들어진다. 신의 노여움을 탈까봐 어머니는 늘 작고 낮게 행동했다. 신의 가호는 기도하는 사람의 겸손한 마음에만 조응할 것이라는 믿음 때문이다. 하지만 그것은 어머니가 세상을 살면서 자신을 지키는 방편이라 여겼을 뿐 딸들은 어느 누구도 어머니의 그런 자세를 존중하고 따르지 않았다. 어머니니까, 낳았다니까. 오감이 형성될 어린 시절 같이 살면서 익숙해진 습관대로 친숙한 기반을 공유하고 따랐을 뿐이다. 큰 바위에 눌려 이리저리 쏠리는 볼품없는 들돌 따위의 탐탁찮은 존재로 어머니를 보았던 것이다.

양지는 차갑게 굳은 마음으로 발길을 돌렸다. 툇마루를 돌 때였다. 순간, 누군가가 갑자기 발목을 꺾었다. 복사뼈 깊이 박히는 칼날 같은 아픔과 동시에 천장도 기우뚱 같이 휘돌았다. 양지는 비명을 지르며 허공을 잡고 나둥그러졌다. 간신히 몸을 뽑아내며 버둥거려도 잡히는 것이라고는 찬바람이며 허황한 어둠밖에 없었다.

어머니가 돌아온 것은 이튿날도 다 저녁때였다. 양지는 접질려서 퉁퉁 부은 발목의 통증을 삭이며 갇힌 듯이 하루를 지냈다.

"아이고, 이기 누고. 기별도 없이 운제 와서 이라고 있었더노? 어데서, 올매나 아프노. 좀 보자."

상처 난 어린 새끼를 발견한 어미짐승처럼 양지의 상처를 들여다보며 어머니는 안쓰러워 어쩔 줄 몰라 했다. 채 여장을 풀 겨를도 없이 물파스·헝겊파스를 사다 나르는 것은 물론 밀가루에다 생지황 즙을 넣어서 치댄 반죽까지 번갈아 붙여댔다. 그것도 모자란 안타까움으로 친친 감싸맨 수건 위에 대고 연신 입김을 호호 불어넣었다. 혼자 삭히고 있던 아픔과 절망은 어머니의 그런 설레발을 지켜보는 동안 조금씩 해소되는 것 같았지만 가슴에 뭉쳐 있던 멍울은 오히려 구체적으로 되살아나기 시작했다. 하고 싶은 말을 미루고 있기는 목석이 아니면 불가능하다. 오랜만인데도 모녀간의 대화가 너무 메마른 것이 마음에 걸려 호남의 일보다 먼저 어머니가 다녀온 언양 할머니에 대한 것부터 대답을 유도했다. 아울러서 어릴 때는 흘러들었으나 공중화장실에서 들은 대로 집안 내력과 얽혀 있을 것으로 다시금 짐작되는 삼월이라는 하녀에 대한 것 등도 곁들여 알아볼 심산이었다. 하지만 어머니는 양지의 아픈 발만 어루만지면서 못들은 척 딴소리만 했다.

"지난해 장마가 오죽 질었나. 하기사 지난해만도 아니제. 지붕이 온통

비만 오믄 얼레미구녕이니 청널 아니라 쇠로 만들 판때긴들 안 썩고 배기겠나. 그래도 그만하기 다행이제, 다리뼈나 다쳤시모 우짤분 했더노, 쯧쯧⋯."

비가 새는 지붕, 썩어 가는 마룻장에 대한 궁상스러운 넋두리를 듣고자 함이 아니지 않은가. 울컥 역정이 솟아올랐다. 동시에, 손바닥 온기로 상처를 덮고 있는 어머니의 손에서 발을 빼내며 두 팔을 휘둘러서 몸에 둘린 이불까지 발칵 걷어던졌다.

"도대체!"

울컥, 목청을 돋우었으나 이내 뒷말을 잘라버렸다.

어머니 역시 여독이 쌓였을 것이다. 지쳐보이는 작은 몸피에서 그녀가 느낄 수 있는 것은 피로와 궁기뿐 아니었다. 듣고 싶은 대답은 지금 한두 마디로 해결될 간단한 일들도 아니다. 또 양지 자신을 다른 자식들보다 어려워하는 어머니에게는 고문처럼 피하고 싶은 문답일 게 뻔했다. 자연스럽게 대화를 주고받을 수 있는 분위기 조성이 우선이었다. 성급하게 부풀었던 호흡을 누그러뜨리며 양지는 응석 섞인 음성을 지었다.

"엄마는, 아무리 그렇지만 식은 밥도 하나 없이 해놓고 다니면 어떡해."

"아이고 그래 참. 내 정신머리를 어데다 빼놓고 댕기는고 이리 깜빡깜빡 한다. 쬐맨만 있거라. 내 퍼뜩 가서 밥해 오꾸마이."

어머니는 아직 사람이란 꼭 밥을 먹어야 된다고 생각하는 사람이었다. 어머니를 만나러온 마을 아주머니에게 부탁해서 빵과 우유를 사다 먹었다고 만류해도 부엌으로 달려나갔다.

저녁을 먹고 두 사람은 이불 밑에 발을 묻고 마주 앉았다. 밥을 먹고 나자 다시 호남의 일이 목전으로 대두되었지만 더 여위고 까매진 어머니의 얼굴을 바라보며 양지는 이 가여운 어머니를 괴로운 일, 슬픈 일에서 할 수만 있다면 촌각이라도 더 멀리 격리시키고 싶다는 생각으로 다시 추궁을 삼가기로 한 채 어머니 쪽 말문이 먼저 열리기를 기대했다. 그러나 어머니 역시 먼저 입을 열지 않고 별로 필요하지 않은 다른 일손만 놀리며 서먹한 분위기를 견디고 있었다. 어색한 침묵이 계속 되자 어머니는 생각 난 듯이 몸을 움직여 여행가방을 뒤지더니 이것저것 정리를 하기 시작했다. 신문지로 싼 네모난 작은 꾸러미를 앉은 채로 손을 뻗어 반다지 속에다 깊이 넣으려다 역시 생각 난 듯이 양지를 돌아보며 물었다.

"혹시 늬아부지 안 오싰더나?"

역시 아버지 일이 먼저였다. 양지는 긍정이 되게 조금 뜸을 들이다가 말을 이었다.

"얼마를 약속했는데? 고목도 다 베어 팔고 베틀까지 전시관에 갖다주기로 했다며?"

무엇 때문에 거금이 필요한지 이유에 대해서는 서로 말한 바 없었다. 그러나 어머니도 양지가 이미 알 것은 다 알고 있는 것으로 간주하는 눈치였다. 어머니의 눈이 조금 커졌다가 짐작을 한 듯 숨길 것 없다는 빛을 띄우며 가라앉았다.

"늬아부지가 그라시더나? 염치하고는 참 야마리꽁지 다 빠졌네."

"집까지 팔자고 엄마가 허락했어?"

"집도 보러왔더나, 아부지 계실 때?"

양지는 어머니의 기색에서 이상한 낌새를 느꼈다. 이왕 이렇게 된 것 숨길 것 없다고 작정한 듯 양지가 말하기 전에 어머니가 순순히 입을 열었다.

"차제에 내가 그러고 싶었다. 숭하고 은성시럽어서."

양지는 그냥 듣고 있었다. 어머니도 사람이고 여자며 참을성이 조금 남다를 뿐인 평범한 인간이다. 감정의 흐름에 따라 창가에 앉고 싶고 산을 찾고 바다를 보고 싶은 것이 비단 호사가들만의 취향일까. 더구나 척박한 땅에서 기 펴지 못하는 생명에게 새 보금자리를 선사하고 싶은 것은 한 어미가 낼 수 있는 용기의 기본 모습일 것이다. 남편을 자신의 울 안에서 분리시키기로 한 발상은 엄마가 이제까지 했던 생각 중에서 기중 참신하고 당당하게 느껴지는 결심이었다. 조금 있다가 양지는 슬쩍 정류장의 그 불결한 화장실에서 숨죽이며 들을 수밖에 없던 이야기를 끌어붙였다.

"최태복 씨가 소원 푼 대가로 천오백 주기로 한 거 벌써 소문 다 났데?"

"소원? 홍….."

참 이외의 반응이 어머니의 입에서 흘러나왔다. 양지는 어머니가 보이는 차가운 웃음을 이해 안 되는 표정으로 마주 바라보았다. 뭐라 이을 듯하던 말을 삼키며 어머니는 뒤적거리던 가방 속으로 마저 신경을 돌렸다.

"와, 뭐가 어떻게 됐는데?"

양지의 말이 끝나자마자 참을 수 없다는 기색으로, 그러나 여전히 침착한 음성을 흩뜨리지 않고 어머니가 말했다.

"하기야, 원없이 자기 할 짓 다해 봤시니 소원 풀었다 칼 수도 있겠제. 약속 따지믄서 돈을 떼묵자니 장부일언이 중천금이고…. 사주팔자를 우찌 쏙일 끼고. 자기 몸 하나 거천도 못할 늙은이가 혹만 하나 더 달게 됐제 뭐꼬."

아버지는 또 천오백만 원짜리 딸을 하나 더 보탰단 말인가. 그렇다면 호남이 부르짖던 소원성취는 와전이었다. 양지는 할말을 잃었다. 뇌수가 쑥 빠져버린 듯 사고의 모든 기능이 마비되어버렸다. 아버지의 그 허망한 집념, 집념…. 억지로 웃는 아버지의 웃음을 호남은 제 성격대로 단정을 하며 아버지가 '소원성취'했다는 단어로 목청껏 암상을 부린 것이다. 아, 어째서 이런 일이…. 양지는 하늘에다 주먹질이라도 하고 싶은 심정이었다. 아버지가 이룬 소원성취의 여파로 빚어진 호남이네의 일은 이제 어떻게 풀어야 하는가. 양지는 벌떡 자리에서 몸을 일으켰으나 무심코 놀린 상처의 통증 때문에 도로 주저앉고 말았다.

"이럴 수는 없어. 이래선 안 돼!"

양지는 손이 아픈 것도 무릅쓰고 주먹으로 벽을 쥐어박으며 진저리를 쳤다. 어머니는 발작적인 그녀의 행동을 제지하며 두 팔을 벌려 끌어안았다.

"이런 낯 부끄러븐 일이 어데 있노. 미안해서 내가 쥐구녕에라도 들어가야겠다. 이왕 저질러진 일인데 너그 아부진들 신간이 편하겠나. 다 내죄다, 그만 진정하거래이. 인자 꿈깰 때가 된 것 같은께 진정하거래이. 어차피…. 마지막을 너가부지 체면이나 세워디리야지. 사나일언 중천금이라꼬 약속은 약속인께."

양지는 위무한답시고 진드기처럼 들어붙는 어머니의 손을 뿌리쳤다. 그리곤 쏘아보면서 내뱉었다.

"언제나 그 소리지, 내 죄! 내 죄!"

"그라모 우짤것고. 내보고 우짜란 말이고 으이?"

이해 받을 곳 없는 절통함으로 으깨진 비명소리가 어머니의 찌푸린 오만상을 비집고 흘러나왔다. 할 소리는 다해야겠다는 결심처럼 선선하게 덧달았다.

"니한테 갔다오는 길에 째보 아재한테도 갔던 갑더라만 딱부리 장승 모냥으로 걸대 떡 벌어진 아들 자슥 하나만 있었어도, 전사에 지내던 정리 서건 너가부지가 누 때문에 눈을 그리 다쳤는데, 참말로 그 아재는 너가부지한테 그라모 안 되는데, 그런 괄시를 받은 이유가 뭐이것노. 내 밀었던 손이 부끄럽아서 엉에 미끄러져 자결이라도 하고 싶었다꼬 카시는데. 이 나이에 돈 기백 채변도 안 돼서 그 수모를 다 당한 걸 생각하모. 너가아부지만 그르다 칼 면목이 없제."

아아, 이 허망. 양지는 한동안 뜨거운 숨만 내쉬었다. 직장생활을 할 때는 들뜬 표정 한번 해본 적 없이 잘 지탱하던 울화였다. 양지는 실핏줄이라도 터질 것같이 부릅뜬 눈으로 어머니를 돌아보았다. 저 어둡고 깊은 내면은 도대체 얼마나 켜켜로 많은 것을 내장하고도 저토록 흔들림 없이 태연한가. 미운 인형을 뜯어버리는 심정으로 배려없이 불쑥 쏘아붙였다.

"엄마는 그럼 기철이 집이랑 우리 집 사이 그런 것도 다 알고 있었던 거지?"

전에 없던 양지의 패악에도 어머니의 표정은 바뀌지 않았다. 이미 굳은 각오라도 하고 있었던 듯, 담담한 표정 위에다 잔잔히 양지에 대한 연민만을 띄워올렸다. 저 부러지지 않는 꼿꼿한 자세라니! 양지는 기가 질렸다. 단말마의 비명을 지르며 어머니가 쓰러지지 않으면 자신이 배겨나지 못할 것 같았다. 내친김이었다.

"엄마는 지금 호남이가 어떻게 돼 있는지 알기나 해?!"

그러나 막상 소리를 질러놓고 먼저 당황해진 것은 양지였다. 일격에 무너져내리리라 기대했는데, 어머니는 그 천둥벌거숭이가 또 무슨 일을 저질렀느냐고, 한마디 물어보지도 않고 태연하게 앉아 있었다. 움직이던 손길조차 멈추었고 목상이라도 되어버린 듯 묵묵히 고개 숙인 채 숨조차 쉬지 않는 듯했다. 양지는 헛짚은 제 실수로 인해 웽웽거리는 제 목소리의 울림으로 머릿속이 띵했다. 도저히 믿어지지 않을 정도로 낮고 차분한 어머니의 반응이 건너왔던 것이다.

"알고 있었더나?"

찍소리도 못 하고 숨이 멎을 듯한 쪽은 오히려 양지였다. 도대체, 이 여인이 내 마음속에 지니고 있던 내 어머니가 맞는가. 양지는 자신이 어머니를 너무 환상적이고 상식적으로만 품고 살아왔다는 사실을 깨닫지 않으면 안 되었다. 딸자식 많이 낳은, 죄도 아닌 죄를 멍에처럼 둘러쓰고 평생 얼굴 한번 바로 들어보지 못한 채 삶 중에서도 가장 억울하고 비참한 삶을 살고 있다 여기며 안쓰럽게 품어왔던 어머니. 양지는 몹시 허탈했다. 텅 빈 가슴으로 찌르르 아픔이 번졌다. 어머니에게로 향했던, 자신이 갖고 있던 단 하나의 여린 정감이 이렇게 기만당하고 있었다니.

양지는 다시 정남이는 어디서 어떻게 살고 있는지 아느냐고 캐묻고 싶었다. 그러나 차마 정남을 두 번 세 번 죽이면서 어머니까지 자기 입으로 죽이는 잔인함은 범할 수 없어 다시 생각을 고쳐먹었다. 태어날 때부터 불쌍한 운명의 주인공이었던 그 아이. 양지는 기괴한 꿈속에서 놀아났던 것 같은 그 밤의 전후를 할 수 있다면 제 기억속에서 깡그리 지우고 싶었다. 그러나 정남의 딸 수연이 살아 있기 때문에 찍힌 필름처럼 더욱 선명하게 다가오는 장면들은 지워지지 않는다.

양지가 목격한 첫 번째 장면은 정남을 가진 만삭의 어머니가 밭일을 할 때였다. 웬일인지 낫을 든 아버지도 그날은 같이 풀을 베고 있었다. 누가 먼저 무슨 말을 했는지, 무슨 이야기 끝에 어머니가 그런 말을 했는지는 알 수 없었다. 남들의 경우라면 부부가 나눌 수 있는 상식적이고 평범한 대화라고 여길 수도 있는 말이었다.

"사람들이 그라는 디 딸을 많이 낳는 기 꼭 여자한테만 매인 기 아이고 남자한테도 문제가 있다던만….”

그 순간 획, 아버지가 들고 있던 낫날이 어머니의 얼굴을 찍을 듯이 겨누어졌다. 아버지도 들은 상식은 있었던 모양 그 말에 대한 반박은 말도 안 되는 기막힌 반박으로 되돌려 나타냈다.

"그라모 내가 아아 맹글 때 니는 뭐했는디, 내가 잘못하모 니가 발라야 될 거 아이가! 에편네가 누한테 할 소리로 나불나불 함부로 하고 있노!”

말도 안 되게 터뜨린 아버지의 울화통에 기막히고 억장이 무너진 듯이 아버지를 멍히 바라보던 어머니가 포기한 듯 힘없이 고개를 떨어뜨렸다. 이번에는 성남 어매 배모양이 꼭 아들을 낳을 것 같아 보인다는 동네 사람들의 손가락 점 때문에, 낳다보면 섞밖이로 하나쯤 다른 자식이 나오지 않겠나 제법 기대를 걸고 있든 참이었던 어머니다. 아버지 역시 그런 은근한 기대가 없지 않았던지 그 즈음더러 어머니께 제법 친절하던 참으로 밭일을 거들고 있었던 것이다. 무안한 얼굴을 들지 못한 어머니를 버려둔 채 아버지는 일손을 놓고 쌩하니 멀어져 가버렸다.

그 며칠 뒤, 산기를 느낀 늙은 개가 그러하듯이 어머니는 아무도 몰래 뒤꼍의 방공호 속으로 들어갔다. 지푸라기와 헌옷을 깔아서 만든 어둠

속 자리에서 정남은 세상으로 나왔다. 성난 고양이 울음소리 같은 이상한 소리를 들은 언니가 뛰어가는 뒤로 양지도 따라갔다. 그곳에는 이미 아버지가 와 있었다. 산고를 들키지 않으려고 입에 물었던 헝겊도 그대로 문 어머니가 태반 분리도 안 된 핏덩이를 거적으로 덮고 있었다. 이 모습을 거적문 틈으로 지켜본 아버지가 허공을 바라본 채 이죽거리고 있었다.

"자알 한다. 니 뱃속에는 무슨 놈의 가시나만 그리 줄줄이 들었노."

밖에서 누가 뭐라 든 말든 멍청이처럼 무표정인 어머니는 갓난이를 베개처럼 차근차근 숨 쉴 구멍도 없이 몰아쌌다.

"옴마, 이기 무인 짓이고!"

성남 언니가 달려들어 똘똘 뭉쳐진 어린애를 풀자 비틀거리며 몸을 돌린 아버지가 흔들흔들 걸어서 방공호를 빠져나갔다. 가다가 아버지가 거치게 되어 있는 장독간쯤에서 아악! 아악! 통곡하는 소리와 함께 던지거나 걷어차는 충격으로 오지그릇 박살나는 소리가 연속으로 들렸다. 그 소리에 대항하듯 언니는 언니대로 북받치는 감정을 쏟아냈다.

"옴마, 개가 새끼 낳은 것도 아이고 이게 사람이 할짓이가. 인제 제발 좀 그만 낳아라."

그 순간 언니에게 아이를 빼앗기고 흐트러진 자세로 멍하니 앉아 있던 어머니가 양수로 질척거리는 거적더미 위로 허탄한 한숨을 토해내며 풀썩 쓰러져내렸다. 어머니는 한동안 정남에게 젖을 먹이지 않고 외면했다. 예쁘고 여린 정남의 미소가 더 애잔하게 그려지는 것은 방치됐던 영아의 귓속으로 개미가 들어갔던 청각장애 후유증 때문이었다.

앞뒤로 막힌 답답함을 무엇으로든 풀어야 했다. 양지는 별로 대화할 기분은 아니었지만 입을 열어 말을 꺼냈다.

"그럼 언양에는 뭐하러 갔는데?"

언양 할머니라는, 명자 언니가 환기시켜준 존재의 망령에 의거해서 딸자식인 호남이 저지른 그 엄청난 사건을 묵과하면서까지 꼭 실행에 옮겨야 만할 언양 행의 당위성을 납득할 수 있도록 캐내야 뒤틀린 속이 조금 풀릴 것 같았다. 걸치고 있는 옷들을 벗겨내면 따뜻하고 보드라운 살갗이 아니라 까맣고 작은 차돌멩이가 나올 듯한 어머니의 실체. 그런 줄도 모르고 괴팍스러운 아버지와 집안일에 시달리느라 우리에게까지 관심 쏟을 여유가 없을 것이라고, 줄 사람은 아예 만들 생각도 없는 정을 얻기도 전에 미리 양보를 했지. 양지는 어머니를 향한 눈길에다 빳빳한 채근의 힘을 모았다.

"아가, 지금 니 맴이 우떤지 에미가 와 모리겠노. 다 안다. 아무 소리도 우리 하지 말자. 모든 거는 니가 아는 그대로다. 또 모리는 기 있다 캐도 다 알라꼬 하지 마라."

무릎 꿇듯이 정좌한 어머니가 간절함이 깃든 얼굴로 양지를 바로 보았다. 좀체 말하기 싫어하는 어머니가 입을 열게 하려면 방법은 버티듯이 분위기를 바꾸지 않고 침묵으로 일관하는 것이었다. 딸의 버거운 눈총을 견디다 못한 어머니는 언젠가 한번은 밝혀야 될 때가 올 것이라 여겼는데 그때가 지금이며 그 대상이 양지인 것을 결론 내린 듯이 천천히 입을 열었다.

어느덧 밤이 깊었다. 흐르는 물결소리처럼 먼 산기슭을 훑고 지나는 바람소리도 한결 아늑해졌다. 마치 남의 집 일을 들려주듯 조곤조곤 어머니의 이야기는 계속되었다.

"… 한 여자가 사막 한가운데 있었다. 사방을 둘러봐도 보이는 기라꼬는 녹슨 철판에서 떨어진 쇳가루맹키로 뜨겁고 붉은 모랫벌밖에, 보이는 거는 아무것도 없었다. 길잡이도 없고 짚고 갈 작대기 하나 없었다. 여자한테 주어진 기라꼬는 오직 이 길을 걸어서 앞으로 나가야 된다는 책무감 하나뿐이었다. 죽지 않고 살라커등 모래가 되라. 모래가 되지 않고는 질식할 듯한 모래밭을 벗어 날 수가 없다. 꼭지에서 마치 누가 시키는 데끼 그런 머리가 열리더라. 푹푹 찌는 모래밭, 끝도 안 보이는 곳을 지쳐 쓰르질듯이 헤매 안 댕기본 사람은 그 막막한 심정을 다 모린다. 지 아무리 많이 배우고 아는 기 많다 캐도 겪어보지 않은 이해는 어림 반 푼어치도 없다."

양지에게 더 많은 내용을 요구하며 보채지 말라는 듯, 결구에다 단호함마저 내비친 어머니는 장롱에서 양지의 베개를 꺼내 요 위에다 놓아주었다. 들어야겠다고 작정한 이야기는 나온 게 없었다. 양지는 내친 김에 물꼬를 더 크게 틔워야 했다. 이대로 덮어버리면 기회는 영영 없을지도 몰랐다. 굳어 있는 어머니의 모성에다 온기를 어룻는 방법은 직성을 부드럽고 따뜻하게 돌리는 수밖에 없다.

"참 냉장고에다 쇠꼬리 하나 사다 놨는데."

"올 때마다 그런 건 뭐 한다꼬 자꾸 사오노."

혼자 소리처럼 구시렁거리며 어머니는 잠자리를 털고 일어나 밖으로 나갔다. 오면 가기 바쁜 딸에게 진국 한 그릇이라도 먹어보내기 위해서 어머니는 얼른 그걸 솥에다 넣고 불을 지필 거였다.

양지는 장작불 지피는 소리를 들으며 책상 위로 눈길을 돌렸다. 전에 부친 대로 뜯지도 않은 영양제통이며 선물상자가 그대로 놓여 있다. 정담을 나누며 선물을 풀어 확인할 상대가 없었던 증거다. 솥을 가시고 물을 퍼내고, 물을 퍼붓고 물이 모자라는지 다시 펌프질 소리가 들렸다. 그 순서 정연한 정다운 소리들을 따라다니는 동안 어머니에 대한 날선 서먹함도 조금 사그라졌다. 사람들은 모두 저마다의 생을 살 뿐이다. 누가 누구를 어떻게 해보겠다는 관념으로 관계는 더 얼마나 곤혹스러워지던가. 양지는 고개를 저어 복잡하게 뒤섞여 있는 상념들을 쓸어버리며 모로 돌아누웠다. 더도 말고 이 평화 이대로, 이 대로면 족해. 하지만 삭신을 녹이며 스며드는 방바닥의 온기를 느끼면 느낄수록 지금의 이 복잡한 현실이 더 안타깝게 머리 속을 채웠다.

우우 우우우. 또 나목 숲을 휘몰아서 된바람 치는 소리가 들렸다. 와장창. 무언가의 충격으로 옹기그릇이 박살나는 소리도 났다. 기와갈이 시기를 놓친 지붕에 비가림으로 덮은 비닐포장이 밀리면서 기왓장이 떨어진 모양이다. 질풍처럼 몰려오는 돌개바람은 온 집안을 휘돌다 아래채의 문짝도 덜컹덜컹 연속으로 흔들어댄다. 저만큼 멀리로 가서 잠잠하던 바람은 어느새 잃은 물건이라도 찾으러온 듯 또 분탕을 치며 온 집안을 감돌아다닌다. 패군장수의 부러진 뼈마디처럼, 덩치 큰 집의 여기저기 어그러져 있던 이음새들이 비명 같은 소란을 연속적으로 만들어낸다. 이 바람은 필시 안장산을 넘어온 골바람일 것이라 양지는 짐작한다. 연원 분명하지 않은 그 전설이 또 상기되었다. 저주라는 것이 꼭 있을까.

불 붙은 마른 연기가 문틈으로 스며들어 올 때쯤 덜 마른 통나무를 아궁이에 물려놓은 어머니는 목수건을 풀며 잠자리로 들어왔다. 새벽녘 어느 결엔가 다시 부엌으로 나간 어머니는 푹 우러난 곰국을 떠다놓고 양지를 깨울 것이다. 함에도 어머니와 자신은 출구가 막힌 딴 세계에서 살고 있는 듯한 거리감은 좁히지 못하고 있다. 양지는 어머니에게 몸으로 뿐만 아니라 마음으로 가까이 가고 싶었다. 어느 모녀들처럼 욕지거리도 어려움 없이 퍼붓고 미운 정 고운 정을 뒤얽어서 공유하고 싶었다. 그러기 위해서는 누구보다 많이, 깊이 어머니를 알고 이해해야 했다. 양지는 더 알려고 하지 말라던 어머니의 충고대로 골치 아픈 일에 개입하지 않기로 했던 좀 전의 생각을 고쳐먹기로 했다. 비록 결혼은 안 했지만 어느덧 나이는 삼십 대 중반, 남의 입장을 이해는 못 해도 오해하지는 않아야 될 사려는 갖추고 있어야 했다. 하물며 집안일인데.

어머니는 여전히 양지의 물음에 대답하기를 거부했다.

"알모 병이고 모리모 약이라 캤다. 모리는데끼 가만히 거저 있다가 발이나 났거든 쎄기 올라가거라."

양지는 어머니의 입을 열게 하는 또 하나의 비상방법을 알고 있다. 그녀가 역정을 내면 어머니는 어린애처럼 당황하여 진실을 숨기지 못한다.

"그것도 자식 보호하는 기라꼬? 천만에, 엄마가 우리를 인정하고 중심부로 끌어줘야 될 건데 딸이라고 미리 제외시키고 홀대하니까 엄마도 우리도 언제나 이 모양이지. 말해줘. 뭐든 알고는 있어야 시치미를 떼도 올바로 떼고, 바보노릇을 해도 확실히 할 것 아냐. 언양 할머니에 대한 거라도 먼저 확실하게 들려줘."

예상대로 약효는 직방이었다. 당황한 기색으로 양지의 손을 끌어잡은 어머니는 거의 울 듯한 목소리로 자신의 속내를 허물어뜨렸다.

"니가 그리 생각하모 절대 오해다. 명색 에미·애비가 되갖고 부모노릇 하나 한 것도 없이 내떤지둔 것도 죄가 돼서 고개를 못들 판인디 어데다 또 끌어디리서 골머리 아프게 할 끼고, 단지 그기다. 다른 거는 없다. 호냄이랑 정냄이 모도 이 에미맹키로는 안 살 끼라꼬 맹서하더라만 에미 역시 너그들만큼은 천하없어도 안사람 애끼주는 사람 만내서 돈이야 있고 없고 간에 아들 딸 고루 낳고 오순도순 살았이모 그거 하나 소원이다. 모든 액운은 이 에미 혼자 똘똘 뭉쳐서 안고 갈 낑께 너그는 발가락 끝 하나 적시지 말라꼬 그라제."

"어쨌든 해줘. 집안일 뭐든지, 하나도 남기지 말고 있는 대로 다 들려줘. 우선 언양 할머니하고 우리하고의 관계부터."

"나라하고 나라끼리 땅을 뺏글라꼬 싸우는 것만이 전쟁이 아인기라. 에이구. 숭하고 더런 놈의 세월…. 아무튼지간에 좋은 세상 열렸시니 너그는 훨훨 두 활개 치믄서 역량대로 기 펴고 잘 살아라. 쓰다 베리는 물건도 아니고 그기 어데 사람이라 칼 수 있었나, 벌거지만도 몬했제…. 부끄러바서 자손 전래해 줄 이바기도 못 되닝께, 거저 그쯤만 알고, 신간 편키 살아라."

어머니의 말속에는 스스로 발설해서 안 되는 금기가 묻혀 있었다. 이왕 말이 나왔고 다시없을 호젓한 기회 아닌가. 강한 양지의 집착이 어머니에게로 밀려갔다. 오래 묵혀져 있던 무언가가 한 겹 껍질을 벗고 선뜻 모습을 드러내는 순간 어떤 변화를 수용해야 될 것인가. 두뇌가 빠른 회전을 했다. 정말로 명자네와 직접 연관된 어떤 것일까. 너무 무지했다. 기록이 있을 리 없기 때문에 황당하기도 할 것이고 증언조차 신빙성이 없어 터트러지는 순간 감당할 수 없는 혼란을 겪게 될지도 모른다. 그러나 시대의 변천에 따라 잘잘못의 시효는 이미 아무런 의미가 없을지라도 명자와 맞서야 할 양지 자신은 뭐든 많이 알고 있어야 했다.

양지는 누구의 고집이 더 셀까 어머니와 겨루기라도 하듯이 침묵을 지키고 있었다. 벌레만도 못한 대접인 줄 번연히 알면서도 벌레처럼 살아온 여인들 중의 여자. 어머니는 발설하지 않음으로서 마지막 자존심이나마 지키고 싶은지도 몰랐다. 그러나 양지는 그대로 묵과하지 않는 쪽으로 이미 생각을 굳혀두고 있었다. 어쩌면 이럴 때를 위해서 자신은 길러져 왔을지도 모른다는 엉뚱한 생각도 들었다.

어머니는 짐짓 하품을 하며 이부자리를 고쳤다. 그래도 꿈쩍없이 대치 상태로 앉아 있는 딸을 한번 보다가 불이 어떻게 됐나 모르겠다, 혼잣소리를 하며 밖으로 자리를 피해나갔다. 이어지는 부엌문 소리, 방바닥을 통해서 전해오는 구들을 치는 나뭇등걸 소리, 곰국이 얼마나 우러났나를 가늠하는 것이 분명한 솥뚜껑 여는 소리…. 양지는 한 줄로 이어지는 그 느린 소리들에도 결곡하게 새겨져 있을 것이 분명한 그 무엇에 대한 망설임과 갈등을 읽는다. 기다리다 못한 양지는 절뚝걸음으로 샛문이 있는 부엌방을 향했다. 곧 돌아올 어머니지만 앉아서 기다리다 이 순간이 지나면 기회를 놓칠지도 모른다는 조바심이 바투 몸을 일으킨 것이다. 그녀의 의지는 더 확고하게 굳어져갔다.

"아이구 저 다리로, 뭐한다꼬 나왔노. 추운데, 들어가자. 국물이 인자 쪼매 뽀얘진다."

어머니는 서둘러서 양지의 등을 밀고 방으로 들어왔다.

"야야, 제발 고만해라, 에미 좀 살자. 내 소원이라 안 카나. 참말로 너것들은 이런 이배기를 귀에 옇는 거조차 싫다. 에미 하나로 인자 마지막인기라."

마지막 보루의 비장함까지 보이며 어머니는 양지의 손을 끌어앉혔다. 하지만 양지는 어머니를 비켜나며 똑 바로 쏘아보았다.

"안 돼. 분명히 말하는데 나도 이 집 자식인 거 맞지?"

"한분 한다 카모 고집은 우찌 저리 저가부지를 쏙 빼 꽂았을꼬."

절망과 단념이 뒤엉킨 복잡한 표정으로 한동안 양지를 바라보고 있던 어머니가 마지못한 한숨을 토해내며 방바닥을 짚고 자세를 고쳐앉았다. 사연이 풀릴 조짐이었다. 그러나 어머니는 다시 방을 나갔다. 참 그 아도 환장하것네. 방을 나서는 어머니의 중얼거림 속에서 양지는 어머니가 그나마 지니고 있던 어떤 기대와 다행스러움도 섞여 있는 것을 감지할 수 있었다. 양지는 무언가 어머니가 꺼내는 실마리에 따라서 좌우될 긴장감을 안고 멀어지는 어머니의 발자국과 같이 일어나는 주변의 기척에 귀를 기울이며 기다렸다.

## 2. 헛밥꾸러기

얼마쯤 지나서 돌아온 어머니는 섬뜩한 냉기로 뭉쳐져 있는 보퉁이 하나를 양지 앞에다 밀어놓았다. 오래된 것이구나. 한 눈에도 알 수 있는, 결코 귀히 보관되었다고 할 수 없는 색 바래고 낡은 분홍색 계통의 비단 보자기로 싸여 있는 정체모를 물건. 막상 비장의 물품이 눈앞에 놓였지만 양지는 긴장되는 눈길로 바라보고 있을 뿐 얼른 손을 뻗지 않았다. 한 눈에도 단순한 호기심 차원으로 가볍게 손이 안 나가는 물건이었다.

"참, 이기 무신 조홧속인지."

어머니는 입안에 든 소리로 꿍얼거리며 얼른 손을 안 대고 있는 양지를 대신해서 천천히 보퉁이를 끌렀다. 제의를 집전하는 신녀처럼 조신스러운 어머니의 경건한 표정 속에 비단보퉁이의 매듭은 끌러졌다. 무엇이 들어 있을까. 그러나 보퉁이 속에는 예상했던 것만큼 눈에 확 뜨이게 진귀하거나 기이해보이는 것은 눈에 띄지 않았다. 어머니는 말없이 하나 둘 내용물을 끄집어내놓았다. 은으로 된 비녀와 한 쌍의 가락지, 빗치개, 여러 개의 옥노리개와 청옥 황옥으로 된 비녀, 또 검누렇게 때가 끼어서 불결해보이기까지 하는 금붙이가 지환으로 비녀로 단추로 여러 형태의 모양을 간직한 채 양지와의 낯선 조우를 뚜릿뚜릿 받아들이고 있었다. 가장 나중에는 보풀이 일 것처럼 나달해진 누런 염낭 하나가 꺼내졌는데 그 속에는 마치 가랑잎마냥 구겨져 있는 한지 문서 한 묶음이 작게 접혀진 채 들어 있었다. 낡은 한지를 손에 든 어머니의 기색이 당신은 이미 그 내용을 아는 듯이 어둡게 굳어졌다. 마치 먼 곳에서 울리는 듯한 허한 공명을 대동하고 어머니의 말이 들렸다.

"인간의 정리로 차마 싹 씻어서 그럴 수도 없어 숨카놓고는 있었다만 잘하는 긴지 몬 하는 긴지, 니나 한번 읽어보고 인자 진짜로 없애삐리자. 밤말은 쥐가 듣고 낮말은 새가 듣는단다만 니만 알고 있거라, 짐작이나 하고. 그러키 원하던 장한 아들 자슥을 몬 낳았나, 가속이 없었나, 고대광실 집도 있고 소가 딛어도 안 꺼질 끼라는 장한 살림도 있었건만 언양 미나리깡 미끄러운 둑길을 병든 몸을 이끌고 비틀배틀 한정 없이 헤매댕깄을 그 어른을 생각하모, 똑 같은 여자로서…."

휘유우. 무겁게 메고 왔던 짐을 인계한 짐꾼처럼 어머니의 한숨이 마냥 길게 잦아들었다. 양지는 찢어지거나 바스라질지도 모르겠는 한지를 조심스럽게 펴기 시작했다. 해묵은 얼룩 자국이 난해한 비밀지도를 손에 넣은 것도 같다. 집중해 있는 양지의 모습을 물끄러미 건너다보고 있던 어머니의 얼굴에 또 다른 우려의 그늘이 너울거리고 있었다.

"봤으모 됐다. 인내라."

"아직 내용은 하나도 못 봤잖아."

"인자는 왈가왈부할 것도 없다. 죄가 있다모 남으 집 며느리된 죄, 자손된 죄제. 그런 것도 죄가 되는 긴지는 모리것다만."

양지의 눈길은 빠르게 내용을 훑어나갔다. 처음에는 제법 조신스러운 마음으로 천천히 적어 나간 글자는 갈수록 흐려졌거나 휘갈겨진 부분도 있고 내용마저 일관성을 갖기 힘든 부분도 있었다.

— 또 하루. 날이 어두웠다. 어제와 같은 하루. 내 명색이 부잣집 며느린데 이것이 바로 지옥은 아닌지. 아침 문안을 드리러가기가 두렵다. 아버님의 눈치가 내 앞부분만 살피시는 것 같아 송구해서 몸 둘 바를 모르겠다. 아침 먹고 다가오는 점심나절은 어쩜 그리도 여삼추 같은가. 자실댁은 호강에 겨우면 그런 말하는 거라던데 호강이 이런 것이었다면 정말 사양했을 것이다.

오늘은 그런대로 우캐덕석에 닭 쫓는 일이라도 있어서 망정이지 내일은 또 어떻게 할까. 내일 모레는 시외갓댁 동서가 다니러온다고 하는데 동서는 벌써 떡두꺼비 같은 아들을 셋이나 생산한 사람이다. 어머니는 우리 집 삼시랑님이 시새움하시기를 바라고 자주 그런 자리를 만드시는 것 같으나 나로서는 정말 괴롭고 슬픈 날이 아닐 수 없다.—

갇혀 살던 한 새댁이 남에게 말 못할 일로 자신이 겪게 된 일들을 그저 나오는 한숨처럼 기술한 내용이었다. 그 무렵의 여인들이 땀땀이 익혔을 법한 궁체 언문은 그나마 흘림체였고, 파손된 부분이 여러 곳 있었지만 묵혀져 있던 비서秘書에 버금하는 비탄은 충분히 함축되어 있었다. 더구나 내 집 윗대의, 말 못할 사연으로 억울한 삶을 살다간 한 할머니의 통한의 기록임이 분명한 만큼 양지는 값싼 흥분보다는 본인의 심금 곁으로 다가가 동류의 한 울림이 생기도록 접근해볼 필요를 느꼈다.

서간이나 내방가사로 겨우 명맥을 잇고 있던 옛 여인들의 문자생활에 대한 공부를 할 때마다 답답했던 학창시절이 있었다. 벙어리 삼 년, 귀머

거리 삼 년, 장님 삼 년의 인내와 울분을 만약 글로 옮겨놓을 수만 있었다면 태산이나 바다도 모자라 하늘까지 덮었을 것이다. 그러나 여자란 담 밖을 몰라야 행복하다고 딸들은 훈육 받았다. 그 행복이라는 것이 무엇인지, 자신들이 깨달은 행복의 진실은 그렇지 않음을 밝혀 딸들의 길을 열어주지 않았던 몽매했던 어머니들…. 양지의 친구 중 하나는 꽤 살 만한 집 딸인데도 언니들이 모두 학교교육을 못 받아 한글마저 못 쓰는 문맹이라고 했다. 한 말에 벼슬도 했던 그녀의 증조부님은 언문을 아는 큰딸이 전해오는 편지마다 시집살이 고통이며 시집 험담만 늘어놓는데 격분하여 여자들의 학문은 가문의 이간이나 망신을 부른다고 단정하여 철저히 면학의 기회를 차단시켜버렸던 것이다. 삶의 쓴맛을 본 다음에야 생에 대한 안목이 트인다고 했건만 장래에 대한 어두운 상상밖에 소지하지 못했던 선대의 부모들.

면 산 등성이를 스치고 지나가는 바람소리도 잦아들었다. 어둠으로 도배를 한 듯 칠흑뿐인 적막을 헤치고 어디선가 올빼미 소리가 들렸다. 슬프고 음울한 새의 목소리는 무엇을 말하고자 이 밤에 저런 소리를 낼까. 깊은 밤 잠들지 못하고 같이 한탄했던 경험이라도 있는지 어머니가 한마디 했다. 저 놈의 올빼미가 어디서 또 왔이꼬. 오른팔을 이마에 얹고 누운 어머니만 깨어 있고 세상이 모두 적막에 묻힌 듯 괴괴한 밤이면 저 올빼미는 집 가까이 와서 같은 심정을 호소하며 외로움을 나누는 것일까. 어머니의 목소리가 오랜만에 찾아온 피붙이라도 맞이하는 듯 촉촉한 정감으로 잦아든다.

양지는 이미 유체이탈이라도 한 듯, 한 여인의 발자취를 따라 과거로 내달리고 있다.

—아바님은 남몰래 농민운동 뒷배도 봐주실 정도로 관이 틔인 분이시건만 내게만은 너무 박정하게 나오신다. 낮에 행랑어멈 한돌네를 만난 김에 내 심정을 살짝 비춰보려는데 찬모가 오는 바람에 그만 입 다물고 말았다. 이 답답한 심정을 어이할꼬. 교전비 하님을 붙여주지도 못한 가난한 친정을 둔 신세가 가련한 생각도 든다. 이럴 때 그런 사람 내 편이라도 옆에 있다면 이 답답한 심정을 털어놓고 의논이라도 해볼 것인데. 출가외인은 죽는 것도 사는 것도 시댁의 처분에 따라야 한다며 친정에서는 한번 불러주지 않고 시댁에서 또한 금지옥엽 며느리라는 미명하에 변변한 나들이 한번 허락되지 않는다. 어이해서 어머니도 할머니도 모두들 이 뒤주 속에 들어앉은 것 같은 시집살이를 타파하지 못하고 살아냈을까….

시아버님은 오늘도 나를 앉혀놓고 이런 말씀을 접은 다리에 쥐가 나도록 일러 들으셨다. 어떤 곳에 전쟁이 났는데 남부여대하여 이웃들 모두 피란을 갔지만 그 댁 어른의 독특한 혜안으로 가족들 모두 건강하게 무사히 살아남게 된 이야기였다.

아래 내용은 낮에 들은 어른의 이야기이다.

어떤 곳에 전쟁이 났다. 이웃이 모두 남부여대하야 피란을 떠났는데 이 집 어른은 가족 동원하여 만든 주먹밥과 긴 새끼줄 한 뭉치를 앞에 놓고 가족들을 불러모았다. 그리고는 비장한 음성으로 가족들께 일렀다. 전쟁이 났단다. 전쟁은 죽느냐 사느냐의 문제와 직결되는 큰 시변이다. 이럴 때 자칫 잘못하면 생명을 잃을 수도 있으니 그처럼 큰일을 우리는 어떻게든 지혜스럽게 잘 넘겨야 우리 식구들 모두 온전하게 생명을 지킬 수 있다. 해서 오늘은 내가 이 집의 어른으로서 너희들을 이끄는데 그대로 잘 따라주면 살 것이고 그렇지 않고 반발하고 이탈하면 영영 못 만나게 될 수도 있다. 그리고 어른은 준비해둔 주먹밥 몇 덩이씩을 각각 나누어주고 새끼줄에다 각자의 몸을 묶게 했다. 그런 뒤 피부에 착 감기는 비단천으로 앞이 보이지 않게 눈을 가려서 묶으라 했다.

눈앞이 가려진 가족은 앞서 인도하는 어른의 몸에 묶인 줄에 이끌려 몇 날 며칠 길을 걸었다. 앞이 보이지 않으니 도착한 곳이 어딘지 모르는 곳에서 주먹밥을 먹었고 잠을 잤다. 그런 며칠 후 드디어 전쟁이 끝났으니 가려진 눈을 풀라는 명이 떨어졌고, 가리개를 푼 가족들의 눈앞에는 기막히고 어안 벙벙한 광경이 펼쳐져 있었다. 그들이 집결해 있는 곳은 멀고 먼 타지가 아니라 바로 자기네 동네의 한 골목이었던 것이다. 시선을 둘러보자 집채만큼 쌓인 눈으로 사방이 막혀 있고 그들이 지나다닌 길만 생쥐들이 드나든 것처럼 빠끔하게 열려 있었다. 어른이 끄는 줄을 따라 가족들은 마을길을 뱅뱅 돌며 전화며 설화까지를 피했던 것이다.

이 이야기를 마친 뒤 시아버지는 강조하셨다. 절대 흔들리지 않아야 되는 것이 수장에 대한 신뢰며 가족 간의 단합이었다. 자신이 왜 남존여비, 특히 남손의 출산에 대해 집착하는지에 대해 덧붙이시는 말미에 그만 또 가슴이 턱 막혔다. 오늘뿐만 아니라 대좌하여 환담을 하신 뒤에는 언제나 이런 식의 자손타령으로 결말이 지어졌던 것이다.

아버님 말씀은 저저이 옳은 말씀이다. 어른이며 어른 나름으로 지키고 가꾸어야 할 가업에 대한 고뇌를 인정해드려야 한다. 아버님은 역시 어른다우신 엄격함을 갖추시고 아랫사람이 거역 못할 탁월한 능력을 갖추신 분이다. 그러나 무조건적인 추종은 곤란하다. 우리 내외의 경우는 장업도 장업 나름이며 어른도 어른 나름이고 자식도 자식 나름인 것을 영 인정 안 하신다. 아버님의 그 우격다짐은 장차 무슨 큰 화의 수레바퀴가 짓질러올 것처럼 두렵기 그지없다.

— 남들 부부도 다 그렇게 사는지 요즘 와서 돌이켜보니 의문 나는 일이 한 두 가지가 아니다. 정말 나한테 무슨 병이 있어서 그럴까 하다가도 서당에 다녀와서 애기처럼 자고 있는 남편을 창에 드리운 달그림자 고요한 밤에 홀로 잠 못 들고 바라보고 있노라면 절로 한숨밖에 나지 않는다. 다른 부부들도 다 이렇게 사는가. 대체 아이는 언제 들어서서 낳게 되는가. 오늘밤에도 아버님이 순라를 도시다가 당신의 아들이 이 방에 안 든 것을 아시고 사랑에서 내쫓으셨으나 나한테 무슨 잘못이라도 저지른 사람인 양 외면을 하고 들어온 사람은 그대로 잠이 들고 말았다. 시집오기 전에는 꽤나 활달하다는 소리를 듣고 살았으나 요부라고 흉잡힐까봐 남편에게는 차마 애기를 밸 수 있는 어떤 말을 걸어보지도 못한 채 가슴만 탄다. 혼인한 지 벌써 우금 몇 년쨴데 그런 소리를 하는 게야. 천하에 악산 돌밭도 유분수지 왜 싹이 안 트우 말이다. 그만큼 정성을 들였으면 하마 무슨 종자가 달려도 주렁주렁 달려야 정칙이지. 대방에서 들려오는 아버님의 불호령 속에 또 가시방석 하루가 지나갔다. 쩌렁, 보꾹을 울리는 그 소리는 죄도 없이 죄지은 듯 취조를 당하는 괴로움이다. 하로 하로가 감옥에 든 것 같으니 이 일을 어째야 할꼬….

— 밥을 먹는 것도 싫다. 옷을 입는 것도 싫다. 밥이 무엇이기에, 옷이 무엇이기에, 우리 아버지 어머니는 딸자식을 이런 지옥 같은 곳으로 시집을 보냈을꼬. 마음 같아서는 굶어서 어떤 결딴이라도 내고 싶지만 굶는 것도 내 마음대로 되지 않는다. 내 입으로 넘겨야 할 약들이 한두 가

지가 아니고 나의 동정만 지켜보는 듯한 식구들이 얼만데 언감생심 그런 생각을 할 틈도 없이 흠 없는 벽을 마주하고 있는 것 같다. 차라리 바보 멍청이나 같으면 속이라도 편하련만….

— 성벽이 불화 같으신 아버님은 오늘도 봄이 오면 죽은 나무도 새움을 틔우거늘, 왜 우리 집에만 아무 소식이 없어, 하시며 감농 잘못한 마름 다루듯이 어머님을 들볶으시니 어머님은 또 죄인처럼 나를 대하신다. 그럴 때마다 무연히 내 울화는 친정으로 달린다. 왜 내 의사는 한마디도 참고하지 않고 나를 이런 집으로 시집보내야 했는지. 말로는 턱걸이 혼사지만 그 집에서 너를 탐내서 된 혼사니 기죽고 살지 않아도 된다 하시던 친정어머님의 곡절한 뜻이 무엇이었는지 어렴풋 짐작이 미치기도 한 바 나는 다산多産에 적합한 체격 때문에 이런 비운을 맞이하게 된 것이다. 할 수만 있다면 나라고 어찌 아들 딸 낳아서 어른들께 희락을 드리고 내가 사는 보람을 얻고 싶지 않으리.

— 다행히 언문이라도 깨우쳐주신 오라버니께 지금이사 감사한 말씀이라도 전하고 싶다. 날마다 누가 볼세라 가슴 조이는 행동이기는 해도 이렇게라도 내 속을 털어놓으니 이 순간만이라도 화중은 조금 진정이 된다. 아, 이렇게 영문 모르고 돌계집이 되어 시앗을 보고 소박맞는 여자들은 얼마나 될까.

— 칠성이 계집은 선녀 같은 나의 홍복을 부러워한다고 했다. 그들에게 거머리 껍질 뒤집듯이 내 속을 뒤집어 보일 수도 없으니 그런 양 겉으로 미소는 짓고 말았지만 시집오던 날의 잊히지 않는 이 기억을 알면 칠성이 계집은 뭐라고 할까. 에구머니 가매 멀미가 엄청 심하네요. 궐대도 이리 실직한 애기씨가…. 가매 멀미 그게 참 겁나기는 겁나는 기네. 눈

치 빠른 듯 너스레 떨던 하님의 당치도 않던 지레짐작도 쟁쟁 되살아난다. 새색시의 체신도 무릅쓰고 별당의 난간에다 토사 실례를 하다말고 나는 슬며시 냉소를 흘렸다. 홍, 가마멀미 좋아하시네. 나는 그날 종부에게만 특별히 주어질 뿐 다른 새댁들에게는 없는 특례로 사당참배를 했다. 집안의 보통 새댁들은 이렇게 예를 다하여 족보 친견을 한 예가 없으며 이는 여자로서 누구도 갖지 못한 큰 특혜를 누리는 거란다. 세상에 났던 보람이 있는 행사라고, 아랫것들은 우정 자기네들은 죽었다 깨나도 얻을 수 없는 홍복이라고 부러운 눈길을 감추지 않았다.

내 운명의 그날. 오늘 선영에 이렇게 고했으니 새아기는 이제 우리 중시조 경천공 용자 제자 조부님의 가계를 이을 종부가 되었다. 보다시피 선영의 위업은 막중한데 우리 집에는 손이 몹시 귀하다. 새아기는 이 점에 각별 유념해서 선영의 위업을 만세토록 전할 수 있는 장한 일을 많이 해주었으면 하네. 나는 그때 영문 모른 채 내 몸의 전신으로 쭉 끼치는 소름을 느꼈다. 등골을 타고 내리는 냉기가 서릿발처럼 섬뜩하고 무서웠다. 시집이란 이런 것인가. 내 맘에 안내키는 어떤 조건에도 싫다는 소리 한마디 못 하고 조아리고만 있어야 하니.

─ 오늘은 어마님과 같이 은냇골 미륵부처님의 코를 몰래 쪼아왔다. 소리 나서 들키면 효험이 없다기에 등불도 없이 한밤 어둠을 무릅쓰고 들길 산길을 뛰었더니 엎어지고 자빠지고 온 전신에 피멍이 들었다. 모래가 되게 잘게 부순 미륵님의 코를 물에 저어놓고 내려다보니 한 줄기 눈물이 주르르 흘러내렸다. 정말 이럴 수밖에 없는가. 이것이 얼마나 효험이 있을지. 시집 온 다음 날부터 내가 먹은 약은 아마 앞냇물 같을 것이고 곳간 채를 하나 지었어도 채우고 남을 것이다. 어디서 구했는지 듣지도 보지도

못한 희귀한 약재들이 탕약 환약으로 조제되어 끝도 없이 밀려들어왔다. 부부가 금슬 좋게 살다보면 자연적으로 아들딸이 생기게 되는 것일 텐데 본인의 의사는 철저히 무시된 이런 수선스러움에는 저항하고 싶은 마음밖에 일지 않았다. 나는 돼지가 아니오. 나는 개가 아니오.

— 귀한 분이 큰일날 짓이라는 듯 우캐덕석을 젓고 있는 내 손에서 칠성이 계집이 얼른 고무래를 앗아갔다. 나는 정말 아이나 어르며 안방을 지키고 앉아 있는 일 따위 소극적이고 얌전한 동작은 생각만 해도 숨통이 막히고 답답해서 견딜 수 없다. 할 수만 있다면 아기를 낳아서 키우는 일 같은 것은 다른 여자에게 맡기고 아랫사람을 거느리고 오늘은 이 일을 하고 내일은 저 일을 하겠다고 일꾼들을 몰고다니며 내 적성대로 척척 선일을 해내고 싶다. 동네 사람들과 어울려서 들일을 하고 살림감독을 잘하여 재산을 늘리는 일 등 내 적성에 맞는 일은 남들 뒤지지 않을 자신이 있다. 여자는 아이를 낳아야 제 소임을 다한다고 마련한 조물주가 앞에 있다면 호되게 따져보고 싶다. 여자라면 누구나 예사로 할 수 있는 일이라고 생각했던 수태가 이렇게 자존심을 걸고 넘어질지는 정말 몰랐다. 나로 하여 온 집안이 먹구름 낀 것 같고 나로 하여 영일寧日 없는 집안 분위기가 숨도 제대로 쉴 수 없게 한다.

— 아버님의 핍박은 벼랑 끝으로 나를 자꾸 몰아내시는 것 같다…. 다리 밑에 움막을 치고 사는 거렁뱅이 여편네도 정낭에서 뒤보듯이 쑥쑥 잘도 아들딸을 생산해낸다는 불호령. 어찌하여 나는 그들만도 못 한가.

— 오늘도 대방에서는 나로 인한 일로 소일처럼 다투시었다. 그게 식충이지 사람인가. 내 집에 시집 온 지 몇 해짼데 한 일이 무어 있어 아이구, 저리 억불로 나가시는 것 좀 보게, 누가 들을까 겁나네요. 적적한 우

리 내외한테는 딸노릇까지 잘하지요. 위 아랫사람 구별해서 잘 다스리지, 음식 솜씨며 범백이며 나무랄 게 어딨어요. 참 장구배미 논 서마지기도 새애기가 들어오고 나서 사들인 것 아닙니까. 당신의 영일을 빼앗은, 며느리노릇도 못 하는 내가 결코 예뻐서 편들자고 어마님이 그렇게 역성을 드시는 것은 아니다. 그 누구라도 인정하지 않을 수 없는 나의 업業을 어마님은 이해하고 계심일 것이다. 어마님의 칭찬 아닌 칭찬은 아바님의 타는 불길 같은 성화에다 등잔을 끼얹는 구실밖에 되지 않았다.

얼씨구, 저러니까 여편네들 소갈머리라고 하는 거지. 사람이 나야 땅을 다시리지 그 놈의 땅덩어리 많으면 뭐할란가. 제 할일 제쳐두고 한눈 파는 그게 집사고 마름이지 어디 남의 집 며느리야. 이 집에 놀고먹는 사람은 아무도 없어. 제가끔 할일 다 하면서 밥 먹지, 헛밥꾸러기가 저 말고 또 누가 있어.

— 드디어 운명의 날이 왔나보다. 어쩌면 이 길은 돌계집의 오명을 쓰고 영영 돌아올 수 없는 길이 될지도 모른다. 문득 오라버니의 책 속에서 보았던 글귀가 떠오른다.

'인생이란 혼자 넘어야 하는 큰 산과 같다. 재수 좋은 사람은 그 산에 필요한 장비를 가졌을 것이고 지혜로운 동반자를 만날 것이다.' 그렇다면 나도 갖출 것은 다 갖춘 여자다. 이 건강한 몸과 정신으로 끄떡없이 고난한 이 산을 넘을 것이다.

병자도 아니면서 나는 피정을 가야 된다. 산 좋고 물 좋은 동녘받이에 집과 세간이 마련되었다. 나는 거기서 천지신명의 정기를 받아서 수태를 해야 하며 그렇지 못하면 영영 이 집으로는 돌아오지 못하게 된다. 예감이 그렇다. 그러나 소박데기는 될 수 없었다. 이대로 고이 순종을 하면 내가 어떻게 될지는 불을 보듯 명약관화한 일이다. 놀라워하시는 어른들 양외 분 앞에 석고대죄라도 하는 심정으로 꿇어엎드렸다. 아버님, 어머님도 자녀를 수태해보셨으니 아시겠지만 그 일은 저 혼자만으로는 절대 안 되는 일이지 않사옵니까. 아무리 당찬 오기로 달려들 듯이 들어간 걸음이기는 하나 남녀가 유별하며 항차 시어른들 안전에서 명색 며느리의 신분으로 차마 그 은밀한 부분까지 항의할 수는 없었다. 고르지 못한 나의 거친 숨결이 전해진 듯 아바님의 옷깃이 스산하게 움직이는 소리가 났다. 나는 죽어가는 심정으로 입을 열었다.

"아버님, 제 불찰이 있다면 시앗을 들이신다 해도 드릴 말씀이 없습니다. 하지만 아직 젊은 저희들을 그렇게까지 핍박하시니 받자옵기 송구스럽습니다. 이번 일만은 제 뜻도 좀 감안을 해주셨으면 좋겠습니다."

"과연 당돌하고 억센 물건이로구나. 시키면 시키는 대로 잠자코 따르면 됐지, 해될 것 같아서 어른을 거역하려는 게야. 이게 바로 징조로구나. 어느 안전이라고 감히 말대꾸를 한단 말이냐. 너는 칠거지악도 잊었느냐? 일국의 국모도 어른을 거스르면 천벌을 면치 못하거늘."

그 말씀에 나는 그만 봉창한 듯이 입을 다물어야 했다. 시국이 그랬다. 시아버지와 반목해서 집안은 물론 국사까지 뒤흔들어 놓는다는 소리를 듣던 왕후가 왜놈들의 무도한 칼날 아래 이슬이 되었다던 소리가 몇 해 전에 들렸는데 그 말씀을 하시는 것이었다. 암탉이 울면 집구석이 망한다고, 대차고 꺽센 여편네들 명념하라고, 애맨 아랫것들까지 엎어서 엄포를 놓으신 뒤끝이었다.

— 피정을 왔다고 사주팔자로 타고난 운명이 어떻게 달라질 것인가. 떨치기 어려운 불구감을 삭히기 위해 나는 날마다 떠나오던 날 어머님

께서 가여운 듯 내 손을 잡고 손길을 떨며 끼워주시던 지환指環을 쓰다듬는다. 어머님 감사하옵게도 가슴 떨리는 위로의 말씀까지 주시고….

"시집살이 하느라고 마음고생이 쌓여도 수태가 잘 안 되는 수가 있는 법이니 반드시 해 뜨는 시각 달 뜨는 시각을 잘 지키면 천지신명이 도우지 않고 거저 계시겠냐. 반드시 좋은 일이 있을 게다. 마침 너희 친정도 멀지 않은 곳이라니까, 고성은 돋우서도 너의 시부님이 여간 배려를 하신 게 아니란다."

어머님 자상하신 배려의 말씀이 실려 있는 듯하여 자나 깨나 지환을 쓰다듬는다. 이 둥글둥글 모가 없는 부처님 심상을 닮으신 지환. 당신 역시 아드님을 출산하신 후에 웃전으로부터 받자오신 것이라 하셨다. 어마님 딴에는 부적符籍이라도 물려주시는 듯 끼워주시던 그 가없는 은공을 어이 모르리.

— 어머님 옆에 계신다면 부끄러움을 무릅쓰고 고해올리고 싶은 일이 어제 드디어 있었다. 어머님 그 심려하심으로 천지신명이 은덕을 내리심인가. 어머님이 아신다면 기상이 충천해진 당신 아드님을 얼마나 대견해 하실란가. 나는 이 감격적인 순간을 한 자 글로나마 옮겨놓지 않을 수 없다.

'어머님 과연 하늘과 땅의 기운이 뻗쳤는지 어머님 아들의 회복된 기운은 전날과 달랐습니다. 저는 처음에, 이런 숭한 말씀드리기 송구하오나 기운 센 거한에게 제가 겁간이라도 당하는 줄 알고 무척 당황했더랬습니다. 그 역시 어둠 속이었지만 자신의 행동이 쑥스러웠는지 밖으로 뛰어나갔다가 이틀 뒤에야 들어왔습니다. 우리는 며칠째 서로 부끄러워하면서 눈길도 마주치지 않았습니다.'

― 막상 내 몸에 태기가 있자 남편이 이상해졌다. 남의 우가 되면 입덧을 하고 심리적으로도 여자가 변화를 한다는 데 우리 집은 그와 다르다. 나는 마음이 편안해진 대로 밥도 잘 먹고 쏟아지는 잠을 못 이겨 코를 골기도 하는데 남편이 이상해졌다. 그렇게 원하던 아기를 가졌는데 남편은 더욱 말이 없고 눈길을 마주치기는커녕 하루 종일 나와 마주치는 것을 피하는 양 밖으로 나돌기만 한다. 어떨 때는 영문 모를 화를 격하게 내기도 하고 조석을 거르고 잠을 못 이루는가 하면 종적 없이 사라졌다 며칠 만에 돌아오는 날도 많다.

거기서 양지는 잠시 읽기를 멈추고 어머니께로 고개를 돌렸다.

"여자들이 뭐 애 낳는 기겐가 후져도 한참 후졌어."

"여자 입장으로 봐서는 니 말도 틀린 말 아니제. 그렇지만 니도 언젠가 깨달을 때가 있을 끼다."

"깨닫긴 뭘 깨달아. 문명이 발달한 선진국 여자들은 애기 대신 개나 고양이를 키우면서 자기가 하고 싶은 일하면서 인생을 즐긴다는데."

"에이 숭시럽게. 그거는 또 그 나라 사람들 일이고."

"그런데 엄마."

양지는 아연 조심스러운 음성으로 어머니를 불렀다. 예사롭지 않은 연결이었다. 양지가 멈춘 대목은 새겨서 읽어야 할 의미심장한 부분이었다. 양지는 미간을 모으고 불빛 가까이로 옮겨갔다. 그러나 서문의 나머지는 많은 부분의 지질이 삭고 낡아 판독 불가능하게 훼손되어 있었다.

"보니까 아이는 생겼던 모양인데 왜 언양 할머니는 집으로 오지 못하고 거기 혼자 떨어지게 되었는지 알아?"

양지에게 읽을거리를 넘겨준 뒤 눈을 감고 기다리던 어머니가 감은 눈을 뜨지도 않은 채 벽장 안에서 다른 누군가가 읊조리는 듯 현실감 먼 음성으로 얻어들은 남의 이야기처럼 풀어놓았다.

"새악시가 집을 떠난 지 삼 년이 다 된 어느 저녁답에, 새댁의 남편인 너희 윗대 조부님이 아직 이레도 안 지낸 갓난쟁이 머스마 하나를 안고 발소리도 없이 집안으로 들어섰단다. 초췌한 안색이며 입성이 마치 중병을 치른 사람 같았고. 이리저리 떠도는 말을 다 믿을 수는 없다만 그날 밤, 영문 모르는 아랫사람들은 밤이 이슥하도록 응당 뒤따라오려니 하고 산모를 기다렸는데, 그 사람들이 기다리는 인심 좋던 새아씨는 끝내 모습을 나타내지 않더란다. 새아씨가, 극심한 산후복통으로 객지에서 세상을 떠난 걸 그 아랫사람들이 안 거는 이튿날 조반 참이 끝나고 집사의 입을 통해서란다. 몸 푼 해산어미가 산후조리를 잘못해서 죽은 일이 무에 그리 남부끄러운 일인지 절대 입 다물라는 대방의 엄명과 함께…."

"엄마는 그걸 어떻게 알았어?"

"대바늘이 한 코 한 코 짜 모아서 맹글어지는기 그물 아이가. 벽보고 하는 말도 새나가고 한 집에 입이 올맨데, 비밀이 어데 있것노. 나는 진외가 편으로 이리저리 줏어들은 걸 내 나름대로 이배기를 만들어보니 집안 어른들이 어째서 그 일을 쉬쉬했는지 짐작이 갔고. 남에 말은 사흘이라꼬 그렇키 쑥덕거리던 소문도 어느덧 잦아들었시모 그대로 끝났을 긴데 뜬금없이도 내가 시집 온 새색시 고운 때도 덜 묻었을 적에, 바람에 날려온 해묵은 헝겊댕기모냥으로 영문 모를 편지 한 장을 받았는데 참으로 놀라운 소식이 그게 안 적히 있었더나. 이러이러한 사람이 있는데 연고가 그럴 듯하면 직접 찾아와서 확인해보라는 디, 이리저리 쫑구를 대본께 오래 전에 세상을 떠난 조상이라 제사까지 지냈던 너의 증조모가 분명한 기라. 이름도 처음 들어본 머언 언양서 날아온 참으로 꿈같이 놀라운 소식이라."

편지에 적힌 주소를 들고 어머니가 찾아갔을 때 미라 같은 형상으로 증조모가 누워 있었더랬다. 조금 있으니까 편지를 보낸 동네 구장이 왔고, 그의 말에 의하면 그도 태어나기 전인 어느 해 비 오는 날 냇가에 쓰러져 있는 거지 여인 하나를 마을 일을 보고 있던 그의 아버지가 발견해서 목숨을 건져냈다던 거였다. 그악스레 끌어안고 목숨인 양 놓치지 않으려는 작은 보퉁이 외에, 이름도 신분도 자신을 증언할 만한 아무런 기억도 여인은 가지고 있지 못한 상태였다.

몸을 움직일 만한 날이면 여인은 어디론가 길을 찾아떠났다가, 마을을 벗어난 그 외의 길은 아주 잊어버린 듯이 며칠 만에 마을로 되돌아오기를 반복했다. 제 정신이 아니라고 해서 남을 해치거나 볼썽사나운 짓을 하는 것도 아니어서 마을을 배회하건 말건 동네 사람들은 제 풀에 붙여서 그냥 두었다. 그런데 그녀는 유난히 아이들을 좋아해서 일손이 바쁜 집에서는 더러 불러다 아기를 맡기곤 했는데 아주 잘 돌봐주었다. 여인이 오고 난 뒤에 태어난 마을의 아이들 치고 그녀의 등에 업혀 오줌을 싸지 않은 아이가 없을 정도였다. 잠자코 있으면 어느 댁 안방마님 못잖은 품위로 점잖던 그녀가 갑자기 광기를 보일 때면 온 동네 구경거리가 되었다.

특히 뇌성벽력이 치거나 돌풍이 무섭게 휘몰아치는 날에는 괴성을 지르며 새파랗게 질려 발발 떨었다. 보이지 않는 누구에겐가 두 손을 싹싹

비비며 천벌 받을 잘못을 저질렀다고 애원을 하는가 하면 또 갑자기 백
팔십도로 돌변해서 "내 아기, 내 아기"를 목메게 외쳐 부르거나 "그것은
절대로 내 잘못이 아니"라고 "나는 억울하다"고 하늘에다 삿대질을 하며
맞대거리를 하기도 했다. 어쩌다 아주 잠깐 맑은 정신이 들었을 때 중얼
거리는 소리나 행동을 보면 본 데 있는 집 사람이 틀림없는데 숨겨진 무
슨 기막힌 사연이 있어 저런 신세가 되었는지 마을 사람들의 동정을 샀
지만 엎친 데 덮친 듯 거듭되는 전란의 혼란 때문에 살기 바빴던 동네 사
람들도 그녀를 위한 어떤 수를 찾지 못했다. 세월은 흘러 청년의 아버지
인 구장은 여인의 보따리 속에 남편의 호패가 들어 있는 걸 보았으니 업
어준 공을 갚는 뜻으로라도 이 가련한 여인의 연고를 꼭 찾아주라는 유
언을 남기고 세상을 떠났다. 그러고도 제 사는 일에 바빠 차일피일 늦었
다고 자기 아버지의 뜻을 전한 그는 미안함을 표했다.

　증조모는 마치 손부가 오기를 기다리고 있었던 것처럼, 양지 어머니
가 끓인 미음 한 숟가락을 넘기는 듯 마는 듯하다가 다음다음 날 아주 숨
을 거두고 말았다. 마음씨 좋은 동네 사람들의 도움으로 할머니를 매장
한 양지의 어머니는 실로 구멍을 줄여서 끼고 있던 할머니의 금반지와
여러 가지 물품들이 꽁꽁 싸맨 채 들어 있는 때 전 보퉁이 한 개를 유품
으로 전해받았다. 그리고 그 고마운 마을 유지의 자손은 푼푼이 모은 할
머니의 돈으로 마련했던 거라며 할머니의 움막 터가 등기 되어 있는 땅
문서도 덤으로 건네주었다.

　"그럼 할아버지의 어머니가 되는 건데, 엄마 시집 왔을 때 엄마는 할아
버지한테서 직접 그런 비밀스러운 낌새는 느낄 수 없었어?"

　"해산한 후 연해 세상을 떠났다고 어른들이 숨겼으니 아들인 너희 할

아버지도 몰랐것제. 그리 기막힌 사연이 숨카진 것까지야 더 몰랐을 수도 있고."

"알고도 모른 척했겠지. 말 들으니 다른 사람들도 다 아는 갑더만 뭐. 세상에도 어쩜 그럴 수가 있어. 기가 막혀. 너무 잔인해. 세상 남자들, 정말 너무해. 이용할 대로 이용해 먹고 헌신짝처럼 버려도 되는 게 여자야? 나는 그럼 최가도 아니고, 누구야? 어이가 없어도 너무 없다."

"그러케 더 캐지 말고 덮어두라 안 카나. 잘못이 없는 사람을 설마 그리 했겠나. 편지했던 사람 말이 천둥번개만 치면 미쳐서 싹싹 빌었다는 말 듣고 나 역시 짐작은 했은께."

양지는 단박 숨결을 죽였다. 수백 가지 성향으로 조합되었다는 여자의 불가사의 한 성정. 그 속에서 촉발된 기지라면 어떤 불가능도 가능케 했을 여지는 충분했다. 그제야 서서히 성가시던 명자의 간족거림이나 아버지와 당골네와의 다툼에 대한 맥락도 어렴풋 잡혀왔다.

"니가 몰라서 그렇제 그보다 더한 일도 얼매든지 많은 기 이 세상이다."

기막힌 현장을 목격한 듯한 충격은 쉽게 진정되지를 않는다.

"말도 안 돼."

"내가 괜히 묵재 쑤석거리서 불내는 짓을 했네. 그냥 없애삐리고 말걸. 인자 그래본들 본인들이 없는데 우찌 그걸 밝힐 끼고. 까 내봐야 한 티끌 소득도 없는 거 모리는 데키 덮어놓고 살자."

"이런 엉터리가 어딨어. 족보가 무슨 소용이야. 그런 엉터리 문서를 친견한 특별한 자긍심으로 엄마도 평생 묶여 살았지."

"아이고 야가, 귀 자그러버 몬 듣겠네. 그냥 너가부지 자손이제 누는 누라. 고마, 탁 덮어삐리고 그냥 살자. 지난 과거지사는 탁 덮어삐리고 그냥 살모 되는 기다. 콩, 팥도 아닌 걸 인제 와서 뭘 우떠키 밝히 낼 끼고."

"이건 진짜 희극이다. 아부지는 또 뭐하는 짓인데. 모두 정신병자다. 말이 안 나온다."

양지는 한동안 언어기능을 회복하지 못한 채 멍하니 앉아 있었다. 영화나 연극에서 또는 소설에서 씨받이에 관한 내용은 많이 보았다. 그러나 남의 집 일이거니 작품 속의 내용이거니 여겼던 것들이 바로 자신의 존재와 밀접한 관계로 이어져 있었다는 것이 어이없었다.

"언양 할무이 그 덕에 너그 아부지만 살판났지. 하늘이 무너져도 솟아날 구녕이 있다 카더마 쓰일 때를 기다리고 있었데끼, 잊어뿌리고 떤지 두었던 그 땅을 이참에 산다는 사람이 안 나타났나. 너가부지 뱃장 좋은 양반은 맡기논 돈 내놓으란 듯 조으는 통에 애를 묵고 있던 판인데, 눈이 번쩍 안 띠이나."

약속했던 해산비용을 마련하지 못한 남편의 성화에 시달리고 있던 참이었다. 일에는 선후가 있는 법. 해서, 호남의 마른하늘에 날벼락 같은 불상사를 접했지만 하루 이틀에 판결 날 일도 아니니 기회를 놓치기 전에 어머니는 언양 쪽부터 먼저 다녀오기로 했던 것이다. 염치도 좋지. 얼굴도 모르는 언양 할머니에 대한 연민으로 아버지를 비롯한 남자들에 대한 양지의 비웃음은 더 확고해졌다. 확인 안 된 일이긴 하지만 설사 추측대로 외간남자의 씨받이를 했다 한들, 미물 취급을 당하며 살아야 했던 여자의 운명 속에서 자기 자신을 보호할 수 있는 기본적인 권리가 있는 이상 충분히 언양 할머니의 행위를 이해할 수 있을 것 같았다. 사람들의 짐작대로 최씨가 아닌 생판 다른 종족의 피가 자신의 심장을 맴돌고 있다 한들 이제 와서 그게 딱히 별스러울 건 없다. 단지 아이 하나를 시어른들이 바라는 시기에 낳아 바치지 못한다는 것 때문에 살림을 일으키고 아랫사람들을 잘 다스리는 등 그녀가 보인 탁월한 다른 능력은 모조리 무시당한 채 '식충이'니 '해놓은 게 무엇' 있느냐는 따위의 모멸스러운 호통을 듣고도 오기 세우지 않을 여자가 어디 있겠는가. 여자를 일러 잔꾀스럽기가 여우 이상이라고 한다. 명분 있는 결실을 얻기 위해 필요하다면 목숨을 걸기도 하는 것은 남자만의 결기가 아니다. 또 바꾸어서 말하면 까마귀 날자 배 떨어진다는 식의 우연일 수도 있고 아니면 작정 수행된 결과일 수도 있다.

하지만 아무래도 상관없다는 자기최면에도 불구하고 양지는 씁쓸했다. 참 미묘하고 복잡한 틈서리에 끼어서 생존의 뿌리를 내린 거였다. 나는 몰라, 나는 모르는 일이라고 아무리 부인을 해도 덤터기로 당한 곤욕은 앞으로 더 계속될 거라 싶으니 깨자분한 감이 가셔지지를 않았다. 남의 후손이라는 것, 선택의 여지없이 점지 받은 혈연에 대해 회의를 품어야 하는 이 망연함은 어떻게 해소시킬까. 그 많은 가문들이 대단하게 여기고 받들던 족보의 이면에 숨겨져 있는 불확실성이며 기를 쓰고 그들이 받드는 족보라는 기록에 대한 허구까지.

"아이구 부끄럽고 복잡해. 왜 이렇게 남루하고 초라해. 너무너무 지겹다. 명자 언니네는 또 뭔데?"

양지가 짜증을 내며 고개를 가로젓자 어머니가 위로를 했다.

"아이고 나도 모리겄다. 변명을 하자모 입이 쑵고 단내가 난다. 글치만 누대로 울리고 살든 집 곳간에는 썩어나는 물건도 지천이라꼬, 사람

살이가 우찌 해맑기만 하겠노. 자기들 살아온 역사를 생각하믄 쪼끔 시끄럽고 복잡한 게 제격이겠제. 글치만 인자는 옛날캉 달라서 핏줄 찾고 양반 성씨 뜯어묵고 사는 것도 아닝께 차츰 잊어지고 묻어지겠제."

양지가 이해 못 하는 방식으로 어머니는 언제나 아버지와 자신이 지킨 가문을 두둔해서 딸들의 빈축을 샀지만 그에 대한 자기변명을 한 적은 없다. 양지는 멍하니 아무 소리도 안 들리는 듯 대꾸도 하지 않았다. 똑각, 똑각, 똑깍, 똑깍, 새겨서 듣고 있으면 마디가 여간 딱딱하지도 않은데 방안을 가득 채우고 있는 시계소리가 하염없이 흘러가는 긴 세월의 숨소리처럼 고즈넉한 분위기를 한 땀 한 땀 근실하게 이어붙이고 있다.

진보도 생산성 있는 것도 아닌 지난 일에 그토록 생각을 앗겨야만 한다는 것이 영 마음에 들지 않았다. 양지는 어머니가 들어도 그만인 혼자소리를 냈다.

"내일은 그냥 가야겠어."

"와? 발도 다 안 나샀는디 걸을 수나 있것나? 호넴이도 만내 본담서."

"…"

해명이 필요했지만 어머니의 의문에 찬 시선을 무시하고 침묵으로 일관했다.

아무런 힘도 되지 못하면서 얼굴만 보면 뭘 해. 괜히 나까지 비참해지긴 싫어. 왜 그렇게 솔직히 못 밝히는지, 양지는 그저 자리에 누웠다. 대답을 기다리는 어머니의 시선을 얼굴에 느꼈지만 눈을 뜨지 않았다. 모든 것이 부담스럽고 싫기만 했다.

양지는 마루에 걸터앉아 어머니가 놓아준 가죽부츠를 꿰어신는다. 허벅지게 내린 무서리가 두엄 밭과 텃밭을 솜처럼 하얗게 덮고 있었다. 어디 난 서릿바람이라더니. 몰려온 아침 바람이 삭신을 저미고 들어 따뜻한 이불 속으로 되돌아가 묻히고 싶게 했다. 애써 그런 미련을 떨쳐버리며 약해지려는 자신에게 최면술사와 같은 명령을 내렸다. 가야 한다, 가야 한다…. 그 순간, 문득 눈이 떠졌다. 칠흑의 어둠 속에 갇혀 있었다. 그런데 이상한 분위기도 감지되었다. 무슨 냄새일까. 작은 움직임도 느껴졌다. 의식을 명료하게 도운 것은 전혀 생소한 어떤 냄새였다. 아니, 은밀한 어떤 기척 때문이었던 것 같기도 했다. 무슨 생각을 하다가 잠이 들었었지? 생각의 끄나풀을 톺아가고 있는데 다시 가만한 움직임이 옆에서 일었다. 도둑이 들었구나. 혼자 살아 버릇한 사람의 직감으로 바짝 신경이 곤두섰다. 호신용 물체가 어디 있더라? 양지는 자취방의 창밑에 숨겨둔 방망이를 염두에 두고 잽싸게 몸을 일으켰다.

"불 켜지 마라!"

전등스위치가 있는 곳을 겨냥하고 몸을 일으키는 순간, 뜻밖에도 어머니의 목소리가 울려나왔다. 참, 여기는 고향집, 곁에는 어머니가 누워 있었지. 양지는 바짝 고조시켰던 긴장을 풀며 벌쭉 어이없는 웃음을 날렸다. 괴상한 냄새는 더 방만하게 콧속으로 밀려들었다.

"고움이 쫄아들어서 탔나봐, 이게 무슨 냄새고?"

"아이다, 걱정 말고 어서 자아라."

갑자기 숨소리와 동작을 경직시키며 어머니가 부인을 했다. 황망한 어떤 경계가 느껴지는 심상찮은 분위기였다.

"뭐해, 불도 안 켜고 어둠 속에서?"

이불을 끌어덮으며 다시 누우려던 양지는 어머니 쪽을 응시했다. 어머니의 움직임은 은밀함을 내포한 채 조금씩 진행되고 있었다. 상한 생선꾸러미를 어머니는 무엇 때문에 방으로 가져와 저렇게 불도 켜지 않은 어둠 속에서 헤뜨렸다가 다시 싸고 있을까. 동선의 곡직에 따라 악취랄밖에 없는 그 묘한 냄새는 양지의 후각을 깊이 자극해왔고 주시하고 있는 양지를 의식한 어머니의 동작도 대충대충 수습의 단계에 들어갔다. 아무래도 모른 척하고 잠들 수 없는 기척이었다. 양지는 만류하는 어머니의 뜻을 무시하고 빠른 동작으로 불을 밝혔다.

"야도 참, 그냥 자라 캐도!"

역정스럽게 언성을 높인 어머니가 앞에 놓인 옷가지를 갑자기 끌어안고 감추며 부러진 듯이 엎드린 것은 거의 동시였다. 미처 못 가린 아랫도리의 엉덩잇살이 불빛에 드러났다. 양지의 입에서도 외마디 소리가 튀어나왔다.

"피!"

양지는 숨이 멎는 듯한 충격을 가누며 어머니가 안고 있는 옷꾸러미에다 빠른 시선을 던졌다. 어머니가 입고 있는 다른 옷이며 손발, 젖혀진 하얀 이불자락과 방바닥에도 닦다만 피의 흔적은 선명하게 남아 양지의 시선을 빨아들였다.

애써 아무렇잖은 듯 너스레 섞인 표정을 지으며 어머니가 먼저 입을 열었다.

"글씨, 먼 길 댕기오니라꼬 몸치가 났는지, 내 딴에 곤했던 갑다."

많은 양의 하혈을 한 흔적이었다. 어머니는 태연을 가장했지만 양지의 가슴에는 어떤 불길한 예감이 후딱 머리를 치며 곤두섰다. 아직 미혼이었지만 갖고 있는 상식선에서.

"대체 언제부터 그런 걸 숨기고 있었어?"

집요한 눈길로 파고 물으며 핏자국을 가리고 있는 옷을 끌어당기자 어머니는 한사코 거부를 하며 또 격한 짜증을 냈다. 건드리는 데 따라 그 역한 냄새는 더 강한 악취를 분산시켰다.

"야도, 자다 말고 수선도 부릴라 쌓네. 폐경인가 뭔고 되모 더러 왔다 갔다 그리 변덕을 부린 담서? 아이고 우짠다꼬 이런 짭질찮은 꼴을 다 뵈이는고 쯧쯧쯧…. 다른 이불 펴줄 낑게 얼렁 자아라 고마. 첫차 탈 끼라 안 캤나."

오래 전부터 이런 일을 수습해온 듯, 태연하게 개짐을 갈아찬 어머니는 피 묻은 옷이며 뜯어낸 이불 호청을 챙기더니 둘둘 말아들고 밖으로 나갔다. 문을 닫고 몇 걸음 멀어지던 어머니가 되돌아와서 잊었던 말을 생각해낸 듯이 양지를 보고 웃어보였다.

"자식이란 전생 빚을 받으러온 예쁜 책귀라더마, 인자는 더 나올 빚쟁이가 없다는 전갈인가 싶어서 무척 고맙게 여기던 참이다. 걱정할 일 아무것도 아이다."

어머니는 일부러 태연한 목소리를 냈지만 양지는 저 혼자 가슴을 쳤다.


산부인과·소아과 간판이 걸린 병원 앞에서 어머니는 또 조바심을 내기 시작했다. 기다리는 조급한 마음에 비해 기다려도 열리지 않을 문처럼 병원 문에 내려진 서터는 냉정하게 무겁기만 했다.

"그만 또 못 가네. 내 걱정 말고 가서 제 일이나 잘 보라 캐도."

"또, 또. 지금 내 일이 문제야?"

양지는 어린애처럼 만만하게 어머니를 대했다. 조금만 차분하게 생각해보면 그럴 수밖에 없을 어머니의 심정을 이해하면서도, 어머니를 에워싸고 있는 모든 불행과 고통과 꼬인 일들이 마치 탐욕스러운 어머니가 떼쳐버리지 않고 일부러 얼싸안고 거느리는 고생덩어리처럼 아주 못마땅했다.

"참 가도, 내 병은 내가 안다 캐도."

"엄마가 알기는 뭘 알아. 언제나 무엇이든 그런 식으로 싸고돌았지."

"나는 암시랑토 않건만 지끔 니가 들어서 병을 외려 키우고 있네."

"아유 그만, 됐어, 그만!"

양지는 어머니의 말을 막아놓고 아예 외면을 하고 있었다. 서로 토닥거려보아야 의사의 진단이 내리기 전까지는 매양 그 장단일 게 뻔했다. 첫차를 타고 와서 문도 열지 않은 병원 앞에서 떨며 기다리는 동안 어머니는 계속해서 애를 태웠다. 걱정 말라고, 알아서 한다고 안심을 시켜도 회사일 때문에 어쩌느냐고 막무가내로 양지 걱정만 했다. 양지가 곁에 있으면 늘 이렇게 불편하고 미안해하는 게 어머니의 습관인 것을 양지는 잘 알았다. 더구나 오늘은 당신의 건강상태 때문 아닌가. 기다리던 참이라 제일 먼저 접수를 했어도 의사가 나와 진찰 가운을 갈아입기까지는 또 얼마나 기다려야 할지.

양지는 눈앞에 붙어 있는 사진으로 눈길을 보냈다. 올챙이 모양의 태아가 여체의 하부기관 어느 곳에 거꾸로 박혀 있는 그림이다. 젊은 여자가 예쁜 아기를 안고 가는 것을 보면 나도 저런 아기를 낳을 수 있을까, 은근히 걱정스러웠던 때가 있었다. 그림을 보며 막상 제 몸의 일부분을 연상해보니 아직 한번도 열려보지 않은 기관의 감각들이 생소한 반응을 일으키며 징그럽고 무서운 생각이 들었다. 딸 아들 구별 말고 둘만 낳아 잘 기르자. 어지간히 보편화된 구식 구호였다. 또 다른 벽에는 이런 구호도 파란 글씨로 적혀 있다. 잘 기른 딸 하나 열 아들 안 부럽다. 그 사이에도 어린 환자들은 비좁은 대기실 안으로 모여들고 있었다. 우는 아이와 달래는 어른들의 소리, 콜록콜록 기침을 하거나 그 사이에도 기저귀를 갈아야 할 정도로 설사병을 심하게 앓는 아이도 있다. 난로의 열기까지 어우러져 비좁은 대기실 안은 정신을 멍하게 할 정도로 시끄러웠다. 환절기의 불청객 호흡기 질환, 만만한 어린이들부터 공략. 이런 제하의 글을 며칠 전 신문에서 읽었다.

"강귀연 씨."

이윽고 진찰실 쪽에서 어머니의 이름을 불렀다. 약간 흔들리는 눈빛으로 양지를 일별한 어머니는 구부정한 허리를 펴며 진찰실로 들어갔다. 양지는 끝까지 어머니를 동행하고 싶었으나 간호사가 문 앞에서 기다리라며 그녀의 진입을 막았다. 진찰실의 커튼을 젖히고 어머니가 들어간 후에도 어린 환자 몇 명을 더 진찰하다가, 준비 다 되었는데요 하는 간호사의 목소리를 듣고서야 커튼 뒤로 들어가는 중년 의사의 등이 보였다. 딸그락거리는 금속성과 함께 문진을 던지는 의사의 음성, 언제부터 그런 증세를 아셨어요? 굳은 음성의 의사가 다시 무언가를 어머니께 묻는 것이 열려 있는 문 사이로 보였다. 뭐라고 답변하는 어머니의 말소리가 나직하고 가느다랗게 들렸다. 잠시 후, 물 쏟아지는 소리가 나고 손을 닦으면서 나온 의사가 책상 앞에 앉았다. 예상보다 짧은 진찰시간은 무엇을 의미하는가.

찡그린 얼굴로 매무새를 고치며 어머니의 모습이 나타났다.

"가족 누구랑 같이 안 오고 혼자 오셨어요?"

카드에 눈길을 박은 의사의 물음에 어머니가 양지를 돌아보았다. 밖에 서 있는 양지를 본 의사가 눈짓으로 부른다.

"잠시 나가 계세요."

의사의 지시에 따라 움직이는 인형처럼 어머니는 진찰실 밖으로 나오고 문 어우름에 서 있던 양지는 의사 앞으로 다가섰다.

"증세가 언제부터 있었습니까?"

양지는 빠르게 어머니 쪽으로 돌아간 고개를 돌렸다. 얼른 입을 열지 못했다. 어제 저녁에 알았다고 바로 말해서는 당장 핀잔을 날릴 것 같은 예리함이 느껴진 건 자격지심이 부른 오해일까. 대답을 기다리지 않고 의사의 질문은 이어졌다.

"환자하고 어떻게 되는 사이죠?"

딸, 며느리 나름대로 짐작하는 눈치를 보이며 무언가를 진료카드의 빈칸에다 적고 있던 의사가 돌연히 펜을 멈추며 양지를 쏘아보았다.

"어떻게 저 상태가 되도록 환자를 방치했죠?"

말도 안 된다는 표정을 드러내며 펜으로 꼭꼭 점을 찍고 있던 의사는 자신이 적어놓은 문자 위로 다시 시선을 옮겼다. 말라 비뚤어진 지렁이가 저랬었지. 양지는 해독 불가능하리라 여기면서도 시선이 닿는 대로 의사의 펜 끝에서 꼬물거리는 글줄을 따라갔다. 캐앤서? 문자를 해득한 뒤 굳어지는 양지의 표정을 보며 의사는 또 모멸에 가까운 표정을 짓는다.

"확실한 결과는 정밀검사를 해봐야 알겠지만, 전이도 의심되는 상태니까 서둘러서 큰 병원으로 가보세요. 첨단과학 시대라는 말 몰라요? 딸인지 며느린지 젊은 사람이 어쩜 그렇게 무관심할 수가 있어요?"

"캐앤서…라면?"

순간적으로 의사의 고개가 홱 돌려졌다. 보호자가 함부로 휘갈겨놓은 영문을 해독 가능한 수준이라는 점에 더 기분 나쁜 표정이 되었다. 의사는 인술의 친절함이 싹 가신 얼굴로 의사보다 더 많은 상식대로 알아서 하라는 듯 퉁명스럽달 수밖에 없는 음성으로 내뱉었다.

"알 만한 사람이 곁에 있으면서, 딱하군요. 어서 큰 병원으로 모시고 가요."

더 이상 상대할 기분 아니라는 듯 처리된 서류를 냉정히 밀어놓고, 뭐라고 혼자 소리로 중얼거린 의사는 빙글 회전의자를 돌려앉으며 다음 환자를 불렀다.

상태를 복잡하게 설명할 필요도 없이 대단히 크고 무서운 병의 말기를 의사는 암시했다. 양지는 가슴이 미어지는 듯했다. 본인이 들을까봐 병명을 입에 올리는 것은 삼갔지만 하나의 귀착점으로 자연스럽게 내려지던 결론. 어둡고, 차가운 나락 앞에 어머니가 쓸쓸히 혼자 서 있음을 의사는 말한 것이다. 양지는 지그시 아랫입술을 깨물며 마른침을 삼켰다. 북받치는 감정대로 자신을 흩뜨려서는 안 될 때였다.

"우리 선생님, 저러신 분 아닌데 화가 많이 나셨나봐요. 이해하세요. 자궁암은 다른 암에 비해서 치유 가능성이 가장 높으니까 선생님께 한 번 더 말씀해보세요. 잘 아시는 큰 병원 의사선생님도 소개해주실 텐데요."

참담한 생각으로 굳어 있는 양지의 모습이 안 됐던지 진료실의 간호사가 다가와서 양지에게 일러주었다. 예상과 맞아떨어지는 진찰결과에 대한 놀라움보다 의사가 보이는 멸시에 대한 모멸감 때문에 더 전반적 문제를 설명 듣고 묻는 것도 잊어버리고 물러나왔던 것이 그제야 생각났다. 그러나 양지는 의사에게로 되돌아가는 것을 포기했다. 어디 다른 데로 가서 한번 더 진찰을 받아보자. 하지만 왠지 자신이 없고 어쩌면 필요 없는 일일 것이라는 강한 확신이 들었다. 자리 잡은 절망을 털어내며 어머니를 찾았다. 어머니는 벌써 밖으로 나와 햇살이 빗겨든 건물 벽 앞에 무연한 자세로 서 있었다.

"거봐, 내가 뭐랬어. 아무것도 아닌 걸 미련스럽게 굴다가 병만 키워왔다고 괜히 나만 무안당했잖아. 엄만 이제부터 잘 알지도 못하면서 고집 부리지 말고 꼭 내가 시키는 대로해야 돼, 알았지?"

가여운 어머니를 기죽인다는 게 마음 내키지는 않았지만 환자 본인을 두고 가족과 따로 면담이 있었던 것에 대한 어머니 나름대로의 판단을 헤뜨리기 위해 양지는 일부러 화난 목소리를 지어서 쏘아붙였다. 엄마의 미련스러움 때문에 무안당했다는 양지의 구박을 듣자 미안했던지 어머니는 딸의 어깨를 토닥거리며 겸연쩍게 웃어보였다.

"참 주책이제, 제까짓기 무신 염치가 있어서 그런 까탈을 부리는지."

어머니는 마치 제 할일을 등한시한 어떤 인격체라도 비난을 하는 듯이 입까지 삐죽거리며 자신의 환부를 나무랐다. 어머니가 그렇게 의연하게 나오는 게 우선 대하기는 여간 다행스러운 게 아니었다. 하지만 조마스러운 심정으로 결과를 묻는 어머니의 눈빛에는 접착제 같은 강한 미련이 들어 있다.

"의사가 많이 나무래더나?"

"자궁에 물혹이 생겼는데 그게 너무 크서 동티가 났단다. 염증이 심하대. 간호사들이 그러는데 수술해서 자궁만 적출하면 된대."

"글타카모 개안타. 전에도 혹 있다 카는 소리는 들었더라. 그기 크모 안 된다꼬 한 달에 한 분썩 검사로 해보자 카더마 내사 안 갔다. 거어갈 정신도 없었고. 지절로 쭐어지는 수도 있다 카데."

"그게 커서 염증을 내모 큰일 난다 소리는 안 하던가?"

"아이고 내비도라, 설마 죽기빽기 더 하것나."

"에나 그렇게 빨리 죽고 싶어?"

"야가, 또 말 꼬래이 물고 늘어져서 뭔 소리할라꼬. 내 형편에 뭔 욕심을 더 낼 끼고. 인자는 참말로 힘도 없고 앉은자리에서 밥도 누가 떠미기주모 싶은데 움직거리는 것도 뭣도 당최 힘에 부친다."

저 구원마저도 포기해버린 고절한 내면의 울림. 정말 비칠거리는 것도 같아진 어머니의 옆구리를 끼고 부축하며 양지는 어머니에게서 전해지는 마른풀 같은 냄새를 맡는다. 자신이 손을 놓는 순간 새털처럼 어디론가 날아가버릴 듯 중량감도 느껴지지 않는 몸피. 이 작고 텅 빈 여인의 허울뿐인 인생의 말로. 양지는 왈칵 끼쳐드는 육친에 대한 애착에 눈시울이 후끈해졌다.

"여기는 의료장비가 시원찮으니까 대학병원이나 어디 큰 종합병원으로 가란다. 엄마 또 돈 때문에 어쩌고 그런 소리하모 에나 가만히 안 있을 거다. 호미로 막을 일 가래로 막는다는 말 엄마들이 잘 쓰지? 꼭 그렇게 만들어놓은 거라 엄마가 지금!"

"그라모 큰 병원으로 또 가잔 말가?"

"그럼, 어서 가서 수술해야지."

"꼭 수술로 해야 된다 카모 그냥 여어서 하모 안 되나. 수술은 윤앵이 병원이 그리 잘한단다."

"환자들한테 욕 잘한다는 그 병원?"

"하모. 의사가 욕쟁이맹키로 엄살 부리는 여자 환자들한테는 이년 저년 소리도 하고 겁난단다. 그렇지만 수술 하나는 쌩괴이 배 따드키 쭉쭉 째서 참 잘한다꼬 소문이 짜하더라. 여북하모 서부경남에 있는 아픈 사람은 죄 그 병원으로 몰린다꼬 소문이 났것나."

"내가 간호도 해야 되고 회사일도 있으니까 아무 소리 말고 나하고 같이 가."

가족을 싸고돌던 환난이 종말의 결전을 어머니의 몸을 빌어 시위하고 있는 듯 느껴졌다. 자궁암은 자궁을 절제하는 것으로 다른 병소보다 치유율이 높다는 상식도 적잖은 힘이 되었다. 끈에 묶여 천장에 디룽하게 달려 있던 씨앗자루를 연상시키는 그 물체를 어머니께 상기시키며 가벼운 농담조로 덧붙였다.

"인제 뭐 필요도 없는 것, 썩은 뒤웅박 따내듯 미련없이 싹 없애버리지 뭐."

마치 그 한 개를 절제해버리는 순간부터 어머니의 고통스럽던 현실의 모든 문제는 완전히 해결된다는 듯이 목소리까지 가장되게 부풀렸다. 그래야만 자신이 감추고 있는 감정을 들키지 않고 어머니를 수술대 위까지 무리없이 유도해갈 수 있을 듯한 것이다. 그러나 양지는 배우가 아니었다. 속에 든 아픔을 숨기고 언제까지나 너스레를 떨기 어려웠다. 이래서는 안 되는데 싶어서 얼른 정신을 차려보면 저마다의 생각에 골똘해진 모녀는 마치 모르는 사람들처럼 앞서거니 뒤서거니 말없이 길을 걷고 있었다.

　된장찌개 백반을 점심으로 시켜먹은 식당에서도, 쥐가 들끓어서 송신해 못 살겠다며 쥐약을 사러 어머니가 잘 아는 약국으로 갈 때에도, 면소재지에서 마을버스를 타고 집에 오도록까지, 하다못해 엊그제 마을버스를 개통시킨 기철이네의 이야기나 지금은 일이 어떻게 진척되고 있는지 궁금증을 나타낼 만한 호남의 이야기 한마디도 대화에 올리지 않았다. 어머니가 어디로 가자면 양지가 따라갔고, 양지가 이렇게 하자면 하자는 대로 어머니도 그냥 따랐다. 이럴 때는 말수 적은 어머니가 이것저것 물으며 말을 걸지 않고 잠자코 있는 것이 대하기 여간 수월하지 않았다. 집으로 오던 날만 해도 이제는 가엾은 어머니를 위해서 좀 살갑게 대화도 나누고 봄볕 같은 미소도 자주 보이리라 작심했었다. 그러나 이제 그것은 준비해놓은 채로 끌러보지도 못한 예물상자와 같다. 고난스럽고 신산한 일상에 부대끼며 돛배처럼 살아온 저 어머니에게 조금이나마 마음의 평화를 보장해주는 일은 전처럼, 여전히 뚱하게 입을 다물고 송판처럼 굳은 얼굴로 천 날 만 날 똑같은 언행을 보여주는 게 낫다. 이런 일이 있을 것을 예상이나 했던 것처럼 담장 높은 골목의 이웃사람들처럼 터놓고 지내지 못했던 모녀간의 소원했던 관계가 새삼스러운 편리함으로 다가왔다.

양지는 어머니의 일을 계기로 자신의 정서가 얼마나 강퍅하게 메말랐으며 사고력 또한 단순하기 이를 데 없는가를 다시 깨닫지 않으면 안 되었다. 한 해에 한두 번씩은 약골인 체질에다 속앓이병까지 있는 어머니를 위해서 약값을 보냈으면서 어머니가 이토록 큰 병에 걸릴 거라고는 꿈에서조차 예측해본 적이 없다. 호남이를 시켜서라도 자주 부인병 검진이라도 받게 했으면 좋았을 걸 거기까지는 미처 생각지 못했다. 어머니는 거저 영원히 변함없는 뒷동산의 모습으로 거기 있어줄 대상으로 알았지 육신에 도래할 수 있는 다른 이변에 대해서는 상상조차 못 했던 것이다.

집에 온 양지는 어머니를 억지로 누워 있게 해놓고 밖으로 나왔다. 군불솥에 물을 데워서 어머니가 어젯밤에 벗어놓은 피 묻은 빨래를 씻어 삶고, 고향집에서는 영원히 다시 기회가 오지 않을지도 모르는 어머니와의 마지막 저녁밥을 제 손으로 지을 참이었다. 전에 없이 울명한 감정이 가슴 밑바닥에서 솟아올랐다. 확실히 어머니는 나약해졌다. 이전과 다른 느낌으로 와닿는 외로움과 황량함이 그녀의 굳은 마음의 밑바닥에다 균열을 만들었다.

전 같으면 군불을 때는 것도 밥을 안치는 것도 내가 할 테니 너는 쉬어라 하지 절대로 일손을 양보하지 않았을 텐데 양지가 여며주는 이불 밑에서 어머니는 빈 자루처럼 후줄근히 눈을 감고 한숨을 쉬었다. 그리고는 양지의 속마음을 빤히 들여다보는 위로의 말을 잊지 않았다.

"아가, 너무 그렇키 넋 놓지 마라. 나는 기다리던 기 온 것맨키로 기분이 하냥 개겁고 날아갈 것맨키다. 부릴 곳이 없어서 이고 들고 뻗대던 짐을 이제사 내리놓은 것맨키로 기분이 차라리 깨반해서 좋다."

너무도 지겁고 힘들었던 이승살이에 대한 하소연이리라. 그것은 반대로 어딘가 기댈 곳 있으면 기대고 싶지만 그럴 데 없는 절망의 소리였다. 그 뜻은 양지를 강한 전류에라도 쏠린 것처럼 찌르르한 감동으로 몰아붙였다. 억지스러운 강요로만 느꼈던 효에 대한 개념이 회복해야 할 인간심의 중요부분으로 의식되기도 했다. 비록 계란으로 철문을 부수다가 다 같이 혼절하는 일이 있더라도 어머니의 고절한 가슴에다 뜨거운 인간애를 꽃 피워주는 일은 분명 자식들이 해야 될 바람직한 노력이다. 그러나 어디서 어떻게 손을 써야 할지 너무도 준비없이 맞닥뜨린 일이었다. 양지는 사지의 기운이 모두 쭉 뽑혀버린 듯한 무력감으로 흔들, 기둥을 안고 몸을 가누었다.

끓고 있는 물솥 앞에서 불을 쑤석거리며 생각에 잠겼다. 새까맣게 윤기 나는 무쇠솥에 가득 밥을 지어 많은 자식들에게 먹이는 들썩들썩 풍성한 날은 어머니의 꿈이자 조상 대대로의 염원이었다. 양지는 어머니의 인생을 녹여먹고 식인거미처럼 웅크리고 있는 무쇠솥을 가만히 응시했다. 어머니는 아직도 저 큰솥에다 밥을 지어야 할 정도로 많은 식구가 불어날 것을 소망하며, 혼자 사는 썰렁한 부엌에다 쓸데없이 큰솥을 모셔놓고 있는 것은 아니었을까. 기름을 칠한 듯 반질반질 윤나는 가마솥은 거저 제자리를 지키고 있을 뿐 답답한 가슴이 해소될 아무런 말도 전해주지 않는 무생물일 뿐이다.

어머니는 할아버지의 며느리로 선택된 것이 아니라 운명의 가계에 부품으로 선택된 물체였다. 여러 명의 여자들이 나누어서 해도 힘겨울 일을 혼자서 버티며 헤쳐나가야 하는 고통스럽고 억지스러운 삶의 멍에와 끄싱개. 양지는 그래서 평생 남자를 멀리하고 그들을 멸시하며 살 수도 있는 능력을 길렀고 독신자 클럽인 우먼파워의 결성에 참여하기도 했던 것이다.

아버지의 인성이 성급하고 괴팍스러워지기 시작한 것은 할아버지가 돌아가시고 난 뒤부터였다고 어머니는 자식들 앞에서 늘 아버지를 두둔했다. 가세는 이미 기울었고, 하늘같이 믿고 의지하던 너그 할아부지는 돌아가싰제, 천둥벌거숭이로 의지가지없이 혼자 남았다 싶은께 미치고 환장하것는 갑데. 것다가 손孫 불릴 목적으로 배슬은 핏덩거리들은 낳는 족족 넘 좋은 일 시키게 똑 같은 가시나들만 떼족으로 몰려나오니….

언젠가의 봄이었다. 겨우내, 어머니가 지어놓은 곡식 가마를 들고 풀 방구리 쥐 드나들 듯 외출이 잦던 아버지가 읍내 술집의 작부를 건드려서 애를 뱄다는 소문이 들려왔다. 이웃아주머니의 귓속말로 소문을 들은 어머니는 짜고 있던 베틀이 어그러지도록 앞으로 꼬꾸라졌다. 하얗게 질린 얼굴로 혼을 빼앗긴 것처럼 멍하니 있던 어머니가 스적스적 부테를 끌러던지고 건넌방에 있는 아버지께로 갔다. 그러나 대청을 건너가기도 전에 어머니는 허공을 잡고 쓰러졌다. 방에다 뉘어놓고 물을 떠먹이던 아버지가 들고 있던 숟가락을 내동댕이치고 물러앉으며 소리를 질렀다.

"입이 광저리구녕 같애도 할말이 없제. 내가 천 여자를 거느리건 만 여자를 거느리건, 니가 우리 집에 들어와서 해놓은 기 뭐꼬. 투기 부릴 게 따로 있제!"

어머니는 억장이 무너진 듯 눈을 감아버렸다. 아버지는 억지를 부렸다. 미안한 기색은커녕 목소리까지 더 높였다.

"쓸데없는 투기하지 말고 네 속으로 아들만 하나 떠억 놔봐라 누가 뭐라 카나. 내가 미친 놈이가. 나도 좋아서 그 짓하고 댕기는 줄 아나?"

그 당당한 힐난에 기가 질려버린 어머니. 어머니는 그저 꺼이꺼이 울었다. 아버지의 표현대로라면 아무 일도 하지 않고 할 줄도 모르고 그저 울 줄만 아는 천치 등신 같았다. 그러나 웬일인지 무성하게 들려오는 소문에 비해 아버지의 아들은 어디서도 안겨 들어오지 않았다.

양지는 들고 있던 부지깽이를 돌연한 동작으로 아궁이 속의 불길에다 던져버리고 벌떡 몸을 일으켰다. 피 맺힌 듯 처절하던 어머니의 절규가 뇌리속에서 쟁쟁 되살아났다. 이 몸 저 몸에서 아아만 숫자를 불리노모 뭘로 믹이고 뭘로 입힐 끼요. 자석은 사람이제 개돼지가 아니요.

사잇문 쪽으로 흘깃 어머니가 있는 안방을 돌아보는 양지의 얼굴에 차가운 미소가 비쳤다. 어머니는 빠른 행동에 비해서 극히 말수가 적은 사람이다. 누가 말을 걸어서 하고 있는 일이 방해 받기라도 하면 상대방이 무안하도록 발끈한 표정을 드러냈기 때문에 양지네 자매들은 항상 어머니가 일하는 주변을 맴돌기만 했지 응석다운 응석 한번 어머니께 부려볼 엄두를 못 냈다. 그러므로 말하는 순간에 무로 해제되는 비밀이라도 간직한 듯한 어머니께 양지가 들은 집안일의 정보란 한계적이고 단순한 것들뿐이었다. 의뭉스럽다는 평을 받으면서도 굳이 입을 열려하지 않는 어머니의 굳은 뜻이 담긴 명료한 한마디가 있다면 알모 뭐할 끼고. 괴롭고 골머리만 아프제였다. 사실은 양지도 그런 어머니의 묵비에 힘입어서 여자가 여자를 무시하고 배척하는 처사라는 따위의 불필요한 감정의 분산없이 이제껏 제 일에 몰두할 수 있었는지도 몰랐다. 그러므

로 양지는 집안일에 무심한 언니라고 호남에게 늘 핀잔을 받았지만 제
능력으로 하여 모든 처리가 가능해지는 큰 힘이 생기는 그날까지 고향
집의 일에 등한하다는 동생의 비난을 크게 마음 쓰지 않고 들어넘겼던
터였다.

고만고만한 크기의 쥐 세 마리가 부엌으로 들어왔다가 뒤늦게야 양지
를 발견하고는 혼비백산하여 까맣게 그을린 시렁대를 타고 곡예하듯이
도망을 친다. 그렇게 보아 그런지 한미한 가세에 어울리게 쥐들조차 굶
주려서 바싹 여윈 것 같다. 쥐들이 도망가는 쪽 천장에 엉킨 실오라기처
럼 늘어진 채 흐늘거리는 거미줄도 을씨년스럽다. 부스럼 딱지처럼 알
매가 떨어진 사이로 엮은 대오리가 떨어질 듯 아슬아슬 메마른 흙덩이
를 움켜잡고 있는 것도 눈에 들어왔다. 뒤틀린 설주 때문에 야무지게 잠
그지도 못하고 지그려놓은 형국으로 닫혀 있는 뒷문으로 황소바람이 불
때마다 흙먼지가 들이치며 모래를 흩뿌리는 모습 또한 황량한 그녀의
심사를 더욱 쓸쓸하게 만든다.

부엌에서 나오니 골목길 저쪽에서 부릉, 꽁무니를 돌려서 달아나는
자동차 소리가 들렸다. 마당에 밀려온 검불을 비질하다 말고 양지는 그
쪽으로 고개를 돌렸다. 군데군데 무너져 있는 마른나무 울타리 너머의
텃밭 가장자리로 누군가 이쪽으로 걸어오고 있었다. 양지는 바깥마당으
로 나서며 까치발을 해서 시선을 그쪽으로 모았다. 탱자나무 울타리에
가렸지만 아버지는 아니었다.

"내일 너 따라갈라 카모 너그 아부지한테 돈부터 전하고 가야 될 낀
데."

어머니의 부름을 받은 그 여자 쪽의 사람인지도 몰랐다. 성근 울타리

사이로 얼핏얼핏 형체를 드러내며 남자는 이쪽으로 다가오고 있었다. 양지는 어머니가 누워 있는 안방을 일별한 뒤 바깥마당으로 나와 상대방을 기다렸다.

바람이 한결 누그러져 햇살도 몹시 푸근했다. 짚북데기를 뒤집어쓰고 참새 몇 마리가 노닥거리고 있는 게 저만큼 서 있는 마당가의 향나무 아래 보였다. 뇌리를 짓누르는 양지 자신의 심정과는 대조적으로 무척 평화스럽고 천진해보이는 풍경이다. 발소리에 이어서 막상 드러난 남자의 모습을 확인하는 순간 양지는 가슴이 철렁 무너지는 듯한 놀라움으로 움찔 뒷걸음질을 했다. 그가 여기까지 찾아오다니.

"어떻게 알고 마중까지 나왔어? 봐, 우리는 기막히게 텔레파시까지 잘 통하지?"

전날의 앙금도 없이 특유의 넉살 좋은 웃음을 날리며 성큼성큼 다가오는, 코끝 찡하게 반갑기도 한 남자. 듬직한 육신의 양쪽에서 쑥 밀려나온 철봉같이 힘찬 팔. 악수. 양지는 저리듯이 전신을 감도는 반가움을 숨기며 현태의 손길이 미치지 않는 거리쯤 뒤로 물러섰다. 이웃의 눈길을 의식하며 빠르게 주위를 훑어보는 것도 잊지 않았다.

"이런 결례가 어딨어?"

내밀었던 손을 거두지 않고 한 발 더 다가서며 현태가 나무랐다. 손을 잡는다는 것은 화합과 협약을 의미할 것이다. 그러나 저 남자의 강한 심리는 얼마든지 자기 지향의 의지대로 상대방을 핍박할 것이다. 양지는 어느새 동요했던 자신의 감정을 정리하고 차분함을 회복했다.

"우린 어린애 아니잖아."

"누가 뭐래? 내 발로 올 권리는 나도 있어. 여기는 대한민국 땅이고."

담배를 꺼내 피워무는 동안 농을 하던 현태의 얼굴도 목소리도 정색
을 되찾았다.

"남의 말은 귓전으로 흘리고, 서로 좋은 방향으로 의논이라도 해봐야
해결 방법이 생길 것 아냐. 이렇게 몸만 피한다고 돼? 너 너의 편견과 아
집에 사로잡혀서 자신을 학대하는가 하면 하는 일마다 어렵게 만들고
있는 거 모르지?"

그러나 이미 양지의 마음은 그와의 단절을 확정지어놓은 뒤여서 조금
치의 미련도 남아 있지 않을 것을 강요했다. 급한 절차에 쫓겨 지금은 양
지 자신의 의사를 존중하는 척할지라도 흔쾌하게 준비되어 있지 않은 마
음자리는 두고두고 두 사람의 가정생활을 옹색하고 불편하게 하다가 결
국은 돌이키기 어려운 길로 삐뚤어져 서로의 우정마저 파산시킬 것이다.

"같이 오시겠다는 부모님을 만류해놓고 온 것만도 내가 지킬 예의는
지켰어. 어른들은 계시겠지?"

그가 아무리 유화적인 말을 해도 이미 암암히 내려진 마음의 빗장은
끄떡도 하지 않는다. 내가 너와 결혼을 하겠다니 무슨 너의 여성적인 뇌
살스러움이 탐나서 안달인 걸로 생각하면 착각이다. 나는 남녀 간의 음
양의 이치도 부정 이전에 깡그리 도외시하는 너의 그 오만한 석녀증을
치유해주고 싶은 거다. 가슴에 멍들어 있는 그 시커먼 독소를 내가, 이
박현태의 넉넉한 남성으로 치유시켜주려는 거다. 하하하…. 그래 부인
은 않겠어. 일테면 너의 피해의식에 절은 가엾은 영혼의 구제라고 볼 수
있지. 구제, 구제, 그래 맞았어 구제야 구제. 취해서 흐트러진 자세로 오
만하게 껄껄거리던 기득권자연 하던 그 농소弄笑. 건방진 어깃장이었지
만 남자의 매력은 바로 그런데 있는지도 몰랐다. 하지만 한번 박힌 모멸

감은 상기할 때마다 양지의 심리를 얼음기둥으로 꼿꼿해지게 만들었다. 평소의 그런 감정을 무릅쓰고 그의 부모에게 선까지 보였던 것은 심신이 어지간히 나약해졌던 탓이었다. 그때를 생각하면 이성적이지 못했던 자신의 경솔함이 몹시 후회스러웠다.

"우리들 일은 더 진척시키지 말라고 했었지?"

안마당을 기웃거리며 집으로 들어가려는 현태를 막아섰다.

"천만에, 그 쬐끄만 꼬맹이 때문에 우리 일이 깨어지다니 말이나 돼? 회사에서 양지가 집에 갔다는 말 듣고 곧바로 감지하고 왔으니까 시치미 뗄 것 없이 나하는 대로 잠자코 따라만 와. 정남이 일도 언제까지 숨기고만 있어도 안 되는 일이고, 또 우리 사이의 난점이 뭔지 말씀 드리고 협조를 구하면 일은 쉽게 풀리게 돼 있어. 가족이 뭔데, 이럴 때 가족이지 언제 가족이야."

"가족이라는 말을 참 편리하게 이기적으로 해석하는 데, 내 입장은 그쪽하고 달라. 만약 현태 씨가 수백 명의 고아를 한꺼번에 입양한다 해도 이제는 근본적으로 해석이 달라져."

두런거리는 바깥기척을 듣고 어머니라도 나온다면 감당 못 할 엉뚱한 방향으로 사태는 확산되리라. 양지는 현태를 이끌고 서둘러서 바깥마당을 벗어나 소나무 숲이 짙은 동묏등으로 길을 잡았다.

바위가 웅숭깊게 감싸고 있는 장소에 이르자 양지는 어머니가 편찮아서 지금은 거기 매달려야 할 상태라는 말을 솔직하게 털어놓았다. 손에 든 담배 가치를 입에 대려다 말고 현태가 픽 웃었다.

"해도 너무하네. 그따위 거짓말에 내가 속을 줄 알았어? 아주 그냥 시골 가난한 집 장남보다 사장님 아들한테로 이미 마음 결정했다고 선언을 하는 쪽이 훨씬 쌈박한 표현 아냐?"

"그래, 그렇겠지. 그게 그쪽의 사고방식이니까."

"내가 그렇게 인지하도록 만들고 있잖아. 말하는 것 들으니까 악성종양을 말하는 것 같은데 딸이 돼 가지고 그렇게 담담할 수가 있어? 나한테 들려주기 위한 대사라는 게 벌써 들통 났잖아."

양지는 목소리에다 심을 넣으며 현태를 쏘아보았다.

"내가 이성을 잃으면 누가 내 일을 대신해줄 거야? 울어도 소용없는 일은 울고만 있어선 안 돼. 나는 내가 앞으로 어떻게 일을 처리하고 처신을 해야 될지 그게 급선무지 사치스러운 다른 생각을 할 겨를이 없어. 세상에, 그 많고 많은 사람들 중에 왜 하필 내 엄마냐고 아무리 울부짖어봐도 아무것도 달라지는 것은 없어."

"그래서 같이 나누자는 것 아냐, 동지가 되어서 말이야!"

여자에 대한 남자의 이중심리를 이미 알아버린 이상 양지의 결심은 해체되지 않았다. 그렇다고 고향에까지 찾아온 좋은 친구를 홀대해서는 안 된다는 생각도 들지 않는 건 아니었다.

"고마워 현태 씨. 하지만 나는 현태 씨가 생각하듯 감정의 사치조차 부릴 여유가 없어. 나를 현태 씨가 어떻게 생각해주는지 떠올릴 때마다 눈물이 솟구칠 정도로 내 감정도 뜨거워져. 그냥 결혼해서 보호받으며 살아버리고 싶기도 하고."

"봐, 내가 뭐랬어. 그게 여자들의 속성인 거야. 나이가 아직 어려서? 목표한 적금 액수가 아직 덜 차서? 껍질을 깨고 과감히 박차고 나와 내게 기울어져 보란 말이야. 난 좋은 직장을 갖지도 못했고 형제 많은 집 장남이야. 글치만 남자로서 내 여자 하나 밥 안 굶길 자신은 있다."

양지는 밀려드는 격정을 숨기기 위해 둥그렇게 솟아 있는 묏등을 돌아 노송이 기울어져 있는 곳으로 갔다. 할 수만 있다면 어린애처럼 단순하게 현태의 이끌음에 따르고 싶었다. 반경 멀지않은 곳에 그가 있음이 한없이 든든했다. 때로는 혼미할 정도로 그의 향기로운 체취에 취했던 적도 있었다. 그의 눈빛이 그물망처럼 끼쳐올 때면 숨 쉴 수도 없이 전율하는 몸이 파멸할 듯 저 혼자 끓기도 했다. 자신을 앗기는 순간부터 초라한 종속자로 전락할 것이라는 판단은 미숙한 독단일 수도 있으리라. 더러 나무람을 당하고 자존심 상하는 순간도 없지 않을 것이지만 그런 것 모두를 털털 털어버리고 기대도, 환상도 없이 살아간다면 이외로 편하게 살 수 있을지도 모른다. 그러나 양지는 그러지를 못한다. 그렇게 되지를 않았다. 하지만 현태는 양지의 그런 모순된 중심사상을 간파하고 있음이 분명했다. 현태가 느낀 양지의 이중심리는 아마 자취방으로 정남을 데리러갔다가 어린 동생에게 내침을 받은 충격으로 돌아와서 양지가 보인 행동 때문이었을 것이다.

양지는 그날 현태를 만났다. 동생이 나를 버리고 떠났다는 말은 하지 않았지만 가슴이 마구 아렸다. 술을 마셨고 시끄러운 음악 속에서 몸을 흔들었고 발목이 아프도록 거리를 걸었다. 눈을 떠보니, 무심결에 몸을 뒤채다보니 따뜻함이 옆에 닿았다. 싫지 않았다. 그녀는 감정이 이끌리는 대로 따뜻함을 소유했다. 오래 안고 뒹굴었던 베개나 이불처럼 현태가 곁에 있었다. 취한 채로 그를 불렀고 같이 잠들었던 모양이었다.

"이제 좀 정신이 들어?"

현태의 긴 팔이 그녀의 어깨에 감겼다. 그녀는 눈을 감고 온도 적절한 물속에 잠긴 것처럼 아늑함을 맛보았다. 누군가, 무슨 일이 일어나면 지켜줄 사람이 곁에 있다는 것이 은연중 이런 평안함을 선사할 줄이야.

"이제 좀 괜찮아?"

양지는 이마에 닿는 현태의 숨결을 한숨인지 흐느낌인 모를 호흡과 함께 들이키며 눈을 감고 있었다. 그것은 최면제 같았다. 나른한 피부에 접합되는 수압처럼 감미로운 상태가 이완된 몸과 마음의 갈피를 비집고 들었다. 그 피로한 방기 상태는 감미로운 중력에 실려 어딘가 멀고 아득한 영원으로 그녀를 감싼 채 이동시키고 있었다. 아아, 이대로 자멸해버려도 여한이 없을 듯하다. 양지는 꿈을 꾸는 것 같았다. 이래서는 안 되는데 안 되는데 하면서도 어릴 때 꿈속에서 이부자리에다 시원하게 소변을 보았을 때 느꼈던 쾌감과 죄책감 같은 것이 낮게 되감겨 있어서 더욱 이중적인 포근한 자극에 휩싸였다. 양지는 자신의 몸속에도 의지로 어떻게 할 수 없는 육체적인 함정이 있는 줄 그제야 절실한 깨달음을 얻었다. 그러나 때 없이 드러나는 영혼의 질책은 호되었다. 육체가 가진 한순간의 유혹에 못 이겨 너를 이렇게 포기해도 되느냐. 고작 이런 결말을 위해서 너는 그토록 안달하며 너 자신을 키웠던 거냐. 거저 평범하고 순탄한 여자로서의 길에 대한 네가 납득할 만한 아무런 정의도 내리지 못한 채 어머니의 경우도 잊고 너를 포기하다니, 낫 놓고 기역자도 깨우치지 못한 무지렁이 여자들도 하는 그 하찮고 평범한 일들을 하면서 그들의 불행까지 닮아가려는 거냐?

그때 무언가 발에 밀려 파열음을 냈다. 동시에 긴장하면서 끌어안는 현태의 힘이 느껴졌다. 현태의 팔에 감겨 있는 육신은 자꾸 나른해지고 있다. 그런 순간 번쩍 정신이 들었다. 여기는 어디인가. 나는 지금 누구랑 있으며 어떤 상황인가. 그런 인지를 하는 도중에도 그녀를 끌어안은 현태의 부드러운 입김이 오감을 자극하며 밀려들었다. 양지는 몸을 떨었다. 모든 여자들이 거치게 되어 있는 처음이자 시작일 순간. 지금이 그 극한의 지점이다. 그악스럽게 움켜쥐고 있는 손을 놓아버리는 순간 맛보게 될 극치의 희열, 이 감정을 받아들이고 싶다. 아, 이대로 녹아들어버리고 싶다. 전율하는 육체와 이성의 대치 속에서 양지는 긴장된 몸의 결박을 푼 채 뇌쇄당하고 싶은 간절함으로 눈을 감았다. 그러나 만만치 않은 저항의 칼이 그녀의 혼미해지는 의식을 다시 휘저었다. 절대 그래선 안 된다. 이 쾌락의 짧은 순간이 지나고 나면 너는 무가 된다. 그동안 힘들여서 쌓아온 모든 것들은 이렇게 넌적스러운 순간을 위해 참아왔던 게 아니다. 그 대단한 무엇을 너는 꼭 성취해야 된다. 지금 이래선 안 돼! 순간, 양지는 온몸에 불끈 힘을 주었다. 그러나 마음대로 몸이 움직여지지 않았다. 양지는 혼신의 힘을 다해 현태에게 짓눌려 있는 몸을 비틀었다. 완강한 누름에 결박당한 육체는 어느 한 지점을 향해 몰수되고 있는 비상 시점에 이르렀다. 이건 아니다. 이건 아니다! 용수철처럼 몸을 퉁기며 양지가 발길질을 하자 급소 어딘가를 강타당한 현태의 비명이 들렸다. 현태를 뿌리치고 일어난 양지는 맨발인 채로 무작정 뛰었다. 얼마간을 뛰다가 어딘지도 모르는 낯선 골목에서 강탈당할 뻔한 귀중품을 고스란히 구해온 듯이 안도의 숨을 푹 내쉬었다.

그 후로 현태는 더욱 꺾으려는 순간에 놓쳐버린 저 높은 가지의 열매인 양 양지에 대한 미련을 버리지 않고 맴을 돈다. 젊은 남자의 분출하는 욕정과 정복욕, 그중 어느 하나겠지만 양지는 때로 그 어느 것도 아닌 진정한 애정일지도 모른다고 자신의 내면에서 속삭이는 또 하나의 목소리를 듣는다. 그러나 침윤의 파장이 깊어지기 전에 얼른 지워버리곤 했다. 하지만 이제 현태도 병훈도 모두 그녀의 인생 어느 부분에서 좀 색다르게 또는 심각하게 스쳐간 이름일 뿐이라고 양지는 마음의 비질을 해놓고 있었다.

낡은 기와집이 폐선의 잔해처럼 성긴 대나무 울타리 사이로 내려다보였다. 긴 통나무로 눌러놓은 비닐막이 바람에 들썩거릴 때마다 위험하게 아슬아슬 지붕이 흔들려보이기도 한다. 넘칠 듯 솟구쳐 오른 뜨거운 눈물 속으로 사당이 불타고 허물어진 터에 듬성듬성 남아 있는 안채와 행랑, 조악하게 급조된 가축우리와 두엄간 따위의 어수선하고 쓸쓸한 모습이 어룽 빨려들었다 멀어진다. 현태 씨, 현태 씨가 이 소나무나 저 바위, 아니 저 둥그런 고분의 흙무덤이었다면 나는 벌써 현태 씨에게로 쓰러졌을 거야. 나는 지금 너무 외로워. 겹쳐드는 액운에 몹시 지쳐 있어. 의논하고 의지할 그 누군가가 절실히 필요해. 그게 현태 씨라면 아주 많이 든든할 거야. 하지만 현태 씨 그대가 남자의 정체성을 탈바꿈하지 못하는 한 나는 안 돼. 혼자 늙은 꼬부랑할망구가 되어 후회의 눈물을 흘릴망정 안 돼, 지금 이 기분, 이 형편으로는 더욱.

"여기서 뭐하고 있어?"

제자리로 양지가 돌아오기를 기다리고 있던 현태가 양지의 곁으로 와서 들여다보았다. 양지는 현태의 시선을 피해 눈길을 아래로 떨어뜨린 채 담담한 음성을 지으며 말했다.

"현태 씨, 고마워. 고백하겠는데, 현태 씨는 참 괜찮은 남자야. 지금껏 내가 만나본 어떤 남자보다도 특히."

"그럼 됐잖아. 망설이지 말고 그 병적인 결벽통을 꽝 파기해서 던져버리란 말이야."

"하지만 다른 사람들에게는 아무것도 아닌 일이 어떤 사람에겐 너무 너무 어려울 수도 있어. 지금까지는 나 혼자만 생각하고 살았지. 하지만 지금은, 우리 엄마 얘기했지? 우리 엄만 다른 엄마들하고는 달라. 말로 표현이 안 돼. 그런 엄마를 혼자 놔두고 내가 어떻게. 안 돼, 내가 우리 엄마를 버리고 무관심한 건 곧 나를 버리고 포기하는 거나 마찬가지야."

"둘의 능력은 하나보다 두 배의 효율성을 가지고 있지? 전에도 말했지만 양지는 지나친 피해망상증 환자나 다름없어. 우리나라 어머니들 모두 비슷비슷하게 살았어. 모두들 양지 같은 생각이라면 우리나라 여자들 독신 홍수날 거야."

"난 그래. 사실은 나 모순투성이라는 것 나도 모르지 않아."

양지는 농담 섞인 억양으로 어투를 바꾸며 현태의 집요한 설득에서 벗어나려 했다. 세상에 쌔고 쌨는 게 여자인데 나를 어떻게 보고 몇 년이나 지치지도 않고 매달리는가. 고맙고 안쓰러워 생각을 달리해보려고 시도해본 적도 없지는 않았다. 그렇지만 양지의 머릿속에는 소명 받은 것 같은 말들이 간직되어 있었다. 슬기롭게 곧게 너 자신을 지켜야 한다. 너를 잃는 것은 곧 바로 너의 몰락임과 동시에 어머니는 물론 자매들, 친구들의 몰락이기도 하다.

다시 한 개비의 담배를 다 태우며 양지의 설득을 수용 거부하고 있던 현태가 마치 최후의 선언이나 하는 것처럼 굳어진 안색으로 제의했다.

"온 김에 어머니께 인사나 드리고 가겠어."

"엄마는 지금 집에 안 계셔."

그럴 리 없다는 듯 양지의 기색을 살피며 안마당 쪽으로 걸어가는 현태를 조마스러운 마음을 숨기고 태연히 서서 바라보았다. 막아서지 않는 것이 거짓은 아니라 여겨졌는지 우정 고개를 빼고 울안을 기웃거려 보던 현태가 몸을 돌려나왔다. 그렇지만 아무래도 속상해 못 견디겠는지 기어코 그 특유의 독설을 꽥꽥 토악질 하듯 쏟아놓았다.

"마지막으로 내 한 가지 충고하겠는데 너는 여자가 아니고 괴물이야. 몸 따로 마음 따로 방황하다가 그대로 독신으로 늙어 죽게 될 거야. 머리통만 키웠지 여자의 진정한 자존심을 넘어선 착각속에서 말이야. 그걸 뒤죽박죽으로 헝클어가며 만들 수 있는 특별한 삶이란, 특별함 그 자체부터 말짱 환상이야. 그래 어디 독야청청 고고하게 잘 해보라고. 아주 만족스럽게 순도 99,9프로 완벽한 인생을, 잘난 척하는 여자들이 떠들어 대는 대로 어디 한번 잘 살아보라고. 이 괴물!"

이게 아니다 싶을 때 사람은 선이건 악이건 최종적인 힘을 쏟는다. 억울한 부분도 있었고 그렇지 않은 부분도 있었지만 양지는 잠자코 현태의 비수를 받았다. 내일은 어머니를 암센터에다 입원시키러간다는 말을 하면 저 남자는 또 나서서 무엇이든 도와줄 것이다. 그렇지만 동지의 배반을 확인하고 돌아서듯, 서운하게 굳은 얼굴로 발길 돌리는 현태를 그대로 가게 내버려두었다. 부산까지 출장을 온 김에 여기 어디라던데, 친정에 가 있는 아내를 만나러 가는 기분으로 들떠서 왔다며 농담까지 했었다. 배척은 그가 남자라는 것 때문일 뿐이다. 그의 뒷모습을 바라보고 있으려니 그냥 뛰어가서 매달리고 싶었다. 그러나 그를 남자로 인식하는 순간 다시 가슴은 차게 굳어졌다.

저 좋은 사람과의 인연도 이게 마지막인지 모른다는 아쉬움이 쓸쓸한 바람을 일으키며 그녀를 에워싸고 흘렀다. 생각지 못했던 뜨거운 눈물 한 줄기가 자신도 어쩌지 못하는 굳은 마음 한 가운데서 울컥 솟아올랐다.

"현태 씨, 잠깐만!"

양지가 부르며 달려가자 마음 변한 것으로 여긴 현태가 기대에 찬 몸짓으로 마주 걸어왔다.

"여기까지 온 손님을 길 안내나 해야지. 우리는 참 좋은 친구였는데 미안해. 내 인생에 현태 씨 같은 친구는 더 없을 거야."

"문디 가시나, 병 주고 약주는 기가 뭐꼬."

현태 역시 아직 버리지 않은 미련이 남았던지 진주식 어투로 만든 농담을 던지면서 같이 웃었다. 하지만 양지는 가슴이 아프다. 아무리 냉담해지려 해도 사실상 결별을 선언해야 되는 이 상황이 안타까워 전신을 떤다. 그러나 집안 형편상 지금은 자신이 중심을 잡지 않으면 안 될 때인 것을 너무나 잘 안다. 들킬까봐 고개를 숙이는데 뚝뚝 떨어진 눈물이 어룽어룽 앞을 가렸다. 현태는 아직 남아 있을지 모르는 기회를 바라면서 우선 후퇴하는 심정으로 물러가는지 모르지만 멀어지는 현태의 뒷모습이 작아질수록 양지는 아렸다.

현태 씨…. 풀숲을 향해 쭈그리고 앉아 있던 양지의 눈길은 다시 현태를 뒤쫓아갔다.

## 4. 그늘초

큰길까지 현태를 바래주고 돌아오는데, 마을로 가는 좁은 길로 타임머신을 타고 옛날로 되돌아간 듯 착각되게 이상한 행렬이 들어가고 있었다. 옛날 사람들이 타고 다녔을 뿐 지금은 특정한 곳에서나 보게 되는 예쁘게 장식된 가마였다. 네 사람의 남자 가마꾼도 있고 여자 배행꾼도 갖추어져 있었지만 약간 장난스러운 것은 현대식 가방을 든 배행꾼 여자들의 차림이었다. 이 지방에서는 내로라하던 최씨 가였으니 윗대의 어느 할머니의 외출 모습이 저랬지 싶었다. 하님을 데리고 가마를 타고 나들이를 할 때 그 여자의 특이하고 우아한 차림은 보는 이들 누구든 존중하게 만들었을 것이다. 그러나 양지가 있으면 그늘이 있는 법, 높은 데서 누리고 사는 여인네는 많지 않다. 그늘에서 옹송그리고 사는 여인들의 고통을, 누리고 살던 저 가마 속 여인은 얼마나 알고 있었을 것인가.

역사 영화라도 찍는가 둘러보았지만 스텝진은 보이지 않는 게 조금 이상했으나 길섶으로 비켜서며 양지는 그쪽을 곁눈질해보았다. 참 별스러운 구경을 한다, 여기는 순간 가마가 주춤 멈춰서며 양지를 향한 익숙한 목소리가 들렸다.

"너희 집 가는 길인데 여기서 만나네?"

예상하지도 못한 상황이라 양지는 잠시 굳은 채 그냥 서 있었다. 열린 가마문 안에서 명자의 활짝 웃는 얼굴이 드러나는 순간 양지는 저도 몰래 픽 실소를 날렸다. 치기스럽고 어이없는 광경인데 주인공도 다른 사람이 아닌 그녀라니. 가마는 공을 들여서 만든 새것이다. 명자가 마음만 먹으면 못할 것 없는 것은 안다. 그렇지만 이런 유치한 행동이라니. 놀라 바라보는 양지를 향해 명자가 다시 깔깔 웃어댔다.

"나라고 이런 것 몬 타라는 법 있나. 뭔 시비고?"

웃음을 순간적으로 싹 그친 명자가 가마에서 내리며 다그쳤다. 희화로 여길 수 없는 속 깊은 한의 비수가 찰나에 날아왔다. 일회적이고 기발한 퍼포먼스일지라도 이것은 양지네를 질리게 하는 시위성 행동이다.

"내가 저번에 한번 갈 거라고 했잖아."

"언니 내려. 할 말이 있어."

명자에게 말해놓고 양지는 그녀가 내려서 따라오거나 말거나 뒤돌아보지도 않고 산비탈로 연이어진 자드락길을 따라 걷기 시작했다. 오늘 같은 날 어머니 곁에 자신이 있어서 어머니가 당할 수모의 방패막이가 될 수 있다는 것이 몹시 다행스러웠다. 입귀를 씰그러뜨린 채 째려보고 있던 명자가 못 이긴 듯 일행을 돌려보내고 따라왔다.

서너 발자국 떨어진 곳까지 따라온 명자를 향해 왈칵 도전적인 행보로 양지가 돌아섰다.

"부탁하는데, 이런 짓하고 싶으면 우리 아버지한테 해."

"너거 아부지 집에 없는 거 다 안다. 실권은 늬오매가 다 갖고 좌지우지한다는 것도 다 알고."

실권? 좌지우지? 그게 얼마나 대단한 걸까. 명자의 말을 되뇌어보는데 피식 다시 실소가 터져나왔다.

"난 언니가 무슨 말을 하러가는지 잘 알면서 엄마를 만나게 내버려둘 수 없어."

"잘 아네. 그래 할 말 많다. 그동안에 쌓인 한을 내가 안 이상 이 참에 싹 돌리받을 기다."

엄마가 아프다. 나쁜 병에 걸렸다면 우선 이 자리에서의 승강이는 피할 수 있으리라. 그러나 양지는 그렇게 말하기 싫었다.

"엄마는 지금 집에 없어."

"내가 가방끈 짤다꼬 일일이 돌려대서 얄보는 건 아는데 나도 니 속을 다 꿰고 있거든. 이 거짓말쟁이 가시나야. 병원 갔다 오는 거 본 사람이 다 있다."

피가 역류된 빨간 얼굴로 명자가 바짝 다가들었다.

"쾌남이 넌 너희 집에서 맏이니까 책임을 느껴야 돼. 니가 나라도, 아니 니가 나였다면, 넌 옛날부터 영리하고 성깔도 남달랐으니 나보다 훨씬 더 했으면 더 했지 덜하지는 않을 거다. 저 넓은 들판의 실제 주인이면서 우리 할아버지는 굶어서 죽었어. 그 윗대까지 갈 것도 없이 반편이처럼, 법없이도 살 착한 우리 아버지가 어떻게 살았는지 너도 잘 알지?"

"잠깐!"

양지가 말을 자르며 끼어들자 올곧은 시선에다 더욱 파란 불씨를 돋우며 명자가 쏘아보았다.

"오늘 일을 봐서도 언니가 맘만 먹으면 무슨 짓이든 다 할 수 있다는 건 확실히 알겠어. 그렇지만, 언니는 그럼, 떠도는 소문은 못 믿는다고 물증을 대라고 우리가 맞선다면 어쩔 것인가는 생각해봤어?"

"거금 들이가 연변서 가지고 온 녹음테이프, 편지, 증인 서줄 동네 사람들도 많이 있다."

"그래, 언니네 입장을 부인은 하지 않겠어. 언니 어머니가 우리 엄마한테 했다는 말도 다 이해할 수 있었고. 하지만 옛날에, 우리도 모르게 저질러진 일을 가지고 왜 우리가 가해자 취급을 당해야 하는지. 나도 할 말은 있고 불쾌해. 유전자 감식이라도 할 준비는 되어 있어? 또 우리가 믿고 받들면서 산 족보는 속량된 노비였던 조상이 돈으로 산 것일 수도 있다는 건 생각 안 해봤지?"

"속량이 뭔데, 내가 모르는 유식한 말로 애먼 소리할래?"

"내 말이 무슨 뜻인지는 기철이한테 물어보면 알 꺼고. 부탁인데 언니야. 못난 후손이 조상 뼈다귀나 울귀먹고 산다는데, 우리 좀 이러지 말자."

양지가 전문적인 문제까지 들고 나오리라고는 미처 생각 못 하고 있었던 듯 명자의 얼굴에 차츰 난색이 드리워졌다. 그러나 양지는 이내 시들해졌다. 이 일에 관한 한 일체의 언급을 회피하기로 작정해놓고 있었는데 본의 아니게 토를 달고 말았다. 잠시 멈칫하던 명자는 이내 발발 떨리는 뜨거운 손으로 양지의 손을 잡아끌었다.

"잘 됐다. 동네 사람들 다 불러다놓고 증거를 보여줄 테다. 내 딴에는 그래도 죽은 성남이 가시나 생각에 그냥 조용히 매조지할까 했는데 니가 그리 나온게 차라리 잘 됐다. 구 년 묵은 원한 좀 씨언스럽게 훑어내보자."

명자의 아귀찬 손의 악력이 조여들자 떨어질 듯 팔목이 아팠다. 양지는 정색을 하며 뿌리쳐서 잡혀 있는 손을 뽑아냈다.

"언니가 자식노릇 잘하고 싶듯이, 나 역시 우리 부모의 자식인데 내가 모르는 옛날 일에 대해서 그만한 이의도 표명하지 말란 말이야? 이건 어디까지나 옛날 일이고 추측도 가설도 무성하게 구전된 옛날 일이야. 언니 형편이 좋아지고 세상이 또한 좋아져서 언니가 목청을 높이지만 모르는 대로 그냥 덮여갔을 수도 있잖아. 더구나 우리 엄마 아버지가 직접 꾸며낸 일도 아닌데. 언니 네가 괜히 죄인 취급하는 건 나도 기분 나빠서 못 참겠어."

"엉큼하게 숨겨서 그렇지 너거 아버지가 와 몰랐노. 너것들도 어느 정도 짐작은 하고 있었을 끼고."

"그래 솔직히, 아버지가 와 그리 유난시리 언니네 식구들을 경계하나 그런 의구심은 있었지. 언니 같으면 쉬쉬해야 될 일을 아이들까지 알려서 비밀의 구멍을 더 크게 뚫겠어? 난 그래. 언니가 그런 새삼스러운 일들을 파내서 찍자 붙어본들 달라질 건 별로 없어. 그리고 난 그런 일에 관심을 두지도 않을 뿐더러 동요되지도 않을 거야."

"너야말로 뭘 믿고 사과도 없이 그따구 엇발을 놓는 건지 모르겠다. 니가 뭐라꼬 씨부리든 말든 나는 내 각본대로 하고 말 끼다."

화가 나니까 꽤 세련된 척 서울토박이보다 더 서울스럽게 구사하던 억양도 어느 결엔가 고향식 사투리로 변해서 툭툭 튀어나온다. 명자가 화를 삭이지 못하고 발발 떠는 반면 양지는 오히려 대치상태로 벌떡거리던 심장이 차분히 가라앉은 정돈된 음성으로 말을 받아나갈 수 있었다.

"그래, 새파랗게 날을 세운 칼은 하다못해 저 나뭇잎 떨어진 가지 하나를 쳐도 한번 휘둘러야 직성이 풀리겠지. 어떻게 하면 우리 아버지 가슴 한복판에다 치명적인 상처를 입힐 수 있는지도 가르쳐줄게. 어려운 것도 아니야. 언니랑 어깨동무하면서 같이 자란 성남 언니를 꺼내. 우리 언니가 얼마나 효성스럽고 관대했고, 또 집안의 장래에 대해 그 또래답지 않게 깊은 생각을 하고 있었는지. 만약 그 애가 살아 있었다면 명자, 나보다 더 성공을 해서 아버지의 노후도 걱정 없을 텐데 한마디만 해줘. 우리 아버지 그 독선적인 외고집통도 자신이 얼마나 편협했으며 세상의 흐름을 거꾸로 읽고 살았던지 어리석음을 깨닫는다면 아마 명자 언니 앞에서 피를 토하고 말 거니까."

양지는 말라드는 입술을 축이려고 번갈아서 아래 윗입술을 빨았다. 자신이 지금 무슨 말을 어떻게 하고 있는지에 대한 느낌도 없었다. 각본대로 한다던 명자의 말을 그녀 자신이 먼저 실행하여 대사를 외우는 것처럼 마음에 없던 대꾸를 하고 있었다. 그러나 어느 정도 속에 있는 말을 다하기는 했다. 그런 순간 전신을 지탱하고 있던 힘이 쭉 빠져버린 듯 무력감이 엄습했다. 괜한 자격지심의 발로였을까. 왜 그렇게 여러 말을 했는지 모르겠다. 누구보다 명자의 심정을 잘 이해할 수 있을 것 같았는데 말이다. 명자는 듣고 보니 그렇기도 하다 싶은지 펄펄 뛰던 좀 전의 기색이 많이 누그러진 얼굴이다.

"야튼 가자. 성냄이 가시나 생각나서도 이 기분 이대로 돌아갈 수는 없으니까 너희 옴마라도 만나보고 가야겠어."

"엄만 지금 집에 안 계서. 우리 아버지가 어디 있는지는 눈 많은 언니 엄마나 기철이한테 물어보면 더 잘 알 거구."

양지는 기막힌 듯 멍하니 바라보고 있는 명자를 남겨두고 집이 있는 반대쪽으로 걸었다.

"망할 가시나. 그래도 가방끈 길다꼬 한마디도 안 지고 맞서네. 그래 가마 타고 나 웃기는 짓했다. 그렇지만 이 계집애야, 너 콧대 센 자존심 꺾고 비틀거릴 때 있을 거다."

김빠진 어투로 투덜거리며 명자가 뒤따라왔다. 양지가 돌아보자 턱 받아서 마주선 명자가 씩씩거리며 서 있다.

"집, 팔라꼬 내놨담서 와 그런 소리 우리한테는 안 하노?"

양지는 을씨년스러운 눈길로 먼 산을 바라보았다. 아무 말도 하지 않았다. 차라리 남의 소유가 되어버리면 옛 기억까지 날려버릴 수 있을까. 이 삐뚤어진 것의 감정을 더 건드려보았자 별무 소득이라 여겼던지 명자도 잠시 가만히 서 있었다. 양지는 집으로 뒤따라올지 모르는 명자를 따돌리기 위해 아까 현태와 같이 있었던 동뫼등으로 다시 올라갔다. 발소리로 명자의 기척도 뒤따라왔다.

"우리 어릴 때 여기서 청솔가지 꺾어다 솔태도 타고 그랬는데."

별로 변한 것 없는 동산 여기저기를 둘러보던 명자가 감회어린 듯 중얼거렸다. 양지는 천천히 명자를 향해 돌아섰다. 그 순수를 떠나서 우리는 얼마나 엉뚱하게 우리가 원해본 적도 없는 방향으로 표류했는가.

"언니는 성공했잖아. 여기서 덮어줘. 우리 언니 이름으로 내가 부탁할게."

말하는 순간 핑글 눈물이 돌았다.

"가시나야 진작 그라지. 호냄이 일도 있는데, 니 쪽이 얼매나 탈 끼는지 내가 다 안다. 그라모 족보도 돌리줄 끼제?"

"족보? 그게 아직도 그렇게 소중한 가치가 있는 기록이라고 생각해?

우리 아버지 최태복 씨 이름이 올라 있는 걸 뻔히 알면서도?"

"대전인가 어디 족보박물관도 있다는데 그게 가서 기록을 찾아보고 발루모 되겠지."

"그래 꼭 갖고 싶다면 언제 돌려줄 날도 있겠지."

"옴마야!"

순식간에 얻어낸 양지의 대답을 듣고 놀란 명자는 모든 것이 제 뜻대로 될 것을 믿었는지 제법 다음에 보자는 인사까지 먼저 하고는 제 갈 길을 갔다. 그런 명자의 뒷모습을 바라보고 있던 양지는 고개를 숙이면서 겉옷의 단추를 채웠다. 안장산 능선을 타고 내려온 날쌘 바람결. 돛폭처럼 뿌옇게 길바닥의 먼지를 걷어들고 장난꾸러기 아이들같이 바람은 내처 길을 따라 달린다.

비석모듬이 있는 곳까지 와서 양지는 걸음을 멈추었다. 양지는 오른쪽에 있는 비석모듬을 향해 섰다. 논벌 가운데는 허물어진 팔각정자 터가 있다. 손님들과 연못의 금잉어를 희롱하며 시연회를 벌이던 선대들의 유적이다. 우아한 팔놀림으로 선조들의 위업인 비석모듬을 자랑해 보이기에 계획적인 구도로 건물은 위치해 있었다.

낙엽과 쓰레기 나부랭이 사이에 힘없이 쓰러져 있는 비석은 전보다 더 늘었다. 시호비, 하사비, 공덕비…. 그중에는 학계에서 탁본을 해간 것도 있었다. 그러나 양지는 문맹도 아니면서 아직 비석에 각인되어 있는 글씨 한자를 관심 있게 읽어본 적이 없다. 어느 봄날, 죄없이 받았던 빗자루 타작에 대한 억울한 분노가 터질 곳 없이 아직도 잠재해 있었기 때문이다.

어린 쾌남은 그날 감나무 밑에서 풀이파리를 뜯어서 김치를 담그고,

진흙으로 인절미를 만들며 제사놀이를 하고 있었다. 차려진 제상에 어른들처럼 공손하게 절을 하고 냠냠 음복을 하는 것으로 놀이가 한 고개 넘으면 혼자 한 소꿉놀이는 막장에 이르러 졸음이 스르르 몰려온다. 이제 등에 업은 헝겊아기를 내려 뉘이고 젖을 먹이며 한숨 낮잠을 잘 차례다. 그때 들에서 돌아온 어머니가 끼고 있던 소쿠리와 호미를 집어던진 대신 부리나케 지게작대기를 주워들며 성남아, 경남아, 용남아, 귀남아 딸들의 이름을 나오는 대로 죄 불러 젖혀놓고는 밖으로 뛰어나갔다. 손짓하는 어머니를 따라 양지도 뒤따라 뛰었다. 산토끼 잡는 몰이꾼들처럼 논길로 줄줄이 최씨 가의 어이딸들이 뛰고 있는 모양을 무슨 신기한 구경이라도 난 것처럼 동네 사람들이 내다보고 있었다. 얼마쯤 달리다보니 비석모듬에서 쓰러진 비석과 씨름을 하며 낑낑대는 아버지의 모습이 보였다. 한눈으로 쓰러진 비석을 일으켜 세우기 위해 안간힘 쓰고 있음을 알 수 있었다.

어머니의 눈짓에 따라 딸들은 아버지가 끌어안고 이리 비틀 저리 비틀 무게 중심을 못 잡고 있는 비석으로 엉켜붙었다. 힘쓰는 요령이 없기도 하거니와 보조를 맞추지 못해서도 보탬이 되기는커녕 아버지의 움직임을 방해하며 거치적거리기만 했다. 마른 석이가 가시처럼 손을 찔러 앗따거라 손을 뽑는 딸도 있어 힘의 안배마저 균형을 잃고 기우뚱거렸다. 그러나 빨간 얼굴로 하얗게 잇바디를 악물며 딸들은 물러서지 않고 힘을 모았다. 거의 구십 도쯤 비석이 바로 선 순간이었다. 이제 기단석의 홈에다 비신을 똑 바로 밀어넣어야 했다. 그 찰나에 힘의 안배를 위해 조금 넓게 벌리는 아버지의 발에 쾌남의 작은 발이 밟혔고, 놀란 아버지의 움직임에 따라 걷잡을 수 없이 흩어진 중력으로 빗돌의 중심이 어그러졌다. 아버지의 손을 떠나 바닥으로 나둥그러진 비석은 여지없이 중동이 부러지고 말았다. 동강 난 비석을 바라본 아버지의 눈에 순간적으로 어리던 절망과 낭패스러움이 증오의 불꽃으로 교차된 것은 반짝 순간이었다.

"이 놈으 가시나들 뭐할라꼬 와그르 끓어나와갖고…, 내 이놈으 가시나들로 오늘 다 때리쥑이고 말 끼다!"

울화로 눈이 뒤집힌 아버지는 먼저 손에 닿는 마당 빗자루를 집어들자마자 닥치는 대로 아이들을 향해 휘둘러치기 시작했다. 발이 빠른 언니들은 모두 도망을 가고 아버지에게 밟힌 발등을 주무르고 있던 양지에게로 무차별한 난타는 쏟아져내렸다. 날개가 짓이겨진 어린 잠자리마냥 쾌남은 아버지의 뭇매질에서 벗어날 기회도 얻지 못한 채 무수한 매질을 고스란히 받았다.

"아이구 와이라요. 임자 도운다꼬 내가 다 데불고 나왔거마는, 에린기 먼 잘못이 있다꼬. 차라리 날 때리소 고마!"

빗자루를 빼앗으려고 달려들었지만 쉽게 되지 않자 어머니는 아버지의 허리를 잡고 맴을 돌며 원망의 소리를 내질렀다. 화풀이를 하지 못해 씨근덕거리는 아버지에게 어머니는 더욱 대단한 맷감 제공만 하는 셈이 되었다.

"이 웬수녀르 종자들아, 그만 싹 씰어 뒈져라. 내 속에 인병 들고 너그 속에 골병들고, 그만 말자."

얼굴이며 목이며 노출된 양지의 몸은 한 곳도 성한 데 없이 댓가지 회초리에 할퀸 상처가 났고 피부가 찢어진 곳에서는 실거머리처럼 빨갛게 피가 흘러내렸는데 어머니는 피하지 않고 양지를 감싸 안은 채 맴을 돌앗다. 집으로 돌아온 어머니는 혼이 난 양지의 얼굴을 씻기고 헝클어진 머리를 빗겨주며 둘러서 있는 딸들에게 아버지의 행패를 역성들어 변명을 했다.

"너가부지도 못 나무랜다. 집안이나 형제들이 있으모 힘 모아서 같이 할 일로 혼자 하실라 카니 그만 화가 받치서 그란 기다."

양지는 성남 언니가 업어주고 귀한 알사탕을 쥐어주며 얼러도 울음 끝을 맺지 못했다. 공포심과 억울함이 되새겨질 때마다 펌프질하듯 자지러지게 울고 또 울고 서러운 눈물을 쏟아냈다. 어린 마음에도 그 실수는 아버지가 발을 밟아서 저질러졌지 절대 자신의 고의가 아니었으므로 부당하고 억울하게 당한 구타는 아무리 화난 어른의 행위일지언정 이해되지 않는 부당한 행동인 것이다. 죄없이 맞으면서 보았던 아버지의 험악한 얼굴은 억울함을 부채질하며 아버지를 생각하는 것조차 괴물처럼 섬뜩하고 진저리치게 했다. 밤에는 귀신이 된 아버지와 비석들에게 쫓겨다니는 꿈을 꾸다 가위눌려 오줌을 싸기도 했다. 그 후로 비석모듬의 존재는 까만 휘장을 찢고 드러나는 악령의 집단처럼 오래도록 양지의 기억세계를 어지럽혔다.

양지는 성숙한 자신의 존재를 확인하듯이 눈길로만 천천히 그 주위를 둘러보았다. 그리고 으쓱한 자세로 발길을 돌릴 수 있었다. 그렇다, 굳이 의미 부여만 하지 않는다면 다소의 글이 새겨진 돌덩이의 집단 구역일 뿐이다.

집으로 돌아오니 우물가에 어머니가 쭈그리고 앉아 빨래를 헹구고 있었다.

"엄마 언제 나왔어? 이리줘 내가 할게."

"다 했다. 들어가자 고마 저녁 묵그로. 손은 갔나?"

양지는 순간 당황했다. 뭐라고 현태를 설명해야 하나.

"엄마가 봤어?"

"응, 동묏등에 둘이 있데."

"초등학교 동긴데 내가 온 걸 어떻게 알고 찾아왔어."

"일부러 온 손을, 이 춘날 산에는 뭐 하러 데꼬갔노. 집으로 들어와서 따신 물이라도 대접해서 보내제."

"참 엄마도, 유부남을 집에까지 데리고 왔다가 동네 사람들 눈에 띄면 뭐라고 또 소문이 나게."

명자가 보인 연극 같은 짓은 못 본 것 같아 그나마 다행이다 싶어 엉뚱한 말로 얼른 둘러대놓고 어머니의 곁을 벗어났다. 우물 저쪽 둔덕에 삭아진 늙은 돌배나무와 제법 팔뚝만 하게 자란 이세 돌배나무가 기상 꿋꿋하게 서 있는 게 보였다. 그 옆으로 조금 시선을 돌리면 불 타 없어진 사당의 주춧돌이 잡초덩굴에 묻혀 있는 것도 보인다. 무언가를 증언하고 싶어하는 내력의 안간힘이 느껴지는 정경이다. 무심한 동작으로 빨래를 널고 있는 어머니를 바라보는데 그 눈길에는 저만 아는 미안함이 실려 있다. 어머니에게 만약 막강한 힘이 있었다 해도 사사건건 이렇게 어머니를 제외시켰을 것인가. 그러나 역시 그럴 수밖에는 달리 상처만 받으며 살아온 어머니를 보호할 방법이 없다는 결론을 내리며 선뜻 마음 걸리는 미안함을 해소시켰다.

어머니를 입원시켜놓고, 양지는 심경이 한결 정리되고 차분해진 것을 느꼈다. 회사에도 휴직원을 냈다. 가여운 어머니를 위해 같은 여자로서, 그녀의 살을 찢고 나온 자식으로서 마지막이 될지도 모르는 병간호를 성의껏 다하는 방식으로 그게 최선이라 여겼다. 직장생활과 간병을 같이 할 수 있게 택한 병원이었지만 여차하면 사망할지도 모르는 심각한 상황임을 양지는 이미 알고 있다. 무슨 뜻인지 미스 김이 어제 부로 사표를 냈다고 묻지도 않은 말을 하며 하 양이 신부수업한대요, 하는 말까지 덧붙였다. 추 여사에게 전화를 걸어 형식상이나마 병훈네의 동정을 들어볼까 했으나 중병으로 입원해 있는 어머니에게 예가 아닌 것 같아 그만 두고 은행에 가서 적금을 해약했다. 말기 암환자인 어머니를 위해서 자신이 할 수 있는 최선을 궁리하다가 이제 계획한 일을 차근차근 실행에 옮기려는 것이었다.

"오 개월만 더 부으시면 멋있게 목돈을 찾을 건데요."

오래 드나들며 낯익은 은행 아가씨가 아쉬운 듯 말하며 온라인 통장을 만들어주었다. 이제 여행사에 들러 제주행 비행기 표를 살 것이다. 애야, 내일 모레가 수술이라는데 여행은 무슨 여행이냐고, 낯선 상대에게 결례해본 적 없는 겁 많은 어머니는 의사와의 약속부터 염려할 것이다. 어머니의 병명이 자궁암 말기에 접어든 것으로 진단이 내려지는 순간에도 양지는 왠지 마치 준비된 어떤 절차를 맞이한 듯 크게 당황하지 않았다. 가슴을 아리게 그으며 지나가는 통증 한 줄기를 깊이 인식함으로써 요행이라는 기대에 대한 마침표도 찍어졌다. 그게 어머니 운명의 굴레를 벗어나는 길이라는 예감에서다.

어머니 역시 양지의 강권에 못 이겨서 따라오기는 했지만 이미 회생하지 못할 중병으로 고단하기만 했던 삶을 마감하게 되어 있음을 운명적으로 받아들이고 있는 듯 의사의 절망적인 진단을 받는 순간 다른 환자들이 그러하듯 원망하며 절망으로 몸부림치는 등 능히 할 법한 어떤 마음의 동요도 내비치지 않았다. 물론 발달된 과학이며 의술을 믿고 크게는 시골의사의 오진을 기대할 수도 있었다. 그러나 어머니는 평생 그런 행운과는 인연이 멀었다. 어떤 때는 남의 품앗이를 대신 나갔다가 뱀에 물려 업혀오기도 했고, 무리없이 잘되게 되어 있던 소작농사도 어머니가 인계를 받는 순간 병충해의 극성으로 망치기 아니면 가격 폭락으로 인건비 부담만 떠맡게 되기 일쑤였다. 딸이 울며 안타까워할까봐 어머니는 전에 했던 말을 또 했다. 부릴 곳 없어 이고 안고 다니던 무거운 짐덩이를 내려놓은 듯 오히려 편안하고 홀가분하다고.

양지는 이제 혈압이나 교통사고 등으로 졸지에 숨이 끊겨 식구들과 이별하는 환자들보다 다행이라는 심정으로, 평생 춥고 고달프기만 하던 어머니 생의 마지막을 아름답게 장식해줄 참이었다. 물론 의사나 간호사의 동의를 얻기 어려우리라는 것도 모르지 않았다. 하지만 무엇이 어머니를 위해서 자신이 가장 잘할 수 있는 일인지, 양지는 스스로의 판단에 확신을 가졌다. 늦었지만 이제라도 고삐에 매인 말처럼 자유롭게 영역 밖을 일탈해본 적 없는 어머니에게 우물 안 개구리마냥 당신이 살던 세상 이외에도 얼마든지 환하게 넓고 크고 아름다운 세상이 있었음을 보여줄 것이었다. 각지에서 모여온 행복한 모습의 여행객들과 어우러져 고운 차림을 하고 맛있는 음식을 먹고 재미있는 구경을 하는 동안 병에 대한 공포를 잊어버리고 내게도 이런 날이 있었던가, 감격해마지 않도록 해드릴 거였다. 그 기분으로 고양된 어머니의 가슴에다 당신도 배 아프게 낳아놓은 자식이 있음을 흐뭇하게 인지시켜줌은 물론 나도 자식 있는 여자였다는 뜨거운 감격에 빠져들어 양수에 잠겨 있는 태아처럼 평화스럽고 부드러운 마음으로 이 세상의 모든 서러운 기억들을 상쇄케 해주고 싶었다.

양지는 백화점에서 산 고급 과일바구니 속에다 둘이서 마음놓고 써도 될 돈 봉투를 넣었다. 이름도 모양도 처음 대하는 진귀한 과일들을 하나 하나 들어내다가 마침내 손에 잡히게 될 두툼한 봉투. 엄마한테 가져가 려고 모았던 돈이지. 엄마가 또 돈 걱정할까봐 미리 가져온 거니까 엄마 마음대로 써도 돼 하면 어머니는 또 어떤 표정을 지을까. 우선 새 다리 가 나중 쇠다리보다 나은데 너무 늦었어. 속으로 그동안의 무심함을 야 속해할지도 모른다. 아니, 피땀 흘려서 모은 이 돈을 나는 받을 자격 없 다고 완강히 거부할 것이다. 아무튼 양지는 제 생에 가장 큰 금액으로 환산된 노력의 결정을 어머니께 돌려드리는 것으로 언젠가 한번은 하면 서 미루어온 애정표시를 하고 싶었다. 비록 명자처럼 벼락부자는 못 되 지만 제 능력으로 차곡차곡 쌓아온 학벌이며 직함이나 돈까지 모두 갖 다바치며, 나 좋아하는 이런 사람 있는데 나도 결혼 할래요. 어머니가 가 장 듣고 싶어하는 말을 하게 되었다면 더 바랄게 없었겠지만 말이다.

어머니가 입원해 있는 오층 복도를 돌자 문 앞의 의자에 앉아 기다리 고 있던 어머니가 양지를 보자 마주 일어섰다. 기다리고 있던 초조함이 비로소 가시는 얼굴로 어머니는 양지의 앞으로 마주 걸어왔다. 환자복 을 벗고, 올 때 입었던 옷을 얌전히 챙겨입고 있었다. 어머니는 무슨 일 이냐는 양지의 놀라움에는 대답을 않고 아무도 없는 복도 끝으로 손을 끌고 가더니 불 위에 얹어놓고 온 찌개냄비를 깜빡 잊고 온 듯이 먼저 입 을 열었다.

"아무래도 집에 한분 댕기와야 되것다."

"집에는 왜?"

닭도 돼지도 나만 기다리며 배곯고 있겠다고 애태우며 이틀을 묵지 않고 돌아가던 어머니의 성격을 양지는 안다. 필경 사료 값 때문일 터였지만, 겨울에는 안 기르겠다 얼버무리던 빈 가축우리를 떠올리며 반문했다.

"또 아버지 때문에? 엄마가 지금 다른 데 신경 쓸 겨를 있어? 나 모르게 돈도 전하고 왔잖아."

양지의 패악스러운 대꾸에도 굽히지 않고 어머니는 얼마나 벼르고 정리해두었던 말인지 말문을 열자 막힘도 없이 평소답잖게 단숨에 털어놓았다.

"그기 아이고, 내가 이리쿠모 니는 또 미신이라꼬 팔딱 띨 끼다만, 아무래도 니 셍이 해원굿을 한분 씨언씨리 했시모 내 맴이 깨운하겠다. 요근래 들어서 눈만 감으모 니 셍이 어찌나 눈에 뵙히는지. 엊저녁에도 한 숨 못 잤다."

양지의 가슴 한복판으로 날카로운 통증이 지나갔다. 흉기가 될라 숨겨놓았던 칼이 벌겋게 녹조차 슨 흉측한 살기를 품고 어머니의 가슴에서 불거져나온 것을 목격한 으스스함이었다. 그러나 그대로 감정에 충실해서는 안 된다는 판단이 섰다. 어머니를 쏘아보다가 양지는 표독스럽게 잘라 말했다.

"엄마가 맘이 약해져서 그렇지. 언니 죽은 지가 벌써 언젠데 그딴 소리고. 뒤탈없이 잘한다고 몽달귀 중매해서 영혼결혼식도 시켰고."

"그렇기는 했지만 내 마음은 평생 무겁고 죄인 아이더나. 호냄이, 정

넘이 저것들한테 무신 일이 있다 카모 내사 그만 간이 철렁 떨어진다. 니 셍이가 동생들 해코지할 사람은 아니라 캐도 사람이 유명이 바뀌모 지는 좋다꼬 씨다듬는 기 산사람한테는 해가 된다 안 카나. 사람한테는 심령이 구십 프로라꼬 마음이 개운해야 약을 묵어도 약발을 받고 수술 도 잘 안 되겄나 싶으다. 야야, 번거롭지만 이 에미 부탁 한분만 들어도 고. 내 다시는 니 성가실 그런 부탁은 안 하꾸마. 그리만 하고 나모 내 마음이 날아갈 듯 깨운할 것 겉고 니나 호냄이, 정냄이나 하는 일마다 척척 잘되고 앞으로는 우환 재책 없이 모두 잘 풀릴 것 겉다. 병자 맴이 깨운 하모 수술도 약발도 잘 받을 듯 싶으고."

달래듯 조르듯 사뭇 어리광 섞인 어조로 길어지는 어머니의 애원을 듣고 있는 동안 양지의 마음도 조금씩 움직이고 있었다. 배가 아프면 소금 한 줌을 먹고 바늘로 사관을 틔우는 원시적인 건강법을 빈번이 행해 온 어머니에게 전신마취를 한 대수술, 그것도 목숨처럼 생각해온 여자의 상징인 자궁, 그 육신의 깊은 곳을 선뜻 절취해서 없애는 일은 어떻게든 지연시키고 싶은 복잡한 두려움일 게 당연했다. 양지는 어머니의 손을 부드럽게 싸쥐며 타이르듯이 말을 건넸다.

"엄마, 엄마는 굳세고 참을성 있는 사람이잖아. 외국에서도 인정해주는 권위 있는 박사들이니까 마음 푹 놓고 한 숨 자고 일어나면 모든 게 해결돼 있을 거야. 엄마를 괴롭히던 고통덩어리, 무슨 미련 애착이 남았어. 이참에 깨끗이 제거해버리고 엄마도 한번 구속 없이 자유롭게 살면 되잖아."

"인생 한분은 죽는 기 정칙인데, 그까짓 죽으모 썩어질 육신이사 뭐… 혼기도 넘친 딸자슥 짝도 못 지아준 에미가 또 짐만 지우게 돼서 면목은 없다만, 내 마지막 부탁이다. 이 죄 많은 에미 소원 한번 들어 도오. 니 셍이 생목숨 끊어놓은 걸 생각하모 앞앞이 말 몬 하고 내 속에 피가 지는 거 누가 다 알 끼고."

어머니는 기어이 상의 주머니에서 손수건을 꺼내 눈물을 닦아냈다. 코맹맹이 소리로 어머니의 작심은 다시 양지를 물고 늘어졌다.

"에미·애비 무식하고 집구석에 운이 없는 거는 안 치고 죄 없는 자석만 병신 맹글어서 족치다가 그리 쥑인 걸 생각하모 평생 죄 때 한번 몬 벗고, 청천일월 보기가 부끄러버서, 그래도 모진 게 쌩목심이라서 목구녕에 밥을 퍼옇고 살았제."

이미 마음의 결정을 굳게 다진 어머니는 양지의 응낙을 받아내기 위해 밀어붙일 수 있는 데까지 밀어붙일 태세였다. 전 같으면 뭐한다고 이중 돈 쓸 거냐며 비용이 낭비되는 일은 스스로 반대했을 어머니인데. 양지는 마음이 혼란스러웠다. 무속에 대한 영험을 철석같이 믿고 사는 사람들은 많다. 궁지에 몰렸을 때 가장 간절한 심정으로 매달리는 상대가 그의 구세주가 되는 것만은 사실일 것이다. 아무리 죽어서 유명이 바뀌었다 해도 살아 있을 때와 같이 집안 걱정을 하는 언니라면. 어머니의 말대로 밤마다 언니가 보인 것은 어떤 기적을 예언하는 현몽이었을까. 어머니의 애원을 굳이 반대해서 오고 있는 행운을 막는다면 그 이상의 실수도 없을 것이다. 어차피 수술 날짜를 기다리는 동안 여행하기로 계획해둔 닷새간의 공백이 있지 않은가. 여행은 수술로 쾌차한 뒤로 순서를 미루어도 된다. 양지는 기꺼이 약발을 바로 받고 싶다는 어머니의 제의를 받아들여 일정을 바꾸기로 했다.

"간호사한테는 내가 다 말했다. 내 심정이 그렇당께 의사도 수술 시기나 더 늦추지 말고 그러라꼬 승낙을 했단다."

양지의 동의를 얻어내자 어머니는 병원 측으로부터 미리 받아놓은 외출허가를 알려주며 어린애마냥 기쁜 표정을 드러냈다.

"니가 반대를 안 하니께 내 기분이 이리 날아갈드키 좋은 걸 본께 인제부터는 거저 좋을 끼다. 조짐이 너무 좋다."

수다스러운 여자처럼 양지의 등을 토닥거리며 어르는 어머니의 가벼워진 모습을 보자 양지의 기분은 맥이 빠졌다. 어머니를 위한답시고 간만에 세웠던 실하고 오진 여행 계획이 무산되는 허전함도 있었지만 빤히 아는 병을 가진 어머니가 당신의 내일에다 희망을 거는 모습도 너무 안쓰러웠다. 내일은 아무도 모른다. 그러므로 사람들은 희망을 갖고 또 용맹스러워지는지 모른다. 하지만 양지는 아직 그런 기적을 바란 적도 맛본 경험도 없다.

모처럼 서로의 뜻을 존중해서 집으로 오는 길에도 어이딸의 분위기는 또 엇나가는 의견으로 어색하고 화평하지 못했다. 비행기가 안정고도에 기체 진입을 하자 승차감 좋은 승용차를 탄 것처럼 편안한 마음으로 등을 기대고 앉았을 때였다. 마침 창옆의 자리여서 끝없이 펼쳐진 창밖의 운해가 뛰어내려서 뒹굴어보고 싶은 충동을 느끼게 했다. 엄마 저 하늘 좀…. 낮은 탄성을 지르며 옆좌석의 어머니를 집적하다가 양지는 손을 주춤했다. 도드라진 이마만큼 누구도 방해하지 못할 집념과 단단함을 보여주는 입술을 쫑긋 내밀고 어머니는 눈을 감고 있었다. 양지는 저의 속삭임을 분명히 들었을 것이건만 어머니가 아무런 반응을 보이지 않는 것은 안경점 앞에서부터의 연장인 것을 언뜻 상기해냈다. 아버지 안경을 안 샀다고 아직도 꽁하게 맺혀 있느냐고 따져묻고 싶었지만 옆자리의 사람들 때문에 지상에서는 좀처럼 구경하기 어려운 하늘 세계의 장관을 눈뜨고 좀 구경해보라고 설득에 필요한 복잡한 말들을 자제하기로 했다.

시간을 벌기로 하고 고속버스 대신 비행기표를 바꾼 것까지는 썩 괜찮은 출발이었으나 탑승 시간 전까지의 여유를 별난 구경이라도 시킨답시고 공항의 이곳저곳을 돌아다니는 동안 상가까지 발길이 미쳤던 게 화근이었다. 안경점 앞을 지나자 어머니가 양지의 팔을 질끈 당겨세우며 눈짓을 했다.

"저거. 엄청 비싼 거 아이모 너가부지 꺼 하나 사자."

부러진 안경테를 반창고로 접착해서 끼고 있던 아버지의 낡은 안경이 퍼뜩 떠올랐다. 그러나 아버지를, 더구나 지금 상황의 어머니 입을 통해 그 아버지를 호사시킨다는 소리를 듣는 순간 마음속 가시가 발딱 일어섰다. 양지는 울컥 치미는 성깔대로 뾰족하게 쏘아주었다.

"엄마가 지금 아버지 안경 생각하게 됐어?"

양지는 그 순간 정말 어머니를 때려주고 싶었다. 이후부터는 소리 질러 비명을 토해야 될 만큼 통증이 심하게 될 겁니다. 출혈량과 빈도도 잦을 거구요. 어서 일 보시고 와서, 수술 스케줄 놓치지 않게 하세요. 시기가 너무 늦은 게 마음에 걸리기는 하지만, 최선을 다해 봐야죠. 양지의 뇌리에는 간호사의 주의 말이 계기판 마냥 부착되어 있었다. 차창 밖의 풍경을 보고 어머니가 무심하게 미간을 찌푸려도 지금이 간호사가 말한 그 긴박한 통증의 시간이 온 것은 아닌가, 긴장과 당황함을 동시다발로 경험하고 있는 중인데, 해소할 길 없는 억하심정에 가압의 풀무질을 하듯, 생뚱스럽게 아버지의 안경이라니.

"아니, 내가 사는 기 아이고 니가, 비싼 거는 아이라도 거저 니가, 너가 부지 큰 자슥인께. 하기사 이런 데는 너무 고급이 돼서 택도 없이 비싸 것제, 그만 가자."

"비싸고 싸고가 문제 아니야. 나는 도저히 엄마를 이해할 수 없어. 청 승이야, 청승!"

순간, 어머니의 빠안한 눈길이 양지를 응시하더니 아래로 차악 내려 지며 돌아갔다. 얼굴 전체에 접착제라도 붙여두고 간 듯 끈적함이 남는 묘하게 찬 시선이었다. 쓸쓸한 표정으로 저쪽의 다른 진열대를 바라보 고 있던 어머니가 빨아들이듯 아랫입술에다 침을 묻히더니 다시 양지를 바라보고 입을 열었다. 심지가 생긴 듯 꼿꼿한 목소리에는 전에 없이 얼 음장 같은 냉기가 어렸다.

"야야, 그라지 마라. 니는 그래도 너가부지 큰자석이다. 니사 큰자슥 이 되고자 해서 된 거는 아이다만, 남으 큰자석은 어데가 달라도 다르니 라. 인자는 니도 그만 나이도 들었고 이런 말 내가 입에 담기는 부끄럽 다마는 고생하면서 객지생활도 그만큼 했시니 엔간하모 너가부지도 좀 안 됐기 생각해라. 겉으로는 자기 할 짓 다하고 산 것 겉애도 따지고 보 모 이 에미보다 더 가엾슨 냥반이 너가부지다. 그 놈의 양반 체면 지키 니라꼬 못할 것 없지만 안 하는 듯이 큰소리 치고 살았다만 속은 메밀대 맹키로 약한 양반이다. 나는 그래도 친정붙이라도 있지만 돌에도 나무 에도 붙일 데 없이 외로운 그 심정을 누가 다 알 끼고. 째보 아재한테 받 고 온 수모를 들으모 가슴에 피가 진다. 그 사람이 그런 괄시를 한 기 뭔 이유것노. 너가부지겉이 까시 센 양반인께 그 절통한 가심을 달고서도 이 나이꺼정 버틋고 살았제. 휴우 생각만 해도 징한 세월이다."

"듣기 싫어. 아버지에 대해서는 더 이상 나한테 이래라 저래라 하지 마."

"그래, 니 말이 맞다. 뭔 일이든지 다아 지 맘에서 우러나야제…."

어머니는 그렇게 선뜻 긍정은 했지만 기대가 어그러진 어두운 얼굴로 양지의 옆이 아닌 저쪽의 비어 있는 의자를 찾아가서 앉았다. 짓지르듯 대해놓고 나니 요놈의 성질머리, 후회가 되었다. 곁으로 다가가서 일부러 시계를 보며 화장실 안 가도 돼요? 말을 붙였지만 그만 정도는 나도 이미 계산하고 있다는 듯, 새치름하게 굳어진 안색을 풀지 않고 어머니는 딴 데로만 눈길을 돌리고 있었다.

부부애란 저런 것인가. 여기면서도 아직 그런 감정을 체험해보지 않은 양지에게는 낯설고 혐오스러운 느낌밖에 들지 않았다. 양지가 알기로는 남편인 아버지에게서 어머니가 받은 것은 괴팍스러운 불친절과 지긋지긋한 고생, 차라리 과수댁이었다면 겪지 않아도 될 쇳덩이같이 무거운 남편 시집뿐 혜택이란 아무것도 없었다. 이제 성인이 되어 이성을 인생의 반려로 골라야 할 시점에 이르렀다고 깨달을 때마다 아버지에 대한 양지의 기억은 불가항력적인 폭군의 잔인한 이미지로 되살아났다. 독즙을 흡수한 잔뿌리의 영향으로 거목이 병증을 일으키듯 영혼에 각인된 아픈 상흔으로 인한 그녀의 정서는 부지불식간에 진저리치는 반응을 일으켰다.

육탈 되듯이 무덕무덕, 나뭇잎도 들판의 곡식들도 시야에서 다 사라지고 산천은 나날이 여위어갔다. 다녀간 지 엊그제인데도 산이나 들판은 그새 성긴 베옷으로 가리고 누운 나신처럼 앙상한 바탕을 훤히 드러내고 있다. 바람 끝에 하나, 눈비 끝에 하나, 일회적이고 단편적인 것들은 차례차례 시야에서 자취를 감추고 있다. 잘 갈무리하기 위해 사람들이 걷어간 것들이 있는가 하면 천지자연의 섭리대로 흔적없이 소멸되는 것들. 사람이라고 어디 다른가. 그렇지만 사람들은 자연의 뚜렷한 생성 소멸의 법칙에도 불구하고 무언가를 남기기 위해서 몸부림 같은 안달을 하며 매일을 살아간다.

덩실한 누마루에서 바깥 풍경을 바라보며 양지는 귓결에 들리는 어머니의 기척을 하나하나 읽고 있었다. 인자 니하고 같이 살라꼬 그란다. 집에 온 이후로 어머니는 열심히 정리정돈을 하고 있다가 양지와 눈길이 마주치면 지레 겁먹은 당황함을 보이며 궁색한 변명을 하곤 했다. 구석지에 방치되다시피 놓여 있었으나 의식의 밑바닥에서는 여전히 위엄으로 도사리고 있던 조왕단지며 신주단지 명색은 물론 아버지의 일용품들도 따로 몽땅거려두었다. 무엇이든 지키고 일으켜 보겠다고 어지간히 붙잡고 애쓰던 것들이었지만 이제 병들고 지친 육신으로 떨려나듯이 물러나야 하는 상태에도 불구하고 그 흔한 한숨이나 눈물 한 방울 보이지 않고 어머니의 동작은 시종 침착하고 흐트러짐이 없었다. 양지는 과연 어머니답다는 감탄을 숨기고 어머니의 일거수일투족을 주의 깊게 지켜보고 있는 중이다.

어머니는 오늘도, 남 몰래 앓으면서 밤을 지샌 깐으로는 표없이 밝은 얼굴로 일찍 일어나서 깨끗이 소제해놓은 마당에다 빨간색 주단을 깔듯이 정갈하게 황토를 뿌리고 금줄을 쳤다. 저녁 무렵에 무녀들 셋이 와서 굿을 시작하면 내일 아침 언니의 분골한 유해를 강산에 흩뿌리는 것을 끝으로 굿은 끝나고 어머니는 뒤도 돌아보지 말고 집을 떠나야 된다.

"여태꺼정 우찌 이기 남아 있었실꼬. 이따가 너거 오빠 장꺼리 싣고 오거등 이거 조오라. 생각하모 피눈물 흘릴 일이다만 즈이 부모 손길에 놀던 기라꼬 그래도 좋다 안 카겠나."

구석방을 정리하고 있던 어머니의 먼지 묻은 손에는 갈색 자그마한 퉁소 한 개가 들려 있었다. 넝쿨식물과 얽혀 공생하면서 만들어진 흔적으로 몸통이 잘록잘록한 대나무 피리. 양지는 그때서야 자신이 무엇을 생각하며 들판 너머 산모퉁이 길로 시선을 주고 있었던가를 일깨웠다.

고종사촌 오빠, 푸줏간 사장 장현동. 고종은 아버지의 누님이나 누이동생의 자녀를 일컫는 말이라고, 가까운 친척이 없는 양지는 들은 상식으로 아는 정도였다. 짝수는 형제 항렬이며 홀수는 아저씨뻘이 된다는 것도 일가가 많지 않은 양지로서는 알아도 그만 몰라도 그만인 촌수 따지기였다. 그런데 양지는 엊그제 뜬금없고 난데없이 고종사촌 오빠를 소개받았던 것이다.

아침나절에 어머니를 따라서 굿거리 장을 보러 시내로 갔을 때였다. 어머니는 시장 복판에 있는 꽤 크고 번다한 어느 정육점으로 들어가, 갓 들여와서 피가 뚝뚝 듣는 쇠다리에 매달려 뼈와 살을 분리하고 있는 오십대쯤의 덩치 큰 주인남자에게 자네 외삼촌한테 저녁때 집에 좀 다녀가시라고 전해주게, 부탁을 하는 것이었다. 그리고는 동행한 낯선 여자인 양지에게로 보내는 주인남자의 관심을 눈치 채고는 중요한 일을 빠뜨릴 뻔한 황당함을 나타내며 양지를 가까이 오게 하여 인사를 시켰다.

"니한데 고종오빠다."

처음 듣는 친척, 그것도 오빠라는 가까운 호칭에 양지가 당황하는 기색을 보이자 어머니가 덧붙였다.

"설명하자모 길다. 담에 언제 말할 날이 있겠제."

무언가 묵중하게 느껴지는 바탕을 어머니가 암시하는데 선뜻 다가온 주인남자가 벅찬 감격과 친숙함을 더 많이 표현하기 위한 듯 아프도록 힘주어서 양지의 손을 덥석 움켜잡고 조였다.

"외숙모님한테서 말은 많이 들었네. 오래비가 변변찮애서…. 서로 일찍 알고 지내야 될 낀데 미안하기 됐네."

양지는 남자의 손아귀에서 흐르던 피가 잠시 멈추고 맥박이 팔딱거리는 것을 느꼈다. 남자의 눈은 그가 매달리고 있는 일거리에 비해 너무 맑고 선량해보였다. 그러나 양지는 그쪽처럼 감격스러운 표정은 지을 수 없고 어머니도 이제는 아버지의 난봉으로 맺어진 그렇고 그런 사이를 척족이라고 인정하게 되어 딸에게도 인사를 시키는구나 싶은 실망감만 표 나지 않게 삭이느라 되도록 태연하게 상대방을 응시하며 목례를 보냈다. 그러나 돌아오는 길에 어머니로부터 어머니 자신도 몇 해 전에야 인사 받게 된 생질의 출생이나 생존에 대한 내막을 듣게 되자 반박하려고 준비해둔 많은 말들은 모두 무색하게 흩어지고 말았다.

양지는 피리를 들고 부엌 뒤의 허물어져 명색뿐인 담을 넘었다. 그 옛날, 밤마다 대숲을 헤치고 나가 동경 유학생 애인을 만나기 위해 고모가 타넘던 곳 어디쯤일 데였다. 지금 그 울창한 대숲은 없다. 대나무는 일생에 한번 꽃을 피우는데 꽃이 핌과 동시에 수명이 다해서 누렇게 말라죽고 만다. 요즘은 죽세공품이 다른 화학제품에 밀려나자 상대적으로 가격도 떨어져 인건비도 안 될 정도로 금이 헐해 빠졌다. 어머니 손으로 일군 경작의 흔적이 여기저기 흩어져 있으나 얽혀 있는 대나무뿌리를 낱낱이 파내고 밭을 일구었던 깐에 비하면, 묵정밭으로 버려져 있는 빈

터는 알뜰한 옥토로 전환시킬 노동력이 한계에 달해 있다는 증거였다. 잡초를 덮고 누워 있는 넓은 대밭의 황폐한 모양 위에다 상상으로 울창한 대숲을 그려놓고 그 속으로 난 길을 걷는 것은 그리 어렵지 않았다. 양지는 마음으로 대여섯 살 적의 아버지가 할아버지 곁에서 대나무 타기를 하며 노는 장면을 그려본다.

"애야, 대 끌터기에 찔릴라. 조심해서 놀아."

할아버지의 음색은 부드러웠으나 여운에는 쇳소리가 끼었을 것이라 짐작해본다. 무언가, 결기를 간직하고 산다는 사람들의 특징적인 음성을 할아버지도 가졌을 것이었다. 저 놈이 언제 장정이 되어서 이 대나무들처럼 울울한 가문의 기상을 이룩해줄 텐가. 할아버지에게 대나무밭의 의미는 거저 숲이나 울로 길러서 몇 년에 한번씩 솎아 팔아 가용 돈을 보태는 것과는 사뭇 관심의 격조가 달랐다. 최씨네의 상징은 수천 평에 이르는 왕대밭이었다. 한창 가산이 번창할 때는 봄마다 띠풀처럼 무수하게 왕죽이 치솟았다고 했다. 그러나 어느 해부터인지 대밭에는 그악스럽게 칡넝쿨이 번성하기 시작했다. 여린 죽순의 목을 조르듯이 칡넝쿨이 감고 올라간 대나무는 잘록잘록 곪아들어 금질에 들지도 못했다. 무심코 넘겼던 칡넝쿨의 번성을 의식하기 시작했을 때는 어쩐 일인지 대나무에 꽃마저 피기 시작했다. 꽃이 핀 대밭은 멸종을 예고하는 것이나 마찬가지였다. 가까스로 멸종의 위기를 넘긴 최씨 가의 남자들인 할아버지는 언제부터인가 칡과 대나무의 관계를 단순히 다른 생물에게 피해를 주는 가해식물 정도가 아닌 그 이상의 의미를 부여해놓고 칡넝쿨 퇴치에 거의 광적인 집념을 보이며 매달렸다. 대나무를 기형으로 만들며 친친 감고 오르는 칡넝쿨을 잘 벼린 시퍼런 낫 끝으로 자르면서, 또는 잎

이 연삽한 괭잇날로 뿌리까지 푹푹 파서 칡의 근원을 파멸시켜가면서 할아버지는 마치 멸문의 원수를 제거하듯 집요하고 억척스럽게 그 일에 매달렸다고 했다.

그들은 유림들을 초청해놓고 선대들이 그랬던 것처럼 시회를 열고 뜨르르 구종들이 도열해 있는 가운데 아들, 손자며느리, 사돈 팔촌까지 기구스럽게 세를 과시하며 살던 향수를 망향객처럼 간직하고 있었던 것이다. 가근방에서 누구라면 이름만 들먹여도 존경해마지 않던 그 옛날의 영화롭던 시절로 세월을 돌려놓기로 열망해마지 않았던 집착. 홀아비로, 또는 해마다 피폐해지는 외롭고 빈궁한 가세를 거듭되는 전란의 피해로만 여기지 않고 다른 해석을 했다. 대밭이 망하는 것과 손이 안 나는 것을 동일시해서 남손이 무진장 많이 나서 울울창창 대나무 숲처럼 번성해주기를 기원하며 기괴한 집념으로 대밭을 돌보았던 것이다. 어이없이도 그들의 졸보기 시야에서 최씨 가를 망가뜨리는 요물은 칡이 되었고, 그 칡은 다시 여자로 환치되는 모순에 모순은 거듭되었다.

할아버지는 그때에도 노상 대밭에서 살며 칡넝쿨 제거작업에 몰두했다.

"아부지 나도 퉁소 한 개 맹글어주이소예?"

앞에서 알짱거리던 어린 아들의 입을 통해서 딸의 비밀은 그렇게 누설되었더랬다. 고종과 아버지에게 들은 것을 토대로 어머니가 전해주었던 사연이다.

"퉁소라꼬?"

반문하면서 허리를 편 할아버지는 순간, 밤마다 들은 애달픈 퉁소소리를 두고 마을에서 떠돌고 있는 요상한 소문을 상기했다. 타동네 총각이 이 동네 어느 처녀를 만나러 오는 신호라더라. 그들은 밤마다 만나서 사랑을 속삭이다가 다음 날 만날 것을 약속하며 애달프게 헤어진다더라. 실제로 어느 날 저녁에는 할아버지 자신도 자다가 깨어 임을 그리며 헤매도는 듯한 그 애절한 가락의 퉁소소리를 들었던 기억이 되살아났다. 에잇, 세상이 흉흉하니까 별 해괴망측한 일도 다 있구만. 공연히 헛기침을 토해내며 집을 한 바퀴 순라 돌았으며 댓돌에 나란히 놓인 딸 화진의 신발을 더듬어서 확인하고는 안심하고 편히 돌아누웠던 것까지.

"에라이, 사위스럽게. 그런 건 광대들이나 하지 너 같은 양반집 도령은 가까이 할 물건이 아니니라."

할아버지는 참으로 무심한 대꾸를 했다. 그러나 어린 아들의 입에서는 할아버지가 딛고 선 땅이 천야만야로 함몰되는 충격을 주고도 남는 소리가 튀어나왔다.

"누님도 갖고 있는데."

양지는 그 부분을 회상할 때 언뜻 전신으로 뻗어가는 전율을 느꼈다. 그것은 어루만지기만 해도 느낄 수 있는 연인들의 마음의 통로였을 것이다. 진정으로 사랑한다면 그런 정표 하나쯤 나눠갖고 싶은 것은 신구시대를 막론하고 연인관계의 남녀라면 너무나 당연한 일일 것이다. 그러나 그 시대에는 들키면 동티가 나는 증표이기도 했다. 운명은 이미 그런 비극적인 행로 위에서 연출되고 있었던 것을. 뒤늦게야 들키면 안 될 물건을 어떻게 헛간수하여 어린애의 눈에 띄게 했을까, 그런 안타까움을 가져본들 지금은 아무 소용도 없는 옛날 일이었다.

한편의 드라마를 보듯이 양지는 어머니에게서 들은 이야기를 다시 연상해보았다

손에 들린 화진 아버지의 낫이 툭 떨어졌다. 확인 안 된 일이기는 해도

왠지 직감이 불길했다. 어미 없이 홀아비 손에서 자란 남매였다. 자신도 어머니 없이 젖동냥을 얻어먹으며 다른 여자들의 손에서 자랐기 때문에 누구보다 뼈저린 애정의 갈망을 이해했다. 그러므로 그가 기울인 아들 딸에 대한 사랑은 자별했다. 그런 연유로 아이들은 편부의 자식답지 않게 잘 자랐다. 특히 딸아이 화진은 이웃이며 친구 간에 서로 사돈 삼자고 조르는 바람에 선택이 난감할 정도로 음전했다.

딸은 병으로 제 어미를 잃은 여남은 살 때부터 믿기지 않을 정도로 홀륭한 바느질 솜씨 음식 솜씨를 비롯한, 여러 가지 여성으로서의 진가를 탁월하게 발휘했다. 게다가 달덩이 같은 용모며 호리한 궐대까지 팔등신으로 갖추었다. 자신의 눈으로도 저게 과연 내 자식인가 싶을 정도로 남의 혼을 산란케하는 출중한 매력도 지니고 있었다. 고민이 있다면 저 아까운 자식을 남에게 빼앗기고 허전해서 나는 어떻게 사나, 딸아이의 나이가 들어갈수록 그의 가슴은 벅차게 쓰라리고 있었다. 그러나 어떻게 해볼 도리가 없는 것이 딸자식을 둔 부모들의 운명이었다. 제 임자 만나서 가문을 욕 먹이지 않고 무탈하게 살아주면 그것이 친정부모에게는 효를 다하는 것이라는 어른들의 말씀을 그 역시 물려받은 대로 되새기며 위안 삼을 수밖에 없었다.

아버지의 눈앞에는 흑요석을 다듬어서 만든 것 같은 딸아이의 서글서글한 눈매가 선연히 떠올랐다. 수줍은 미소를 머금고 쌔액 돌아가는 입술가에 살짝 들어가는 볼우물도 청초한 그 애의 아름다움을 더욱 돋보이게 하는 매력 포인트였다. 아, 이 무슨 망상인가. 아버지는 세차게 자신을 부정하며 머리를 저었다. 아직 세상에서 그 애처럼 얌전한 규수가 있다는 말은 들어보지를 못했다. 하다못해 남새밭에 부추를 베러가도,

이웃에 잠시 나가도 들면 들었다 나면 나겠다 일일이 보고를 하고 다니는 착실한 아이였지 않은가. 아, 아, 그러나 사람의 일이란 모른다. 더구나 젊은 애들의 이성지합이란.

현장을 어서 확인하고 싶은 조급증에 아버지는 몇 번이나 서쪽 하늘에 지는 해를 올려다보았다. 그보다 더 쉽고 빠른 방법은 지금 당장이라도 집으로 내려가서 화진을 추달하면 될 것이지만 막상 현실로 드러났을 때의 실망과 절망을 그는 감당할 자신이 없었다. 왜 이렇게 내 자식은 아니라는 확신이 흐려지는 것일까. 청량한 대숲의 기운을 아끼기 위해서 참고 있었던 말초담배를 꺼내피웠다. 빨갛게 타 들어가는 담뱃불에다 자신의 심장을 지지고 싶을 정도로 아버지의 가슴은 울렁울렁 뛰고 또 뛰었다. 아프고 쓰린 가슴의 동계를 비집고 병으로 골골거리던 아내가 죽자 주리고 추하지 않게 남매를 기르느라 홀아비로 살며 노심초사했던 지난 날들의 어려움이 주마등처럼 밀려오고 밀려갔다. 시국이 어수선하여 그러잖아도 혼사를 서둘러던 참이었다. 왜인들의 만행이 점점 악랄해지더니 이제는 색시나 처녀들을 뽑아 전쟁터로 보내서 왜군들의 밥과 빨래 수발을 들게 하는가 하면 어떤 곳에서는 그보다 더한, 차마 입에 담지도 못할 짓을 시킨다는 소문도 파다했다. 기한이 넘어도 부모 형제의 품으로 돌아오지 못하는 징용 간 자식을 기다리다가 생목숨을 끊은 부모들도 이 동네 저 동네에서 생겨나고 있다는 안타까운 소문도 아버지의 귓전을 자극해오고 있었다. 어느 때 불각시에 이 동네에도 그런 공문이 떨어질지 몰라 과년한 딸 아들을 가진 부모들은 들일은커녕 샘물까지 길어다주며 바깥출입을 금지시키고 있는 형편이었다.

저녁 숟가락을 놓기 무섭게 아버지는 평소처럼 서책을 읽지도 않고 불을 끄고 누웠다. 퉁소는 광대들이나 갖는 물건이라고 꾸지람을 들은 후부터 시무룩해 있던 아들은 이 일을 아버지가 알고 있다고 저희 누나에게 고자질이라도 할까 걱정되었으나 다람쥐마냥 요리조리 대나무를 타고 노는 일에 지쳤는지 강아지가 어미 품을 파고 들 듯이 아버지의 날개 밑에다 머리를 박고 잠이 들었다. 설마, 내 딸이…. 아버지의 지끈거리는 골머리 속은 온통 그 생각으로 들끓었다.

이제 퉁소소리가 들려올 시간이 점점 임박해왔다. 속이 탄 아버지는 목침을 돌려 고이며 몇 번이나 자반뒤집기를 했다. 잇사이로 신음을 짜내며 저녁 상머리에서 은근히 떠보았던 딸의 속내를 되짚어보기도 했다. 오늘은 저 건너 확실이네 집에 수본 베끼러 안 가나? 딸은 배시시 웃으며 말했다. 확실이 그 아한테 실망했어예 아부지. 무슨 아가 맨 그리 멍청한 소리만 하고 말귀를 못 알아묵는지 길래 어울리다가는 같이 떼반피가 되고 말겠어예. 아버지는 그때 숟가락을 딱 놓고 싶도록 밥맛이 떨어졌지만 건성으로 수저질을 하면서 참았다. 원앙녹수처럼 어울리던 단짝 친구를 저런 말로 비난하는 데는 틀림없이 이유가 있을 것이다. 모래알같이 서걱거리는 밥알을 씹다 물 한 모금을 들이키고는 소리 나게 입을 헹구었다.

사위는 죽은 듯이 고즈넉해지고 단잠 든 아들의 코고는 소리만 새액색 감미롭게 드높아질 즈음, 아버지는 용수철 튕기듯 자리에서 발딱 몸을 일으켜 앉았다. 하늘 저 멀리서 아련히 들려오기 시작하는 퉁소소리, 소리…. 아버지는 화진이 방의 동정을 살폈다. 화진의 방에는 아까부터 깜깜하게 불이 꺼져 있었다. 그래, 내처 잠 자거라. 나오지 마라. 나오면 안 된다. 화진아, 애비가 늘 했던 말 잊지 않았지. 나라 안에서 제일 잘난 규수는 국모가 되고 고을에서 가장 우수한 처녀는 권문세가의 종부가 된다고. 너는 시부모 구존하시고 형제남매 번성한 집의 대종부가 되어서 너 역시 아들자식 한 죽은 낳아 시부모님 사랑을 받고 가문에 영광을 바쳐야 한다.

간절한 심정으로 올리는 아버지의 기도가 미처 끝나기도 전이었다. 바시시 문을 열고 화진이 제 방에서 빠져나오는 기적이 났다. 마루에서 잠시 불 꺼진 아버지 방을 살펴보는 기색이더니 부엌으로 들어가 전보다 소리 나게 설거지를 시작했다. 제법 요란하게 개숫물을 쏟은 다음 우물에서 부신 요강을 자리끼와 함께 챙겨들고는 아버지가 문구멍으로 내다보고 있는 방문 앞까지 왔다.

"아버지, 자리끼하고 요강…."

약간 크게, 그러나 대답을 원치 않는 조심스러운 여운으로 확인하더니 화진은 돌아섰다. 그 순간 갈등과 조바심으로 긴장되어 있던 아버지의 무릎이 힘없이 무너져내렸다. 더러 몇 번, 잠자리에서 꿈결처럼 무심히, 자리끼… 요강… 뭐 그렇게 확인하는 화진의 음성을 들었었고 역시 졸음에 못 이겨서 건성으로 응, 응 그래 너도 얼른 자거라, 잠꼬대 같은 대답을 하며 잠결 속으로 빠져들었고… 그리곤 꿈결에서 아련히 퉁소소리를 들었었다. 아버지는 머리를 싸쥐고 절망적인 몸부림을 쳤다. 방으로 되돌아가지 않은 화진의 발소리는 이내 어디론가 사라졌다.

격앙된 아버지는 신발을 옳게 챙겨 신는 것도 잊은 채 화진의 뒤를 밟아갔다. 도둑을 맞으려면 집안에 있으면서도 도둑을 맞는다더니, 어허 이것이, 그 얌전한 것이 어느 결에 아비의 눈을 속였을꼬. 분노와 놀라움으로 벌떡거리는 벅찬 가슴을 안고, 한창 만남의 정회를 풀고 있는 젊은 그들 앞으로 아버지는 뛰어나갔다.

강도를 잡은 듯이 노여움에 떨고 있는 처녀 아버지의 앞에서도 청년은 조금도 주눅 든 기색 없이 늠름했다. 우렁찬 목소리와 당당한 태도로 청년은 자기소개를 했는데 나이는 스무 살, 동경유학생인데 징용을 피해다니는 처지. 조부모님이 계시며 위로 형님 두 분이 아버지의 사업을 돕고 있는데 시집 간 누님이 두 분, 아래로 여동생 둘 남동생 하나가 모두 동경과 한양 두 곳에서 학업을 닦고 있음. 근면 성실한 부모님의, 남에게 폐 끼치지 말고 가진 것은 이로운 일에 사용하며 남을 돕고 살자는 가르침을 받들어서 나름대로는 착실하게 생활하려고 노력하고 있지만 아직은 뜻대로 살지 못하고 이렇게 누를 끼치고 있는 중이라며, 심려 끼치게 되었음을 정중하게 용서 비는 여유도 있었다.

할아버지도 처음에는 감격의 눈물을 머금었더랬다. 이는 하늘이 필시 아비의 노심초사를 굽어살피심일 거라고 조상이나 천지신명에게 감사했다. 아무리 유능한 매파를 동원한다 해도 지금의 가세로는 감히 꿈도 못 꾸어볼 상대였으므로 너무 과분하고 기뻐서 뜬눈으로 밤을 새웠다. 할아버지는 서둘러서 의령에 있는 처가댁으로 통기를 보내 외가에 간 화진이와 그곳 청년이 눈 맞았다는 사실을 알리고 그쪽 가문에 대한 수탐을 의뢰했다. 아무리 과분한 사윗감이라 해도 정분난 젊은 남녀를 그대로 인정하고 혼사를 치를 수는 없었던 것이다. 매파를 통해 사주단자를 주고받으며 기구 차리고 떡 벌어지게 예를 올리는 게 홀로 키운 딸에 대한 아버지의 애정이고 의무였던 것이다. 그러나 할아버지가 갖추고자 했던 격식은 엄청난 지름길로 비극을 부르고 말았다. 동경유학생 그 청년의 집은 소문난 불가촉천민의 집안이었던 것이다.

"엄마, 그만 둬요. 더 듣고 싶지 않아. 토할 것 같애."

양지는 그때 도리질을 하며 어머니의 말을 잘랐다. 그러나 뚜껑을 열고 쏟아붓기 시작한 내용물처럼 어머니의 이야기는 단박 잘라지지 않았다.

"양반, 양반해도 너거 집 모양으로 그리 양반을 찾는 집이 어데 흔할꼬. 너거 셍이도 너가부지 양반타령에 눌리서 그리 됐는데 그 시절은 또 좀 더 들시기 아이가. 왜놈들이 들어오고 개명이 많이 됐다 캐도 오히려 시퍼렇게 반상은 더 살아났는 데 언감생심이었제. 백정은 죽으면서도 버들잎을 물고 죽는다꼬 인종지 핫질로 쳤응께."

"요즘 같으면 도축장 업이나 정육점 아냐. 그렇게 좋은 가훈을 가지고 수신제가 하는 사람들한테 무슨 직업의 귀천을 따지겠어."

"그러케 세상말세라서 반상의 법도가 더 지엄했다 안 카나."

"말하는 것 보니까 엄마도 은근히 편들고 있어."

"편들기야 무인 편을. 지는 해가 더 뜨겁다고 때가 그랬은께, 그리 제 맘대로 하기 에럽었다 카는 기제."

"그게 소위 양반네들, 머리에 먹물 들었다는 사람들의 사고방식이었으니 나라가 안 망했다면 이상했지."

"양반이라꼬 다 그런 건 아이다. 니가 아는 외삼종 종철이네 할부지도 그런 사람들 편들다가 난리 맞은 사람들 아이가. 형평운동인가 뭔가 백정들 해방시키서 사람대접 받고 살도록 해준다꼬 온 읍내가 들썩들썩 했디라. 뒤에 들으니 의령 그쪽 너거 고종오빠 집안 사람들도 활동을 같이 했다 카데."

"에나 종철 오빠네 할아버지가 그런 운동을 했어? 사람 위에 사람 없고 사람 밑에 사람 없다. 형평운동이 바로 그런 운동이거든. 종철 오빠네 사람들, 우리 외갓집 사람들도 그렇고 고종오빠도 다시 봐야겠네."

"하모. 지금이사 훌륭한 일했다는 칭찬도 듣는갑더라만 그때는 양반집에서 있을 수 없는 짓하고 댕긴다꼬 너거 외갓집에서는 어른들이 곳간에 가둬놓기도 하고 종중에서는 족보에서 호적을 판다 우짠다 보통 난리가 아녔제. 지내고 나니 그렇다 싶지만 그때는 또 그때 세상을 따르는 기 제일이라 싶었제. 돈맛 딜이모 사람 천해진다꼬 너가부지 앞에서 내가 내 손으로 짠 명주 한 필을 온전히 흥정해본 줄 아나? 나뿐 아이라 너그 외갓집 종조모님은 세상 베리도록 도판에 가서 생고기 한 근을 손수 안 끊은 분이다. 그분 며느리 되시는 외숙모도 외면하고 서 있다가 손 만 내밀어서 돈 치르고 고기 받아오고 그랬제 그 사람들을 바로 안 봤다."

"난 그래서 그 놈의 양반 싫어. 그런 모순이 어디 있어. 우리 아버지, 할아버지, 모두들 너무 비겁해. 세상을 바로 보고 헤쳐나갈 용기도 식견도 없고, 여자들에게 자신들의 위치가 점령당할까봐 두려워서 미리 눌러잡은 것 아냐. 언양 할머니, 고모, 언니. 우리 집 여자들은 모두 이기적이고 폐쇄적인 그 놈의 양반이 들어서 죽인 거야."

"들쳐보모 밥술 깨나 놓고 살았다는 집들치고 그런 사연 안 감추고 있는 집이 별로 없니라."

"엄마도 봐라 책임 있다. 끝까지 두둔을 하고 있어."

"두둔이야 하고 접은 마음 아이다만도 세상이 그랬다 그 말이제. 서방님 마님하고 드나들던 아랫것들이 돌변해서 연장 들고 설치던 인공시절도 안 있었더나. 세상이 뒤집히서 들끓으니께 여자들한테는 대문 밖 출입도 허락 안 됐고, 그래 노니 세상 물정에 대해서는 더더욱 안팎 소경들이제. 그래서 이리 좋은 세상 열린 것 볼 때마다 안타깝고 한숨아이가.

그렇지만 집구석 운이 그리 흐르모 천하없이 큰 둑으로도 흐르는 물길을 막을 수 없는 걸 우짤 끼고."

양지는 어머니께 들은 이야기를 새김질하며 대개는 남의 소유로 넘어가버린 선대의 터전을 쓸쓸한 마음으로 거닐었다. 탁류에 휩쓸려 내려온 허섭스레기에 묻혀지내는 기분을 떨쳐버릴 수 없는 심정으로. 할아버지의 안목이 조금만 시대를 바로 읽고 개안되어 있었더라면 암울한 국운에 쫓겨 분수 넘치게 숨어든 출중한 사윗감 하나를 그렇게 어이없이 폐인 만들고 말지는 않았을 것이다. 고모만 해도 그렇다. 시집 잘 간복 많은 딸이 되어 친정집의 대소사에 힘을 줄 능력 있는 여인이 되었을 것은 두 말할 필요도 없다. 젊은 남녀의 애틋한 사랑을 파멸의 불장난 정도로밖에 이해하지 못하는 어리석음만 범하지 않았다면 지금쯤은 괜찮은 집안의 외가가 되어 집안이 이렇게 몰락하지는 않았을 것이다.

할아버지가 조금만 용감하게 이웃들의 비난과 맞섰더라면 어떻게 되었을까. 양지는 좀체 안타까움을 떨쳐버릴 수 없었다. 그러나 할아버지는 딸의 뜻을 묵살한 채, 다른 곳에다 서둘러서 혼처를 정했다. 화진이 아무리 애원하며 딸자식 하나 없는 셈 치면 멀리 기도 망도 없는 곳으로 가서 평생 가문의 누 끼치는 일없이 묻혀 살겠다고 애원을 했지만 들어주지 않았다. 소문나기 전에 부랴부랴 혼처를 정해놓고 화진에 대한 할아버지의 감시는 더욱 철저해졌다. 그런데 이상하게도 절망에 빠져서 몸 져누웠던 화진이 조금씩 음식을 먹고 집안일에 손을 댔다. 인당수에 빠져죽으러 가는 심청이가 그랬다듯이 아버지와 동생의 사철의복을 손질해서 차곡차곡 농안에 넣어두는 것은 물론이며 장독간의 건개도 알뜰하게 장만하고 봉해서 먼저 먹을 것 뒤에 먹을 것을 차례대로 놓아두었다.

이별을, 그것도 영원한 이별을 준비하는 사람의 행동은 어디가 달라도 달랐을 것이건만 자기 식의 생각에 경도되어 있던 할아버지는 화진의 이런 행동에 대한 의심을 조금도 품지 않았다. 거저 다른 젊은이들보다 효성 깊은 자식이 부모의 심정을 이해하고 제 사랑을 단념한 것으로 여겼다. 그리고 혼처가 다소 기우는 곳이기는 하지만 시집가서 살다보면 처녀적의 아지랑이 연정은 자식 낳고 충실히 사는 동안 자연스레 잊어지는 한때의 꿈같은 것으로 해석해버렸다.

할아버지는 홀아비 자식의 흠결로 인해 시집살이라도 혹독하게 하게 될까 염려하여 힘닿는 대로 최고의 혼수를 마련하여 시집의 환심을 사주리라 작정했다. 그러나 진주 읍내도 안 돼서 마산, 부산 포목점까지 사람을 보내서 값비싼 혼수품을 구해들여도 화진의 얼굴에 덮인 침음한 기색은 걷히지 않았다. 마음에 걸렸으나 그것까지 아비의 엄명으로 어쩔 수는 없었다. 이 나마라도 수습된 것이 얼마나 다행스러운 일인가. 아쉽다면, 홀아비 처지로 저를 어떻게 키웠는데, 웃으면서 흔쾌하게 보내고 떠나지 못할 당일 날의 이별장면이 벌써부터 마음 한구석을 에이고 있을 따름이었다.

혼인날이 얼마 남지 않은 날, 아버지는 화진으로부터 한번만, 딱 한번만의 소원을 들어달라는 앙청을 받았다.

"매인 몸 되기 전에 외조모님과 하룻밤을…."

아버지는 이 뜻밖의 제안에 가슴이 덜컹했다. 그 녀석을 못 잊고 있음이리라. 그 천하에 상것과 엮어질 뻔했던 것도 어미없이 자라는 오누이가 안쓰러워 어미 본 듯이 외조모님의 사랑을 먹고 오너라, 거기만은 너 그렇게 출입을 허락했더니 엉뚱한 분란만 야기하지 않았더냐. 지난 순간을 생각하면 아직도 머리카락이 쭈뼛 서는 것 같아진 아버지였다. 그러나 여자란 한번 시집가면 그만이다. 그 나마라도 자유가 있는 곳은 친정집뿐이니 그 마지막 자유마저 불허하면 정말 죄지은 아비가 될 것 같아 승낙하지 않을 수 없었다. 그렇지만 전처럼 저희 남매만 그냥 보내지는 않았다.

아버지는 선걸음에 다녀올 참이었으나 화진은 준비가 굼떴다.

"후딱 댕기올 낀데 뭘 그리 오래 걸리노?"

옷을 갈아입고 꼼꼼하게 방안정리를 하고 나온 뒤 온 집안을 둘러보는 화진의 눈길은 비장했지만 아버지는 눈치 채지 못했다. 갈아입고 벗은 옷을 자배기에 담아놓고 빨래가 잠기게 가득 물을 채운 것도 나름대로 계산된 행동이었지만 그걸 모르는 아버지는 딸을 데리고 처가에 도착하여 처가식구들과 그 간의 인사를 나누었다. 딸자식의 흠을 숨기고 진행하는 혼사라 은밀하게 주고받을 말도 있었다. 그렇지만 화진이 워낙 빼어난 신부감이니 저만 잘하면 온갖 흉도 소나기에 먼지 가라앉듯이 가라앉으리라 어떻게 하든 저쪽 집 귀에만 들어가지 않게 해야 된다는 이러저러한 논의도 화진의 외조모와 외숙들의 입에서 모아졌다.

한참 이런 비밀스러운 대화를 나누고 있을 즈음 술상을 차리느라 밖에 있던 처남댁의 자지러진 비명이 들렸다. 빠른 직감으로 솟구친 아버지가 먼저 달려나갔다. 화진은 그새 두엄간의 보꾹에 둥실 떠서 혀를 베물고 있었다. 꺾여서 주저앉았던 무릎을 간신히 편 아버지가 끌러내려진 화진의 주검 곁으로 다가갔다.

"에이, 요망한 것! 애비를 쎅있고나!"

시체가 된 딸의 뺨을 찢어져라 거칠게 후려친 아버지는 뒤도 돌아보지 않고 처가를 떠났다.

고모는 결혼도 안 한 처녀로 죽었는데 고종은 무슨 고종이냐고 물으려는 데 어머니가 말을 덧달았다.

"수의를 갈아입힐라꼬 본께 온몸이 베로 친친 감기 있더란다. 설마하면서도 엉겁결에 몸에 감긴 필베를 풀었더니 글씨, 막혔던 숨통이 터진 드끼 불쑥불쑥 태동이 일더란다. 죽은 에미 뱃속에서 꼬치가 쫑긋한 머스마가 꼬물기리고 있더라 안 카나. 아무도 모리게 그 사람들만 아는 절로 언내를 보냈더란다. 그런데 참 인연 그게 무엔고, 대를 이을라 카니하는 수 있나. 큰시님 밑에서 자랐다 카더마 사람이 모가 없고 배포가커. 지가 찾아와서 외숙이라 부름시로 선은 이렇고 후는 이렇다꼬 말을하니 알았제 그리 안 하모 어느 절에 묻히서 시님으로 늙어가는 줄 뜬소문이나 들제 우리가 우찌 알 끼고. 사주팔자는 몬 쏙이는 거라 머리 기룻고 칼잽이 됐다꼬 허허 웃더라."

양지는 뒷날 고종오빠 장현동으로부터 자신이 말로만 들었던 진주 지방의 형평운동사에 대해 더 깊은 상식을 갖게 된다. 고종오빠 그가 조사한 바에 의하면 '사람 위에 사람 없고 사람 밑에 사람 없다'는 명분을 내걸고 전국에서 처음 일어난 백정들의 인권운동은 직접적인 그의 개인사와 맞닿아 있어 더욱 뜻깊고 가슴 저리는 사건이 아닐 수 없었다.

내친걸음으로, 양지는 안장산 능선을 넘었다.

내일이면 흙무덤의 흔적조차 없어질 언니의 묘를 찾아보려는 것이다. 이미 백골이 되었지만 영혼은 어머니의 가슴에서 같이 살았던 언니.

산기슭 아늑한 양지에는 아직 시들지 않은 풀꽃들이 마르고 키 큰 풀 속에 숨어서 얼마 남지 않은 생을 조요로운 자태로 지켜내고 있었다. 하나 둘 무심한 동작으로 꺾어들기 시작한 구절초와 억새꽃이 손아귀에 가득 찼다. 그래, 언니에게 바칠 꽃다발을 정식으로 만들자. 양지는 본격적으로 꽃과 억새를 모으기 시작했다. 빨간 열매가 앙증스러운 까치밥도 섞었고 망개덩굴도 곁들였다. 자랑스럽게 출세하면 언니한테 꼭 꽃다발을 해다바칠게. 그런 약속을 했었다. 하지만 항상 출세의 개념은 바뀌었고 꽃다발은 아직도 갖다바치지 못했는데 내일이면 언니의 종적은 이 세상 어디에도 꽃다발을 받게 남아 있지 않을 것이다.

참 오랜만에 언니를 찾아가는 길이었다. 언니를 정녕 잊지 못해 그리움의 눈물을 짓던 시절에는 아버지의 불호령이 무서워서 묘지 부근에

얼씬도 못 했고 땔감을 하거나 산나물을 캐러다닐 때에는 애착도 기억
도 희미해져 가던 중이어서 한 아이가 처녀귀신 나온다 소리만 쳐도 옷
자락이 끄달리는 듯한 무섬증에 질려서 저 먼저 도망치고는 했다. 고등
학교를 졸업하고 세상이 지어내는 쓴물을 어느 정도 들이켰을 무렵에는
새삼스러운 그리움과 사무치는 외로움 때문에 정말 육친을 그리는 진한
아픔으로 한번 찾아오고 싶었다. 하지만 언니가 기뻐할 모습을 아직 못
갖춘 자의식으로 발길이 가로막히고는 했다.

　손바닥 같은 다락밭을 따라 만들어진 길이 재를 넘는 오솔길로 이어
져 있었으나 아무도 밭을 경작하지 않게 되자 밭과 함께 오솔길도 풀덤
불 속에 묻혀버리고 말았다. 양지는 걸음을 멈추고 휘둘러서 우선 자기
네 밭이 있던 지점을 가늠해보았다. 들깨·팥·메밀·콩 등의 농작물이 신
들린 듯한 어머니의 손길에 의해 재배되던 곳은 황량한 가을 능선의 쓸
쓸한 풍경이 되어 바람결에 흔들리고 있을 뿐 구획이 어디였는지조차
어림 잡히지 않았다. 어머니는 정신없이 바쁘게 괭이질을 하고 거름을
넣다가도 불현듯 언니가 묻힌 곳을 올려다보며 이 죄 많은 에미를 용서
해라, 니는 내가 쥑있다 하며 탄식의 눈물을 흘리곤 했다. 처녀·총각이
죽으면 원혼이 되어서 가족이나 친지를 괴롭힌다는 속설 때문에 언니의
얼굴에도 쳇바퀴를 씌워서 길가에다 무덤을 만들었다. 유혼이 옳은 귀
신이 되려면 쳇망의 구멍을 다 헤아려야 하는데 하루에도 몇 번씩 지나
가는 길손의 발자국 소리에 놀라 외우고 있던 숫자를 잊어버리고 또 헤
아리기를 거듭하며 영원히 갇혀 있게 된다는 길가의 무덤들. 하지만 어
머니에게서 언니는 이미 갇혀 있는 귀신이 아니었다. 어머니를 감고 돌
며 집안을 어수선하게 만들었다. 때로는 어머니를 실성한 사람처럼 병

들게 하는가 하면 쥐구멍 하나를 막아도 동티로 나타났고, 집안 사람 누구의 일에든 나타나서 간여를 했다. 어머니는 한번만 언니를 위해서 해원굿을 하자고 아버지를 졸랐지만 아버지는 언니의 귀신을 인정하지 않았다.

무당한테 물으면 굿하라 하고 판수한테 물으면 경문하라는 게 뻔한 이친데 제 발로 가서 귀신을 만들고 있어. 그런데 쓸 돈 있거든 날 주어. 귀신은 내가 잡아줄 낀께. 만약 집안에서 굿소리가 나면 동네 사람들의 이목을 받게 될 것이고 그러면 또 고개를 숙이거나 외면을 하면서 마을의 수군거림이 숙지근해질 때까지 남의 이목에 눌려지내야 하는 것을 아버지는 참을 수 없어 했다. 만약 집안에서 굿소리가 나왔다간 당장 집 구석에 불 싸질러버리 낀께 그리알라꼬! 아버지의 으름장은 으름장으로 그치지 않았다. 집을 그을지 못하면 하다못해 닭장이라도 태우고야마는 강퍅한 곧은 성미를 아는지라 어머니는 가슴앓이만 할 뿐 감히 아버지를 거역하는 어떤 행위도 꾀하지 못했다. 그러나 이제 아버지를 겁내지 않고 굿은 진행될 것이다. 그것은 목숨을 건 어머니 나름의 비장한 각오를 결행해보이는 행동이다.

풀 한 포기 나지 않은 황토흙 무덤이던 언니의 산소는 언뜻 보면 묘지인지 분간도 안 되게 편편한 작은 흙더미로 잦아들어 있었다. 들고 온 꽃다발을 놓고 양지는 고개를 숙였다. 쾌남아, 니는 우짜든지 공부만 열심히 해라. 무슨 짓을 하더라도 니 밑은 내가 닦아 낼 끼다. 우리는 절대로 옴마, 저 축구 등신맹키로 살모 안 된다. 양지는 눈을 감았다. 적막한 산바람을 타고 재글재글 들끓는 산새소리가 잡목 숲에서 실려왔다. 기억해보려 해도 마음만 먹으면 선명하게 떠오를 줄 알았던 언니의 얼굴조차 또렷이 되살아나지 않았다. 광기로 번득이던 새파란 눈빛이며 아버지에게 항거하는 거침없는 욕지거리와 앙칼스럽던 목소리만 의식 속에 둥두렷이 박혀 있을 뿐이었다.

뒤죽박죽 얽혀드는 언니에 대한 상념을 쫓기 위해 양지는 고개를 흔들었다. 언니를 회억하면 먼저 바늘에 꿰인 실이 딸려나오듯 자연스럽고 당연하게 아버지의 가혹한 추달이 떠올랐다. 그것을 과연 자식을 훈도하기 위한 사랑의 매질이라 할 수 있을까.

일곱 살 때의, 설 지난 며칠 후의 어느 아침이었다. 목젖을 찌르는 매운 연기에 콜록 기침을 하며 쾌남은 잠을 깨었다. 쥐구멍으로 들어온 연기가 안개처럼 방안에 가득했다. 똑, 똑, 뚝, 딱… 부엌에서 나뭇가지 부러뜨리는 소리가 들려오는 것으로 아직 덜 마른 청솔가지를 분질러 때며 엄마가 아침밥을 짓는 것을 알 수 있었다. 안방에는 쥐구멍이 없을까. 모처럼 집에 온 아버지가 야단을 부릴라. 쾌남은 잠시 저쪽 안방의 동정에다 신경을 보냈다. 손수 흙을 파다가 쥐구멍을 메우지도 않으면서 이놈의 집구석하면서 아버지는 무너지기 직전인 바람벽을 트집 잡으며 오지게 인상을 찌푸릴 것이고, 죄 지은 듯 옹송그리던 어머니는 당장 쥐구멍막이 흙을 파러 달려나갈 것이다. 그러나 문살은 아직 어둠색에 묻혀 있고 아버지가 집에 머문 날, 따뜻한 이불 속에서 듣는 어머니의 밥 짓는 소리는 너무나 행복하고 평화스러워 언제까지나 누워서 듣고 싶게 했다. 연기가 매워서 캑캑 기침을 하면서도 이불 속을 벗어나기 싫어 꾸물거리던 쾌남은 두 손을 뻗어 옆자리의 언니를 더듬었다.

셍이야, 일나라. 그러나 쾌남은 이내 제 머리를 치며 씨익 웃었다. '셍이가 운제 내보다 늦잠 자는 것 봤나. 더구나 엊저녁에는 아부지가 집에

오 있는데. 쾌남은 밖으로 나왔다. 언니에게 은밀히 해야 될 말도 있었다. 셍이야, 밤에는 자다가 어데 갔다 왔노. 눈 떠본께 니는 없고 무서바서 고마 툇마리에서 오줌을 싸비릿다 아이가. 쾌남은 두 손을 날개 벌려서 휘저으며 마당에 깔린 연기를 차고 넘어 연기가 닿지 않는 마당 끝까지 뛰어갔다. 지붕 위에랑 텃밭에 널린 검불 위로 무서리 꽃처럼 뿌옇게 아침 연기가 퍼져가고 있었다. 어디선가 아침 까치 소리도 요란하게 들려왔다. 모처럼 아버지도 집을 지키고 있기 때문인지 시리게 상쾌한 아침이다.

"일어났나?"

개숫물을 버리러 나왔던 엄마가 안개처럼 스멀스멀 움직이는 연기 속에서 크윽, 기침을 하며 말을 걸었다. 쾌남은 대답보다 먼저 하룻밤 사이에 더 불거진 것 같은 엄마의 배를 바라보았다. 과연 고추가 쫑긋한 동생이 들어 있을까. 이웃 사람들까지 바가지 엎어놓은 것같이 불러오는 엄마의 배에 관심이 집중되어 있는 중이었다. 가지런히 누워서 잠든 여러 자매들을 내려다보며 아버지가 지어보이던 그 절망적이던 눈길을 쾌남은 항상 망막에서 지우지 못하고 있었다. 엄마가 낳은 많은 딸들 때문에 은냇골 무꾸리 할멈은 이번에야말로 아들이라고 장담하며 수시로 치성드릴 제물을 받으러왔다. 콩팥으로 점을 쳐본 결과 홍남홍녀가 나오는데 홍남홍녀는 기도의 성의에 따라서 아들로도 딸로도 변화가 가능하다는 것이다. 그런 남모를 엄마의 정성이 길조를 만드는 것일까. 오랜만에 아버지가 오셨지만 어젯밤에는 근래 드물게 큰소리 하나 없이 잘 넘어갔다.

"니 셍이 일나서 퍼뜩 아부지 세숫물 좀 뜨신 새물로 푸라 캐라."

새로 산 양동이에다 딸깍, 바가지를 담아 내밀며 엄마가 일렀다. 순간, 쾌남의 머리카락이 쭈뼛 해졌다.

"큰 세이 지끔 정재(부엌) 없나?"

"그기 무인 소리고?"

의혹에 찬 쾌남의 얼굴이 불현듯 건넌방으로 쏠리자 엄마의 얼굴도 표가 나게 바짝 굳어졌다. 큰언니 성남은 분명히 쾌남이 저를 가슴에다 꽉 끌어안고 초저녁잠이 들었었다. 무슨 생각이 스친 것일까. 엄마는 득달같이 건넌방으로 달려가 아무도 누워 있지 않은 이불을 들치며 사방 구석으로 불안한 눈길을 굴렸다. 옷이 걸린 횃대며 벽장 고리짝까지 휙휙 뒤엎어서 언니를 찾은 엄마는 얼굴색이 하얗게 변하며 아버지가 있는 안방의 동정부터 살폈다.

"이 가스나가 기어코…."

울상을 지은 엄마의 말이 채 끝나기도 전에 대청을 건너오는 아버지의 기척이 났다.

"와, 무인 일로 아침부터 이리 시끄럽노?"

날카롭고 다부진 음성의 아버지 얼굴에는 이미 모든 상황을 다 알고 있음이 드러나 있었다. 하지만 엄마 역시 연극배우처럼 갑자기 온 얼굴에다 웃음을 바르며 아버지의 발걸음이 건넌방 쪽으로 더 나오지 못하게 대청 가운데서 막아섰다.

"아, 별것 아이고마요. 쾌남이 야가 자다가 오줌을 쌌는디 성냄이가 새북겉이 일어나서 내 모리기 이불 빨러 냇물로 갔다네요. 어서 건너가입시더. 아침 잡숫고 일쩍 원행 나가신다꼬 안 캤십니꺼?"

엄마는 늘 그랬다. 곧 들통이 나고 말 일인데도 자식들을 감싼다고 일단 그렇게 거짓말부터 둘러댔다. 엄마를 잠시 경멸스러운 눈길로 내려다보던 아버지의 음성이 쯔렁, 온 집안을 울림과 동시에 배가 불룩한 엄마의 몸이 뿌리치는 아버지의 손길에 밀려 맹꽁이처럼 마룻바닥으로 나둥그러졌다.

"내가 죽은 놈이가. 에미라 카능기 그 따구로 감싸고도니 집구석이 이 모양이제!"

장작을 패는 도끼처럼 화난 아버지의 음성은 이미 어떤 지점에 닿아 있었다. 아버지 역시 언니가 잠잔 방이며 정랑은 물론 헛간이나 더그매 위까지 훑어다녔다. 그러나 어디에도 언니의 모습은 보이지 않았다.

순간적인 기지를 발동한 쾌남은 아버지가 듣게 밝고 큰 목소리로 말했다.

"엄마, 셍이가 또 전번맨치로 웃뜸 묘포장에 낙엽송밭 매러 새북부터 갔능가 아나?"

언니는 일손이 재빨라서 여기저기서 칭찬을 들었다. 하던 일이 조금 남으면 다른 인부는 그만 두고 언니만은 다음날도 불러서 일을 시켰기 때문에 언니는 더러 새벽부터 일장으로 나가곤 했다. 말하고 나니 지금은 묘포장 일이 다 끝난 계절인 것은 알았지만 어떻게든 위기를 면하는 데 도움이 되어야겠다 싶은 마음이 앞섰던 설레발이었다. 그러나 금세 밝아질 것으로 여겼던 암암하게 굳어진 엄마의 인상은 더 어둡게 찌푸려졌다. 듣고 있던 아버지가 새로운 사실이라도 발견한 듯이 먼저 큰소리를 쳤다.

"또 내 모리기 말만 한 가스나로 그게 내보냈더나?"

그 순간 어머니의 표정은 이외로 차분해졌다. 그 이유가 무엇인지 쾌남이도 어렴풋 짐작을 했다. 아버지는 언니가 돈을 벌기 위해 남의 집 일을 하러다니는 것을 싫어했다. 그러나 언니가 아버지 몰래 벌어온 돈은 가용 돈이 되었고 아버지의 용돈으로 나가기도 했다. 어떤 날 저녁때는 남의 집 밭을 매러간 언니가 아직 돌아오지 않아서 혹시 아버지가 찾으면 어쩌나 싶었으나 다행스럽게도 아버지는 아무 소리 없이 식사만 하고 밖으로 나갔다. 이제는 아버지도 언니의 노동력을 인정하나보다 마음 편히 있으면 다음 날에야 어김없이 언니를 불러 족치곤 했다. 그럴 때면 언니는 아버지가 안 보는 데서 눈을 흘기며 입을 비죽거렸다. 흥, 그런다꼬 안 가면 또 뉘 집에 가서 장리빚 얻을라꼬 손 벌릴 끼고? 언니는 여간 간이 크지 않았다. 어머니만 있으면 마치 제가 어른인 것처럼 더 거침없이 의사표시를 했다. 그럴 때면 어머니는 안쓰럽고 부끄럽기도 한 그 묘한 표정으로 힘없이 변명을 했다. 아부지 말씀도 틀린 거는 없다. 여자란 거저 집안에서 살림만 살아야 제가 편한 긴데, 어쩔 수 없이 널 내보내는 에미가 잘못이다. 그라모 남한테 돈 빌리러가는 거는 안 부끄럽나? 언제까지 갈 끼고? 누가, 언제 갚을 낀데? 그렇게 따지면 엄마는 대답이 한숨이다. 가장인 아버지 스스로 돈 한 푼을 마련해본 적이 없다. 얼마 안 되는 언니의 초등학교 월사금을 낼 때도 엄마는 아직 잉아도 못 올린 필 베를 흥정하며 동분서주 채변을 해날랐다. 길게 내뿜는 엄마의 한숨을 언니도 지겨워했다.

"엄마, 좀 당당하게 내 편 좀 들어도오. 아부지가 치면치레한다꼬 그라는 거 누가 모르나. 체면이 돈을 주나 양식을 주나. 내가 엊그제도 샘 골댁 배밭에서 거름 넣고 있는 거 아부지가 안 본 줄 아나. 모린 척 그냥 지나가시길래 또 뒤풀이 하시겠구나 각오하고 있었다. 우리 형편에 내가 안 나서모 뒷산 백여시가 나서서 돈 벌어다줄 끼가?"

"그렇게 말은 그렇다만, 니가 머스마만 겉애도 걱정 없을 낀데…."

"또 그놈으 머슴아 타령, 내가 가스나라꼬 몬 하는 기 뭐 있노. 걱정마라. 언제꺼정 아부지 세상인 줄 아나. 나도 인제 다 컸다. 엄마는 인제 가만히 집에서 살림이나 살면서 아부지가 좋아하는 아들이나 낳아조라. 낼 모레는 삼밭골 새마을 사업장에도 나갈 끼다. 밀가리도 주고 옥수수도 주고 그란단다. 내사 일거리만 많이 있으모 좋겄다."

언니는 아버지 앞에서만 얌전한 처녀인 척하지만 당당하고 야무지기가 그 또래의 얼치기 사내 몇은 대적할 기상을 갖고 있었다. 어느 곳이든 가리지 않고 일감을 찾아 남의 품일을 다녔고 곡식이건 돈이건 받는 대로 내놓아 시름어린 어머니의 얼굴에 잠시나마 기쁨의 빛을 던지곤 하는 장한 맏딸이었다.

하지만 언니는 해종일 기다려도 돌아오지 않았다. 같이 들일을 갔었다는 사람도 없었고, 어디서 성남이를 보았다는 사람도 없었다. 무언가 어둡고 큰 그림자는 이미 집안 가득 무성하게 뒤덮여 있었다. 고삐를 끊고 달아난 목매기 소처럼 집을 뛰쳐나간 언니의 가출 시작이었다.

"에미라는 게 집구석에 쳐 자빠져서 딸자식 단속을 우찌했길래 이 모양이고, 집구석 꼬라지 잘돼 간다."

아버지의 고함소리는 온 집안의 분위기를 더욱 강도 높은 긴장 속으로 몰아넣었다.

가출을 감행했던 언니가 의기양양한 아버지의 손에 끄달려와서 엄마 앞에 패대기쳐진 것은 바로 다음날 저녁때였다.

"새앙쥐 겉은 년이, 뛰어야 벼룩이지."

명자 언니의 자취방에서 언니를 잡아온 것을 마치 천 리 저쪽에라도 가서 포획해온 먹잇감처럼 아버지의 기상은 충천했다. 아침부터 다음날 저녁까지 하루 반 동안 온다 간다 말없이 집을 비웠던 언니의 행동은 아버지를 아주 광란하게 만들었다. 아무개네 딸이 난질을 갔단다, 소문이 나면 아버지는 이제 낯을 들고 다닐 수 없이 부끄러운 인간이 되는 것이다. 아버지는 기승했던 수치심이 둔해질 때까지 언니를 매질했다. 나다니지 못하도록 머리카락을 죄 가위질해버린 것은 물론이다. 쾌남은 언니가 하필 명자 언니네로만 가지 않았다면 저렇게 심하게 당하지 않을지도 모른다는 생각을 했다. 그렇잖아도 명자네와 어울리지 말라고 다짐해오던 아버지인데 그들이 시내의 방직공장에 취직을 하고 나서는 어머니까지 덩달아서 딸 버리는 곳이 방직공장인 양 말하는 아버지 편을 들었다.

"너거 아부지 성질 모리나 모래밭에 쎄를 박고 죽어도 여식아들 밥 빌러보낼 사람 아닌께."

어디서 듣고 있었는지 또 이런 소리도 했다.

"방직공장 변소간에는 배총도 안 뗀 언내가 빠져죽어 있더란다. 혼인도 안한 처녀·총각이 한 군데서 뒹군다는데 무슨 일이 안 나것노. 약방에 아아 떼는 약을 사로 줄로 늘어선 기 공장에 댕기는 처녀들이란다. 차라리 식모 살던 처녀는 살림을, 그것도 부잣집 살림을 살아봐서 야무친 살림꾼이 될 끼라꼬 차라리 혼처 구하기는 낫다 카더라만…. 양갈보 맹키로 화장을 하고 빼딱구두 신었네 엉덩짝을 흔들고 댕기믄서 말이라꼬 하는 기 욕말이 태반인데 천하에 망종들이라꼬 동네 사람들이 모도 흉을 보는데 내 듣기도 참 안 좋더라."

쾌남이도 그때는 어머니의 말이 모두 사실인 줄 알았다. 그러나 언니를 따라 명자 언니가 다니는 공장에 가서본 종업원들의 대부분은 떠도는 소문과는 딴판인 생활을 하는 사람들이 많다는 것을 알았다. 쾌남이 보았던 방직공장은 콩이나 옥수수를 많이 심은 인적이 드문 벌판 가운데 있었다. 일본 사람들이 버리고 갔다는 그 건물은 잇댄 판자벽을 검게 칠한 일자형이었는데 인근으로 기차가 지나갈 때면 금방이라도 넘어질 듯 흔들리며 허연 섬유먼지를 비늘처럼 천장에서 떨어뜨리고는 했다. 요란한 방직기의 진동으로 진저리치듯 흔들리는 건물의 천장으로는 거미줄 같은 가느다란 실이 기어오르고 기어내렸는데 그 아슬아슬한 모양을 구경하느라 정신을 팔다보면 눈이 삼삼해지고 목이 뻐근하게 아팠다. 손짓으로 밖에는 의사소통이 불가능한 시끄러운 공장 안에는 어디서 저렇게 많은 처녀들이 모여왔을까 싶게 얼굴이 노랗게 여윈 여공들이 많았다. 이들은 모두 다람쥐처럼 날렵하게 이 기계 저 기계로 몸을 옮겨다니며 실밥을 뜯고 이었다. 어찌나 손놀림이 빠른지 가느다란 실을 친친 감아서 떼었다가 웽웽 돌고 있는 기계에다 이어 붙여서 돌리는 능숙함이 신기할 정도였다.

남자와 여자들이 한 일장에서 자유롭게 몸을 스치며 일을 하는 것도 참 신기했다. 얌전하게 기계 앞에서 실을 잇고 베틀을 살펴보는 일을 하는 착실한 아가씨가 있는 반면 고장난 기계가 없나 살피며 집게나 펜치를 들고 어슬렁어슬렁 기계들 사이를 비집고 다니는 더벅머리 기사와 눈웃음을 치면서 툭툭 몸을 부딪치는 얄궂은 행동을 하는 아가씨들도 보였다. 우리 아버지가 아시면 벼락이 떨어지겠구나 싶은 동작들도 있었으나 그들은 같이 일하는 사람들이라 다른 남녀들보다 뜻이 더 잘 통해야 하는 게 정상일 것 같았다. 그중에도 놀이터 삼아온 듯이 예쁘장한 신참 여공을 쫓아서 히히힝 말처럼 웃으며 뛰어다니는 맨발을 벗은 기사들의 신나하는 모습도 보였는데, 이런 사람은 처녀 만나는 재미로 직장에 다니는 듯 여겨지기도 했다. 잡히지 않으려는 여자들의 비명과 잡으려는 남자들의 재미있어 하는 욕지거리에 섞인 기계소리는 그치지 않고 무늬 고운 비단이 되는 실을 줄줄이 목관에 감아냈다. 어디론가 차로 실려가서 비단베로 팔리고 공장에서 여공들은 또 비단을 짜서 돈을 벌고. 그 돈은 집으로 보내져서 가족들의 밥이 되고 옷이 된다. 공장이란 그런 곳이었다. 어린 쾌남이 최초로 본 공장이라는 직장에 대한 감상이었다.

언니도 그런 곳에 다니고 싶어했다. 땡볕에 그을리며 무거운 짐을 나르지 않아도 좋을 뿐 아니라 보름에 한번 아니면 한 달에 한번 자기가 일한 만큼 정해진 월급을 받고 싶어했다.

"저기 저 아가씨 있제? 까만 바지에 노란 쉐타 입은 사람, 저 아가씨는 차곡차곡 월급을 모아서 집에다 보내는데 소도 사서 기르고 그 소를 팔아서 동생들 학비도 한단다. 그 옆에 있는 사람은 머슴살이 하던 자기 아부지한테 논밭을 사드렸는데 올해는 농사가 잘돼서 떡도 해와서 갈라 묵었단다. 여기 있는 사람들 보면 그동안에 나는 뭘 했는고 싶다. 나도 좀 일찍 이런 데로 눈을 돌렸시모 벌써 직수가 돼도 됐을 긴데."

가시나하고 사기그릇은 내돌리면 깨진다는 것을 철칙으로 아는 아버지는 만리장성만큼이나 완강하게 언니의 앞길을 막았다. 하지만 언니의 관심은 줄곧 교두보처럼 명자 언니가 다니는 방직공장에서 서성거리고 있었다.

"저기 창가에 있는 처녀는 지 손으로 벌어서 중학교 졸업하고 다시 고등학교 갈라꼬 밤잠도 안 자고 잔업을 한단다. 잔업은 낮일보다 특별수당이 더 많거든."

소곤거리는 명자 언니의 말을 듣고 있는데 저쪽에서 명자 언니와 한 조가 되어 일하던 순이라는 처녀가 보따리를 싸고 있었다. 그들의 목소리는 낮고 은밀했다.

"넌 아직 기술도 덜 배웠는디 기술자라 거짓말하고 갔다가 들통나모 우짤라꼬?"

"인마야, 자리 옮길 때는 다 그카고 들어간다. 여어서 본 대로 눈치로 때리모 사흘 안에 직수 된다."

새로운 곳에 대한 기대와 높아진 보수로 들떠 있던 그 아가씨의 말소리에 돌연 물기가 어렸다.

"이번 달에는 아부지 약값이 엄청 더 많이 든다. 재욱이 월사금도 밀렸고. 우짜는 수 없다. 니가 말 좀 잘해도오."

"야야, 겨우 손 맞촤 놨더마 나는 그라모 우짤 끼고."

"니는 내가 자리 잡히모 델꼬 가께. 니는 우선에 니 친구랑 같이 하모 안 되나."

명자 언니의 또 다른 걱정에 그 아가씨는 뜻있는 눈길을 구경 와 있던 성남 언니에게로 돌렸다. 그렇게 언니의 도약은 부추겨졌다. 그렇잖아도 자립하고 싶었던 언니였다. 언니의 가출은 그때 이미 비어 있는 자리를 염두에 두고 꿈틀거리기 시작했을 것이었다.

여자의 몸은 작고 가냘프다. 그러나 끈질긴 근면성은 식물의 잔뿌리처럼 그악스럽다. 깊이 팬 가정경제의 한 부분을 메우는 데 기여하는 그들의 열정은 개미군단을 연상케 한다. 타고난 모성적 본능 아니면 불가능할 희생적이고 비극적인 투척. 돈보다 사람의 정신이 먼저라고 우기는 아버지의 주장을 무시하며 세상은 빠르게 바뀌고 있었다.

하지만 여자들도 노동의 대가에 맛을 들였다. 삯으로 받아서 쌓아놓은 밀가루나 보리쌀은 돈과 바꾸어졌다. 윤택하게 잘사는 것이 무엇인지 눈을 뜨게 되었고 돈을 버는 일은 남자만 하는 일이 아니라는 것을 체득하게 되었다.

아울러서 다 같은 돈을 벌어도 위험한 일, 어려운 일, 더러운 일 안 하고 시원한 그늘, 눈비 걱정 없이 넥타이 매고 책상 앞에 앉아서 '펜대만 놀리면서' 더 많은 액수의 돈을 벌 수 있는 길이 어떤 것인지에 대해 너도나도 확연한 안목을 갖게 되었다. 그러므로 넉넉지 못한 집안의 사령관인 아버지들은 남의 집에 가버리면 그만인 딸자식보다 아들에게 우선순위를 매겼다. 남존여비의 오랜 관습에 순치되어 있던 딸들도 당연히 가문의 번성을 위해서, 남자형제의 앞날들을 위하여 자신들이 몸 바쳐야 될 것을 의심의 여지없이 실행하고 나섰던 것이다.

돈을 번다고 바깥출입이 빈번해지면서 언니의 언행은 전처럼 다소곳하지 않았다. 변해가는 언니의 활동에 대한 아버지의 소심증이 불쏘시개처럼 타오른 것도 물론이다.

"저 년 어서 시집보내야 되것다."

"아부지는 나 같은 딸자식은 별로 중요하게 여기지도 않음서 뭔 혼기는 그리 중요합니꺼?"

"야, 이년아. 깨진 그륵 좋아할 인간이 세상에 어딧노"

"나는 그릇이 아니고 사람입니더. 그릇이 제 맘대로 움직이는 거 봤심니꺼?"

"또 저 주딩이, 저 년 요새 부쩍 간이 커졌더라. 그랑께 내가 밖으로 나 돌리모 안 된다 카제. 언년이 지 애비 말에 때꼭때꼭 말대답을 하노, 천 하에 부상년 같으니!"

성남 언니의 입을 향해 아버지의 주먹이 뻗어갔다. 그러나 잽싼 동작 으로 언니가 피했기 때문에 입술이 상하지는 않았다.

"지는 절대로 시집 안 갈 낍니더, 제 집 강생이도 주인이 귀애해야 남 도 쓰다듬어준다는 디 아부지한테 이런 취급당하는 자식 불 안 켜도 앞 날이 훤하지예."

"하이고, 저런 걸 어디서 뭘 묵고 내질러서."

말이 막힌 아버지는 잘 드는 칼날처럼 하얀 눈길을 어머니께로 돌렸 지만 어머니는 삼는 모시올을 잇대며 못 들은 척하고 있을 뿐 아버지 말 에 가타부타 토를 달 수도 없었다.

"지는 아부지가 어머이한테 하시는 것만 보고 여자는 남자 밑에서 죽 으라모 죽고 살라모 살아야 되는 무신 기계나 짐승 겉은 걸로 짝지아진 줄 알았어예. 하지만도 인제는 내 눈도 옛날보다는 보는 기 많아졌고 생 각하는 것도 많이 달라졌어예. 명자네 자취방 주인아저씨만 해도 아부 지가 어머이한테 하드키는 안 하데예."

가출했다 잡혀온 뒤부터 언니는 어느 결에 정말 많이 달라져 있었다. 스스로의 표현대로 보는 눈이 열리고 듣는 귀가 터졌는지 전처럼 겁먹 은 기색도 없이 아버지의 말을 받아쳤다. 언니의 말씨는 이제 떠듬거리 거나 중간에서 옆길로 새는 일없이 차분하고 조리도 있었다. 마치 누군 가가 머릿속에서 다음 말을 잇대어주기라도 하는 듯 전에 없이 당돌하게 아버지 앞에서 고개까지 빳빳하게 들고 있었다.

"아부지, 지는 절대로 시집만큼은 지 맘대로 지 맘에 드는 남자한테 선 보고 가지 아부지 어머이맹키로 어른들이 시킨다꼬 거저 따라하지는 않을 낍니더. 아부지 질로 나가게 해주이소. 지맘대로 하다보모 뭐든 다 잘할 것 같습니더. 아무것도 안 해준다꼬 아부지 엄마 원망도 안할 낍니더. 가만히 앉아서 지 노력도 없이 넘이 주기만 바래고 편히 사는 기 얼마나 좁고 어리배이 생각인지 인자사 하늘이 보이고 동네 밖 세상이 보입니더. 아부지, 딸 하나 없는 셈 치고 내 좀 내 맘대로 하게 내비두이소. 제발 부탁입니더. 지가 잘되모 꼭 아부지 어매한테 잘할 낍니더."

"이 년이 미쳐도 작게도 안 미쳤네. 남자들도 에럽은기 사회생활인데 네까짓 게 뭔 재주로 주딩이만 살아가지고. 또 당골네 가시나 명자년 따라 공장띠기 할라꼬? 간에 헛바람만 복쟁이로 가뜩 들어갖고. 한번 더 그 따구 소리하모 참말로 다리몽댕이 작신 뿌러질 줄 알아라."

"그거는 아부지 말씀이 옳다. 부모치고 어느 부모가 자식 잘못되는 걸 바래노."

부녀간의 이런 실랑이를 아슬아슬한 심정으로 지켜보던 어머니도 한 마디 거들었지만 언니는 곱다시 수긍하지 않을 만큼 이미 굳은 뜻을 세우고 있었다. 모나게 흘긴 눈길로 어머니를 쏘아본다.

"말이라꼬 옆에서 그런 짝짜꿍을 하나. 바보. 펄떡펄떡 뛰는 산짐승 잡을라꼬 노내끼 들고 댕기봐라 그리 잘될까."

제 할 말을 다 마친 언니는 호미를 담아놓았던 소쿠리를 옆에 끼고 밖으로 휭하니 나가버렸다. 아직 덜 자란 빡빡머리에 수건을 쓴 수치스러운 모습으로는 방문 밖도 못 나가리라 여겼던 가족들의 예상을 뒤엎고 언니의 행동은 당돌했다. 아버지가 가라는 소리도 하지 않았는데 어찌 제 할 말 다했다고 언감생심 먼저 자리를 뜰 수 있는가. 당사자가 쑥 빠져버리자 머쓱해진 얼굴에 노여움을 들끓이고 있던 아버지는 애매한 어머니께로 불화살을 날려댔다.

"저 가스나로 당장 다리몽댕이를 뿌질러서 들어앉히야것다. 에미·애비한테 어디서…. 돈, 돈 좋아하다가 꼬라지 잘돼 간다. 저 년 망새이새끼맹키로 변해가서 저 꼴로 막 나가는 거 에미 눈에는 안 보이나?"

가만히 듣고 있기 민망해진 어머니가 조신스러운 어투로 변명을 했다.

"그러케 세상이 바뀌고 있은께 임자 생각대로 안 될 끼라니께요. 달구새끼라서 가다놓겠소, 소 짐승이라서 멍에를 씨아놓것소. 우리가 생각을 조금썩 바까서 시대에 맞차야지 저것만 나무래모 날마다 싸움 나고 부모 자식 간에 능정만 나요. 아니 할 말로 금지옥엽 귀한 자슥 구종 늘여서 시집보낼 처지도 아님사 제 말도 노상 그른 말은 아니지요."

"에미가 그리 한 줄 느꾸고 있으닝께 가스나 자슥이 저리 억세게 나오능 거 아이가. 내 욕 묵고 남의 집구석 망할 라모 가스나 자슥 옆에서 북 치고 장구 처라."

"그야 내가 손목 잡고 가갸 거겨 가르친 것도 아니고 이치가 그렇다고 지가 깨친 걸 우짜것소. 그라니께 임자도 인자는 돼지새끼만도 몬 한기 딸자슥이라 그런 섭한 맘은 그만 자시고 맏자슥으로 은근히 대우를 해주믄 지도 생각이 있을 거 아임니꺼."

"나는 그리는 몬 한다. 부모혼 다 빼 묵고, 꼬리치고 제 굴 찾아가능 기 백여시 겉은 딸자슥인디."

"아이구 또 저리 나오시네. 내사 모리것소, 임자 맘 내키는 대로 하시고 낭중 후회할 일 생기더래도 내 원망은 마이소.

"조런 주딩이 하고는, 악담을 해라 악담을 해! 잔소리 말고 가스나 단속이나 잘해라. 세상이 망쪼가 났다. 가스나들이 초상 난 드키 머리를 노상 풀어 헤뜨리고 신작로 한가운데로 히야호야 안 댕기나. 아무튼 딸자슥 가르치는 거는 에미 소관이닝께 제 임자 정해서 행례청에 설 때꺼정 내 귀에 무인 소리 안 들리게끔 단속 잘해라. 집구석 쏘 파기 전에."

오순도순 다정한 분위기는 아니었어도 누구네 집에서나 있을 수 있는 대화였고 분위기였다. 그런데 이미 방만해진, 잘살아 보자는 세상이 몰아붙이는 파장은 언니나 아버지의 인생에 굵은 불행의 뿌리를 깊이 내리기 시작하고 있었던 것을 그때는 아무도 몰랐다.

몸에 박힌 멍자국이 스러지기도 전에 덜 자란 머리를 스카프로 가리고 언니는 또 집을 나갔다. 하지만 이번에도 또 독안에 든 쥐가 되어 아버지 손에 붙잡혀왔다. 그러나 저번처럼 뺨을 때리면 뺨을 맞고 패대기치면 패대기쳐지는 대로 언니는 가만히 있지 않았다. 사정없이 당한 매질이 안쓰러워 부어터진 상처에다 호호 약을 바르던 애맨 엄마의 손을 뿌리치며 언니는 으르렁 하얀 이빨을 드러냈다.

"치아라, 이 병신아. 운제꺼정 자식이 맞고나모 약이나 쳐 바르고 있을 끼고. 우리가 짐승새끼가 배때기만 채우모 만족하게. 니가 지금 누 편을 들고 있노. 그랑께내 장천 당하고만 살제. 벅수, 천치, 등신. 눈깔 두 개는 뭐할라꼬 뚫어놨노. 세상을 봐라, 세상을 똑 바로 보란 말이다!"

"고마 아부지 말씸대로 고이 크다가 네 임자 찾아서 시집이나 가거라. 여자들 행복은 뭐라 캐도 가시버시 단짝이 돼서 아들 딸 낳고 오순도순

사는 기 제일이라."

차근차근 타이르던 어머니의 손에서 약이 어디로 튕겨갔는지, 놀란 것은 어머니만이 아니었다.

"아부지 좋아하네. 내보고 돈 벌러는 몬 나가게 하면서 내가 벌어온 돈은 욕봤다 소리도 없이 잘도 받아쓰데. 나는 그런 아부지 싫다. 비겁하고 치사하다. 만날 큰소리만 치지 아부지가 우리 위해서 한 기 뭐있노. 옴마도 인자 제발 아부지가 우짜고 그런 소리로 내 앞길 막지 말란 말이다!"

언니의 말은 틀리지 않았다. 아버지는 자기가 설정해놓은 선으로만 가족들이 갈 것을 강요했다. 헤벌어진 틈을 주면 공격을 받을까봐 입 다물고 있는 꼬막조개처럼 언제나 군은 표정으로 식구들을 대했고 큰소리 치는 깐에 비하면 실속도 없었다. 어렵고 성가신 일이 생기면 슬그머니 아내에게로 떠넘기고 아내가 만들어주는 분위기에 의존하여 근엄하게 폼만 재는 것이 고작이었다. 그런가 하면 어느 때는 유흥에 빠져 피리를 불고 북·장고를 쳤다. 천렵을 즐기고 사냥개를 길러서 산돼지 사냥을 가겠다고 나서기도 하는 트문없이 모순적인 모습을 보이므로 가족들로 하여금 종잡을 수 없는 혼란으로 흔들리게도 했다. 너가부진들 그라고 싶어서 그라는 기 아이다. 돌에도 나무에도 댈 데 없이 외로운 사람인데 맘 붙일 데가 없어서 안 그라나. 엄마는 군이 이런 변명으로 아버지를 두둔하며 언니를 설득했지만 언니가 바라보는 관점은 이미 일치하지 않는 다른 곳으로 뻗어가고 있었다.

"야가 와이라노. 성남아, 니가 와이라노. 하고 베릴 말이라도 그런 소리 마라. 아부지가 이 집에 어른인데 그게 무인 소리고. 니가 그런 소리하모 넘들이 욕한다."

돌변한 언니를 껴안으며 눈물짓던 어머니만 번번이 나가떨어졌다. 살림밑천은 역시 큰딸이라고 동네 사람들도 칭찬할 만큼 착하고 일 잘하던 언니가 왜그렇게 돌변했는지, 훗날, 양지는 명자를 통해 성남 언니가 왜 그토록 갑작스럽게 변하게 되었는지 이유를 듣게 되었다.

언니는 초등학교 총각선생님을 짝사랑했는데 언니가 성가셔진 선생님이 무식한 촌색시를 부모님이 싫어하시니 자격을 갖출 때까지 만나지 말자고 절교선언을 했던 것이다. 그때는 왜 그렇게 앓아누웠는지 몰랐던 병으로 언니는 먹지도 잠자지도 않고 한동안 몹시 아팠다. 꽃봉오리처럼 예쁘게 키우던 사랑이 무참하게 일그러진 상처를 언니는 혼자 끙끙 앓으면서 그 수치스러운 충격으로 인해 크나큰 깨달음을 얻게 되었다. 비로소 우물 안 개구리에서 벗어나 사회 속에 비친 자신의 처지를 바로본 언니는 자력으로나마 자기 발전을 시도하는 물꼬를 틔우기 시작했던 것이다. 그 시작이 바로 사회로 먼저 진출해 있던 친구 명자로 통해 있었으니 번번이 언니의 뜻은 좌절되고 통제되게 마련이었다.

언젠가 어머니는 바람처럼 한숨을 섞어 말했다. 나는 너가부지를 알제. 어릴 때부터 변란은 오죽 겪었나. 그래도 누대 지주로 살았는데 곱다시 그냥 넘어갔것나. 뒤에 어떻게 집은 되돌려받았다만 조끔썩 남아 있던 토지며 산판을 모두 날리고 그 와중에 하늘겉이 의지하던 늬할아버지가 돌아가싯고. 너가부지 집단속은 그때부터 더 심해졌다. 그렇잖애도 곡식에 제비 겉은 양반인데 준비없이 가장이 되었고, 한 가문을 책임 맡아야 되는 오직 하나 남자 어른 아녔나 우리 집에서. 그러니 집안 단속도 더 심했던 기라. 투사가 되어 죽기를 각오한 언니는 어머니가 보이는 이런 식의 두둔에다 더 증오심을 발산하며 항거를 했다.

"이 천치 축구야, 낳기만 하모 다가. 니가 앞서서 가로막는 장애물을 치우고 사람답기 살그로 우리한테 길을 열어조야 될 꺼 아이가. 넘들은 자식들 장래 생각해서 중학교, 고등학교 보내는데 우리는 와 아직도 남녀칠세부동석이고 공자 왈 맹자 왈 양반타령뿐이고 말이다."

언니의 항변은 그러나 아버지의 세태에 대한 위기감만을 더욱 자극해 냈을 뿐이었다. 결과는 뻔했다.

"봐라, 내가 뭐라 카드노. 어중간하기 선무당 맹글어놓으모 우짤 끼나 캤제. 애시당초 자신 없는 짓은 말아라, 가스나 자슥 씨언찮게 먹물 디리놓으모 되레 베린다 캤제."

아버지가 반대했던 언니의 초등학교 육년 학업을 두고 하는 말이었다. 아버지는 마치 잘 묶어두었던 가축을 놓친 실패가 어머니 때문인 듯 맵고 독한 입심으로 어머니를 타박했다. 그렇지만 어머니 역시 자신의 복안은 있었으나 깊은 속내를 가타부타 설명하지는 않았다. 라디오를 듣거나 농촌지도를 나온 여직원을 보아도 공부 많이 하고 좋은 직장에 다니는 여자들은 남자들에게 눌려 살지도 않았고 사회적으로 좋은 대접을 받고 살았다. 어머니는 그런 사람들의 알지 못하는 부모에게도 열등감을 느꼈다. 내 딸보다 얼굴도 못 나고 키도 작건만 공부를 많이 시켜서 좋은 일하게 하니까 얼쑤 돋보인다. 저런 사람들 부모는 얼매나 잘났을꼬. 어머니인들 그런 관이 트인 부모가 되고 싶지 않았을까. 많이는 못 되더라도 자신의 힘이 닿는 데까지는 포기하지 않고 뒤를 받쳐주고 싶었다. 하지만 어머니의 경제적인 능력은 한계에 부닥쳤고 언니는 진학의 대열에서 낙오하며 좌절을 겪었다. 그나마 위안이 있다면 명자 언니도 이웃에 사는 성자 언니도, 등 너머 사는 언니의 또 다른 친구들도 들일을 도와야 한다거나 동생을 돌봐야 한다는 이유로 문턱에도 못 가 본 학교생활이었다. 아버지는 그래서 언니의 어중간한 공부가 더 언니를 버려놓았다고 트집 잡았다. 최선을 다했던 어머니의 당찬 노력만 다시 피명이 들었다. 아버지는 마치 이 경우가 승낙하지 않는 자신의 행동이 선견지명에 의한 것이거나 한 듯 어머니를 엎어삶았다. 국민학교 육 년 동안 언니는 정말 장래를 기대해도 좋을 만큼 건강한 한 그루 묘목이었다. 남학생들을 제치고 더러 우등상을 타기도 했고, 운동회 때는 릴레이 선수로 뽑혀서 못 이긴 듯이 따라간 아버지가 체면을 무시하고 나서서 손을 휘저으며 응원을 하게도 했다. 하지만 아버지가 내린 결론에 의하면 언니의 학교 교육은 딸자식 손에다 부모 베는 칼을 들려준 격이 되고 말았다.

아버지에게 회초리라도 맞은 날이면 언니는 더욱 겁없이 기승하게 굴었다.

"비겁하게 폭력만 쓰지 말고 미안하다꼬 하이소. 아부지라꼬 우리한테 해준 기 뭣입니꺼. 나는 아부지 겉은 비겁한 양반 안 하고 상년으로 내하고 싶은 대로 살게 내삐리두이소. 가둬놓고 축구 병신 만들지 말고 놓아주이소. 내 맘대로 하고 싶은 대로 하고 살 낍니더. 게으르고 이유 많고… 나는 그런 양반보다는 자유스럽게 상년으로 살 낍니더."

벌겋게 달아오른 언니의 얼굴은 땀과 열기로 번질거렸다. 매질 같은 건 이제 조금도 무섭지 않은 독기로 섬뜩했다. 언니는 아버지보다 말을 많이 했다. 어이없고 분한 마음으로 아버지는 어쩔 줄 몰라 했을 뿐 언니의 기를 꺾어놓을 어떤 말도 찾아내지를 못했다. 그러나 가만히 당하고 있을 아버지는 아니었다. 당돌하고 건방진 입놀림으로 주먹이 먼저 나갔고 손에 들린 아무것으로나 언니의 몸을 구타했다. 잡고 잡히지 않으려는 그들의 드잡이는 온 집안을 지옥과 같은 아수라장으로 만들었다. 그것은 단순히 공격하고 방어하는 다툼의 차원에서 끝나는 것이 아니라 탄탄하게 전래되어오던 한 집안의 수성이 저항 받고 무너지는 현상이기도 했다. 으르렁거리며, 엄마를 찾고 성남 언니를 찾아서 온 집안을 설치고 다니는 아버지의 독수리 같은 눈길을 피해 쾌남과 집에 남아 있던 자매들은 부엌문 뒤에도 숨고 뒤꼍의 짚동 사이에도 끼인 채 숨죽이고 발발 떨었다. 선불 맞은 짐승처럼 울부짖는 성남 언니의 목소리를 들을 때마다 쾌남은 그냥 저 하자는 대로 두면 될 것을 굳이 언니의 사회 진출을 막으려는 아버지의 속셈을 이해할 수 없어 더욱 막막하고 절망적인 슬픔을 울었다.

그렇게 스산스러운 어느 날, 쾌남은 아버지의 귀에 대고 은밀하게 소곤거리는 엄마의 소리를 들었다.

"냄이 아부지. 진정하이소. 저것 해구리는 것 본께 아무래도 저게 본정신이 아입니더. 저거 낳던 날 아부님이 하시던 말씸이 새삼시럽게 밝아옵니더."

언니의 하는 양이 제 의지가 아니라 불가항력적인 어떤 힘에 사주되어 저지르는 행동이라고 어머니는 은근히 그날을 들먹이며 우겨대고 있었다. 언니도 죽고 없는 먼 훗날, 어떤 기회에 양지는 의문으로 남아 있던 '저거 낳던 그날'의 비밀스럽던 이야기를 어머니로부터 듣게 되었다.

첫아이를 낳아놓고, 어린 새댁이 목숨을 걸고 치렀던 산고를 벗어나 날아갈 듯한 후련함을 맛보기는커녕 남손을 학수고대하고 있을 시아버지의 기대를 저버린 송구함에 몸 둘 바를 모르고 있을 때라고, 바늘방석 같던 그때를 어머니는 마치 엊그제의 일인 듯 생생하게 회상해냈다.

아내의 출산을 고하기 위해 죄인 같은 심정으로 허리를 펴지도 못한 채 할아버지의 방문 앞까지 아버지가 다가갔을 때라고 했다.

"에잇, 요망한 것!"

왜고함 지르는 할아버지의 호령과 함께 무엇인가 방문을 부술 듯이 내던져지는 소리가 났다.

"아부지, 와그라십니꺼!"

자리끼로 후줄근히 젖은 문을 열고 황급히 들어간 아버지, 허공을 노려보며 꽂은 시선을 돌리지도 않은 채 할아버지는 노기 찬 음성을 던졌다.

"참말로 여식아가?"

할아버지는 며느리가 무엇을 낳았는지 벌써 알고 있었다. 어떻게 아셨느냐고 묻고 싶은 아버지에게 할아버지는 다시 지시를 내렸다.

"어서 가서 여식아 오른쪽 팔목에 점이 있는가 봐라."

영문을 알 수 없는 아버지의 가슴은 철렁 내려앉았다. 쌈가르던 아버지의 눈앞에서 입으로 가져가던 고사리 손등에 작은 점이 있는 것을 혹시 피가 묻은 것은 아닌가 조심스럽게 닦아보았던 것이다. 아버지는 두려운 마음으로 점은 아닌 것 같은데 어쩌고 둘러붙였다.

"허어!"

기막힌 듯 멍해졌던 할아버지의 입에서 다시 거역할 수 없는 엉뚱한 주문이 떨어졌다.

"지금 가서 그걸 없애라. 그게 안 되겠거든 그 점을 도려내라. 병신이 돼도 하는 수 없다. 다른 사람들 아무도 보기 전에, 어서! 그게 바로 요물이란 말이다, 요물!"

참으로 황당한 명이어서 어쩔 줄을 모르고 있는 아버지의 머리 위로 추상같은 할아버지의 재촉은 다시 떨어졌다.

"애비 말이 안 들리나! 야 이놈아, 그게… 죽은 늬누부다. 늬누부 그년이, 이 애비한테 못 다 푼 포한을 풀라꼬 도로 태이왔단다."

머리를 싸쥐고 쓰러지는 할아버지의 늙은 두 손이 부들부들 떨렸다. 우물거리는 아들을 향해 할아버지는 간신히 신음 같은 말을 흘렸다.

"날 위로한다꼬 아무 소리도 하지 마라, 그 요망한 것이 잠시 전에 선몽을 하고 갔단 말이다!"

할아버지는 자신을 배신한 딸이 외가에 가서 목매달아 죽은 환영에 아직도 시달리고 있었던 것이다. 자식을 잃은 상실의 아픔은 뒷전이었다. 은근슬쩍 그런 흉을 숨기고 남의 가문에 불행까지 끼얹었다고, 사돈될 뻔했던 집에서 길길이 날뛰는 패악을 죄인인 듯 당해야 했던 참담했던 기억이 그렇잖아도 곤고한 할아버지의 일상을 투망처럼 지배하고 있었던 것이다. 삼이웃이 다 아는 망신스러운 일이라 얼굴을 들고 다닐 수 없었던 할아버지는 죽은 목숨처럼 사람을 피해 살면서 외롭고 고통스러운 만큼 그리워지는 딸, 여자에 대한 애증으로 심장을 태우고 있었던 것이다.

그렇다. 원인 없는 결과는 없는 법이다. 언니가 굳이 고추를 달고 나지 않아서만은 아닌 복잡한 눈빛들이 언니의 성정을 그렇게 저항적으로 만들었다고 해도 과언은 아니다. 언니가 조금만 괴이쩍은 짓을 해도 사람들의 마음속에서 고모의 그림자는 작용을 했고, 주변의 그런 경계는 보이지 않는 막이 되어 언니를 감싸기는커녕 장애 작용을 했을 것이다.

손이 커지면서 점은 없어졌지만 굴절된 음험한 시선으로 점부터 확인하는 사람들의 관심 때문에 전들 어찌 제대로 휘둘리는 영혼을 감 잡을 수 있었겠는가.

하지만 이제 모든 이야기는 전설이 되어간다. 언니도 죽은 지 이미 삼십 년이 다 됐고 그 이야기를 전해준 어머니도 시한부 인생을 살고 있다. 언니며 고모, 언양 할머니, 또는 다른 많은 여인들도 가지고 있었음 직한 은원을 씻어버리기 위해 집에서는 지금 어머니가 정성 들여 굿마당을 마련하고 있다. 언니는 미치지 않았어. 양지는 저만의 비밀로 간직하고 있는 이 말을 실토하므로 죄의식으로 멍든 어머니의 병중이 얼마나 더 무거워질지를 생각해본 적이 있었다. 어머니는 언니가 광중狂症에 걸렸다고 진짜로 믿고 있었다. 하지만 언니는 재기 충만한 눈알을 요리조리 장난스럽게 굴리며 양지에게만 살짝 속살거리곤 했다.

"니도 내가 참말로 미친 줄 알제? 아이다. 그냥 미친 척하는 기다. 아부지가 펄펄 뛰고, 엄마가 찔찔 울고, 연극 보는 것처럼 참 재미있다."

어머니는 그런 줄도 모르고 미친병에 좋다는 약을 백방에서 구해 나르고 수소문해서 비방을 알아오기도 했다. 그때 보이던 언니의 행동들은 누가 보아도 미친 사람 아니라고 눈치 챌 수 없을 만큼 감쪽같은 기행들로 연출되고 있었다. 언니는 정말 아버지를 골탕 먹이는 재미로 그렇게 엉뚱하고 극렬한 행동을 하다 제어하기 어려운 지경으로 저마저 혼란에 빠졌을지도 몰랐다. 해서 아버지와 어머니마저 미치게 만들어 고모의 혼령이 만든 복수의 제단에다 가문의 몰락을 바치게 유도하는 것이 목적이었을까.

그녀, 어린 쾌남의 하늘은 항상 낮고 검게 흐렸고 주변은 온통 살얼음이었다. 그녀는 말없이 길을 걸었고 남을 피해 혼자 있기를 원했다. 시린 몸뚱이를 싣고 달려가고 싶은 쾌남의 양지는 이 세상 어디에도 존재하지 않을 것 같았다. 세상이 이렇게 살기 어려운 곳이라면 더 살아서 무엇을 하겠는가. 그녀의 유년은 나날이 그렇게 차고 굳게 병들어갔다.

불빛이 미치지 않는 집모퉁이의 기둥에 기대서서 양지는 아까부터 굿마당을 바라보고 있었다. 소복을 갈아입고 제상 앞에서 손을 비비며 축도하는 비감 어린 표정의 어머니와 성남 언니의 해원굿이라는 저의만 뺀다면 떡을 나누어 먹으며 웃고 소곤거리는 이웃 사람들이나 북 장단에 맞추어 원색의 쾌자자락을 펄럭거리며 덩싱덩실 춤을 추고 재담을 늘어놓는 무녀들의 모습은 한바탕 놀이마당을 연상하도록 사뭇 유희적이었다. 언제부터인가 아버지도 제상에다 절을 하고 있었다. 의외로 그의 몸놀림은 다른 때의 아버지가 아니다. 전에 없이 겸손하며 동작이 진지하다. 아버지가 언제, 특히 어머니의 부탁으로 하는 일에 저토록 협조적일 때가 있었던가. 어머니의 일이란 것이 결국은 남편과 자식들을 위한 집안일들이었건만 그저 자신의 체면치레에 어떤 영향을 미칠 것인가에 연연하여 이유부터 따지며 까다롭고 성가시겠다 싶으면 반대를 위한 반대만 하던 아버지 아니던가. 절절한 무슨 뜻인가를 눈빛에 담고 어머니와 간간이 귓속말을 주고받는 아버지의 전에 없던 모습이 여간 기이하지 않았다. '부부란 쉰밥을 나누어 먹는 사이'라는 누군가의 말이 문득 떠오르게 하는 장면이다. 아버지와 나란히 서서 지성으로 절을 하고 있는 어머니의 모습과 저렇게 잘 어울리는 그림이 될 줄을 예전에는 어찌단 한번도 상상해본 적이 없었을까. 그러나 애통스럽게도 지금은 너무 늦었다.

양지는 슬그머니 굿판을 빠져나왔다. 무속신앙을 연구하는 학자도 나오는 시대에 귀신이 있다 없다 단정을 내릴 수는 없다. 사람은 고통스럽고 불가항력적일 때 돌이건 나무건 또는 천지신명이라는 자기 이상의 절대 능력자를 간절한 마음으로 상정해놓고 매달리며 구원을 요청한다. 신이 있다고 믿을 만큼 영험스러운 일을 아직 경험해본 적이 없으며 신을 믿고 기도할 시간에 사건의 해결을 위해서 몸으로 뛰는 쪽이 훨씬 효율적이라 믿어온 양지이기에, 더구나 이미 결과를 알고 있는 오늘의 이 굿은 아무래도 회의적일 수밖에 없다. 그나마 소득이 있다면 아버지와 어머니가 그래도 부부로서 그들만이 통할 수 있는 남모르는 통로를 갖고 있었다는 확인일 것이다. 그들은 영원히 둘로 갈라지는 순간까지 아웅다웅해야만 그들 부부답게 훨씬 자연스러울 것 같았다. 그러나 그들은 삼자가 뭐라건 간에 누구도 부인할 수 없는 합일된 정신영역을 공유한 모습으로 아내의 병마를 퇴치하기 위한 정성어린 모습을 보이고 있다. 양지는 어머니 앞에서 아버지를 비난했던 일들을 떠올리자 어머니의 말 없음에 자신이 기만당하고 있었던 쓸쓸함마저 느꼈다.

바깥마당으로 나오자 짙은 어둠이 설렁 다가와 그녀의 앞에 마주섰다. 기대 누우면 아늑하게 품어줄 것 같은 넉넉함을 어둠은 간직하고 있었다. 건조한 공기에 실려 안장산 산골짜기까지 밀려갔던 굿마당의 풍물 소리가 메아리가 되어 돌아와서는 마을을 싸고 깊이 감돌다가 아득히 먼 곳으로 멀어졌다 되돌아왔다를 반복한다. 저 멀리로 보이는 농로의 주황색 가등을 바라보며 생각없이 걸음을 옮기는데 어디선가 두런거리는 소리가 들리더니 투덕거리는 발자국 소리와 함께 형체만 알아볼 수 있는 사람 서넛이 시커멓게 우뚝우뚝 바깥마당으로 올라섰다.

"자, 그럼. 오늘 수고했습니다. 것도 적선이니까 앞으로 좋은 일들 많이 만나실 겁니다."

일꾼들을 데리고 산에서 돌아온 고종오빠였다. 양지는 갇힌 듯이 어둠 속에 서 있었다.

"아따, 말씀만 들어도 기분이 마 억수로 좋십니더. 우리 기분이 이리 개운한디 본집이야 오죽 씨언하것십니꺼."

"하모예, 인자부터는 굿도 잘하고 나모 걱정없이 모든 일이 씨언하게 잘 될 깁니더."

"예. 남들이 꺼리는 일을 해주신 고마움에 비하면 사례가 어떨는지 싶지만, 아무튼 감사했습니다."

"아, 이만하모 됐십니더. 충분합니더. 미리 요량해주셔서 우리는 더 고맙지예."

고종오빠한테서 품삯을 받은 사나이들은 동구로 나가는 길 쪽의 어둠 속으로 총총 흡수되어버렸다. 그들의 우렁거리는 목소리를 듣고 있던 고종오빠는 양지가 있는 쪽으로 걸어왔다. 돼지막이던 곳의 이엉 밑에다 조그만 꾸러미를 보관해놓고 돌아서던 고종오빠는 그제야 구조물처럼 서 있는 양지를 발견하고는 주춤하더니 흠, 호흡을 고르며 알은 체를 했다.

"일이 좀 늦어서….."

양지는 오빠가 놓고 돌아선 꾸러미로 눈길을 주었다. 무덤 속에 남아 있던 언니의 유골을 태워 가루로 만든 것이다. 그렇게 여겨서 그런지 오빠의 옷에서는 노리끼리한 탄내가 나는 것 같아 양지는 바람결을 비껴 몸을 조금 돌렸다. 아직도 낯익지 않아서인지 먼저 담배 한 개비를 피워 문 오빠가 담뱃가루를 뱉어내며 말했다.

"좀 일찍 만났더라면 나도 볼 수 있었을 긴데, 서로 아무런 도움도 되지 못하고…. 지금 몇 살이나 될지 몰라?"

"저하고 열 살가량 차이가 났으니까…."

"동생을 그렇게 귀애했다고 외숙모님이 그러시더만."

"네. 사랑을 많이 받았죠. 키도 크고 얼굴도 미인이고 무엇보다 마음씨가 그만이었죠. 언니를 놓친 건 아버지 인생에도 커다란 손실이에요. 언니만 잘 거두었어도 구차하게 노후 걱정은 안 해도 됐을 건데…."

"내놓고 말씀은 안 하셔도 외숙님도 적잖이 후회스러우신 모양이더만. 숙모님 말씀 들으니까 무슨 병으로 그랬다던가 하시던데…."

"병요? 그렇죠. 모두들 그렇게 알고 있었고 병은 병이었죠. 늦잠을 못 깬 봉건 가장의 폭압에 저항했던 병? 지금 생각하면 언니는 무척 개방적이고 진취적인 의식을 갖고 있었던 것 같아요. 아버지가 허락하지 않았기 때문에 불발로 끝나기는 했지만… 불발로 끝난 쿠데타? 개혁? 좀 우습죠, 제 표현이? 그때의 우리 집 형편에는 아주 필요한 그런 소용돌이가 감돌고 있었으니까요. 돌이켜보면 육십 년대 후반이니까 그리 옛날도 아니었어요. 그런데도 우리 아버지의 의식은 조선시대에 얽매여 있었거든요. 결국 변화를 수용할 능력이 없는 어리석고 용기 없는 지도자의 가정이 맞닥뜨려야 할 필연적인 결과였고요."

무슨 말인가를 하려던 오빠가 김빠진 듯한 음색으로 결론을 지었다.

"그래, 어느 때나 항상 이유 없는 사건은 없지…."

순간 양지는 어머니에게 들은 고종오빠의 출생에 대한 내력을 상기했다. 오빠는 그 어둡고 깊은 미망의 소년시절을 어떤 심정으로 견뎌냈을까. 청 높게 읊조리는 무녀의 회심곡 소리에 이끌린 듯 이슥한 자세를 취하고 있다가 생각난 듯이 오빠가 말했다.

"외숙모님이 저쪽에다 넘겨주라면서 외숙님의 일상용품을 몽땅 챙겨 보낸 것 동생도 아는지 몰라? 받아놓기는 했지만 느낌이 어쩐지 좀 깨자분하다."

그쪽에서 늙은 아버지를 내치지 못하게 언양에서 갖고 온 돈 전부를 전한 것도 알고 있었지만 부질없다는 생각이 왈칵 끼쳐 세세한 말은 제한을 했다.

"여기, 다시는 보내지 않을 겁니다."

"그렇지만 아버지가 계시는데 그렇게 될까?"

"거기서 살림 차리고 다시 아들 낳으면 되잖아요?"

"아들을 또?"

오빠의 반문에 양지는 잠시 숨이 막혔다. 어머니에게서 들은 말과는 전혀 다른 뜻의 전달이다. 그렇다면 어머니가 잘못 알고 있는 게 된다. 어머니는 또 한번 절망했을 아버지를 안쓰러워하며 속을 모두 뽑아주어도 성에 안 찰 만큼의 연민에 빠져 있다. 성격상 망신스럽게 현장 확인을 할 사람도 아닌 어머니 한 사람의 눈과 귀를 봉쇄하는 일은 사실 아무것도 아니다. 그 사람 마음 아픈 것 원치 않는다 하면 누구든 아버지의 뜻을 따라 거짓 소문을 갖고 동조해주었을 것이다. 하지만 양지는 그런 감정을 오래 끼고 있지는 않았다. 이제 와서 아들이면 어떻고 딸이면 어떻다는 건가. 아버지의 장부일언을 되뇌던 어머니의 미욱한 절개만 안타까울 뿐.

우무처럼 고여 있는 둘 사이의 침묵을 깨고 오빠가 낮게 말했다.

"외숙모님한테는 그렇게 전하라고 하시길래, 그렇게까지 거짓말 안 해도 충분히 감내하실 분이라는 건 알았지만…."

대화는 더 이어질 것이 없었다. 고종오빠도, 그녀도 아직 서로를 잘 몰랐으며 풍부한 대화를 나눌 만큼 공유하고 있는 정서가 빈약했다. 더구나 아버지 어머니에 대한 이유로 양지가 하고 싶은 이야기는 더 없었다. 약간 서먹한 기색으로 머뭇거리고 있던 고종오빠가 집안으로 들어가고 양지는 혼자 바깥마당에 남았다. 방이며 마루는 물론 상기둥 옆에도 여러 자루의 양초가 대낮처럼 밝혀져 있다. 게다가 화톳불까지 넘실거리니 처마 밑에 둘러쳐진 한지로 오린 꽃과 귀면들이 두둥실 기와지붕을 떠받들고 천상으로 둥둥 떠올라 가는 것처럼 환상적이다. 그 비현실적이고 몽환적인 아름다움을 무연한 시선으로 바라보고 있던 양지는 마당가의 향나무 밑으로 가 거기 놓여 있는 운두가 깨어진 절구통에 걸터앉았다.

언니, 성남 언니. 큰언니. 그녀는 다시 한번 가슴속에 고여 있는 정감을 녹여 언니의 이름을 불러보았다. 따뜻한 아랫목 자리에다 양지를 뉘어놓고 들여다보며 언니는 언제나 세상에 다시없을 보물을 만지듯이 다정하게 어루만졌다. 참 눈이 맑고 깊었다. '쾌남아, 쾌남아' 부르며 어르던 목소리도 포근하고 달콤했다. 아, 그때 그 순간, 따뜻하고 든든했던 언니의 사랑이여. 언니를 생각해보고 애오라지 그녀의 생각에 잠겨보는 것도 오늘 저녁이 마지막이다. 병든 어머니를 돌보는 일이며 불구로 태어난 정남의 딸, 그리고 동네 사람들이 작성해서 올린 탄원서 덕분으로 집행유예로 풀려날 것 같은 전망이 있다지만 결코 앞날이 순탄하지만은 않을 것 같은 호남이, 아무런 생활대책도 없이 덜렁 자식만 하나 얻어놓은 아버지…. 이제는 아무리 모른 척하고 외면한다 해도 마음이 먼저 무거워서 나 몰라라 할 수 없는 피붙이들. 사무치게 언니가 그리워졌다. 이렇게 외롭고 괴로울 때 부르고 손잡으며 체온이라도 느낄 수 있도록 살아서 이름만 빌려주어도 얼마나 큰 힘이 될 텐데. 불현듯 코끝이 따가워지며 뼛속 깊이 절절한 외로움이 스며들었다. 언니…. 양지는 어둠보다 더 깊은 영원속에 침묵으로 잠겨 있는 언니의 유해를 눈을 크게 뜨며 바라보았다. 아무것도 보이지 않는 어둠 속에서 그녀는 눈물을 닦았다. 뜨거운 눈물은 참을 수 없이 자꾸자꾸 솟구쳐올랐다.

"동생, 어디 있어?"

참을 수 없어진 흐느낌이 입술을 비집고 나오려는데 집안에서 고종오빠가 부르며 나왔다.

"안에서 찾는데."

"왜요?"

부엌일이며 바깥일을 돕는 사람까지 마을의 아낙네를 놉으로 사두었기 때문에 달리 자신이 소용될 리 없을 것이라 여기고 있었던지라 양지는 안으로 불려들어가는 것이 선뜻 내키지 않았다. 그렇지만 오빠가 지키고 서 있었기 때문에 트집쟁이처럼 마냥 버티고 있을 수도 없었다.

"아이고, 우리 동상, 우리 동상, 어데 갔다 인자 오노. 내 동상아, 내 동상아!"

멍석에 쓰러져 있는 어머니의 전신을 댓가지로 어르며 울음소리를 내고 있던 무당이 양지를 보자 한달음에 내달려오며 오열을 터뜨렸다. 기습을 당한 양지는 멍석 위 아무 데나 무당이 쓰러지는 대로 같이 주저앉왔다.

"성냄이, 너그 셍이가 왔단다."

둘러앉아서 굿구경을 하던 마을 아주머니 중 누군가가 일러주었다. 무당의 구슬픈 음성은 언니를 표현해내고 있었다.

"내 동상아, 내 동상아, 내는 니가 얼매나 보고접었는지 모린다. 얼매나 세상살이 서럽더노, 세상살이 얼매나 외롭더노. 이 못난 셍이라도 있었시모 무거운 짐은 반타지고 니한테만 안 맽기놓을 낀데. 으으으으…. 아이고, 야야 마음 고생하니라꼬 그렇나, 몸은 와이리 배싹 말랐노. 아이구 아이구, 착한 내 동상아, 어매가 아파서 올매나 마음이 아프노. 걱정 마라, 걱정마라, 오매는 내가 나사주꾸마. 불쌍한 우리 옴마, 살아생전에는 애깨나 믹있는데 죽어서 생각하니 후회밖에 안 되더라. 나면서 도와주고 들면서 도와줄라꼬 엔간히 애도 썼다만 마음대로 안 되더라이 으으으으으…."

"그래 마음대로 안 되고말고, 이망이 바뀌모 안 되제 그래."

이웃 아주머니가 콧물을 훌쩍거리며 언니의 영혼에게 답하는 말을 했다. 여기저기서 혼령의 울음에 동화된 흐느낌이 들려왔다. 언니를 잘 알고 있는 마을사람들이기에 언니의 혼령이 오게 되어 있는 이 장면을 구경하기 위해 늦은 시간까지 기다리고 있었던 것이다.

"성남아, 내 알것나. 텃골 동자 어매다. 우리 동자는 시집가서 아들 셋에 딸 하나 낳고 잘산다. 아직도 너그들 클 때 이바기 나오모 니 들미기고 그란다. 부디 착한 심성 그대로 너그 오매 좀 나사도라. 병주머이 쏙빼다가 태평양 한바다에 풍덩 떤지삐고 인자는 이 좋은 세상에 한풀이 하고 살도록 안팎으로 잘 살피도고."

무당의 목소리에 실린 언니를 상대로 마을 아주머니들은 이런저런 말로 부탁을 했다. 듣고 앉았으려니 어서 몸을 빼고 싶어졌다. 어머니를 위한 굿이지만 어머니의 병을 낫게 해주겠다는 호언장담은 듣고 있기 거북했다.

　"이것 가지고 가서 사탕 한 봉 사온나."

　속주머니에서 만 원짜리 한 장을 꺼내든 어머니가 양지에게로 와서 전했다.

　"너그 셍이가 니가 사탕 한 봉도 안 사준다꼬 샀터라."

　곁에 앉아 있던 아주머니가 양지가 없었던 자리에서 있었던 일을 들려주었다.

　"옴마가 마련해놓은 온갖 제물이 다 있다만 동상 니가 사주는 과자가 꼭 묵고 싶다 카더라. 혼령이 청하는 거는 그냥 그라는 게 아니라, 다 뜻이 있니라."

　또 다른 아주머니도 꼭 귀신의 말을 들어주어야만 효험을 볼 수 있다는 감을 강하게 주지시키며 우정 양지의 등을 밀었다.

　어머니가 마음 써서 준비한 많은 제물이 푸짐하게 차려져 있는 제상을 일별한 뒤 마당을 벗어나는데 다시 주머니에서 꺼낸 지폐를 제상에다 올려놓고 아버지가 절을 시작했다. 저 속에 든 진심은 과연 몇 푼어치나 될까 싶은 가증스럽기 짝이 없는 모습이었다. 그런데 이상하게도 걸음을 걷는 동안 내내 그 모습은 사라지지 않고 양지의 앞에서 어른거렸다. 그런 순간 문득 양지의 뇌리에는 현태의 비아냥거림인 '겉똑똑이'란 말이 떠올랐다. 여기저기, 그렇게 수많은 자상을 서로 입히고 살았는데도 아버지나 어머니 그들은 멀쩡했다. 아니, 더 굳건한 혼연일체의 부부로 저 자리에 서 있다. 저들을 저토록 군더더기없이 결속시키는 깊고 넓은 필연의 조건은 무엇인가. 그들보다 더 젊고 더 유식한 딸 양지가 모르는 그 무엇은 도대체 무엇인가.

그 의미심장한 의문은 비로소 양지의 의식 속에 대단한 충격을 안겨 주었다. 자신이 얼마나 미성숙한지도 모른 채 경도된 자기애로 감히 어른을 멸시하며 건방진 성인행세를 해왔던 것 아닌가.

나는 지금 어디로 무엇을 하러가는가. 얼마쯤 마을을 벗어나서 걷고 있자니 문득 그런 생각이 들었다. 언니의 이름으로 원한 과자였으니 과자 한 봉을 못살 것은 없었다. 그러나 막상 무슨 과자를 사야 할지 난감했다. 언니가 무슨 과자를 좋아했는지 생각나지 않았다. 생각 날 것도 없는 게 당연했다. 표 나게 군것질을 해보지도 않았지만 언니는 왕눈깔사탕 한 개가 생겨도 나누어서 동생들의 입을 즐겁게 해주느라 자기 입에는 널름 넣지를 않았다. 과자가 아니라 차라리 다른 것을 원했다면 쉬울 것이다. 양지는 언니에게 해주고 싶은 것이 너무 많았다. 좋은 옷도 사주고 싶고 갖가지 보석으로 장식된 예쁜 장신구도 마련해주고 싶었다. 언니는 그 창창한 젊음의 욕망을 펴보지도 못하고 말았다. 하고 싶은 것 갖고 싶은 것 그 많은 미완의 대상을 두고 하필 사탕이라니.

양지는 도리 없어진 애달픔을 꾹꾹 누르며 어둠 속으로 뚫린 길을 밟았다.

바람결이 몰려올 때마다 우 몰려온 흙먼지가 볼을 따갑게 때린다. 어둠은 그 옛날이나 지금이나 변함이 없다. 이렇게 어둡고 추운 날 둘이 마을이라도 다녀올 때면 언니는 치마폭으로 양지를 꼭 싸안고 뛰듯이 걸었다. 올빼미 소리가 구슬프면 언니 무서워, 어린 병아리처럼 언니의 품으로 얼굴을 묻으며 어리광 섞인 엄살을 부렸다. 그러나 언니는 이제 지금 이 자리에서 동생이 괴한의 습격을 받는다 해도 어떤 보호도 해줄 수 없는 머나먼 존재가 되었을 뿐이다. 애달프고 안타까운 심정이 된 양지는 밤하늘을 올려다보며 혼자 소리를 질렀다.

"아, 아부지 와 그랬십니꺼. 그만 싹뚝싹뚝 고삐 잘라서 자유스럽게 살도록 해주지. 물고기도 어릴 때 떠났던 모천으로 돌아오는데, 물꼬를 틔우듯이 논밭에 거름을 주듯이. 자식에게 필요한 것이 무엇인지 정녕 와그리 몰랐습니꺼."

양지가 초등학교 일 학년이 되었던 어느 날 해질 무렵의 일이었다.

쏜살같이 밖에서 들어온 아버지가 그년 어디 갔느냐고 언니를 찾더니 앞에 서 있는 쾌남의 머리핀과 옷을 와닥와닥 찢어벗기기 시작했다. 놀라며 왜그러느냐고 묻는 어머니의 말에는 대답도 없이 잘 벗겨지지 않는 소맷부리는 이빨로 물어 찢기도 하여 양지는 순식간에 넝마를 걸친 거지꼴이 되어버렸다. 뒤이어 작은방으로 달려간 아버지는 노래책을 펴놓고 노래를 부르고 있던 언니의 머리끄덩이를 질질 끌고 대밭 언덕에 있는 방공호 속으로 들어갔다. 침을 바른 손에다 막대기를 하나 챙겨든 아버지는 토굴 바닥에 쌓여 있던 멍석으로 출구를 막아놓고 언니를 때리기 시작했다. 피부에 마찰되는 막대기 소리와 언니의 비명소리가 막혀 있는 토굴의 틈을 비집고 음산하게 흘러나왔다. 쾌남은 엄마의 목에 매달려 울부짖었다.

"옴마, 아부지가 와 또 저라노. 셍이는 인자 집도 안 나가고 일도 잘한다 아이가. 옴마야 아부지가 셍이 직이것다. 퍼뜩 가서 쫌 말기라, 얼렁! 퍼뜩!"

찢어져서 너덜거리는 쾌남의 옷을 갈아입히다 방공호 앞까지 뛰어갔으나 안절부절못하고 서성거리다 다시 돌아온 어머니는 밤거미처럼 허튼 손길로 갈아입히다만 쾌남의 옷을 만지다 다시 뒤꼍의 방공호 앞으로 뛰어가기를 거듭하며 갈팡질팡하기만 했다. 어찌된 일인지 언니의 비명한 오라기도 밖으로 새어나오지 않았다. 얼마 만에 땀투성이가 되어서 나온 아버지는 앞가슴이 풀어헤쳐진 옷을 펄럭거리며 온 집안을 뒤지고 다녔다. 오래지 않아 참으로 어이없는 상황이 눈앞에 전개되었다.

건넌방 천장 위에서 돌돌 말린 삼베·무명베 몇 필이 아버지가 천장을 뜯는 순간 방바닥으로 쏟아져내렸다. 다음으로 달려가서 열어본 뒤꼍의 빈 장독 속에는 메주덩이와 누룩 짝이 가득 채워져 있었다. 또 행랑채에 딸린 더그매 위에서는 날개와 주둥이를 소리 못 내게 묶은 닭 여러 마리가 실신한 채 덮여 있었다. 그뿐 아니었다. 대밭 귀퉁이에 있는 약초밭을 파헤치자 묘지의 부장품마냥 옷이며 장신구·학용품·라디오·건전지 등의 각종 물건이 차곡차곡 쌓여 있었다. 쾌남은 그제야 겨우 아버지가 왜 제 옷을 찢어발겼는지 짐작이 됐다. 쾌남아 니는 우짜든지 열심히 공부만 해라. 니 공부는 내가 시킬 끼다. 앞으로는 여자도 공부를 많이 해야 된다. 교복 입고 책가방 들고 고등학교, 대학교 댕기모 올매나 멋지고 좋노. 언니는 입학한 지 얼마 안 된 양지의 등을 어루만지며 그런 약속을 했다. 이런 맛에 재미를 붙인 양지는 걸핏하면 학교 가기 싫다고 꾀를 부렸고, 그럴 때마다 언니는 예쁜 옷이며 연필깎기, 필통, 부잣집 아이들도 갖기 어려운 동화책, 살결이 매끄러운 분홍색의 귀여운 인형 등을 안겨주며 빼먹지 말고 학교를 잘 다니면 뭐든 네가 원하는 건 다해준다고 달랬다.

"언니는 어데서 이런 걸 갖고 왔노?"

기쁨을 감추지 못하고 물으면 언니는 입술에 가만히 손가락을 대고 어른들 방에 경계의 눈초리를 보낸 뒤 살짝 머리를 끌어안고 속삭였다.

"일삯 모아서 샀제."

그 무렵 마을 어른들이 하나 둘만 모이면 소곤소곤 주고받던 말을 듣기는 했다.

"참, 큰일이네. 정순네는 장 담을라꼬 깨끗이 씻어놓은 메주가 감쪽겉이 없어졌단다."

"아이고 말도 마라. 저 건네 자동댁네는 서로 베 짜놓은 것 몰래 팔아묵고 거짓말한다꼬 고부간에 서로 엎어싫고 대강이 노름이 나고 난리가 났단다. 바랜다꼬 개울둑에 널어놓은 베가 온데간데없어졌다 안 카나. 우리 알기로 그 집 고부간 모두 다 눈 기시고 그럴 사람들이 아이거등."

"고무도둑이 생긴 기다. 이랄 기 아이고 순경을 불러다가 집집마다 쳐보던지 해야지 맘을 놓고 살 수가 있나. 이전겉이 인민군이 있어서 밤도둑질 해간 것도 아닐 낀데."

"그래 이거는 큰 도둑도 아니고 고무도둑인데 너므 동네 부끄러바서 말도 할 수 없고."

인심을 흉흉하게 만드는 좀도둑을 잡는다고 번갈아서 야경을 돌기도 했고, 동네 아줌마들이 불을 끈 방에 둘러앉아 두꺼비가 들어 있는 요강에다 손을 담그는 양밥을 하기도 했다. 어머니도 같이 그림자 없는 도둑을 욕하며 실눈을 뜨고 누군가의 행동을 살피기도 하면서 양밥에 참여를 했다.

망연자실한 어머니 옆에서 아버지의 무자비한 회초리질은 다시 언니의 하얀 피부 속으로 감겨들었다.

"이년아, 이년아, 니가 이럴 줄 참말로 몰랐다."

이번에는 하도 어이없어진 엄마까지 달려들어서 닦달한 뒤여서 거의 맨몸이나 다름없이 언니의 옷이며 머릿결은 뜯기고 헝클어져 있었다. 그러나 언니는 마치 그러기를 기대하고나 있었던 것처럼 태연히 부끄러움도 없이, 아주 당연히 할 짓을 한 것처럼 악다구니를 했다. 이제 아버지도, 어머니도 어른으로 취급하지 않는 상말로 팔매질하듯이 쏘아댔다.

"이 인간들아, 이 짓도 안 되모 산사람 꼼짝도 몬 하게 가둬놓고 내가 뭘 할 끼고? 대체 뭘하란 말이고? 이름만 아부지고 힘만 쪼끔 세모 다가? 아부지가 아부지 값을 해야 아부지 아이가. 어른이라 카는 것들은 이것도 안 된다 저것도 안 된다 앞을 막고, 맨 안 된다는 것뿐인데 대체 내보고 뭘 하고 살란 말이고?"

기승한 소리를 지르며 발발 떨던 언니는 남아 있던 옷가지를 스스로 활활 벗어던지고 알몸으로 펄떡펄떡 뛰다 못해 파랗게 질린 얼굴로 거품을 내며 뒤로 휘딱 넘어가버릴 때도 있었다. 죽어버리지 않고는 도저히 해결할 방법이 없다는 듯이 언니를 닦달하던 아버지 역시 그때마다, 아이고 저 망종, 저 원수로 우짜꼬. 기가 막힌 듯이 벽을 훑으며 주저앉아버리곤 했다.

다시 심각한 내분이 일어났다. 어머니는 물건 임자를 찾아서 용서를 빌고 주인들께 돌려주자고 했으나 아버지는 반대였다. 죽상으로 오들오들 떨고 있는 딸들을 보고 부릅뜬 눈살로 엄포를 놓았다.

"네 이년들 집에서 보고 들은 것 한마디라도 밖에 나가서 했다가는 가만 안 둘 낀께 그리 알아라."

"냄이 아부지. 그라모 안 됩니다. 손바닥으로 하늘을 기리도 유만부동이제, 산천이 알고 천지가 아는디 우찌 감차지것소."

어머니는 그 물건들이 가난한 시골 살림에는 한 몫할 소중한 금어치들인데 당연히 주인들의 손으로 돌아가야 마땅하다고 우겼다.

"야이 이 천치 등신아. 그래놓고 니나 내나 사람들 앞에 낯을 들고 우찌 살 끼고. 말이 되는 소리로 해라."

"그렇지만도⋯."

"그렇지만이고 저렇지만이고 주딩이 딱 다물고 있어라. 딸자슥 잘 교육시켰다꼬 철판 쓰고 돌아댕길래?"

어둠이 내리자 아버지는 뒤꼍의 텃밭에다 깊은 구덩이를 파고 언니가 도둑질한 물건들을 모두 묻어버렸다. 그리고는 다시 오늘 집에서 있었던 일이 하나라도 밖으로 새나가면 모두들 다 알아서 하라고 칼날 같은 무서운 눈길로 식구들을 한 줄에 죽 그은 다음 아무 일도 없었던 양 옷을 탁탁 털더니 태연히 뒷짐을 지고 헛기침을 하며 골목으로 걸어나갔다.

그 몇 번의 은폐와 닦달로 언니의 행동이 정상으로 돌아갔으면 오죽 좋았을까. 더 버리기 전에 제 임자 찾아서 시집보내기 위해 매파를 놓았으나 웬일인지 일찍부터 들던 중매도 뚝 끊어지고 말았다. 그러는 사이 언니는 정말 미쳐버린 것처럼 점점 겁도 없이 악랄하게 아버지를 골탕 먹이는 짓을 골라가면서 하고 다녔다. 아버지가 우러러 받드는 조상의 사당에다 거지나 상이군인을 데려다 재우거나 숨겨놓고 밥을 먹이던 것이며, 이것을 발견한 어머니가 꾸지람을 하자 제 잘못을 사죄한다며 능청스럽게 사당에다 촛불을 켜놓고 절을 해대기도 했다.

그 무렵 사당에 불이 났다. 어른들 없는 집에서 양지는 실수인 척 일부러 촛불을 쓰러뜨려놓고는 불을 끄지 않고 이상한 웃음을 웃으며 춤을 추던 언니를 보았다. 무서운 아버지의 딸로서는 감히 상상도 못 해볼 도전이었으며 항거였다. 불꽃이 넘실거리는 사당에다 고구마를 널름널름 던지며 군고구마 줄 테니 네 친구들 다 데리고 와라. 낄낄낄. 아주 날카롭고 높은 소리로 언니는 웃어젖혔다. 그리곤 양지를 와락 끌어안고 우째서 안 되는가를 나는 뵈이주는 기다. 깰 거는 깨고 뿌술 건 뿌사야 된다. 내가 이러고나모 니는 아주 수월하게 될 끼다. 떨지 마라, 겁내지 마라. 내가 말했제. 나는 괘안타. 내가 재미있다꼬 말 안 하더나? 주문을 읊조리듯 중얼거리던 언니의 파랗게 광채 나고 날카롭던 눈빛 주변은 묘한 장난기로 가득했다.

언니의 갖은 비행과 아버지의 폭행을 지켜보면서 초죽음된 것은 어머니였다. 어머니는 여전히 온갖 약과 비방을 수소문해 들였다. 언니를 죽음으로 몰고 간 결정적인 그 비방도 사실은 어디선가 어머니가 듣고 온 것이었다. 낸다고 내는 꾀가 결국은 자식 죽이는 꾀가 되고 말았네. 어디선가 자신이 알아와서 시행하다 참혹하게 끝난 그 비방을 두고 어머니는 늘 그렇게 탄식을 토하곤 했다. 비방은 사뭇 원시적이었다.

갈수록 부쩍 의심이 많아진 언니는 어머니가 차려주는 밥도 저를 해치는 독약이 들었을 거라며 잘 먹지 않았다. 그런 언니의 밥에다 어머니는 정말 잠 오는 약을 섞었다. 천지 모르게 잠든 언니의 손발을 끈으로 단단히 묶으면서 애간장 녹는 음성으로 어머니는 기원을 했다. 성남아,

부디 씻은 듯이 나아서 이 에미하고 재미지게 한번 잘 살아보자.

기다렸던 아버지는 꼼짝 못 하게 결박한 언니를 아래채의 헛간으로 메고 가서 새파랗게 날이 선 작둣날 밑에다 목을 걸쳐서 눕혔다. 그리고는 언니가 깨어나기를 기다렸다. 양지는 어머니의 치마말기에 얼굴을 가리고 엿보았다.

얼마 만엔가 눈을 뜬 언니가 발견했던, 자신을 겨냥하고 있는 새파란 작두와 동시에 그 무시무시한 흉기의 손잡이를 잡고 자신을 내려다보고 있는 험상궂은 아버지의 표정과 마주치자 부모에 대한 따뜻한 훈정이 바닥나 있던 언니는 소스라쳐 놀라며 주위를 둘러보았고 결박된 몸뚱이마저 확인하자 더욱 요동치며 절망에 찬 비명을 내질렀다. 그러나 입까지 봉해진 상태여서 올올이 터진 핏줄로 벌개진 눈이 던져올리는 목울음 처절한 절규란 듣는 양지의 몸에서 소름이 돋게 격렬했다. 언니에게 허용되어 있는 단 하나의 몸부림은 아버지나 어머니 아무에게도 가닿지 않았다. 퍼렇게 빛나는 단두의 작둣날 아래서 한 많은 젊은 청춘을 마감하는 처녀. 더구나 남도 아닌 부모들의 손에 의해 목숨이 끊어져야 하는 절통한 심정을 항거할 때 언니는 온몸으로 피어린 진땀까지 흘리며 버둥거렸다. 아부지 말해보이소. 내가 와 이렇게 죽어야 됩니꺼. 내가 뭘 그리 잘못했십니꺼. 이것도 해서는 안 된다, 저것도 해서는 안 된다. 대체 내가 할 수 있는 일은 이 세상에 몇 가지나 됩니꺼! 언니는 간절하고 절박한 눈빛을 보냈지만 아버지의 냉정한 태도 중간에서 부러진 화살처럼 산산이 꺾여 떨어지기만 했다.

이윽고, 폭압과 증오로 무장된 아버지의 표정을 앙바라지하고 있던 언니의 고개가 절망으로 꺾이며 실신을 하고 말았다. 남몰래 소리없이 정말 저를 죽이기 위한 방법인 줄 알아차렸던 기절이었다. 혼절한 딸의 모습을 내려다보던 어머니는 외려 기쁜 소리를 지르며 달려들었다.

"냄이 아부지, 딱 들은 그대로 기합했네예. 인자 정신만 채리모 됩니다. 퍼뜩 방으로 옴기입시더."

어머니가 전하는 대로라면 기절하는 순간에 언니를 지배하고 있던 악귀는 떨어지고 악몽에서 깨어난 듯이 언니는 옛날 그 착하던 시절의 맑은 정신으로 돌아온다던 것이었다. 그러나 미치지 않은 사람에게 미친 사람을 고치는 비방은 통할 리 없었다. 얼마 만에 눈을 뜬 언니는 둘러앉은 엄마와 아버지를 확인하고는 끈으로 졸린 상처에다 안쓰러운 얼굴로 약을 발라주고 있는 엄마를 밀치고 발딱 일어나 앉았다.

"아이구 이 등신아, 병 주고 약 주고 있네!"

멸시에 찬 음성으로 쏘아붙이며 언니는 마치 선불 맞은 맹수가 사경을 탈출하듯이 날렵한 동작으로 집을 뛰쳐나갔다. 마루 끝에 앉아서 언니의 동정을 지켜보고 있던 아버지도 처음에는 멍하게 바라보고 있다가 놓친 짐승을 따라잡듯이 허둥지둥 뒤쫓아서 달려나갔다.

아버지를 되돌아보면서 언니는 욕설을 퍼부었다.

"이름만 아부지모 뭐하노. 자식을 돼지새끼모냥으로 밥만 믹이믄 되는 줄 알고. 세상 밖에 나가본께 부모가 공부 많이 시키고 정 많이 줘서 키운 여자들 많더만 아부지는 와그런 세상은 안 보고 케케묵은 구닥다리 생각이나 나부다시면서 나를 잡소. 나는 아부지 겉은 인간이 싫다. 머스마 그기 뭐그리 대단하다꼬. 딸도 잘만 키아놓으모 열 아들 못 잖다는 글도 안 읽어보고 뭐했어요?"

이제는 정말 그 어떤 비방도 믿지 않으리라. 머리끝까지 약이 오른 아버지도 악귀 같은 모습으로 언니를 쫓아뛰었다.

"네 이년 잡히기만 해라, 팍 쎄리 쥑이삐고 말 끼다. 니년이 애비 심정을 다 안단 말이가. 네 이년 거 안 섰고 뭐하노. 그냥 서라. 동네 사람들다 보고 있다. 그냥 서라. 야, 이년아. 니하고 내하고 전생에 무슨 원수가 맺히갖고 이런 망신을 시키고 있노."

아버지 역시 악에 받친 소리를 질러가며 들판을 가로질러 산등성이를넘어서 언니를 잡으러 두 팔을 휘저으며 뛰어갔다. 걸음이 빠른 언니는뒤따라오는 아버지를 돌아보며 곱게 도망만 가지 않았다.

"비겁하게 시치미 떼지 말고, 능력이 없어서 몬 해주모 몬 해준다꼬 솔직히 말해라. 양반집 자슥답게 순종하라꼬? 나는 그런 양반 싫다 캤다. 쌍년으로 살 끼다. 쌍년이 좋다."

언니는 아버지를 돌아보며 욕설을 퍼붓고 서 있다가 잡힐 만하면 또달아나기를 반복했다. 점잖만 빼는 최태복 씨 부녀가 쫓고 쫓기면서 벌이는 이 희한한 구경을 골목마다 사람이 나서서 바라보고 있었음은 물론이다.

산등성이 숲속으로 아버지와 언니의 쫓고 쫓기는 행동이 사라진 한참후. 후줄근한 행색으로 터덜터덜 돌아온 아버지가 어머니를 보자 말도없이 그냥 마당 가운데서 허물어져버렸다. 모든 게 끝났다는 증거였다. 끝까지 따라오는 아버지를 뒷걸음쳐 도망가며 욕하다가 제풀에 실족한언니는, 이틀 후 동네 사람들에 의해, 머리에 피를 많이 흘린 시체가 되어 국사봉 벼랑 밑에서 수습되었다.

내가 이리 길을 틔아야지. 그리 안 하모 내 동생들도 몬 산다. 명자 언니도 점점 더 맹렬하게 저항의 심지를 돋우며 언니가 그랬었다고 전했다. 하시 당하면서 구차한 삶을 이어가야 하는 그 불공평한 현실 타파에 언니는 더 맹렬하게 열정을 불태웠던 것이다. 살아내야 하는 무시무시한 책무의 멍에를 쓰고 제 스스로를 어떻게 할 권리마저 유린당한 채 아이를 낳고 그 아이라는 이름의 족쇄에 매여 죄인 아닌 죄인으로 살아야 하는 여인들. 이해 받지 못하고 호응하는 동지도 없는 외로운 공간에서 그녀 성남의 몸부림은 바람난 계집아이의 미치광이 발악으로밖에 인정받지 못했다. 남성을 능가하는 재능이 있어도 수동적이고 순종적이게 교육시켜놓고 생산과 노동력을 얻기 위해 수종처럼 여자를 닦달했던 이 완고한 사대부가의 세습된 풍습에 눌린 채.

양지는 개발도상국에서 선진국의 대열로 발돋움한다는, 눈부신 국가 발전의 예찬을 방송이나 신문으로 접할 때면 어린 시절에 보았던 방직공장의 풍경을 떠올렸다. 노랗게 핏기 없는 얼굴로 베틀을 지키고 있던 아가씨들. 우리 아부지 또 소 한 마리를 샀단다. 우리 동생 학비하고 하숙비 보내야 된다. 제몫으로는 화장품 하나, 여럿이 둘러앉아서 먹는 풀빵내기 모꼬지 하나에도 인색하게 굴던 언니들. 주린 배를 홀쳐매고 더러는 각혈을 하면서도 남동생이나 오빠의 학비를 대고 집에다 논밭을 사주는 것을 보람으로 살던 언니들. 가족들의 윤택한 삶에 밑거름이 되고자 경제발전의 그늘에서 소진시킨 딸이나 누나들의 젊음을 이 땅의 아버지나 아들들은 얼마나 양심적인 행위로 보답하고 있을까.

생각할수록 안타깝게 언니가 보고 싶었다. 아버지가 조금만 허위스러운 근엄의 계단에서 내려와 언니의 손을 잡아주었던들 집안이 이렇게 몰락하지는 않았을 것을.

"언니 잘 가. 극락이 정말 있다면 극락으로 가고, 천당이 정말 있다면 천당으로 가고 언니 가고 싶은 대로 마음대로 훨훨 날아가. 거추장스러운 육신의 허물도 벗어버렸으니 마음대로 못할 게 뭐 있어."

마치 언니가 옆에서 동행하고 있는 듯 양지는 소리 나게 말하며 어둠 속에서 손을 흔들었다. 주르르 흘러내리는 눈물을 손으로 닦는데 어디선가 또 올빼미 우는 소리가 들렸지만 이제 곁에서 감싸줄 언니는 어디에도 없다. 언니가 좋아하는 과자는 무엇이었던가, 새삼스러운 의문이 들었다.

흑립을 쓴 큰무당이 신대를 곧게 들고 지붕 위에 우뚝 섰다. 집안 구석구석을 휘젓고 다니며 온갖 귀신을 씻어낸 뒤였다. 어머니는 솟대에 깃든 신장의 엄호를 믿고 평소에는 께름칙하고 두려워서 손도 못 대던 묵은 용품이나 집기들을 활활 타는 불구덩이 속에다 모조리 던졌다. 온 밤 내 계속되었던 굿거리도 바야흐로 종막에 이른 것이다. 죽음이 곧 삶의 시작이고 삶의 끝이 죽음이라고 무당은 말했다. 죽음과 삶 사이, 그 선을 긋는 선 위에 무당이 있고 굿이 있으며 산 자는 굿으로 삶을 이어갈 힘을 얻고 망자는 이승생활을 마무리하고 다음 세상으로 들어간다. 이들 모두를 위로하고 서로가 작별을 고하며 치유하는 과정을 거치고 나면 죽음은 끝이 아니라 삶의 연속이란다. 그러므로 어머니는 수술 덕을 볼 것이고 약효도 얻게 될 거라고 장담했던 무당들이었다. 그들의 말대로 만약 그런 기적이 일어난다면 양지는 어머니와의 관계를 전과는 전혀 다른 새로운 국면으로 이끌어볼 힘도 얻을 것 같았다.

용마루 위에서 탁, 탁, 탁, 신대를 세 번 드놓은 무당이 신대를 쳐들고 나르듯이 지붕을 내려왔다. 서슬에, 바람 같지도 않은 바람을 이기지 못한 낡은 기왓장 몇 개가 마당으로 떨어져 산산조각이 났다.

온 집안을 맴돌며 부정을 친 큰무당이 앞장서서 인도를 하고 언니의 영혼을 실은 꽃바구니를 든 무당이 뒤를 따랐다. 꽹과리 치고 북 치는 무당을 따라 구경꾼들도 집을 빠져나갔다. 탁류가 휩쓸고 간 뒤끝처럼 너저분한 뜰 안에는 집채만 휑뎅그렁하게 더 높이 떠보였다. 사그라져 가는 화톳불이며 널린 짚단이며 댓가지나 헝겊, 사금파리 등으로 어지럽혀진 마당, 부정을 친 소금과 쌀, 냉수 따위를 어수선하게 뒤집어쓴 굿상 위의 뻣뻣한 제물, 흙 묻은 발자국으로 더럽혀진 방과 마루….

양지는 이 모든 것들을 둘러보던 시선을 걷어 손목시계의 분침을 읽었다. 앞산 머리에도 반 뼘이나 햇살이 내려와 있었다. 첫차가 나갈 때까지 굿은 끝날 것이며 청소는 얼마나 진척이 될지. 시간이 얼마 남지 않았다. 무당들의 수고비와 뒤치다꺼리는 아버지와 이미 말이 되어 있어서 별 문제 없지만 당분간 비워놓을 집에 대한 정리정돈에 시간을 앗길 어머니 때문에 서둘러서 청소를 마쳐야 했다.

양지는 비와 쓰레받기를 찾아들고 방으로 들어갔다. 농 밑이며 책상 위로 낭자하게 흩뿌려진 소금이며 부정 친 물이 흩뿌려져 발 디딜 틈도 없이 지저분했다.

"야야, 이걸 깜빡 잊었다. 너가부지 갖다디리고 온나."

비질을 하고 있는 데 양지를 밖으로 부른 어머니가 식은밥 한 덩이를 비닐봉지에 싸서 내밀었다. 양지는 단박 그것이 언니의 골분에 버무려서 뿌릴 찰밥이라는 것을 알아차렸다. 날짐승들에게 보시를 하는 뜻도 있지만 새들이 날아다니다 요행히 명당에다 똥을 누면 명당을 찾아 묘 쓴 덕을 얻기 위해서도 옛날부터 해오던 민간의 풍습이었다.

중문을 넘다가 돌아보니 부엌으로 들어가려는 듯 문설주를 짚고 의지한 어머니가 허리를 굽힌 자세로 돌아보며 말했다.

"굿이 끝날라모 안즉 멀었은게 천천히 가도 된다."

순간, 더욱 쀼끔해보이는 어머니의 눈과 마주친 양지는 가슴이 뜨끔했다. 건드리면 파사삭 스러져버릴 마른 가루의 부조처럼 어머니의 얼굴이 누렇게 떠보이는 게 아닌가. 밤잠을 설치며 치성을 드린 탓이리라. 무게없이 가벼운 모습은 소원대로 언니의 해원굿을 했으니 깨끗이 닦인 마음 때문일 수도 있다. 양지는 애써서 자신의 관찰을 미화시키며 강둑으로 이어진 논길로 내려섰다.

인골이 싸인 꾸러미를 옆에 놓은 아버지는 갈 수 없는 먼 나라를 바라보는 듯이 먼산바라기를 하며 물가에 서서 담배를 피우고 있었다. 산수간의 어우름에서 치성을 드리면 영험을 보리라는 무당의 호언장담대로 굿이 진행되는 산 밑의 모래톱에서는 언니를 요절시킨 바위절벽이 빤히 바라보였다. 봄이면 진달래며 산나물을 캐러다녔고 때로는 삭정이 묶음을 땔감으로 이고 오다 미끄러져 곤두박질쳤던 곳이다. 눈을 감고도 어느 지점에 어떤 바위, 어떤 나무가 바람을 이겨내며 높은 등성이를 지키고 있는지 훤히 알 수 있었던 곳.

양지는 강둑에 서서 저 아래로 내려다보이는 아버지에게 직접 밥덩이를 전하러 내려갈까 누구를 시켜서 전할까를 생각하며 잠시 망설였다. 꼿꼿이 선 아버지의 모습은 아직도 새 생활을 영위할 수 있는 기대와 건재함을 과시하고 있는 듯 침착하고 단단해보였다. 어제처럼 양지의 눈에 보이는 아버지의 자세는 완만한 산맥처럼 여일하고 당당하다. 그게 남자다. 남자가 남자다워야지. 어머니는 늘 그렇게 아버지의 고집을 두

둔했다. 남자다운 남자가 어떤 남자냐고 다른 사람이 물었을 때 처자식을 호구로 아는 것이 남자지, 라고 오래 연구해왔던 학설을 피력하듯이 곁에 있던 언니는 비아냥치는 음성으로 간단히 반박했던 적도 있었다. "말을 잘 안 하시서 그렇제 너그 아부지라꼬 생각이 없으시것나. 남자들은 그렇다. 자기 뒤를 떠억 받쳐주는 아들이 울이고 재산인기라. 니도 인자는 너가부지 좀 안 됐기 생각해디리라. 양지는 다시 가슴이 벅차올라 세차게 고개를 가로 저으며 귓전에서 앵앵거리는 어머니의 목소리를 지웠다.

펴놓은 제석 위에다 제물을 차려놓고 촛불과 향을 피운 큰무당이 온 하늘의 거룩한 뜻을 모두 가슴에다 받아 모으는 형태의 큰절을 올리고 있었다. 북과 꽹과리를 치는 무당 둘은 옆에서 마주 들여다보며 열심히 경을 외우고 있었지만 열렸다 닫혔다 하는 입 모양만 볼 수 있을 뿐 요란한 풍물 소리에 눌려 내용은 잘 들리지 않았다. 세 사람의 큰무당 밑에서 허드렛일을 맡은 늙은 무당이 짚단에다 불을 질러놓고 언니의 혼백을 실은 광주리며 짚으로 만든 허수아비 둘과 무색 옷가지, 버선과 꽃신을 날름거리는 불길 속에다 던져넣고 있었다. 그리고 우두커니 서 있는 아버지께로 다가가 손짓을 하는 것이 골분의 처리를 상의하는 것 같았다. 그제야 여기까지 무엇을 하러왔는지를 상기해낸 양지는 둑을 타고 아래로 내려갔다.

종이에 쌓인 조그만 꾸러미를 집어들던 아버지가 양지를 바라보았다.

"이거요."

양지가 내미는 밥덩이를 보자 아버지는 그제야 아차, 하는 표정으로 받아들었다. 말없이 꾸러미를 푼 뒤 아버지는 조심스럽게 밥을 버무렸다. 그때였다. 모여 있던 구경꾼들의 동작이 일제히 둑 위로 쏠렸다. 양지도 아버지도 그들을 따라 고개를 돌렸다. 시선이 모아진 둑길 끝에서 허우적거리는 맹렬한 동작으로 아이 하나가 달려오며 다급하게 무언가를 소리치고 있었다. 가쁜 숨을 헐떡거리며 일부러 양지의 앞까지 뛰어와서야 요란한 풍물 소리 속에서 아이가 외쳤다.

"불이 났어요!, 불이, 불이 났어요!"

조무래기 몇이 더 마을에서 이쪽으로 뛰어오며 좀 전의 아이와 똑 같은 동작으로 화급한 어떤 상황을 전달하고 있었다. 한 여자아이의 서울언니, 쾌남이, 그런 단어는 분명히 양지 자신을 지칭하고 있는 거였다. 양지는 네발짐승처럼 벌벌 기어서 소란스러운 굿소리가 작게 들리는 강둑으로 올라갔다. 둑 위에는 아까 없었던 북덕바람이 겨울 특유의 냉기류를 형성하며 분탕치듯 휘몰아치고 있었다. 불이 나다니. 순간 양지의 뇌리에는 타다 남은 화톳불과 어지럽게 널려 있던 마당의 지푸라기며 허섭스러운 물건들을 소각시키기 위해 텃밭에다 어머니가 따로 피웠던 불땀 좋게 너울거리던 불길이 떠올랐다. 비록 실수로 흘린 작은 불씨일지라도 아이들이 요란을 떨 정도로 큰불이 될 소지는 얼마든지 있었다. 게다가 어머니는 전처럼 잽싸게 어떤 화급한 상황에 대처할 능력이 힘겨운 환자 아닌가.

참 어처구니없는 일이었다. 집을 다 태우기 위해 일부러 불을 지르기라도 한 것처럼 불길은 이미 본채를 빙 둘러서 타오르고 있었다. 고가의 마를 대로 말라 있는 기둥과 서까래며 흙벽. 좋아라고 우글우글 떼거리로 기어오르는 불의 아귀들. 수천수만의 붉은 뱀이 다투어서 혀를 날름거리며 자기들이 원하는 것을 탐하느라 맹렬하게 넘실거리고 있었다.

큰 뱀은 작은 뱀을 먹고 작은 뱀은 뱀대로 큰 뱀을 먹기 위해 다투어서 자꾸자꾸 무리 지은 뒤를 잇고 또 잇는다. 수많은 뱀들의 이빨에서 흘러내린 선혈로 빨갛게 물들어 버린 집. 하늘로 치솟을 검은 연기도 별로 없이, 곱고 붉은 한 송이 거대한 꽃이 피어나는 순간처럼 불꽃은 부풀어 있었다.

사람들이 모여들었으나 우두망찰 서 있을 뿐 손 써볼 엄두를 얼른 못 냈다. 뒤늦은 동작이나마 양동이와 대야 등속을 찾아들었지만 어떤 사람은 들고 있던 대야의 물도 불을 향해 끼얹을 생각을 잊어버린 채 입을 딱 벌리고 힘없이 흘려버리고 있었다. 졸지에 당한 너무 큰 화재인 당황함도 있었지만 죽을힘을 다 쏟은들 이미 진압이 어려운 지경으로 불의 기세가 강한 것을 알아차렸던 것이다.

"그 새 이런 큰불이 되다니!"

"아, 오래된 집, 마를 대로 말라 있겠다, 화약 한가지라고."

"그래도 그렇지, 아무리 그렇지만 너무 허무하네."

안타까워하면서도 사람들은 곱다시 불구경이나 하고 있을 요량이었다. 정월 대보름날 달집이라도 에워싸고 온 마을 사람들이 모여든 듯이 아예 담배를 꺼내 물며 불에 얽힌 한담을 꺼내는 사람도 있었다. 장가든 새신랑은 부귀다남을 비는 뜻으로 저고리 동정을 뜯어 불 속으로 던졌고, 아이들은 콩이나 쌀을 다리미에다 볶아먹었고 여인들은 잉걸불에 숯이 된 검은 대나무나 목탄을 가져가서 한 해 무탈하기를 비는 액막이 부적으로 벽에 걸어놓기도 했다. 어느 해 대보름에는 고시공부로 실성한 어느 젊은이가 겉옷을 모두 벗어 타는 불길 속에다 던져넣더니 다음 날 언덕 밑에서 동사한 시체로 발견되었더라는 등.

그때 많은 사람들을 둘러보며 어머니를 찾던 양지가 찢어지는 비명을 질렀다.

"엄마! 우리 엄마가 안 보여요!"

그제야 사람들도 참 그렇다는 놀라움을 표시하며 황망하게 이곳저곳을 살피기 시작했다. 양지는 수선스러운 사람들의 사이를 비집고 이미 불덩이로 변해버린 안채를 향해 쏜살처럼 돌진했다. 아, 인제사 그리고 통스럽던 내 가슴속에 대못을 뽑았네. 새벽녘에 긴장이 풀린 어머니는 방 아랫목의 벽에 몸을 기댄 채 그렇게 중얼거렸다. 미리 먹은 진통제 힘으로 버티고 있는 것이 분명한 탈진한 안색에다 옅은 미소까지 지어 보이던 어머니.

사람들은 다시 불을 끄기 시작했다. 가을 이래 가뭄이 계속된 터여서 물이 귀했다. 오줌줄기만도 못한 우물을 길어올리기 위해 부엌 앞에서 펌프질을 해대던 남자들도 아픈 팔에 비해 감질나게 적은 물 긷는 일을 중단하고 삽을 찾아 흙을 파 던지는 일에 합세를 했다. 멍석을 풀어서 불길이 다른 집채로 못 건너가게 덮기도 했다. 멀리 있는 봇도랑이나 강물을 길러 가기에는 인원도 태부족이었다.

"소용없다. 다 소용없다!"

잿간 옆에 있던 오줌동이를 들고 와서 끼얹으려던 아버지는 사태를 이미 다 파악한 얼굴로 내던지듯이 오줌동이를 파기시켜버렸다.

"니까지 심바람시켜서 집을 내보낸 데는 다 알쪼가 있는 기라."

양지는 얼음 잡힌 구정물통을 높이 치켜들다가 놓쳐버렸다. 아버지가 그녀의 손을 낚아챘던 것이다.

"헛심 씨지 말고 곱게 보내라. 저 세상에 가서나 좋은 데 가그로. 뜻대로 고이 보내란 말이다."

그녀는 악에 받친 고함을 지르며 아버지의 손을 뿌리쳤다.

"그런 말이 어딨어요. 그런 말하려거든 여기 계실 필요가 없어요."

아버지의 배려답지 않은 너그러운 배려는 불 속에 갇힌 어머니에 대한 안타까운 연민과 함께 양지의 증오가 됐다. 놓지 않으려는 아버지와 양지 사이에 실랑이가 벌어졌다. 싸우듯이 엉켜 있는 부녀 사이를 말리던 사람들이 한 덩이로 같이 나둥그러지기도 했다. 그 사이에 불을 끄던 사람들이 한편으로 몰리며 한 목소리로 외쳤다.

"집이 흔들린다!"

"기와가 튄다!"

화염 속에서 튀어나온 크고 작은 기와조각이 몰려 있는 사람들 위로 파편처럼 날아왔다.

"아이고, 집이 무너진다!"

누군가의 위험신호를 듣고 사람들은 다시 뒤로 물러섰다. 불똥을 피해서 물러선 사람들의 긴장한 눈길 앞에서 한 묶음이던 커다란 불꽃이 불끈하고 한번 동체를 솟구쳤다. 그와 동시에 비틀리듯 힘없이, 잉걸불이 된 서까래가 기둥과 함께 주저앉았다.

영광보다는 욕됨으로 밖에는 기억되지 않는 고가, 죽은 하루살이 떼처럼 공중에서 천천히 내려오는 마지막 그을음…. 해묵은 집채가 불타 없어지는 것은 순식간이었다. 터를 다지고 축을 쌓고 안정된 주춧돌 위에다 큰 기둥을 세우고, 간을 질러 방을 만들고 공간마다 소복소복 꿈을 키운 집이다. 천년만년 전승될 것을 기대하며 자자손손 자식을 낳고 기르기를 꿈꾼 집이다. 넓은 울타리를 안전하게 만들고 터전을 넓히고, 그런 욕심 아닌 욕심으로 집은 지어진다. 그러나 이룩하는 긴 세월에 비해 소멸은 순간이다.

덩실하게 버티고 있던 집이 사라지자 황량하게 뚫린 시야 속으로 황무지로 변한 넓은 대밭과 안장산의 정기를 받기 위한 혈점을 찾느라 오밀조밀 조성되어 있는 조상들의 무덤이 마치 우르르 몰려오는 적진의 탱크부대처럼 연무 속으로 조망되었다. 넋 나간 듯 멍하니 이 살풍경을 보고 있던 양지는 몇 발자국 비칠비칠 걸음을 옮기다 부러진 말뚝처럼 외로 넘어져버렸다. 마침 곁에 있던 고종오빠가 양지를 부축해 일으켰다. 정신을 잃은 양지의 뺨을 두드리며 오빠가 나무랐다.

"동생, 동생. 정신 차려야지! 외숙님도 계신데 자네가 이러면 되나."

수런거리며 사람들이 주위로 모여들었고 누군가 찬물을 얼굴에다 끼얹었다. 양지는 아득하게 열린 시선으로 차갑게 높이 떠 있는 파란 하늘을 올려다보았다.

"인제사 맞춰보니 외숙님 말씀이 맞는 것 같다. 숙모님이 이런 일 저런 일을 나한테 모두 부탁하시던 게 좀 유난스럽다 싶었더니…. 숙모님은 미리 계획하고 일을 추진해오셨던 거다. 굿을 하고 싶다고 병원을 나오신 것부터…."

돌이켜보니 그게 조짐이었다 싶은 일들이 양지 자신에게도 더러 집혀나오고 있었다. 며칠 전 집으로 왔을 때, 어떻게 알았는지 문병 온 마을 아주머니들로 한 방 가득 사람이 들어찼었다. 수십 년 미루어진 남강다목적댐이 완공되어 진양호에 담수가 시작될 때 뿔뿔이 흩어졌던 어머니의 이웃친구들이었다. 본의 아닌 실향민이 되어 어디다 다시 마음의 뿌리를 내리고 살까 싶었지만 떠나지 않으면 안 될 때 그들은 하나같이 어머니를 부러워했다.

"호남 어매 니는 그래도 조상 덕으로 터는 지키고 살게 돼서 얼매나 다행이고."

그들은 애써 어머니의 병을 거론하지 않았다. 천병 만약의 약방문이 환자를 되레 힘들게 함을 배려하는 것이 아니면 이미 환자의 병이 어떤 결말을 예시하고 있는지 끼리끼리 주고받은 정보로 환히 알고 있음이기도 했다. 그들은 같은 또래로 시집와서 늙어온 이날까지의 일들을 일상적인 이야기 하듯이 주고받았다. 어머니도 제법 웃으며 옛날 일들을 기억나는 대로 들추어내서 맞장구를 치기도 했다. 우습기도 하고 눈물 나기도 했던 서툴고 철없었던 젊은 시절의 정한. 모두들 끌끌 혀를 차며 우리가 언제 이렇게 늙었나, 인생무상을 순리로 받아들이는 습관적인 한숨으로 나누던 이야기의 끝을 맺었다.

그 많은 이야기 중에 남들로부터 듣는 아버지의 이야기여서 양지의 뇌리속에 새삼스럽게 각인되는 놀라운 사건도 있었다. 아버지가 아직도 실명한 한쪽 눈의 상처를 그대로 지니고 있는데 대한 거여서 더욱 그랬다.

"정남 아부지가 요번 일 있고 나서 째보한테 갔지만 빈손으로 돌아왔담서?"

"설마설마하고 갔는데, 눈물을 머금고 안 왔겄나."

"째보 그 인간이 상촌양반한테 그라모 안 되지, 상촌양반 눈이 누 땜에 그리 됐는디."

"세상인심이 우찌 돈이라모 손안에 쥐고 발발 떨게 됐다만, 째보 지가 그라모 에나 죄받는다."

형제가 없이 외로운 최태복은 신체적인 열등감 때문에 자기처럼 늘

기를 못 펴고 뒷전으로 돌던 째보를 항상 챙겼다. 태복의 진심을 알아챈 째보는 태복을 의지하게 되었고, 태복은 형제처럼 언제나 째보와 같이 다녔다.

어느 날 윗동네 대성받이 송씨네 아이들에게 째보가 둘러싸여 놀림당하는 것을 태복이 보게 되었다. 간혹 있었던 일이었지만 제 눈앞에서 째보가 당하는 것을 목격한 태복의 눈에 쌍불이 켜진 것은 당연했다.

"이 놈의 시키들아. 물괴 밑에 눈쟁이모냥으로 떼죽 많은 자랑 또 하고 있나. 개떼모냥으로 몰리 갖고 불쌍한 아이는 와 몬 살게 하노."

앞뒤 가릴 겨를 없이 태복은 아이들 속으로 뛰어들었다. 남 골려주는 재미로 똘똘 뭉쳐 있던 아이들이라 장난감 상대가 하나 더 늘어남으로써 판은 더 커지고 말았다.

"하아, 이 똥포리새끼가 또 날라드네. 니가 뭔데. 우리 노는데 방해를 하고 지랄이고?"

한 녀석이 나서서 태복의 머리를 툭툭 쳐서 기선을 잡았지만 태복이 손에 잡은 째보를 끌고 나오려고 하자 아랫다리를 걸어 넘어뜨렸다. 태복은 여지없이 쓰러졌으나 곧 큰소리치며 몸을 솟구쳐 일어났다.

"참말로 보자보자 하니께 이 쌔애끼들이!"

다른 날은 일방적으로 당해주다 째보만 구해내오면 그만이었으나 그날은 이외의 사건이 터지고 말았다. 넘어졌을 때 느꼈던 굴욕감으로 성난 부룩소처럼 태복의 성깔이 곤두선 것이다. 태복은 이놈 저놈 닥치고 걸리는 놈들께로 몸을 던졌다. 주먹으로 때리고 발로 걸어차고 태복이 워낙 강하게 나오니까 처음에는 주춤주춤 물러서며 당황하던 아이들이 수적으로 불리한 태복을 에워싸고 한 발씩 다가서며 단체 공격을 시작했다. 그때 악, 하는 누군가의 비명이 들렸다. 미친 듯이 휘두르고 달려드는 태복의 머리통에 한 아이의 얼굴이 맞아 코피범벅이 되고 말았던 것이다. 피를 본 씨족아이들의 단결심은 아예 태복을 패싸움의 희생양으로 몰고 갔다. 놀잇감을 가로채서 파방놓는 것도 얄미운데 피를 보게 했으니 가만있을 수 없다고 집중적으로 태복을 구타하기 시작했다. 째보가 말린다고 얼쩡거려 보았지만 뭇매만 더 벌어들이는 수준이었다. 거의 초죽음이 되게 만든 태복을 떠메고 간 송씨네 아이들은 마을 앞에 있는 저수지에다 던져버리고 도망을 갔다. 다행히 그곳을 지나가던 어른이 발견하고 건져올렸을 때 태복의 눈에는 썩은 나무꼬쟁이 하나가 꽂혀 있었다.

어머니 강귀연의 남편 최태복이 대성받이들의 횡포에 평생 이를 갈고 산 것을 아는 사람은 다 알고 있는 것이다.

"친구야, 우리는 니 병이 우째서 났는지 너무 잘 안다."

"하모, 하모 잘 알고말고."

"그렇제. 남편이 우떤 심정으로 사는지, 평생 한 집에서 사는 데 전염이 와 안 됐겠노."

"아무리 잘 안다 캐도 마음 묵은 대로 되는 기 있고 안 되는 기 있는 긴데…."

"말은 그렇제. 그렇지만 부부가 뭣이고. 얼굴도 닮고 성질도 닮는다 카는 긴데."

동정이 가는 대로, 이런 저런 말을 늘어놓는 가운데 그냥 숙연해진 아주머니들은 너도 나도 눈물을 훔쳤다. 어머니하고 단둘만 남게 되자 양지는 가슴이 쓰라렸다. 엄마랑 같은 무렵에 시집와서 너네들이 하며 같은 이웃으로 살아왔던 아주머니들이건만 저들은 건강하게, 자식들하고 같이 살면서 누리게 될 남아 있는 생을 걱정하는 척하면서 자랑하고 있는데 어째서 하필 내 어머니만 그 외롭고 두려운 길을 혼자 먼저 떠나야 하는가.

아린 가슴을 달래느라 마루 끝에 우두커니 서 있는데 뜻밖에도 명자 어머니가 찾아왔다.

"너 오매가 좀 보잔 소리는 들었는데, 내가 원체 바빠 갖고 좀 늦었다."

이상한 변명을 하면서 들어온 명자 어머니와 마주앉은 어머니는 늦은 시간이지만 개의치 않고 꽤 오랫동안 많은 이야기를 주고받았다. 명자 어머니가 좋아하는 커피를 타오라 시켜놓고 양지가 자리를 뜬 사이에 어머니는 잘못된 집안 내력을 사과하며 남편의 만행을 용서 빌었는지도 몰랐다. 그런 뒤끝인 것을 증명하듯 양지를 상대로 명자 어머니의 넉넉하고 품진 화해와 감사의 말도 건너왔다.

"우리가 며칠이나 굶어서 눈구녕이 허애갖고 식구찌리 썰어져 있는데 너거 오매가 쌀 한 되를 갖고 부처님 보살맹키로 들어서는디…. 내는 그때 묵었던 흰 쌀죽이 목구녕으로 넘어갈 때 맛을 평생 잊을 수가 없다. 우리가 겉으로는 앙숙으로 보였지만 너거 오매가 베푼 속정을 생각하모 너거 아부지한테 맺힌 걸 싹다 풀다시피 했니라."

가진 자의 위세에 대한 자격지심으로 마음이 불편해진 양지는 이 자리마저 얼른 파했으면 싶었다. 이런 양지의 기색을 눈치 챈 듯 명자 어머니도 마지막 인사를 했다.

"치료 잘 받고 와요. 아까 말한 거는 내가 알아서 챙겨가모 된께 걱정 말고."

"그래 우리 집 양반이나 우리 아아들 모두 선 자리가 하도 기구해서 그렇다는 것만 알아주면 내사 더 바랄 게 없어."

명자 어머니까지 돌아가고 둘만 남았다. 양지의 착잡한 기분을 눈치 챈 어머니는 자신이 덮고 있는 이불 한쪽을 들춰보이며 손짓으로 양지를 불렀다.

"니 눈에는 이 에미가 참말로 보추없이 불쌍해보이제?"

"그래, 그때 엄마가 쪼끔만 용감하고 앞날을 내다보는 현명한 눈을 가졌더라면 우리들의 입지가 이렇게 초라하지는 않지."

언니가 그렇게 죽고 난 뒤 실성한 사람처럼 삶에 대한 회의에 빠졌던 어머니는 이것저것 다 무시하고 이 괴로운 지역을 떠나 살고 싶어했다. 그렇지만 자라에 놀란 아버지의 솥뚜껑에 대한 감시는 한층 더 강화되어 딸들은 물론 어머니까지 위수령 같은 출입통제가 내려졌던 것이다.

"니 말도 틀린 말은 아니다. 하지만 짐승도 새끼 딸린 에미 잡기가 제일 쉽다꼬 호랭이 잡는 포수들도 카는 소리다."

말하다 말고 어머니는 목이 마른지 양지가 준비해서 윗목에 둔 보온병에서 더운물을 조금 부어 마른입을 축이더니 이내 상을 찡그리며 진통제를 찾아먹고 남은 물을 다 마셨다. 한결 평온해진 어머니의 음성이 다시 흘렀다.

"사람이, 이런 걸 팔자소관이라 카능가, 낸들 우찌 남사는 듯이 내도 이렇게 산다 싶게 와 안 살고 싶었겠노. 내 땐에는 깜냥대로 열심히 살아볼 끼라꼬 허기야 바기야 진날 갠날 없이 애는 썼다만도 일가 논기 아무것도 없으니 뭐라꼬 변명을 하것노. 걸핏 하모 너가부지 하는 말대로 이 집에 와서 내가 해논기라꼬는 병주머니 되게 몸뗑이 망친 것 빼고는 참말로 해논 기 아무것도 없다. 용기도 없었지만, 또 용기가 있다 캐도 모든 걸 떨치고 외로 나서기로는 친가로 봐서나 외가로 봐서나 걸리고 얽히는 기 너무 많아서 그 용기가 외려 칼이 되어 나를 베는데 지 죽을 짓이야 길래 할 수 있더나. 덕 보이준 거 없는 게 딸자식인데 욕이라도 안 듣게 해야지, 목숨처럼 여기고 살아온 너의 외갓집 체면이나 위신을 생각하니 그것도 앞을 딱 가로 막는데 우짤 끼고. 이 말도 너그들 식으로 하모 말캉 변명이 되것지만 그런 세상 안 살아본 사람은 모린다. 하지만 환경이 그렇게빽기 살 수 없었시니 그렇기빽기 못 산 데 대한 후회는 없다. 내 딴에는 있는 힘대로 열심히 살았은께. 전에도 그랬지만 이후에도 심중에 있는 말 전할 기회가 또 있을지 모르겠어서 하는 말이다만…."

물 한 모금을 청해서 다시 마시고 난 어머니는 조금 뜸을 들인 다음 덧붙였다.

"내가 이런 말 하기는 에미라 카는 존재가 가소롭고 부끄럽다마는 인생살이 성공이 무에 따로 있나. 남편이 있고 아내가 있고 또 키우기는 힘들지만 자석도 딸 아들 낳아서 키아봐야 사람 사는 근본을 깨우치는 기다. 성공해서 이름난 여자들 존경시럽다가도 혼자 산다 소리 들으모 니가 그리 잘난 척해도 세상 반쪽만 사는구나 싶고 불쌍해뵈더라. 인자서나마 이 에미가 너그한테 해줄 기 있다 카모 뭐이든지 다할 끼다. 걱정 말고 너그도 열심히 살아라. 열심히, 열심히, 신명 바치서, 해도 해도 안 되모 그기사 또 우짤 끼고만 미리 겁을 묵고 가야 될 길도 안 가모 그게 더 손핸 기라. 아무튼지간에 이번에 굿만 끝나고 나모 너그들한테 해찰 부리던 우환재책은 깨끗이 맑히지고 앞으로는 뭐이든지 다아 마음

묵는 대로 자알 풀릴 기다….”

어머니 딴에는 마지막 기회를 놓칠세라 애절한 심정으로 유언을 한 셈이었는데 근천스러운 목소리에 지레 싫증을 느낀 양지는, 또 그 소리, 엄마가 살든 세상과 우리가 사는 세상은 다르고 삶의 방식도 다르니까 그런 걱정할 여유 있으면 엄마 병이나 빨리 나을 궁리해, 하고 노골적인 핀잔만 했다. 그래도 계속되는 어머니의 말을 이후에는 듣지 않겠다는 뜻으로 머리꼭지까지 이불을 뒤집어쓰고도 모자라 아예 어머니의 면전으로부터 얼굴까지 돌려버렸다. 어머니는 소식 없는 정남에 대한 걱정도 했다.

“철없다 나무래지만 말고 니가 한번 찾아봐라. 일후에라도 내 어떻다는 얘기는 말고. 검불도 제 검불이 많아야 좋다고 미운 정 고운 정 감내해줄 사람은 제 성제간빼끼 없니라. 지금은 몬 깨달아서 그렇지 저도 외로울 때 안 있것나.”

시치미 뗀 양지는 그러마고 했다. 그 밤의 못된 처신이 더욱 한스럽게 양지를 휘둘렀다.

스스로 불을 질러 자신의 마지막을 정리한 것 같다는 아버지의 말을 듣고 혀를 차며 쑥덕거리는 사람들 사이를 비집고, 저기 울타리 밑에 이런 게 있네요 하며 동네 아이들이 발견한 짐꾸러미를 들고 왔다. 불타서 안 될 물건들로 뭉쳐져 있는 짐이 명자 어머니에게 했던 어머니의 약속과 결의를 증거하고 있었다. 어머니를 원망하고 측은하게 여겼던 자신의 오만이 새삼스러운 부끄러움을 몰고 왔다. 감히 누가 누구를 무엇으로 평가하며 얕잡아보고 연민하며 멸시할 수 있는가. 더구나 결혼도 안 해본 딸년이 이미 생의 모든 과정을 거쳐온 인생 고수를 상대로 말이다.

무한정일 병원비와 앞날이 캄캄할 뿐인 암환자를 곁에서 지켜보아야 하는 어려움도 뒤섞여서 그녀는 어머니에게 밝고 희망적인 말마저 인색하게 굴었다. 높은 곳은 항상 아득하고 자욱한 이내로 형체를 숨기고 있거늘 어째서 다 보았다고, 다 안다고, 관념으로 본 천박한 상식만으로 어머니를 평가했던가.

어머니는 두려웠을 것이다. 옷을 죄 벗고 갈아입어야 하던 낯선 환자복과 불용처분 직전인 물품처럼 아픈 사람뿐인 입원실 분위기가 질식할 듯 기막혔을 수도 있다. 그리고 무엇보다 죽은 듯 마취된 채 누워서 어렵게만 보이는 외간 남자들에게 나신을 헤뜨려놓아야 할 것도 어머니로서는 마음 가볍게 당할 일이 못 되었을 것이다. 더구나 자궁은 그 어렵고 힘든 세상을 버텨나갈 수 있는 힘을 준 유일한 희망의 원동기 같은 곳 아니던가. 희망도 없는 구차한 목숨을 더 이어보자는 욕심으로 싹둑싹둑 육신이 잘라내지는 것도 용납할 수 없었을 것이다. 비록 가난한 여인네로 살망정 남과 다투지 않고 남을 헐뜯지 않으며 현실에 집착해서 열심히 부지런히 살아가는 것, 어머니는 그렇게 알뜰히 지켜왔던 자신을 더 이상 연민의 구렁텅이에다 방치해두지 않으려 했던 것이다. 언제 걷힐지도 모르겠는 두터운 암흑에 포위된 듯이 혼자 우두커니 깨어 있는 시간에 어머니는 무서운 상념들에 시달렸을 것이다. 편주를 탄 듯 고독했지만 마음은 이외로 편안했을지 모른다. 끝없이 지고 가야 할 '무거운 짐을 이제 내려놓게 된 홀가분함'이란 당신의 표현은 심중에서 우러난 진정이었을 것이다. 진통제 한 줌을 삼키고 나니 수그러져주는 병소의 아픔도, 사양했지만 군이 동행해주겠다는 길동무처럼 야릇한 친근감을 느끼며 그래서 어머니는 평온을 가장해서 태연해졌던지도 모른다. 이제

매인데 없이 활발해진 하나의 자연인으로, 자신의 능력을 신탁한 한껏 자신 있는 음성으로 그렇게 말했을 것을 그때는 알지 못했다.

"우환재책없이 앞으로는 너그들 하는 일들 모두 잘 될 끼다."

갈수록 되살아나는 어머니의 마지막 복음. 양지는 영원히 극복 못할 어머니 앞에서 더욱 뼈 울음을 삼켰다.

# 7. 족보의 허구

"아버지를 봐서라도 동생이 정신을 차려야지. 말 안 하는 사람이 속은
더 상하는 법이다. 누가 뭐라 캐도 외숙님은 자신이 최씨라고 믿고 양반
핏줄의 긍지를 품고 사신 분이다. 양반은 항상 가문의 명예에 대한 중압
감을 느끼고 산단다. 자신의 업적이 가문과 직결되기 때문에 지역사회
에서 쌍놈의 가문으로 찍히면 자손들의 생활까지 영향을 받는다고 여기
는 게 지방 토호들의 머리에 배인 이중적인 사상인 거라. 어릴 적부터
문벌을 생명같이 여기고 살아온 어른이니 자신의 의무라고 여기는 자손
번성까지 뜻대로 안 되는 인생사에 한탄인들 오죽했겠나. 아직 확실하
게 밝혀지지는 안 했지만 이런 불미스러운 사단의 뿌리까지 얽혀서 긴
가민가 숙덕거리기 시작하니 본인은 오죽 심상했을란가, 부부로 평생을
사신 외숙모님은 이해하고 따르신 거라."

　고종오빠 장현동은 망연자실한 양지를 부추기느라 무슨 말로든 자극
을 주려 했지만 양지의 귀에는 그런 말들이 좀체 들어오지 않았다. 졸지
에 어머니를 잃은 충격 이상으로 큰 이유는 어머니에 대한 그토록 강한

애착의 끈에 자신이 결박되어 있었다는 새삼스러운 깨달음 때문이었다. 꿈을 꾸었던 것 같기도 했고 허깨비에 홀렸던 것같이 넋이 쑥 빠져버린 것 같았다. 그토록 끈질기게 부여잡고 있던 삶의 끈이 이렇게 속절없는 허무로 잘라져도 되는 것인지, 실망스럽고 황당해진 것이다. 그리고 그것은 서서히 억울함과 분노로 뒤범벅이 된 혼란함을 이끌고 왔다. 남들은 가볍게 평범하게 살아도 되는 것을 자신이 내린 생에 대한 지나친 의미 부여에 자신이 갇혔던 것을 아프게 깨닫지 않으면 안 되었다.

　물론 부모 복을 타지 못했으니 또래의 남녀들이 누리는 평범하고 복스러운 그런 일상은 단념한 채 살았다 해도 나이 들고, 돈을 벌고, 의식이 갖춰지면서 제 능력으로 할 수 있는 것들조차 제대로 계획하고 실천해본 일이 없다. 아니 그래야겠다는 생각조차 가져본 적이 없었다. 헤프게 웃지 못하는 체질이니 비록 야간에서 야간으로의 연속이었지만 숱하게 스쳐지난 괜찮은 많은 남자 동창들이나 사회 동료들과 마음 앗긴 연애 한번 못 해본 것은 젖혀두고라도, 주변머리 없는 늙은이들의 입에 흔히 열린 푸념처럼 먹고 싶은 것 한 가지 입고 싶은 것 한 가지 마음대로 한 것이 없다. 무언가, 대단한 것, 그 지점에 이르러서 그 일을 해도 될 때까지 인내하며 힘을 축적해야 한다는 강박관념으로 머리통에 쥐가 나도록 본능을 억제해왔다. 그런데 무언가, 그 일, 그 지점이 홀연히 무화되어버린 허망함 속에 내동댕이쳐버렸다.

　눈만 감으면 꿈을 꾸었다. 검게 탄 육신을 잉걸불 속에서 뒤채고 있는 어머니가 보이는가 하면 개울가에서 천진무구한 모습으로 뛰놀던 자신과 남의 집 아이보기로 나선 것이 계기가 되어 사회인으로 성장한 지금까지의 여러 장면들이 낡은 그림책을 들추듯이 뒤숭숭하게 나타났다가스러지고는 했다. 어떤 때는 비참하게 죽은 모습까지 목격해야 했던 정남과 유치장에 갇혀서 종달새처럼 걱정없이 종알거리고 있는 호남이, 언니 성남과 이미지만의 고모, 그 외 많은 여자들의 이런 저런 모습들에 쫓겨서 길도 없는 곳을 죽을 둥 살 둥 헤매다녔다.

쾌남아, 쾌남아, 자신을 부르고 있는 어머니를 발견했다. 그러나 어머니는 양지가 부르며 따라가자 냉정한 표정을 지으며 돌아서서 어디론가로 멀어져갔다. 자신이 앞으로 나아가야 할 방향에 대한 조언 한마디라도 들어놓을 걸 후회하고 있던 양지는 꿈에서도 이 기회를 놓칠세라 어머니를 뒤따라 뛰었다. 엄마가 한마디만 해주면 이제는 위대한 스승의 말씀으로 여기고 주저없이 실천할 것 같은데 한마디만, 한마디만 간절하게 외치는 소리도 외면한 채 어머니는 바람처럼 가는 길을 멈추지 않았다. 좀처럼 좁혀지지 않는 거리를 두고 날기도 하고 뛰기도 했으나 맞춤한 거리는 그대로 아득하여 그녀는 안달했다. 아가, 가여운 것. 정신을 차려야지, 네 짐이 너무 무겁구나. 어머니의 목소리였으나 곁에서 들리는 소리와는 달리 머리를 쓰다듬는 손길의 감이 아련하게 멀었다. 그 사이에 까마귀 떼처럼 검은 그림자가 다가와 양지의 머리 위에다 무언가를 찍찍 깔겨댔다. 뇌수를 파고드는 오싹한 감촉에 양지는 눈을 떴다. 주위는 어두웠고 전신은 축축한 것으로 무겁게 눌려 있었다. 여기가 어디인가. 주위를 에워싸고 있는 이 소란스러움은?

"아, 비!"

그녀는 재빨리 일어나서 전등을 켰다. 투두둑, 천장에서 떨어지고 있는 빗물이 끄나풀 같은 긴 빛을 내며 이불 밑으로 기어들고 있었다. 젖은 머리카락을 손가락으로 빗다 망연한 눈길로 구들이 우묵하게 내려앉은 낮은 곳을 향하여 뱀처럼 기어가고 있는 방바닥의 물줄기를 바라보았다.

"조상들의 얼이 배인 집인데 어느 자손이 있어서 수리해가면서 지킬꼬."

잡초가 돋아 있는 찌그등한 기왓골을 올려다보며 중얼거리던 어머니의 목소리가 젖은 빗소리 속에서 양지의 가슴으로 파고들었다. 오랫동안 방치해두었던 아래채의 방 같지 않은 방은 양지의 고집을 못 꺾은 고종오빠의 주선으로 임시수리를 했지만 미처 손보지 못한 지붕은 빗물을 먹은 만큼 처져내리기 직전이다. 아래채가 무너져내릴지도 모른다. 무섬증을 왈칵 느낀 양지는 얼른 웃옷을 걸치고 나와 비 내리는 캄캄한 어둠 안으로 달려들었다. 적막하게 산천을 휘감는 바람소리에 귀신의 울음소리마냥 휘이이잉… 음산한 겨울나무의 떨림이 전해졌다.

어둠에 눈이 익자 불타버린 집터의 황량함이 더욱 아프게 시야로 끌려들었다. 터질 것 같은 울음보를 안고 고독이 밀려들었다. 양지는 온 얼굴로 빗줄기를 받으며 하늘을 올려다보았다. 너무 허무했다. 이 허무감의 원인이 무엇인가. 울컥, 찌르르 목젖을 역류해서 솟구쳐오른 무엇이 비강을 아리게 했다. 순간 핏발선 양지의 눈길 속으로 섬광이 일어났다.

박차듯이 어둠을 헤쳐나간 양지는 경황 중에 아무렇게나 챙겨둔 짐짝속에서 무언가를 찾기 시작했다. 어머니의 손길로 곱게 수습된 족보 꾸러미였다. 지질은 푸석푸석 보풀이 일었고 검거나 누렇게 심한 얼룩이 진 것들. 일부러 꺼내보지 않으면 어디 있는지 모르고 지내도 그만인 오래된 낡은 서책이지만 무게가 꽤 됐다.

양지는 아궁이 가득 쏘시개를 넣어 불을 지핀 뒤 한 권 한 권 낡은 책을 던져넣었다. 아들이 없었으니 아버지 이후 수십 년 동안 한번도 보책을 안 한 것으로 인해 더욱 화근이 되었던 물건이다. 불땀도 없이 책은 조금 저항하다가 이내 불길 속에서 자취를 감추곤 했다. 어서 어서 불타서 없어지면 이 집에 드리워져 있던 주술의 검은 막이 걷혀지기라도 할 것처럼 줄기차게 열심히 책을 태워없앴다. 그러는 동안 양지의 양 볼에는 눈물이 줄줄 흘러내렸다. 한 많은 가족사에 대한 보복 행위였지만 유쾌하지도 상쾌하지도 않았다. 어머니가 살았을 때 정남이가 살았을 때 아니 그보다 더 훨씬 이전에 이런 결행을 하고 가문에 대한 선대의 망령에서 벗어났으면 무슨 계기가 만들어졌을지 모르지만 뒤늦게야 이런 치졸한 결행을 하게 된 데 대한 자괴감만 무성했다.

아침에는 멀쩡하게 날이 개었다. 간밤에 잠을 설친 탓으로 늦은 시각까지 이부자리 속에서 뒹굴고 있으려니 문 밖에서 인기척이 났다. 또 먹을 것을 가지고 고종오빠가 오는가. 오빠라면 오토바이 소리가 났을 것인데 듣지 못했다. 아버지인가? 발자국 소리가 그리는 행동반경을 가늠하며 양지는 귀를 기울였다. 발소리는 이쪽이 아니라 저쪽으로 멀어졌다. 그러나 아주 지나가는 걸음인가 여기는데 다시 들리는 발소리. 그녀는 간밤에 비가 흐르던 젖은 벽의 얼룩을 올려다보는 한편 이 집에 와서 서성거릴 사람으로 의무적인 인사라도 표시해야 될 사람은 누구인가 꼽아보았다. 또 현태가 왔을까. 염치없는 기대가 실려 있는 것 같아 얼른 지워버렸다.

불탄 집터 주위를 배회하던 발소리는 다시 그녀가 있는 방문 앞으로 다가왔다. 양지는 치우지 않은 빗물받이 대야를 얼른 끌어당겨 걸레며 세탁물들을 담아서 가렸다.

"어머 이뻐라. 웬 국화가 아직도 이렇게 탐스러울까?"

안에서 들으라고 일부러 내는 큰 목소리, 명자였다. 양지는 문득 뒷벽에 붙어 있는 작은 봉창을 올려다보았다. 어머니가 살아 있을 때 동구밖까지 가마를 타고 왔다 돌아간 뒤 처음이다. 더욱 전 같지 않을 만남이었지만 지금은 작은 봉창 구멍으로 도망을 갈 수도 없으니 피하자 피할 수도 없다. 얼마를 더 망설이고 있다가 더는 비굴해지기 싫어 심호흡을 가누며 문을 열었다. 텃밭 가장자리에서 사립으로 연이어 아직 꽃모양이 남아 있는 갖가지 색깔의 국화 덤불 옆에서 명자가 돌아보았다. 양지와 얼굴이 마주치자 털 코트를 걸친 몸을 동그랗게 구부리고 꽃 한 송이를 다시 똑 따더니 코에다 대며 양지 앞으로 걸어왔다.

"얘, 어떻게 하니?"

설명하지 않아도 양지가 그동안에 겪은 모든 상황을 이미 다 알고 있음이었다. 양지는 고개를 숙이고 입술을 깨물었다. 이런 장면은 자신이 당하고 싶은 경우가 절대 아니었다. 투명 막에 갇힌 듯이, 떠나지지 않는 마음 때문에 아래채의 허물어진 외양간 방을 거처삼고 있는 몰골이란 정말 아무에게도 보여주고 싶지 않았다. 이웃에서 가져다준 취사도구며 침구들…. 빗물이 흘러내리던 흙벽과 어우러져 을씨년스럽기 짝이 없는 방안을 명자는 미간을 찌푸린 채 계속 둘러보고 있다. 양지는 아무 말도 하지 않고 명자가 장난삼아 뜯어서 내려뜨리고 있는 꽃잎으로 눈길을 보내고 있었다. 입을 열면 이 처량한 모습의 긍정이 될 것 같았다.

"너 이러고 있는 줄 알아서 뭐든 좀 준비해오는 건데."

침묵이 버거운 듯 명자가 먼저 무슨 말이든 자꾸 건네려 했다. 다행스럽게도 양지가 싫어하는 부분을 들춰내 조문이랍시고 다시 들먹거리지는 않았다.

"그래 뭘 좀 먹기나 했니? 일나 봐라. 볼썽사납게 언제까지 여기 이러고 있을 거니."

양지는 뜨거움이 화끈해지는 눈시울을 비비며 이제 가야지, 짧은 대답을 했다. 그래놓고 나니 아무래도 미흡한 것 같아 잠긴 목젖을 풀고 소리 나게 거짓말을 만들어냈다.

"이제 갈 거야. 모두들 어서 오라고 야단인데."

"아니 있고 싶으면 너 있고 싶은 대로 있어도 돼. 그걸 확인하러온 게 아니야."

명자의 저 배려 속에 깃던 뜻은 무엇인가. 이제 경쟁심에서 끌어내린 측은지심 때문일 것이다. 양지는 어디로든 몸을 숨길 수 있는 틈이 있으면 흔적없이 사라져버리고 싶은 모멸감을 누르고 있다.

"이 집 우리가 도로 샀으니까. 그 업자들이 우리 기철이 말 듣고는 쉽게 승낙하더란다. 계약금은 배로 물려줬지만 그거 따져서 뭐하겠노."

가죽장갑 긴 손으로 옷에 붙은 꽃잎을 탁탁 털어내다가 명자는 웃었다. 그러다가 양지와 눈길이 마주치자 얼른 표정을 바꾸더니 무슨 말을 해야 할지 마땅한 말이 골라지지 않아 애쓰는 양을 보였다. 결국은 그렇게 하지 않을까 짐작은 하고 있었지만 막상 이 집의 소유자가 그들로 바뀐 것이 확인된 순간의 기분은 묘했다. 초라해보일 몰골에서 벗어나려고 애를 썼다. 만약 앞에 있는 이 여자가 성남 언니라면….

양지는 가만히 고개를 들어 또 먼 하늘을 보았다. 성남이, 명자 그들은 단짝 친구였다. 여기 내 앞에 있는 사람이 성남이어도 상관없고 명자여도 상관은 없다. 그들 가난한 집의 장녀들은 하나같이 집안의 장래를 걱정하며 성장했다. 명자를 바로 보지 못하는 것은 시기 질투에 사로잡혀 있음일 것이다. 설령 그녀의 성공을 흔쾌하게 용인하지 못한다 하더라도 겉으로는 그런 티를 내면 안 된다. 최양지는 명자가 생각하는 그런 류의 품격 낮은 여자가 아니라는 것을 이럴 때 더욱 보여주어야 했다. 양지는 비로소 문턱을 내려서며 신발을 꿰어 신었다.

"잘했어. 난 이럴 때 무슨 말을 어떻게 해야 되지? 언니가 지금 나한테서 듣고 싶은 말은 뭐야?"

"얘도."

"굳이 부인할 필요는 없어. 영화 속에서처럼 복수라는 말을 입에 올려도 괜찮아. 그게 언니의 삶을 향상시킨 힘인 걸 인정하니까."

"그러니까 또 말 되네. 야, 이 가시나야, 너 참 멋있다. 전에도 그랬지만 배운 년이라서 그래도 뭐가 다르네. 성남이 그 가시나만 살아 있어도 정말 한번 으시대고 싶은데. 그 계집애가 사실은 얼마나 날 약 올렸는지 모르지? 내가 가여워서, 도와주지 못해서, 저는 뭐 그리 유복하고 넉넉했다고."

성남이가 없다는 말, 그것은 곧 너희들은 맞수가 안 된다는 뜻 아닌가. 막상 그런 선언을 듣게 되자 양지는 다시 허를 찔린 듯 궁색스러움에 젖었다. 목이 메도록 억울했다.

"네가 다른 사람들처럼 꽁하지 않으니까 말하기는 좋아. 그래, 솔직하게 말해서 무지하게 기쁘다. 식당사람들한테 두 배나 계약금을 물어줬지만 우리는 한숨도 잠을 못 잤다. 이게 꿈인가 생신가 모르겠다며 엄마는 눈을 감고 가만히 있다가도 부르르 자리에서 일어나 이쪽을 보면서 눈물을 닦았어. 그렇게 기를 쓰고 여기를 드나들던 할아버지·할머니들의 모습이 되살아난 거다. 한 가지 아쉬운 게 있다면 족보 구경도 못 하고 집과 함께 그렇게 된 게 안타깝기도 하고…. 너거 엄니가 마지막 날 울 엄니가 찾아갔을 때 챙겨놓을 텐께 찾아가라꼬 했다는데."

"족보?"

양지는 일부러 명자 언니를 똑바로 쳐다보며 휩뜬 웃음을 웃어보였다. 비록 명자가 아니더라도 그 누구에겐가 한번은 꼭 해야겠든 말이 있었다.

"족보는 엄마가 따로 챙겨내 놓았는데 내가 태워버렸어."

"뭐라꼬? 이 가시나가!"

돌연 팔을 뻗은 명자가 양지의 가슴을 힘껏 쳐서 떠밀었다. 놀라움과 함께 잠재된 아쉬움과 분노의 표출이다. 양지는 엉덩방아를 찧고 나둥그러진 자리에서 약 올리는 하얀 웃음을 지으며 명자를 치떠보았다.

"까짓것 아무것도 아니야. 꼭 필요하면 하나 사던지."

"와그리 암창시러운 짓을 했노. 인제 보니 무섭고 독한 년이다. 조상의 영이 실린 걸, 가슴도 안 떨리더나. 암시랑토 안 했어? 세상에 어쩜 그리 천벌 받을 짓을 했을꼬."

상대방이 안타까워하는 만큼 고소할 줄 알았다. 바로 어젯저녁에 태워버렸다면 반응은 더 격렬할 것이 뻔했다. 그러나 한 무더기의 인화물로 불 속에서 재가 될 때의 족보를 지켜보던 그 순간의 야릇한 치기는 이미 담담함으로 변해 있었다.

"그 더럽고 가혹한 편애, 남존여비 사상. 명자 언니네 집도, 또 우리 언니가 어째서 그렇게 됐는지 잘 알잖아. 그렇게 아쉽다면 돈 주고 하나 사. 언니는 이제 돈 많잖아."

"그게 어디 서점에서 사는 소설책이가?"

그걸 모를까봐. 양지는 웃어보였다.

"내가 아는 선배네 아버지는 자기가 종중 일을 책임지고 하면서 자기네 부모가 서자庶子라는 걸 족보에서 싹 지워버리고 다시 했다더라. 그게 무슨 대단한 의미가 있어? 족장이 인구관리를 위해 만들었던 편의 장부일 뿐 여자들의 결백과 순수 아니면 그야말로 핏줄이 아무것도 증명 안 되는 허상의 기록일 뿐이야. 씨내림의 문제보다 여자의 권능을 장악하기 어려운 자신들의 한계 때문에 남성들은 그토록 봉건적인 장부를 설정해놓고 여자들을 속박해왔던 거고. 그것 역시 양반 신분에 한이 된 윗대의 어떤 할아버지가 돈을 주고 산 건지도 모르잖아. 그게 혈족을 증명하는 데 무슨 그리 큰 의미가 있어? 우리가 어디 진돗개 같은 짐승처럼 혈통증명서 제출할 일 있어? 그 따위에 연연할 것 없어. 마음이 양반이면 그냥 양반인 거지. 언니 마음속에 담겨 있는 마음의 족보만으로도 핏줄 확인은 충분해. 언니네가 짐작하듯이 내 속에는 언양 할머니가 받아들인 최씨의 피가 아닌, 엉뚱한 치한이나 또 하다못해 그 지역에 와서 얼쩡거리던 아이누족의 떨거지나 혼혈 뱃놈의 피가 섞여 있다 해도 상관하지 않을 거야. 어떤 생각 어떤 행동으로 사느냐가 문제지 현대사회에서 누가 조상이고 아니고 가 도대체 무슨 싸움거리야? 지금 와서 그걸 밝히기 위해 조상의 무덤이라도 파헤칠 거야 뭐야. 또 그래 본들. 우린 그런 쓸데없는 것들 따지기 좋아하다가 망한 족속 아닌가? 이런 우스운 말이 있는데 언니가 알란가 몰라. 사촌 중에, 가장 확실한 사촌이 누군지 모르지? 성이 같은 친사촌도 아니고, 외사촌도 고종사촌도 아니고 가장 확실한 사촌은 이종사촌밖에 없단다."

끝은 우스개로 마무리했지만 양지는 그만 조금씩 맥이 풀려버렸다. 많이 안다는 것은 많은 불평불만의 꼬투리를 찾아내는 데 능숙하다는 것과 마찬가지다. 신중할 겨를보다 봉합의 신속함에 그녀 자신은 치우쳐 있었다. 다시 덧붙이려다 자른 말들이 입속에서 맴돌았다. 나는 단일 민족이라고 고집하는 순혈주의의 옹고집을 비웃는다. 수많은 외세의 침탈로 점철되어 있는 우리들의 역사를 조금만 염두에 떠올리면 굳이 대답할 필요도 없지 않느냐. 양지는 언젠가 제가 읽었던 책 속에 있던 한국 성씨 탄생의 비밀이라는 내용을 일부 들려주었다.

"그 족보라는 게 언제 만들어졌는가 하면 중국 한나라 때란다. 이는 천자가 각 제후나 공신들의 자제들에 대한 특별관리를 위한 것이었는데, 그때부터 천자가 만든 족보에 이름이 있는지 없는지가 권력의 유무를 판별하는 중요한 잣대가 됐대. 원래 성씨가 없던 우리나라의 토착민들도 중국과의 교류를 통해서 일부 고위관리들에게 성씨를 가진 이들이 간간이 생겨났고, 삼국시대 말기 신라에서 국력의 세계화를 기치로 내걸고 왕족을 중심으로 성씨를 스스로 만들어서 가졌다고 해. 그래서 왕족들은 이미 죽고 없는 윗대 조상님들, 혁거세나 알지 등에게도 소급해서 성씨를 만들어 붙였단다. 조선시대 말까지도 우리나라는 양반보다 쌍놈들이 더 많았고, 성씨를 갖고 있는 사람들 숫자도 그리 많지 않았대. 대한제국 시절 일본의 압력 때문에 호적에 성씨를 처음으로 만들어올린 사람들도 많았지만 '만들어올렸다'는 그 사실은 언제까지나 '가문의 비밀'로 숨겨두어야 하므로 쉬쉬하는 집이 더 많단다. 재미있는 건 우리나라 성씨 중에 왜 김이박의 숫자가 많은지 모르지? 일제가 민적법 시행 때 성씨가 없던 천민들에게 원하는 성씨를 호적에 올릴 수 있는 기회를 주었는데, 일례로 누구라 하면 언니도 들어봤을 장군댁 노비 백여 명도 한꺼번에 주인 댁 성을 따서 호적에 올렸단다. 일제가 천민들에게 성씨와 호적을 부여 한데 따른 음모가 뭐였는가 하면 조선의 양반 성씨들이 씨족별로 단결하 는 것을 방해하기 위한 것이고 노비를 양민화시켜서 수탈의 대상을 늘이 기 위한 식민통치 정책과 맞닿아 있다는 게 연구 결과야. 현재 인품과 관 계없이 성씨로 양반입네 떠드는 사람들은 양반집의 마당쇠였거나 그 동 네 개똥이었을 확률이 높다는 우스갯소리도 있고."

숙지근한 기색으로 양지의 말을 듣고 있던 명자가 중간에서 파르르 화를 내며 끝나지 않은 말을 잘랐다.

"그래, 니 유식한 건 잘 아는데, 무식한 년 앞에서 강의하는 기가 뭐꼬. 그래서 우짜란 말이고? 족보는 불 싸질렀담서."

듣고 보니 예를 든 사설이 길었다 싶었지만 안 할 소리를 한 것 같지는 않아 양지는 속이 시원했다.

"뭐 어쩌긴 어째. 그런데 얽매일 필요없이 잘살자는 말이기도 하고. 꼭 덧붙이자면 언니네 부자잖아. 다음 말은 내 입으로 꼭 안 해도 될 거 고."

"야이 가시나야. 니가 바로 뜨거운 감자네. 이 밉상시러운 년, 돌한 차 돌멩이 같은 저 년을 내가 우찌 잡아묵을꼬. 니가 운제꺼정 그리 꼿꼿이 고개 쳐들고 강의나 하는지 두고보자 이년아."

화가 난 깐으로 치면 작살내고 싶은 상대를 어쩔 수 없이 씨근덕거리 며 노려보던 명자는 쌩하니 발길을 돌렸다. 가다가 뒤돌아보는 안색이 부푼 성화만 더친 듯하더니 기어이 종아리까지 올라온 가죽부츠 신은 발길로 눈에 보이는 국화덤불을 이리저리 걷어차놓고 멀어졌다.

이제는 떠나야 한다면서도 자고 새면 그 계획은 다시 흐지부지 되고 말았다.

본격적으로 터를 정비하기로 했다며 명자네가 일러준 날이 하루하루 다가오고 있었다. 양지는 이제 몸만이 아니라 마음까지 아주 이곳을 떠날 각오를 했다. 그러나 마음의 뿌리는 생각대로 선선히 몸을 따라 나서지 않고 자꾸만 쳐져내렸다. 떠나지 못하는 마음에 이유라도 제공하듯 며칠째 계속해서 눈이 내렸다. 불타서 을씨년스러운 주위 경관을 덮어주는 참 고마운 눈이었다. 할일이 없어 집 주위에 지천으로 널려 있는 삭정이를 주워 군불 나무를 장만했다. 꺼진 구들장과 벽 틈으로 연기가 소올소올 들어와서 방안에 가득 찼지만 그도 조금씩 견디는데 익숙해졌다. 구들장이 그나마 제구실을 해서 제법 쩔쩔 끓는 아랫목의 온기가 여간 위안이 아니었다. 함박눈은 공연히 마음까지 푸근하게 했다. 남부지방에서는 좀체 보기 어려운 현상이라며 내년에는 풍년이 들겠다고 사람들은 말했다. 고향에서 언제 이토록 한가하게 눈 구경을 한 적이 있었던가.

눈이 똑 갓 탄 이불솜 같다. 아침상에 올릴 김장김치를 꺼내다 말고 하늘을 올려다보며 이유없이 기분 좋아하던 어머니의 모습이 불현듯 떠오르기도 했다. 꼭꼭 묶어서 쌓아놓은 나뭇동을 헐어서 뜨듯하게 군불을 지펴놓고 어머니는 호박범벅을 끓이고 고구마를 삶았다. 누군가 다른 사람을 위해서 식사 준비를 해본 적이 없는 양지였지만 어머니의 그때 심정이 이랬던 건 아닐까 싶은 맛을 본다.

차려놓은 저녁상에 아예 손도 대지 않은 채 바깥마당으로 나와 멀리 산굽이를 돌게 되어 있는 마을 앞길로 시선을 보내며 서성거리기도 했다. 어머니도 이런 기다림에 힘을 얻어서 지치지 않고 많은 아이들을 낳고 기른 건 아닐까. 양지는 팔짱을 끼고 서성거리며 이럴 때 호남이네 세 식구가 주영의 재롱을 깡충깡충 앞세우고 나타났으면 얼마나 좋을까, 설레는 가슴의 동계를 음미하며 동구 밖 길에다 둔 시선을 걷어들이지 않았다. 마음의 중심을 잡고 있던 심지가 잘린 것처럼 너무 허허로웠다. 도대체 어디에다 마음을 붙이고 살아야 할지 도저히 자신이 생기지 않았다. 자신이 얼마나 억지스런 깜으로 버티고 살았는지도 그림을 보는 듯 확연해졌다.

하늘이 갰을 때는 국화를 뽑았다. 이제 지켜주는 이 아무도 없는 폐허에서 겨울바람과 눈비를 맞으며 꽃들은 보기 싫게 이울어져 갈 것이다. 호기심으로 드나드는 발길도 많을 것인데 벌거벗은 어머니의 시신을 그냥 내버려두는 것만큼이나 두고 떠나는 마음이 편치 않을 것 같아서다. 마당 주위에 있는 것은 아직 손도 못 댔는데 꽃포기는 한데 모아놓고 보니 수월찮게 많은 양의 꽃무더기가 되었다. 씨 뿌리거나 꺾꽂이를 해서 당신의 마음이 가는 곳마다 지천인 빈터에다 심어놓고 돌보아서 탐스럽게 꽃이 벙글면 어머니는 용연사龍蓮寺 법당에도 꽃다발을 만들어올렸다 했다. 병원으로 가는 날, 배웅 인사라도 하듯 늘어진 채로 발목에 걸리는 꽃덤불을 올려놓으며 어머니는 그랬었다. 부처님 전에 지성으로 꽃을 바치모 후 세상에도 여자로 환생을 한담서? 만약에 인도 환생할 수만 있다모 아들딸한테도 원 없이 잘해주는 좋은 환경에서 다시 태어나고 싶었다. 그래서 이번 가을에도 최고로 잘 핀 것들로만 부처님 전에다 갖다 디렸단다.

나머지 꽃들을 마저 뽑는 대로 그것들을 태워버릴 작정을 했다. 국화꽃의 생태가 첫서리와 첫눈 속에서 더욱 그윽해진다더니 묵직한 향기가 아직 한창인 대궁에는 수분이 많아서 쏘시개를 많이 박지 않고는 잘 타지 않을 것 같다. 바람이 있다면 하나하나 정리를 하는 도중 어느 결엔가 새로운 시작의 지표가 마음속에 드러나지 않을까 하는 거였다. 불 탄 자리에서 더욱 탐스럽게 새싹이 돋아나듯이 이왕이면 그런 튼실한 생명력을 이 겨를에 부여받고 싶었다.

어제는 고종오빠와 같이 호남을 면회하고 왔다. 영치금과 사입품을 여러 가지 필요할 듯싶은 것으로 골라 넣어주려고 하자 얼마 안 있어 나올 거라며 오빠가 가짓수를 줄여 신청했다. 호남은 궁지에 몰려 있는 중이면서도 신념에 한 점 티끌도 없는 듯한 꿋꿋하고 당당한 표정으로 도리어 언니인 양지 걱정을 했다. 고종오빠로부터 어머니가 돌아가신 사건의 전말을 들은 날은 울부짖으면서 몸부림을 쳤다더니 이제는 어지간히 마음을 갈앉히고 현실을 받아들이는 것일 터였다.

"우짤라꼬 이리 정신 못 차리고 있노."

걱정거리가 그것밖에 없는 듯한 단순하기 짝이 없는 목소리로 양지를 나무라는데 호남은 꼭 서열이 되바뀐 듯한 언니노릇이다. 양지는 영어의 몸인 자신의 주제파악도 못 하는 호남의 당당함이 얄미워 보내야 할 대답을 무시한 채 궁금한 대로 제 물음만 던졌다.

"주영 아빠는? 주영이는?"

"학원 가고 출근하고 다 잘들하고 있다더라. 내가 올 필요 없다는 데도 매일 한번씩 온다."

걱정하는 양지보다 당사자인 호남의 천연스러운 대답은 어디 장한 사명을 띤 출장이라도 나와 있는 것 같다.

"전에도 잘 살았지만 앞으로는 더욱 조심하면서 살아. 불리했던 너를 구명운동까지 해준 동네 사람들이지만 그 사람들도 어차피 남이야. 옛날 같지 않을 시선을 의식하지 않으면 안 돼."

"알았네! 알았어. 집행유예라는 건 감옥살이만큼 근신해야 된다는 것 정도는 나도 알아요. 그란게 내 걱정은 하덜들 말고 언니나 잘하시더라고. 몸은 여게 있어도 언니 생각뿐이고 언니 생각하모 잠이 안 온다. 엄마가 언니를 우떻게 생각했는지 아나. 하늘이고 상기둥이다. 언니 이라고 있는 거 보고 엄마가 뭐라칼 낀고 안 싶으나. 우리 엄마 한풀이를 해서라도 언니 니가 정신 채리야 된단 말이다."

그게 어떻게 나 혼자한테만 기울인 엄마의 정성인고. 양지는 아무 말도 못 하고 창살 너머의 호남이 얼굴, 그 더 너머의 흐린 창으로 가려진 허공에다 눈길을 보내고 있었다. 할말이 없었다. 그러나 묵지근하게 어깨가 처져내렸다. 남들 사는 듯이 평범하게도 살지 못하는 주제에 비범하기만을 꿈꾸어온 허황된 욕망을 호남은 진작 눈치 채고 있을까.

"참, 언니야. 오늘은 이 말로 꼭 따지 볼라 캤다. 정남이 이 가시나는 어느 구석에 처박히가 집구석이 어떻게 돌아가는지도 모리고, 지만 막내둥이라꼬 걱정없이 희희낙락하고 있는고, 내가 얼매나 분개했는지 아나?"

양지는 독단적인 일처리로 인해 자신이 두고두고 벌을 받는다는 생각을 했다. 시간도 장소도 적합지 않았으나 비켜설 수 없는 입장이었다. 갈해진 목젖을 침으로 축이고 난 양지는 호남을 향해 얼굴을 돌렸다. 품고 있기 버거운 비밀은 털어놓고 중압감에서 벗어나야 한다. 생각만 그렇게 고쳐먹어도 막혔던 심장이 툭 틔는 듯한 시원함이 느껴졌다. 그러나 옆에서 자매의 대화를 지켜보고 있던 고종오빠가 눈짓을 보냈다. 시간과 장소가 적합하지 않다는 신호였다.

호남의 입에서 무슨 말이 튀어나올지 짐작되는 바 없지 않았다. 너는 사람도 아니다. 그런 걸 우째서 니만 알고 쓱싹하노. 니만 사람이고 다른 사람들은 말캉 사람도 아이고 뭐꼬?

"정남이 이 가시나가 이사를 하고서도 말이 없다꼬, 에미노릇을 제대로 몬 해서 의논도 안 하는 기라꼬 엄마가 얼매나 맘 상했던고 아나?"

"할말이 없다. 정남이 얘기는 이담에, 너 나와서 차근차근 하도록 해. 내 생각이 너무 일방적이고 또 소견이 좁았다는 것 정말 그때는 미처 깨닫지 못했어."

얼마간 양지를 노려보며 영문 모를 분노로 씨근거리던 호남이 그다운 선선한 동작으로 눈가에 배인 눈물을 손등으로 훔쳤다.

"우찌 생각하모 언니 판단이 옳았는지도 모르겠다. 엄마도 그 모양 해갖고 평생 고생하고 살 바에는 신간 편히 잘한 것 같기도 하고."

양지는 문득 호남을 올려다보았다. 시끄러운 가족사가 발 닿지 않는 곳에다 어린 정남이를 보호해놓고 있는 줄 호남이는 알고 있는 것 같았다. 호남의 단순함이 의연 숙성하게 돋보이는 순간이었다.

"마, 인제는 다 지나간 일이고 앞으로 우찌 살아야 될 낀고 그 문제만 남았다. 용냄이 언니가 있지만 그게는 우리가 돌보면 돌봤지 기대할 것도 없고, 이민 간 사람은 또 너무 멀어서 남이나 마찬가진께 천지간에 우리 셋뿐 아니가. 정신 똑바로 차리야 된다. 언니 니가 깃대가 돼야 된단 말이다. 엄마가 저리 살다간 게 포원이 져서도 우리는 반드시 남보란 듯이 한번 잘살아 봐야 된다. 그러기 위해서는 언니 니가 절대로 힘을 내야 된다. 알았제, 약속하제?"

"답답하다. 우리 다른 이야기는 너 나온 다음에 하자."

양지는 또 가슴이 빽빽해졌다. 그러잖아도 그녀는 좌절하고 싶을 만큼 자의식에 시달리고 있는 중이었다. 어쩔 수 없이 실토하게 된 정남의 일로도 고종오빠의 날선 비판을 이미 받았던 것이다.

"뭘 그리 에럽게 생각하노, 욕심이 눈앞을 가리서 판단이 흐리다 아이가. 할일을 줄 세아놓고 제일 앞에 있는 것부터 착착 각단지게 매듭을 지아라. 그래놓고 다음다음을 처리 해야제 순서가 없이모 일이 갑절로 에럽아 보인다."

"호남아 니가 언니 같다. 니가 고마 언니 해라."

"한 소리 했더마 고마 비행기 태우네. 없이, 언니가 있는데 내가 와 나설 끼고."

호들갑스러운 동작으로 호남이 손사래를 치는 사이에 고종오빠가 가볍게 양지의 팔을 잡아끌었다.

"시간 다 됐는 갑다."

"우찌 잘 되것지 뭐, 나가서 보자."

교도관에게 인도되어 가던 호남이 돌아보며 작별을 한다.

조금은 가볍고 조금은 우울한 심정으로 호남이 들어간 문을 바라보고 있는데 다음 차례의 면회객들이 밀려들어왔다. 자숙한답시고 주눅 든 표정으로 이쪽의 눈치만 살피고 있었더라도 봐 내기 어려웠을 텐데 조금도 기죽지 않은 호남의 태도가 알 수 없는 힘이 되었다.

"자네 왔구먼."

늘어서 있는 면회신청인들의 곁을 지나오다가 꼬리에 서 있는 누군가를 발견하고 고종오빠가 먼저 다가갔다. 두 사람을 확인한 주영 아빠의 눈이 양지와 고종오빠가 들어갔다 나온 면회실 쪽으로 건너갔다. 그리고는 실망스러운 표정을 떠올리며 들고 있던 면회신청서를 손아귀로 구겨 쥐었다. 면회는 하루에 한번밖에 되지 않았다. 기회를 놓친 듯한 아쉬움이 침통하게 드리워지는 주영 아빠의 표정을 보고 고종오빠가 물었다.

"왜 무슨 긴한 얘기라도 전할 게 있었나, 일은 잘 돼가고 있다면서?"

"예. 뭐 그런 건 아니지만…."

부인을 했지만, 눈길을 피하는 것이며 얼굴 전체를 어둡게 뒤덮고 있는 수심과 힘없는 목소리가 심상찮은 그의 내면을 증명해보였다. 그는 소심하고 깐깐하지만 남에게 불손하거나 예의 못 차리는 사람은 아니었다. 그리고 양지와는 직접 만난 횟수는 적어도 호남을 매개로 한 허심한 대화를 전화로나마 격의없이 자주 나누던 사이였다.

"가, 우리 차라도 한 잔 하게."

앞장서는 고종오빠의 채근에 못 이긴 듯 주영 아빠가 머뭇거리며 따라붙었다.

구치소에서 멀지 않은 찻집으로 세 사람은 들어갔다. 차를 주문하고 나자 막상 할말이 없다. 주영 아빠의 분위기에 휩쓸린 무거운 침묵이 견디기 어려웠다. 그 침묵을 깨뜨리기 위해 설마 누구에게든 맡겨서 잘 돌보아지고 있겠지 싶었으나 주영의 안부로 말문을 텄다. 대답은 뜻밖이었다.

"누나한테로 보냈습니다."

그 음성에서는 왠지 어떤 단절감이 실린 냉담함이 전해왔다. 양지는 얼른 그 냉담함을 지울 셈으로 토를 달았다.

"누님도 바쁘실 텐데…."

의례적인 답변이지만 무슨 말이든 하지 않고는 안 될 것 같았다.

"당분간이긴 하지만 어른도 힘들 것이고 어른들 눈치 보느라 어린 게 더 힘들겠지."

오빠도 끼어서 말을 거들었다.

"저, 그 사람과 헤어질 깁니더. 직장도 사표 냈고요."

양지는 긴장한 채 꼬나잡고 있던 끈이 드디어 제대로 수축된 감을 받았다. 올 것이 오고야 만 것이다. 양지도 고종오빠도 입을 다물었다. 모든 것을 수용할 듯한 주영 아빠의 부드러운 미소와 상냥함 속에는 그 무엇으로도 흔들고 해체시키지 못할 단단함이 숨겨져 있다. 양지는 분노가 이는 눈으로 가만히 앉아 있는 주영 아빠의 옆얼굴을 노려보았다. 너도 인정하는 실수이면서 모두가 인정하는 그 한번의 실수 때문에 아내를 버리겠다는 거냐! 엄격히 따진다면 저 남자가 없다고 혼자 못 살 호남도 아니건만 지금 이 상황에서는 호남이 내침을 당하는 거나 마찬가지다. 양지의 생각을 꿰뚫기라도 한 듯 꺼내는 주영 아빠의 말은 저대로 일리가 있었다.

"동네 사람들 부끄럽다거나 뭐 그런 것만은 아닙니더. 그 사람 말대로 고의가 아니라 실수라 카는 걸 다 인정한다 캐도 인제는 제가 도저히 같이 몬 살겠습니다. 내가 깨지고 뿌사지는 거는 얼마든지 맞차가면서 나만 쪼끔만 참으면 된다 싶었지요. 그렇지만 뭐, 무엇을 위해서 왜 그래야 되는지 이제 그 이유가 없십니다. 생각해보면 이번 일의 모든 계기는 사내자석인 내가 너무 비열했기 때문에 불러온 비극일 수도 있지요. 인정합니다. 하지만 남보다 집이 크모 뭐합니꺼. 살림살이가 잘 갖차져 있고 잘 먹고 잘 입으모 뭐합니꺼. 호남이한테 너무 많은 걸 이임하고, 아니 솔직히 기대를 했다는 게 맞겠지요. 사내자석이 오죽 못 났으면 마누라한테 잡혀사느냐고 빈정거리는 사람들도 많았지만 우리가 잘살게 되면

누가 주도권을 잡든 그게 무슨 흉거리가 되느냐고 저는 일소에 붙였었
거든요. 그런데… 이런 황당한 결과가 나올 줄은 정말 몰랐습니다. 아내
의 능력을 부추거가며 자신의 이득을 취하려 했던 얍삽한 놈에게 천벌
이 내린 기라꼬 볼 수도 있것지예. 지금이라도 저도 정신 똑비로 차려야
된다는 생각이 든깁니더. 앞으로 혼자 살 낍니더. 걱정 없십니더. 밥은
전기밥솥이 하고 빨래는 세탁기가 해줍니더."

　말을 마친 그는 상대방이 어떻게 인정하든 말든 상관 않겠다는 듯 지
나가는 종업원을 불러 화장실을 묻더니 일어섰다.

　이게 아니다. 우리들한테는 아직 미래가 있다. 성급한 결정은 내리지
말자. 너무도 황망한 나머지 놓쳐서 안 되는 사람을 잡을 듯이 주영 아빠
를 따라 자리에서 벌떡 몸을 일으켰던 양지는 가까스로 앞에 있는 고종
오빠에게로 얼굴을 돌렸다. 울음이라도 쏟아질 듯 목소리가 떨려나왔다.

　"오빠, 쟤들 어떻게 해요?"

　"이혼이라 카는 기 말대로 그리 쉽것나."

　"저 표정을 보세요. 그 통보를 하러 벼르고 있었던지도 몰라요."

　"잘 모르기는 해도 자식까지 낳고 살면 지하고 싶은 대로 다 몬 하는
기 에미 애비다."

　"요즘 사람들은 그렇지도 않아요."

　"도 서방 저 사람이 워낙 양순해서 얼마간 갈등은 있것제. 냅둬봐. 호
남이 동생 드센 성깔도 이 기회에 조금 누그러져야 앞날이 편할 거라서
해보는 생각일지도 모르니까. 사실 말해서 내가 도 서방 저 사람이라도
가만히 그냥 넘어가지는 않을 기다. 자기 어머니 아닌가. 더구나 결혼
전에는 둘이서 의지하며 어려운 생활을 했고. 잘하리라 믿었던 아내로

인해 어이없이 돌아가신 어머니를 생각하면 왜 나름대로 한이 없겠어. 무지한 옛날 사람의 소견이니 방법이 조금 안 좋을 수는 있겠지만 세상에 어느 부모가 자식 사랑하지 않는 부모가 있겠나. 노인들이 제대로 대접을 못 받으니 호남이네 사건도 일어났다고 봐야지. 앞으로는 호남이 집뿐만으로 끝날 게 아니라 조짐이 흉흉해지고 있어. 그야말로 사람이 밥을 묵어야 될 낀데 밥이 사람을 묵으니 탈은 크게 나게 돼 있는 기라."

비단 오빠의 입을 빌지 않더라도 양지 역시 어머니의 친구들을 통해서 노인들의 위기를 느끼고 있었다. 지금 육십대 이상 되는 어른들, 특히 안노인들, 게다가 시골 노인들은 자기들의 노후대책은 전무하다시피 자식들한테 평생을 쏟아넣었다. 그리고 그 보은의 고리는 동식물이 아닌 인간만의 자존적 미덕이므로 부모가 자식을 안 믿고 누구를 믿을까 보냐는 다소 억지스러운 논리 하에서 문젯거리와 논점의 상충이 일어나고 있다. 국가적인 차원에서 복지정책만 잘 실천되면 아들딸 차별도 없어진다는 결과는 어느 토론회서나 결론이 되지만 충족할 수요대로 보급은 아직 요원할 뿐이다. 앞으로의 선진국은 경제대국이 아니라 복지정국이라고 학자들 입으로는 강조되면서도 말이다. 아울러서 앞으로의 세상은 박사가 아니라 덕사가 최고인 세상이라야 한다고 의식 있는 이들은 말한다. 그러나 양지는 앞으로 있을 남녀를 축으로 이끌어지던 사회생활의 심각한 지각변동을 예상하고 있다. 정남이 딸의 양육 때문에 현태와의 사이가 파토 난 것만으로도 뚜렷해진 징후를 체감한 것이다. 여자들이 가진 자가 되는 세상, 그 도도하게 물결쳐 오는 흐름 가운데 양지 자신도 서 있다.

"그래도 우리 호남이만은 잘됐으면 좋겠어요."

"와 안 그렇겠노. 하지만 여자없이 산다던 저 사람 말 동생도 들었제? 앞으로 그 말이 남자들 사이에 통용어가 될지도 모른다. 요새 여자들이 좀 드세냐? 걸핏하면 독신 선언이나 하고 쥐나 개나 여성상위시대 타령이니."

삶의 전반을 많이 꿰고 있다는 것은 결코 제도권 내의 졸업장만으로 따질 일이 아니다. 산속에서 잔뼈가 굵은 고종오빠의 생각 속에도 사회 전반의 정서는 아주 많이 포착되어 있었다.

"앞으로 제이, 제삼의 호남이는 많아질 거다. 생활이 윤택해졌다고 절대 잘사는 게 아니라. 결국 겉만 빛 좋은 개살구지 정신상태의 질은 오히려 저하되고 있거든. 걸핏 하모 파업선언을 하는 기능인이지 어머니도 아내도 아닌 여자들 안 많나. 그것뿐인가, 애정 없이 태어난 아이들은 독성을 띤 잡초마냥 무성하게 자라서 길거리를 메우고…. 내가 이런 말 막한다고는 생각하지 마. 난 어머니의 어, 자도 입에 올려보지 몬하고 자란 사람이다. 그렇지만 내 마음속에서 어머니는 나를 이 세상에 존재하게 한 것만으로도 신비함 그 자체였어. 일전에 어디선가 읽었는데 이런 게 있데. 여자는 신神이며 동시에 종이기도 하다. 꽃처럼 아름답고 또 간신처럼 교활하기도 하고 악마처럼 잔인한가 하면 바위처럼 둔하고 번개처럼 성급하기도 하다. 그뿐만 아니라 토끼처럼 연약한가 하면 면도칼처럼 예리하고 얼음같이 냉정하며 삼노처럼 질기기도 하다… 아, 생각이 막히네. 비유가 한참 있었는데…."

예리하게 세상 여자들의 심리를 열거하는 오빠에게 마치 자신의 속내까지 해부당한 것 같아 양지는 시선을 아래로 둔 채 가만히 듣기만 했다. 난처해진 양지의 심정을 구원이라도 하듯 마침 커피가 나왔다. 말을 끊고 오빠가 차 마시자는 손짓을 했다. 둘은 조심스럽게 설탕과 프림을 넣고 저은 뒤 따끈한 커피를 마셨다. 주영 아빠의 커피가 식을까봐 화장실 쪽을 살펴보고 있는데 주방 쪽의 가림판 뒤에서 주영 아빠의 모습이 드러났다. 그가 가까워지기 전에 빠르고 낮게 고종오빠가 당부를 했다.

"조정은 내가 해볼 거니까 동생은 가만있어봐. 이럴 때 친정 쪽에서 목소리 높이는 것도 저 사람에 대한 예가 아니거든."

고종오빠의 제안대로 가만히 있기로 작정하고 집으로 돌아왔으나 양지의 마음은 편치 않았다. 호남이 마저 인생의 좌절을 맞는다. 딸들의 길이 모두 막혔다. 모두들 나름대로는 열심히 최선을 다해서 한다고들 했다. 그렇다면 모두 빗나간 노정을 설정해놓고도 무지하고 미련스럽게 앞만 보고 온 셈이 아닌가. 아무리 대범해지려 해도 호남의 일은 양지의 마음에 걸려 깐죽거렸다. 건둥건둥 말이 헤프고 통이 커서 그렇지 덩치만큼 실한 구석도 없지 않던 호남. 그런데 그 호남의 생에 본인도 예기치 못했을 이혼이 또 기다리고 있다. 내가 호남을 위해서 할 수 있는 일이 무엇일까. 곰곰 생각해보았지만 별로 떠오르는 것이 없다. 주영을 돌보는 일은 주영이 고모가 맡았고 주영 아빠를 설득하는 일은 고종오빠가 자기에게 맡겨보란다. 아직 양지의 역할이 없는 것은 입지가 그만큼 실하지 못하다는 반증인 거였다. 가까운 사람들에게조차 자신의 능력이 인정되지 않고 있음을 깨닫는 일은 몹시 자존심 상하는 일이다. 나다운, 가장 나다운, 남들이 나를 신뢰하지 않고 못 배길 가장 나다운 능력 있는 나는 어떤 나일까.

저녁에, 양지는 우선 먼저 해야 할일로 위탁모에게 맡겨놓은 정남의 딸이 건강하게 잘 자라고 있는지부터 확인을 했다. 보육비를 지불할 때도 됐다. 기다리고 있었던 듯한 음성으로 위탁모가 전화를 받았다.

"그러잖아도 연락하고 싶었는데요. 이왕이면 전에 제가 말씀드린 일에 대해서 결단을 내리세요. 신체가 온전치 못하기 때문에 아무래도 국내 입양은 불가능할 거예요. 저도 매번 양심의 가책을 안 느끼는 건 아닌데 우리 수연이 같은 애기는 국내에서는 아직 어려워요."

많은 아이를 외국으로 보내본 위탁모는 일찌감치 좋은 환경에다 아이를 심어주는 것이 아이를 위해서 좋다며 벌써부터 외국 입양을 권해왔던 차였다.

"모든 미혼모들이나 그들의 보호자들이 모두 수연이 이모만 같다면 걱정이 없죠. 하지만 처녀이모가 그렇게 양심 가책을 느끼기에는 처지가 다르잖아요."

양지는 사실 딱했다. 아직 이쪽도 저쪽도 확실한 결정을 내리지 못한 채였다. 나 혼자 마음 편하게 잘살겠다고 아무것도 모르는 어린 생명을 공기조차도 낯선 곳에다 어떻게 양녀로 주어버리는가. 더구나 여린 심성일 게 분명한 여아에다 신체까지 기형인 아이를. 다른 나라 사람들은 피부색도 혈통도 다른 남의 나라 아이들을 양자로 들여서 자기 자식들과 구별없이 잘 키운다는데, 수연이는 바로 내 동생의 핏줄 아닌가. 입양이라는 이름이 나오기 이전에 벌써 기를 사람이 결정되어야 당연하다. 그러나 현태와의 의견 차이로도 이미 확인했듯이 좋은 뜻 하나만으로 그녀가 허물어뜨릴 수 있도록 인습의 벽은 그리 간단하지를 않았다. 더구나 여타의 이유 때문에 수연의 존재는 아직 혈연에게조차 드러내서 의논해볼 기회도 갖지 못했다.

"버팔론가 어디라는 데 아들이 의사라네요. 딱 됐어요. 망설일 필요도 없겠어서 말미를 얻어놓고 있어요."

조건은 좋았다. 하지만 그럴 수는 없었다. 다소 흔들리던 마음은 어머니의 죽음 이후, 아니 요즘 들어 양지의 마음속에 굵은 쇠말뚝이 박히듯 조금씩 자리 잡기 시작하는 중이었다. 내 몸이 여자인 이상 여자의 존재 감을 실추시키는 짓은 절대 저지르지 않을 것이다. 아이의 문제는 만나서 결정을 짓겠다며 일단 전화를 끊은 다음 양지는 다시 강 사장의 아들 병훈과 미스 김의 혼사 진행이 어떻게 되는지 궁금해졌다. 결국 가중한 양육비 부담이 굴레가 되어 고아가 되지 않아도 될 많은 아이들이 수출될 수밖에 없었을 것이다. 호남의 말대로 자매들의 선두에 서서 깃대를 세우려면 병훈의 재력이 필요했다. 목격했던 고질병이 마음에 걸리기는 했지만 그림에 정신을 앗기다보면 아내의 사업과 씀씀이에는 의외로 관대하고 너그러울 수 있으리라.

하지만 길은 이미 양지에게서 다른 방향으로 흘러 있었다. 이중인격자 같으니. 꼬소하다. 내가 그랬지 어서 무슨 짓이라도 저지르라고. 도대체 사람 말을 어떻게 듣는 거야? 주방에 놓인 추 여사의 직통전화를 걸었으나 기대했던 추 여사의 입살도 들을 수가 없었다.

"그분 여기 그만 두었는데요."

전화 속으로 들리는 음성은 냉랭하게 들리는 어떤 젊은 여자의 소리였다.

"왜요? 언제요?"

양지는 다급한 마음으로 거푸 질문을 던졌다.

추 여사가 강 사장을 떠났다니. 양지는 전신의 힘이 모두 빠져버리는 듯했다. 내 것이 아니라하면서도 짐짓 걸어놓고 있던 무지개가 속절없이 사라진 것이다.

"어디로 갔는지는 저도 잘 모르고요. 참, 사장님 말씀이 그분 찾는 사람이나 전화 오면 연락처를 알아두라고 하셨는데 누구시죠?"

순간 양지는 망설였다. 떳떳하게 자신을 못 밝힐 이유도 없지만 만약 밝힌다면 본의 아니게 덤터기 쓸 복잡한 일에 얽힐 것 같은 불길함이 일었다.

"예. 그건 제가 알아서 연락할게요. 그럼 병훈 씨 연락처나 좀 알려주세요. 아직 강원도에 계신가요?"

"어머 아직 모르고 계시나 보네. 그분 십 일 후에 결혼해요. 멋진 아가씨하고. 지금 예식장 예약하고 드레스 보러 가셨는데요."

"미스 김 하고요?"

"예. 그래요. 그분들 잘 아세요?"

순간 양지의 손에서 수화기가 떨어졌다. 양지는 한동안 멍한 채 그냥 아무 생각도 없이 있었다. 싫다 싫다 거부하면서도 자신이 추 여사를 얼마나 의지하고 있었던지, 왜 좀 솔직하지 못했던지 후회해도 소용없는 순간이었다. 동향이라거나 성씨가 같다거나 보통의 사람들이 가까움을 느낄 만한 아무런 이유도 없이 추 여사는 양지를 좋아했다. 죽은 딸 생각이 나서라는 이유를 붙였지만 양지는 그것마저 납득되지 않아 항상 어정쩡한 상태로 추 여사의 짝사랑 같은 관심을 거추장스럽게 받기만 했다. 이번에 치른 어머니의 장례마저 그들에게는 알리지 않았다.

추 여사와 강 사장 사이의 커다란 균열이 믿기지 않는 양지는 상황을 납득하기 위해 그들의 관계를 되짚어봤다. 신체의 일부처럼 단짝으로 살았던 강 사장과 추 여사. 어떠한 이유로든 그들의 사이가 벌어져 결별이 있을 것이라고는 정말 믿을 수 없는 일이었다. 추 여사는 그럼 나를 그 집 며느리로 들여앉히려던 기대가 꺾이자 실망한 나머지 그토록 단단하던 끈을 자르고 슬그머니 잠적해버린 것일까. 운명적으로 내 것이 아닌 것에 미련을 갖다보면 사람만 초라해질 뿐이다. 직장을 비우고 고향에 발이 묶여 있을 수밖에 없는 어머니와의 우여곡절을 밝혀보아야 동정밖에 더 사겠는가 싶었던 공백이 너무나 크게 드러났다. 양지는 더 이상 그들로 인해 불쌍해지고 싶지 않았다. 회사에도 곧 사표를 내기로 마음 가닥을 잡았다.

호남의 부추김으로 조금 되찾을 기미를 보였던 생기는 또 다시 가라앉았다. 이래서는 안 된다고 아무리 자신을 꾸짖어도 되지 않았다. 처져 내린 마음은 도약할 발판이 사라진 것을 확인한 순간 솟구칠 저력마저 따라주지를 않는다. 양지는 부모형제도 사라져버린 폐허의 빈터에 혼자 오뚝하게 앉아 있는 자신을 돌아보니 '괴물'이라고 이죽거리던 현태의 독설이 사실로 자신의 실체인지도 모른다는 생각이 들었다.

끝없이 외로운 상념의 벌판에서 헤매고 있는데 어디선가 아득하게 이질적인 음운이 끼여서 같이 흐르고 있음을 느꼈다. 아, 종소리. 용연사…. 양지는 새로운 발견이라도 한 듯 가벼운 몸짓으로 자리를 털고 일어섰다. 저도 몰래 숨결을 가다듬으며 종소리의 흐름 속으로 빨려 들어갔다. 중생의 탐진치를 깨우쳐주기 위해서 삼라만상으로 울려퍼진다는 범종소리. 아련하게나마 여기서 들을 수 있는 소리라면 어머니가 꽃을 갖다바치기도 하는 용연사일 것이 분명하다.

양지는 옷깃을 여미며 심호흡을 가다듬었다.

# 8. 세상에 왔던 흔적

매생이국에 수제비를 띄운 것 같은 하늘. 그 아래 눈밭에 옹기종기 모여 앉아서 지저귀고 있던 멧새 여남은 마리가 인기척에 놀라 날아올랐다. 양지는 걸음을 멈추고 잡목 가지에 올라앉은 새들을 담쑥 감추어주는 검은 솔숲을 바라보았다. 희디흰 음지의 눈빛에 반사되어 소나무들은 푸른빛보다 검은빛에 가깝다. 커다란 그릇에 담긴 듯, 아늑하게 둘러쳐진 산줄기로 에워싸인 골짜기의 겨울 햇살은 틔듯이 재재거리는 산새 소리에 어울려 구슬처럼 영롱하고 싱그러웠다.

양지는 부신 눈을 감으며 아예 쭈그리고 앉아서 산골 가득한 새소리에 귀를 맡겼다. 머릿속으로 가득 들어온 새소리에 자신을 묻고 있노라니 마음이 한결 단순해지고 정갈해졌다. 아울러서 가슴에 안은 국화꽃 다발에서 피어오른 진한 향기가 이승을 초월한 향기로움으로 그녀의 후각 깊이 스며들었다.

종교의 의미란 이런 것인가. 용연사로 가보자고 생각한 순간부터 부처님을 생각했다. 그러나 양지는 어릴 때 어머니를 따라서 절에 왔다가 산신각 벽면에 그려진 산신도를 보고 느꼈던 어쩌면 슬픈 것 같기도 하고 어쩌면 무서운 것 같기도 한 애매한 감정을 삭이지 못해 와락 울음을 터뜨려서 어머니를 당황하게 만들었던 일밖에 기억나는 것이 별로 없다. 부처, 그가 인도의 어느 나라 왕자였으며 보장되어 있는 부귀영화를 버리고 생로병사의 인생고를 해탈하기 위한 수행의 길로 나섰다는 것도 책으로만 대했을 뿐 회자되는 『반야심경』 한 줄도 외우지를 못했다. 그저 나무아미타불이나 관세음보살이라는 문구만을 정확한 뜻도 모른 채 접해왔을 뿐.

산길은 전과 달리 자동차 한 대 지나갈 정도로 시멘트 포장이 되어 있었다. 비가 오면 흙길 여기저기로 물도랑이 나서 불편하던 것에 비하면 무척 편리한 변화였다. 나뭇등걸을 잡고 바위 등을 타고 넘으며 이고 들고 공양미를 나르던 옛날에 비하면 기도하러 가는 정성도 그만큼 변했을지 모른다.

요즘은 점점 절도 사업체고 승려도 직업화되고 있단다. 산골짝에 허름한 집 한 채 사서 부처상만 떡하니 모셔놓으면 구태여 오란 소리 안 해도 제 발로 와서 돈을 바치는 것 보면 사람이란 똑똑한 것 같아도 사실은 참 어리석고 모순적인 존재야. 언젠가 이름난 절로 관광을 다녀오는 길에 현태가 이죽거리자 양지는 왠지 불경스러운 생각이 들어 그의 등을 쳐서 말을 잘랐던 기억이 났다.

산굽이를 얼마큼 돌았을 때였다. 위에서 달려내려오던 승용차 한 대가 비켜선 양지를 지나 저쯤 내려가다가 섰다. 차문이 열리더니 양쪽으로 늙고 젊은 남자 둘이 양지를 향해 고개를 내밀었다.

"저기 어디서 사람 하나 못 봤어요? 검은 옷을 입은 젊은 여자."

양지는 고개를 저었다. 햐, 그것참. 그런 낭패스러움이 역력한 표정으로 문을 닫은 사람들은 비탈길을 빠르게 감돌아 내려갔다. 이렇게 고즈넉하고 청량한 분위기에는 전혀 이질적으로 어울리지 않는 허둥거림이었다.

작은 암자는 역시 적요한 산기운에 묻혀 있었다. 서툰 지우개질로 지우다만 듯한 낡은 단청의 흔적만 아니라면 산골에 자리잡고 있는 정갈한 여염집과 별로 다를 바 없는 규모인데 왠지 거기 어려 있는 침묵은 철학자의 명상처럼 무게를 지니고 있다. 대웅전 신축 기와불사 접수 받습니다. 양지는 쌓여 있는 기와 앞에 세워져 있는 팻말의 흰 글씨를 읽으며 육이오 때 불타버린 대웅전 대신 임시로 마련되어 있는 작은 법당을 올려다보았다. 이제는 기도를 드리러올 어머니마저 이 세상 사람이 아니다. 양지는 옛날에 시주할 물건을 들고온 어머니가 하던 대로 정갈한 돌판 위에다 꽃다발을 조심스럽게 놓고 두 손을 모아 합장을 했다. 어느덧 자란 그 아이가 겪는 변화를 겉보기로 아는 사람은 없다. 어색한 몸짓이었으나 그녀는 기억속의 동작을 따라하고 있었다.

촉촉하게 젖어 있는 땅에 비질 자국도 선명한 마당을 가로질러 대각선으로 듬성듬성 디딤돌이 늘어놓여 있고, 그 끝에는 신도들이 드나들게 되어 있는 법당의 옆문이 있다. 양지는 법당 앞에 이르러서야 꽃다발을 하나밖에 만들어오지 않은 것에 생각이 미쳤다. 어머니라면 분명히 여기 와서의 일까지 미리 염두에 두고 준비했을 것이었다. 부처님이 계시는 법당에다 이 세상에서 어머니가 가꾸다 남은 마지막 꽃을 바쳐야겠으나 양지의 마음은 어리던 기억속에 잠재되어 있는 산신각으로 더 기울었다. 그러나 낮은 추녀에 걸려 있는 물고기 모양의 풍경을 쳐다보며 잠시 망설이던 그녀는 법당 앞의 축대에다 꽃다발을 놓고 내려섰다. 그리고는 산신각이 있는 비탈길로 걸음을 내디뎠다.

용연사 산신님은 예전부터 영험이 있으시다고 소문이 짜했단다. 한창 사람이 든발난발 할 때는 법당보다 산신각을 새로 짓네 어쩌네 했다만 절에서는 부처님이 최고라고 반대를 하며 야단이더란다. 무성한 하얀 수염으로 가슴을 묻고 있는 산신도 속의 노인과 눈을 맞추면 그 인자한 모습은 어쩐지 어린 양지를 무섭기도 하고 슬프게도 하는 알 수 없는 복잡한 감정을 함께 끼얹었다.

원두막처럼 작은 산신각은 예전이나 마찬가지로 조야한 언덕의 바위 틈에 박힌 듯 서 있다. 신을 기대하는 마음으로는 바라보기는 아무래도 초라한 외양이다. 어머니는 안에 계신 신령님이 혹시 놀라시기라도 할까 저어하는 자세로 먼저 낮은 기침 신호를 보내며 산신각의 문을 열고는 했다. 벽면을 차지하고 그어진 가느다란 선을 따라 눈길을 돌리다가 어느 지점에서 멈추면 하나의 인물 형상이 나타나 있던 기이한 초상. 거기 있는 소나무도 고풍스러운 향로를 든 동자도 찻물을 끓이는 동자도, 심지어는 호랑이를 안고 있는 수염이 긴 노인까지도 누런 바탕에 실선으로 희미하게 드러나 있어 보고 있는 동안에도 눈앞에서 아슬아슬 모습을 감추고 말 듯한 조바심을 느끼게도 했다.

산신각 앞 댓돌에 앉아 어머니가 나오도록 기다리는 지루하고 막막한 시간 양지가 먼산바라기를 하며. 높고 낮은 산의 능선을 하늘과 편 갈라가면서 땅따먹기를 하고 있노라면 어머니는 제단에 놓여 있던 과자나 과일을 은밀한 손길로 쥐어주었다. 자, 이거 무우라. 이거 묵으모 명 질어진단다. 낮게 소곤거리며 단발머리를 쓰다듬어주던 어머니의 향연 배어 있는 손길에서는 누군가가 바쳐올린 절절한 기원이 양지에게로 이동되었다.

양지는 산신각 문을 열지 않았다. 신은 있다고 믿는 사람에게만 존재하며 그것을 부정하는 사람에게는 존재하지 않는다고 했다. 양지는 그 말에 공감하고 있던 터였다. 그러나 양지의 생각을 부정하듯이 산신각 옆 바위벼랑 틈에는 촛불을 켠 흔적이 여기저기 드러나 있다. 불을 붙이면 누군가의 기원을 담고 자신을 태울 자세로 꼿꼿하게 서 있는 양초도 여럿 눈에 띄었다. 운두가 좁고 오목한 스테인리스 용기에다 물을 떠놓은 곳도 있고 하늘을 향한 솟대처럼 비원의 향이 꽂혀 있는 향로도 비바람 타지 않을 바위틈에 아슬아슬하게 놓여 있다. 이들은 부처님보다 산신님보다 더 강력한 신을 바라는 염원의 다른 형태인가.

용기에는 하나같이 기원자의 이름이 새겨져 있었다. 강이찬, 동명렬, 안정만, 김동열…. 그릇에 새겨진 이름들을 하나하나 무심히 훑어나가던 양지는 뜻밖에도 가슴 저리는 현장 하나를 목격하지 않으면 안 되었다. 뚜껑이 기우뚱 벗겨져 있는 정화수 그릇과 향로, 그리고 소원성취라는 명문의 비닐막이 남아 있는 불 꺼진 양초 세 자루. '최태복' '소원성취' 양지는 자신도 몰래 입술을 꼭 깨물었다. 지난 어느 날 어머니가 다녀간 흔적이었다. 어머니는 참 많은 신을 섬겼다. 집에서는 성주신, 절에 오면 부처님, 외가에 가다가 만난 서낭당이나 돌무덤, 험상궂은 얼굴로 지켜보고 있는 천하대장군, 지하여장군, 색색의 헝겊이 꿰인 새끼줄을 두르고 있는 앙상하게 뼈만 남은 정기나무 목신에게도 두 손을 모으고 절을 했다. 보름달을 보아도 초승달을 보아도 온누리에 새빛을 뿌리며 떠오르는 아침 해를 보아도 어머니는 무조건 합장을 하고 머리를 조아렸다. 그뿐 아니다. 교회를 지나면 십자가를 그냥 지나치지 않았고 성당 앞의 성모상에게도 언제나 인사를 했다. 식구들의 생일날도 두 손을 비볐고 농번기에 들밥을 먹게 되어도 잊지 않고 반드시 주문을 읊조리면서 고수레를 했다. 어머니는 언제나 천지만물 앞에 고개 숙인 죄인의 자세로 겸손하게 신들을 섬겼다.

양지는 물이 증발되고 가랑잎 몇 개와 먼지만 채워져 있는 아버지 이름의 빈 정화수 그릇을 들었다. 산신각 아래로 비스듬히 샘으로 가는 길이 이어져 있다. 다래와 머루넝쿨이 뒤엉켜 있는 작은 둔덕의 오솔길을 넘으면 절에서 먹는 물로 쓰는 좀 작은 옹달샘이 있었다. 조금 큰 바가지만 한 그 샘은 바위 밑에 있었다. 백중 무렵에 비가 오면 샘 아래의 너럭바위로 미끄러져 내리는 폭포에 물맞이를 하고 갈수기인 겨울에는 바위 밑에서 쫄쫄 흘러나오는 석간수를 감로수로 아껴가며 사용하는 거였다. 산이 낮기 때문에 날이 가물면 제일 먼저 식수 기근이 왔다. 그래도 부처님은 무심치 않으시어. 등 너머에 있는 이 약수를 마시는 사람들은 마치 부처님이 은근슬쩍 감추어둔 비책을 대하는 듯이 자비를 감탄했다.

탐스럽게 많이 매달려 있는 빨간 망개열매를 바라보며 인적 드문 산골의 정취를 음미하고 가는데 난데없이 투두둑 발자국 소리가 들렸다. 양지가 가려는 언덕 저쪽에서 긴자루가 달린 파란 플라스틱 바가지를 든 여인 하나가 뭐라고 혼자 소리를 구시렁거리며 잰걸음질을 하고 있었다.

"여 있었시모, 검은 옷을 더풀더풀하게 입은 아가씨 하나 이리 지내가는 거 몬 봤소? 우 아래로 꺼먼 옷을 입었는디."

또 사람을 찾는다. 과연 그녀는 누구인가. 무슨 이유로 저렇게 여러 사람이 찾게 만드는 것일까. 그런 생각을 하느라 봤다 안 봤다 답을 할 겨를도 없는 사이 여자는 양지를 지나쳐 공양간 뒤의 비탈길을 빠르게 올라갔다.

추운 날일수록 햇살은 양지쪽으로만 모여드는 것 같다. 음지의 나무 밑에는 녹다만 눈이 아직도 무더기무더기 남아 있는 것이 눈에 띄건만 샘물 주위에는 모락모락 김이라도 피워올릴 듯 햇볕이 따스하게 모여들어 있었다. 사람이 사용하는 우물이라는 표시를 한 듯 콩나물이 몇 개 흩어져 있고 용기를 세척하는 데 사용한 듯 수세미며 비누 등이 시멘트 축대 위에 놓여 있다. 만약 산길을 잃고 헤매던 지친 나그네가 발견한다면 머잖은 곳에 있을 인가를 느끼며 안도할 수 있는 충분히 정감 있는 풍경이기도 했다.

삼일수심천재보 백년탐물일조진三日修心千財寶 百年貪物日朝塵. 장승 모양의 말뚝에 있는 글의 뜻을 해석하느라 짧은 한자 실력을 동원하다 그냥 생각을 흩어버렸다. 쾌남아, 옆에 아지매한테 언내는 주고 니도 퍼뜩 옷 벗고 온 내이. 어서어서 우리 맞고 자리 비키조야제. 백중날이었을 것이다. 어머니는 부스럼 많은 딸을 데리고 와서 뽀독뽀독 살이 아프게 피부를 문지르고 딱딱 이가 맞게 차가운 물속에 서 있게 했다. 양지는 새삼스러운 추억으로 온몸에 있던 부스럼의 뿌리가 되살아나는 듯 공연히 근질거리는 머리칼을 쓸어넘겼다.

물은 자루 달린 바가지가 필요할 만큼 저 안에 고여 있었다. 우물가라긴 해도 질퍽하게 수채물이 흐를 것도 없이 개울은 말라 바닥을 드러내고 있는데 그래도 보이지 않는 수맥이 땅심을 적시다가 이곳에서 솟구치고 있는 것은 참으로 다행스러운 일이다. 양지는 우물 턱에 놓여 있는 바가지를 집어들었다. '이정남'이라는 이름이 쓰인 자루가 긴 빨간 바가지였다. 무릎을 굽혀 웅덩이 안으로 얼굴을 들이밀자 미미한 이끼 냄새와 함께 고여 있던 냉기가 얼굴에 닿았다. 음미해보았지만 옛 맛인지 아닌지 확실히 각인되어 있는 물맛은 없었다. 정화수 그릇을 깨끗이 씻은 뒤 잠시 생각에 잠겼던 양지는 물을 담지 않고 빈 그릇의 물기를 뿌린 뒤 옷깃으로 닦았다. 산신각 바위틈에다 다시 정화수를 올릴 생각을 접었다. 누가 다시 와서 빈 그릇에 채워진 먼지를 씻고 깨끗한 새 물을 담아놓으랴. 보는 사람 누구에게 건 먼지와 가랑잎만 채워져 있는 가엽고 쓸쓸한 상상으로 전달되는 것을 막고 싶었다.

샘가를 벗어나 돌틈을 타고 내려오던 양지는 흠칫 놀라며 온몸이 굳어붙는 듯한 전율을 느꼈다. 언뜻 무엇인가 검은 물체가 움직이는 것을 발견했던 것이다. 싸리나무와 억새가 무더기져 있는 곳이었다. 짐승일까. 산짐승이라면 경계심이 안 느껴지게 움직임이 둔했다. 앓는 산돼지일까. 양지는 나름대로 추리를 하며 이쪽을 보고 놀란 산짐승이 먼저 달아날 기회를 주느라 동작을 멈추고 기다렸다. 그러나 더 이상의 기척은 보이지 않았다. 혹시 바람을 탄 검은 비닐이 나뭇가지에 걸려 움직임을 멈춘 것일지도 몰라. 양지는 지나치게 적막한 산기운에 젖어 어느 결에 주눅 들어 있었던 자신의 담력에 쓴웃음을 지으며 움츠렸던 몸을 움직였다. 자신을 놀라게 했던 그 괴이한 물건부터 확인할 양 그쪽으로 다가가던 그녀는 다시 심호흡을 멈추고 말았다. 온통 검은 옷차림인 사람 하나가 하늘을 바라보는 낮은 자세로 누워 있었다. 좀 전에 움직임을 보았으니 죽은 사람은 아니었다. 차림으로 보아 여러 사람들이 찾고 있던 그 사람인 것 같기도 했다. 양지는 제가 안고 있는 두려움을 떨치기 위해 먼저 신호를 보냈다.

"여보세요"

상대방이 뻐끔하게 눈을 떴다.

"왜 그러고 계세요. 어디 편찮으신가요?"

양지가 다가가자 쉿, 희고 긴 손가락이 입술에 닿았다. 초췌하게 보이는 하얀 얼굴에 퀭하게 큰 눈만 내놓고 전신은 검은 옷과 검은 색 스카프로 감싸놓았다.

"끝까지 말썽이군."

여자가 기분 나쁜 듯 중얼거리며 상체를 일으켰다. 사람을 피하고 있던 중, 양지에게 들키지 않으려고 다시 몸을 뉘여 기척을 죽이고 있었던 것이 분명했다.

"왜 그러세요. 모두들 찾고 있는 것 같던데."

같은 여자라 더 이상 물리적인 두려움을 느낄 필요가 없어진 양지는 급하게 산 아래로 내려간 승용차를 상기하며 관심 있는 눈길로 여자의 전신을 살폈다. 일어서려던 여자가 코트 깃에 감추고 있던 가위를 떨어뜨리며 양지를 얼른 흘겼다. 그 서슬에 머리에 둘린 스카프 사이로 함부로 자르다 뭉쳐 올렸던 긴 머리카락이 흘러내리고 있었다. 찾고 숨는 상태에서 뭔가 모를 급박한 상황이 전개되고 있음이었다. 양지는 어떻게라는 생각도 없이 여자에게로 제지의 손길을 내밀었다.

"머리를 자르고 계셨군요. 왜 이러세요. 모르기는 하지만 지금 중대한 일을 결행하고 계시는 것 같은데…."

"상관하지 마. 너 같은 것들이 어떻게 내 심정을 알아."

접근을 불허하며 하얗게 드러내는 증오의 이빨이 상처 입은 맹수 이상의 예민함을 보였다. 그렇지만 양지는 어디서 비롯된지도 모르는 자신감으로 낯선 사람에 대한 예의도 접어 치운 여자를 바로 보았다.

"아니요, 저도 얼마 전에 엄청나게 큰일을 겪은 사람이라 어쩌면 서로 통하는 구석이 있을 것 같아서요."

좀체 곁을 줄 것 같지 않던 여자가 다소 비아냥스러운 음성이지만 곧바로 물음을 던졌다.

"흥. 그럼 너는 뭣 때문에 사는지 답할 수 있어?"

"글쎄, 아직 그런 물음에 대한 답은 생각해본 적이 없어서 선뜻 할 수 없지만…."

"그렇겠지 풍족하게 돈 쓰면서 사내들 뒷바라지나 하는 착실한 아내, 뭐 그딴 것들에 만족하면서 자기 존재나 의지 따위는 까마득히 상실한 채 있는 대로 쓰고 먹고 꾸미고 처자빠져 뒹구는 멍청한 그딴 쪽이겠지."

양지의 연령대를 짐작한 거침없는 일갈이다. 양지는 뜻밖의 여자로부터 마치 뺨이라도 맞은 듯한 놀라움으로 어찔해졌다. 순화의 결혼으로 여지없이 흔들렸고 와해직전인 '우먼파워'의 현주소마저 들킨 것 같은 수치심이 왈칵 끼쳤다. 그러나 잠자코 당하기 싫은 오기가 발딱 일었다.

"솔직히 말해서 나는 아직 모든 여자들의 로망을 부인할 어떤 철학도 사상도 정립 못 했어요. 그렇게 말하는 그쪽은 지금 그 일과 어떤 상관인데 그렇게 뾰족한가요?"

대화의 물꼬가 트이자 얼굴에 실쭉 어려 있던 비웃음을 지우고 생각지도 못했던 말을 여자가 쏟아냈다.

"나는 어릴 때부터 이 세상에 태어났던 흔적을 아주 멋지게 남기겠다고 맹세했지. 제길, 그런데 가족이 뭔데 부모형제가 뭔데 나를 밥 삼아 저희들 배부를 궁리만 하느냐고."

"특별한 뭔가를 하시는데 방해를 받았나봐요? 나도 이전까지는 그쪽과 비슷한 생각으로 살았는데 삶과 죽음 가운데서 요즘 많은 깨달음을 얻은 바 그들도 모두 그럴 만한 이유가 있겠지요?"

"이유? 흥, 곁다리로 얻어먹을 국물, 콩고물 그런 아귀 같은 것 말고 뭐겠어. 내가 작업하는데 손톱만 한 것 하나도 투자 안 한 것들이 내 명예에 편승해서 덤으로 내 존재까지 탈취하는데 내가 당할 것 같애? 그것도 도매금으로."

그제야 양지는 여자의 옷에 여기저기 묻어 있는 물감의 흔적을 주시했다.

"미술을 하시나본데 예술가들 특유의 예민한 감성 때문에 상대방의 호의를 너무 곡해하고 비꼬는 건 아닌가요?"

"인간은 절대고독 속에 혼자 놓인 개체야. 주위 환경에 매몰되는 순간 휘둘리게 되는 혼동과 갈등에 맞설 만한 뭐가 있어? 난 그런 엉터리 위선이 싫어. 생의 진정한 가치가 무언지도 모르는 것들이 돈이면 단 줄 알고."

양지는 돌연 맹해졌다. 돈이면 단줄 알고. 여자의 표현은 놀라웠다. 돈이 있어야, 되도록 많이 있어야 된다는 신념을 깨뜨리는 도도한 파격이다. 격이 다른 여자에게서 문득 우아한 선망이 일었다.

"화가 맞죠?"

"그럼 내 전시회에 왔었나, 나를 어떻게 알죠?"

모르긴 해도 꿈이 팔팔한 이 여류화가는 가족들이 몰아붙이는 정략결혼에 분개하며 저항하고 있음이 분명하다. 성남 언니나 명자 언니처럼 가족의 시대를 살았던 과거에 비해 딸도 어느덧 자신의 삶과 가치기준을 따지며 개인의 가치를 드높이는 시대로 접어든 신선한 반증이다. 양지가 다시 궁금하고 아쉬운 눈길을 보내자 여자는 귀찮은 듯이 벌떡 일어나 옷에 묻은 흙부스러기를 털어내며 저쪽 바위너설을 잡고 기어올라 가버렸다. 삶의 가치. 진정한 무엇이 삶의 가치일까. 양지는 여자가 사라진 숲을 훑어보면서 궁리했지만 뇌리에 박힌 신선한 의미의 꼬투리는 쉽게 풀리지 않았다. 하지만 삽화처럼 짧은 만남의 여운은 귀한 음식을 대접받은 것처럼 충만하고 뿌듯하게 피톨에 실려퍼졌다.

냇가에서 이쪽으로 올라가면 공양간 뒤를 돌아 절 마당으로 들어가는 길이 있을 것이건만 양지는 다시 절로 들어갈 마음이 나지 않았다. 어릴 때 죽은 자식의 넋에 홀려서 헌옷뭉치를 아이처럼 자나 깨나 등에 업고 사는 실성기 있던 공양보살은 아직도 거기 가마솥 앞에 쭈그리고 앉아 불을 때고 있을까. 분주한 발길을 이리저리 피해가며 노래하듯 청을 돋우어 관세음보살을 외고 있을까. 궁금증이 문득 일었으나 그것을 확인하기 위해 다시 절로 올라갈 마음은 생기지 않고 좀 전에 보았던 그 신선한 여성과 다시 만나 이야기라도 나눠보고 싶었지만 그녀가 보이지 않는 곳에 더 머물기 싱거워진 대로 곧 사문을 빠져나왔다.

절 어귀를 나오자 뜻밖에도 고종오빠가 마중 온 사람처럼 허허 웃으며 마주 오다가 손에 들린 제기를 보고 물었다.

"손에 그건 뭣고?"

이물이기에 먼저 눈길을 끌었나보다. 양지는 머리 깎다 들킨 여자의 이야기를 먼저 하고 싶었으나 엉뚱한 것이 먼저 화제를 만들었다. 양지는 아무 말 없이 제기를 내밀었다. 오빠의 반응은 의외였다.

"그걸 어떻게 발견했구나."

"알고 계셨어요?"

"언젠가 숙모님이 그러시데. 여기 산신령님께 늘 당신이 만약 아들만 낳게 해주신다면 멋지게 산신각을 지어 올리겠다 약속하며 소원을 빌었다고."

그때 어디선가 까작까작, 요란하게 산까치 지저귀는 소리가 났다. 까치는 영물이라고 어머니는 말했다. 까치가 오면 반가운 손님이 오신다는데, 하면서 꿈꾸는 아득한 눈길로 먼 데를 바라보곤 했다. 까치도 어머니의 신이었을지 모른다. 그렇지만 받아들여지지 않은 어머니의 기원은 어느 허공을 메아리로 떠돌고만 있는지. 양지는 우묵하게 패인 흙구덩이에다 제기를 놓고 돌과 흙을 덮어서 깊이 묻었다. 뜻을 짐작하겠다는 표정으로 지켜보던 오빠가 흙 묻은 손을 털며 양지가 일어서자 입을 열었다.

"바람도 쐴 겸, 이왕 집을 나섰으니 나 좀 도와줬으면 싶은 일이 있는데 동행하지 않을래?"

절에서 나온 산길이 끝나는 곳에 용연사의 표석이 보일 때였다. 말하는 오빠의 표정에서 이 말을 하러 여기까지 일부러 찾아왔음이 읽혀졌다. 어딘데요, 라는 물음도 없이 따라나설 마음이 생겼다. 청맹과니처럼 갇혀 있자니 갑갑하여 사람들이 엉켜사는 세상으로 나가 그들이 사는 모습을 보면 힘을 얻을까 싶기도 하던 참이었다.

"오늘 동생을 시험하고 싶은데 그래도 괜찮을지 몰라?"

"시…허엄요오?"

"전에 내가 살던 절 집에 스님 두 분이 계셨는데 큰 붓으로 큰 글을 쓰시는 스님은 작은 글도 잘 쓰시는데 작은 붓으로 작은 글을 쓰시는 스님은 큰 글을 영 못 쓰시더라고."

"뭔가 어려운 분위기가 느껴지는데 저 그런 자리는 싫어요."

"아, 그건 그냥 해보는 소리고."

저쪽에 세워져 있는 오빠의 오토바이를 바라보면서 양지는 아까 산에서 본 여자의 이야기를 했다.

"그렇지, 자기주도적인 삶 속에서라야 생기는 팔팔해지는 법이거든. 동식물 중에도 돌연변이종이 있는데, 항차 사람이야, 더구나 예술을 하는 사람은 더불어서 묻혀 넘어가버리는 생을 절대 용납 못 하지. 그래서 자신만의 대표작을 내고 그 속에서 생의 의미를 찾고. 문제가 있다면 알고 있어도 실천하기 어려운 환경이 문제지."

"오빠는 사람이 취해야 할 가장 참다운 가치는 뭐라 생각하세요?"

"이건 참 기습적인 질문인데. 동생 물음에 딱 맞는 답이 될지는 모르지만, 평소에 내가 생각하는 건 도덕이나 정의를 바탕으로 해서 마음먹은 일을 생각대로 펼칠 수 있는 힘이 되는 재력과 권력, 명예나 기예, 주로 그중에 있지 않을까 싶어. 아, 사실은 종교인도 아니면서 대중 또는 타인을 위한 거룩한 희생과 봉사를 더 높이 사야 하는 데 그건 일반적인 관점에서는 조금 후순위가 되는 상태고. 가치 있는 삶이니 그런 단어는 평소에 잘 접해보기 어려운 말인데?"

"지리멸렬하던 차에 그 여자로부터 새로운 화두를 받은 것같이 신선하고 뿌듯해요."

"그 사람들 때문에 자극 많이 받았나뷔? 나도 그 사람들 아까 봤는데 같은 로터리 회원이라 돈 욕심 많은 성품도 잘 알지, 있는 사람이 더하다는 말이 있듯이 간데족족 이권을 챙기고 껄떡대니 봉사단체에 가입한 목적도 뻔하다고 뒤통수에 눈총도 많이 받아. 그런 걸 별로 개의찮고 씩씩한 사람들이 그 사람들의 인성이고."

"아, 이제야 그 여자가 한 말들이 이해되네요. 굉장한 부잣집과 그 여자를 매개로 정략결혼, 뭐 그런 게 있나 봐요?"

"오늘은 여러모로 동생한테 뜻있는 날이 되겠네."

고종오빠 장현동은 오토바이 열쇠를 주머니에서 꺼내며 듣기에 따라 예사롭지 않은 말을 흘렸다. 서먹하던 사이가 많이 달큰해진 즈음이라 양지는 고종오빠와의 대화에 재미를 붙였다.

"참, 오빠가 장학사업도 하신다는 소리 들었어요."

"쑥스럽게 소문부터 났어. 아직 규모도 작고 시작에 불과한데."

"시작이 반이라는 말도 있잖아요. 아무나 마음을 내고 실천할 수 있는 일은 더욱 아니고요."

오빠가 그 말에 느닷없는 큰 웃음을 터뜨렸다.

"내 출신이 뭐냐? 돈이 양반인 세상에, 백정이니 뭐니 하는 소리가 쏙 들어가고 돈 잘 버는 직업 가졌다고 장 사장, 장 사장하는 소리 듣는데 진짜 양반노릇도 좀 해야 안 되겠나."

"오빠가 그런 유머도 하세요?"

"알고 보면 나도 재미있는 남자라고. 허허허…."

그의 말을 새김질하며 양지도 덩달아서 웃었다. 뜻있는 삶을 추구하는 속 깊은 사람, 이런 이를 오빠라 부르며 곁에서 믿고 의지할 수 있는 인연이 배부른 듯이 푸근하고 좋았다. 용연사를 찾기 잘했다는, 깊이 모를 흔쾌함을 안고 오빠가 만들어주는 오토바이의 뒷좌석에 앉으려다 말고 양지는 응석부리듯 내려섰다.

"어디로 무엇 하러 가는지 말해주지 않으면 안 갈래요."

장현동도 웃으면서 그러나 조금 진지해지는 음성으로 양지의 응석을 받는다.

"역시 대꼬챙이네, 우찌 그리 순순한가 싶었다. 그래 사실은, 과수원에 농막이 하나 있는데…."

내가 갈 곳이 없자 거기 와 있으라는 거구나. 고종오빠의 말뜻을 지레짐작한 양지의 안색이 확 바뀌었다. 내가 그렇게 가엾게 보이다니. 양지는 얼른 거짓말을 지어냈다.

"오빠, 저를 생각해 그러시는 것 같은데, 저 내일 모레 갈 거예요. 회사에서 일이 있다고 어서 오라고는 연락은 자꾸 오는데 미루고 왔어요."

"아, 동생이 무슨 말을 잘못 알아들은 모양인데, 그건 세를 줄 거야. 하도 아무것도 없는 사람이 돼서 세를 받을 수 있을지 없을지는 모르지만 비워두느니 어쩌겠어. 묵혀두었던 집이 돼서 여기저기 손볼 것도 많은데, 집사람도 일이 많아 손이 돌아가야 말이지."

그렇다면 청소하고 도배하는 것 정도겠지, 양지는 순순히 오빠를 따르기로 했다. 시험을 하겠다는 애초의 말이 퍽 재미있게 그녀의 마음을 끌기도 했다.

"잘 잡아."

부릉. 시동을 걸며 오빠가 주의를 주었다. 그렇지만 양지는 다른 여자들이 친한 남자의 허리를 꽉 끌어안듯이 할 수 없어 엉성하게 옷깃만 살짝 잡았다. 요동이 심한 들길을 내닫기 시작하자 오토바이는 몇 번이나 기우뚱기우뚱 양지를 떨어뜨릴 듯이 몸의 균형을 분산시켰다. 바람에 헐렁거리는 옷깃은 아무리 손아귀에다 힘을 주어도 곧 옆으로 굴러떨어질 듯 안정감이 없었다.

"꽉 잡으라니까!"

오빠가 눈치를 챈 모양이었다. 이제야말로 시키는 대로 하지 않는 편이 더 어색하게 될 것이다. 양지는 주의를 받은 서툰 견습공처럼 근육이 느껴지는 오빠의 양 옆구리를 두 손바닥으로 눌러잡았다. 아무리 오빠라는 이름이 있지만 남자의 허리를 끌어안고 있는 자신의 변화된 태도에 대한 쑥스러움이 문득 일었으나 앞사람의 체온에서 전달된 훈기가 바람에 할퀴고 있던 차가운 뺨을 따스하게 감싸주는 것이 싫지는 않았다. 별로 오래 사귀지도 않은 사이였지만 오빠가 갖고 있는 온화함과 크게 느껴지는 품성은 양지가 가지고 있던 선입견이나 왜곡된 인식을 포용하고 남는 친화력이 아주 그만이었다. 동시에 양지의 고독한 한쪽 마음을 꽉 채워주는 묘한 든든함도 있었다. 잔뼈가 굵어지는 동안 익히고 실천해온 종교적인 분위기일 수도 있겠으나 표 나게 부처님을 앞세운 권선의 법문 같은 걸 입에 올리지 않는 것도 거부감 없어 좋았다.

"여기서는 타고 가는 게 더 불편할 텐데 어쩔까?"

시의 외곽지대를 얼마큼 달려가다 여기도 심한 이농현상이 있었구나 싶은 어떤 어설픈 마을에 오빠는 멈추었다.

"앞으로 세멘 포장을 할까 생각 중이야."

오토바이를 내려서 마을 옆으로 뚫린 농로로 들어서자 경운기 등속의 자동차 바퀴자국이 얼었다 풀린 지표면에 어지럽게 찍혀 있는 게 보였다.

"요즘엔 역이농자도 많이 생긴다면서요?"

계속 입을 다물고 있기 어색했던 양지는 분위기를 만들 양 신문에서 읽은 기사를 인용했다.

"이전에 대면 그런 셈이지만 꼭 그렇지도 안 해. 이 과수원만 해도 내 삼종이 부치던 건데 부산 가서 장사를 해보겠다고 넘겨준 거거든."

야트막한 두 등성이가 양팔로 감싸안은 듯 우묵하고 질펀한 구릉지에는 여러 종류의 나무들이 식재한 연도대로 나이 먹은 티를 보이며 늘어서 있다. 어느 것이 배나무인지 어느 것이 단감나무인지 꾀벗은 나목으로는 쉽게 구별이 안 된다. 둘러보니 여기서 살아보고 싶은 나무는 다 살아라, 하는 식으로 이것저것 생기는 대로 막 가져다 심은 인상이 짙다. 고수익을 목표로 하는 기업농장 냄새가 나지 않는 성근 모습이 오빠에 대한 인상을 더욱 푸근하게 한다. 농로를 기점으로 저 아래쪽 감나무밭에서 전지를 하고 있던 인부 둘이 알은 체로 인사를 하자 오빠도 화답을 보냈다.

"오늘 다 안 되겠지요? 천천히 쉬어가면서 조심해서 하세요."

"예에, 맛 기똥차게 좋은 단감이 억수로 많이 열릴 깁니다."

고개를 돌린 오빠가 양지에게 말했다.

"여기 단감이 기막히게 맛있는데 가을에 안 올래?"

예기치 않던 초대여서 양지는 얼른 대답을 못 했다.

"우리 외로운 사람들끼리 자주 연락이라도 하고 살아야지."

그러나 양지는 선뜻 그러마는 답을 하지 못하고 망설인다. 이제 나의 앞날은 어떻게 열려갈 것인가. 그런 약속조차 마음대로 못 하게 불투명하다. 다시 어디다 목표를 두고 나아가야 할지.

과수원의 막바지가 되는 골짜기에 향나무 몇 그루를 거느리고 농막은 자리 잡고 있었다. 묵혀두었다는 것은 말뿐으로 얼마 전까지도 거처한 흔적을 느끼게 바퀴가 휘어진 자전거며 흙이 말라붙은 괭이와 자루 부러진 삽이며 싸릿대로 엮은 바소쿠리 같은 것들이 여기저기 그나마 정리란 형식대로 늘어놓여 있었고, 무엇에 소용되었을지 모를 빈 분유깡통 두어 개도 그 옆에 있었다.

마당에서 이곳저곳의 전망을 둘러보고 있는 양지의 눈에 집 뒤로 이어져 있는 작은 물길이 눈에 띄었다. 식수만 용이하다면 살기 괜찮겠다는 느낌에 환희의 부호라도 던지듯 둥글게 사려놓은 긴 호스와 농약 살포용인 듯한 고동색 커다란 물통과 지하수 펌프도 보였다.

"어때, 살기 괜찮겠지?"

"예. 공기도 좋고 한적하고, 꽃 피고 열매 열면 부자가 따로 없겠어요."

"동생도 마음에 있으면 한 칸 내줄까?"

후후후… 웃음을 다는 오빠의 말에 양지도 익살스러운 웃음을 머금었다.

"식구는 몇이나 되는 사람인데요?"

"가족들한테 외면 받은 남잔데 어린애가 하나 있어."

늘어진 전선을 주워 나뭇가지에다 걸며 오빠는 별스럽지 않은 듯한 음성으로 답을 했다. 가족들한테 왜 외면을 당했는지, 양지는 그만 궁금증의 심도를 줄이기로 하고 본론으로 화제를 돌렸다.

"제가 도울 건 뭔데요?"

양수기의 상태를 점검하고 있던 오빠는 아참 그렇지 하는 듯이 허리를 펴고 일어섰다.

"안으로 들어가지."

살고 있던 자신의 방에 들어가는 사람처럼 익숙하게 문을 열고 들어간 오빠는 우선 어둠침침한 방의 전깃불부터 켰다. 생각보다 방은 넓었고 바깥의 외양에 비해 꽤나 깔끔하게 정리정돈 되어 있었다. 그리고 무엇보다 놀라운 것은 아직 사람이 들지 않은 것으로 여겨졌던 방에 온기가 있고 아랫목에는 이불이 깔려 있었다. 도대체 무슨 도움이 필요한지 궁금하기 이를 데 없는 상황이었다.

"자, 앉지."

이불 밑으로 발을 밀어넣던 오빠가 발끝에 걸리는 무언가를 집어냈다. 젖먹이용 공갈젖꼭지였다. 순간 양지는 멈칫했다. 미처 분유를 준비하지 못해서 숨넘어갈 듯 울어대던 정남의 딸에게도 저런 걸 물렸던 적이 있었다. 외면당한 남자와 어린애라는 소리는 들었지만 설마 젖먹이 어린아이일 줄은 몰랐다. 찬찬히 둘러보니 어린이용 기저귀며 앙증맞은 크기의 옷가지들이 밀려 있는 이불 사이에 놓여 있었다. 설마 젖먹이 딸린 홀아비와 살림을 차리라고 선을 보이는 건 아니겠지. 그런 생각이 언뜻 스치자 불편해진 양지는 먼저 타진을 했다.

"제가 도울 게 뭔지…."

일거리를 찾아 부엌으로 나간 오빠가 양지를 불러냈다.

"동생 밥할 줄 아나?"

"참, 오빠도."

양지는 어이없는 추측 말라는 뜻으로 슬며시 웃어주었다.

"그럼 밥을 좀 안치고 여기 있는 우윳병 소독도 좀 해줄래?"

양지는 시키는 대로 쌀을 씻어 전기솥에다 밥을 안치고 끓는 물에 우윳병을 소독하면서 사꾸 오빠의 기색을 살폈다. 헐거워서 외풍이 밀려드는 창틀을 손보고 보온기 사용이 용이하게 전선을 늘여놓고 콘센트 장치를 하는, 침착하고 진지하기 이를 데 없는 오빠의 행동에는 집을 세놓은 주인 이상의 정성이 들어 있는 게 보였다. 오빠의 그런 분위기에 끌린 양지는 대야에 담겨 있는 세탁물을 더운물로 스스로 빨았다. 손을 대고 보니 지저분하고 어수선한 부엌 싱크대며 찬장정리도 하게 되었다.

"객이 손을 댔다고 기분 나빠하지나 않을까 모르겠어요."

"기분 나쁘긴 뭘, 좋지."

"그런데 주인은 어디 갔어요? 이제 보니 주인도 없이 객만 둘이서 이러고 있잖아요."

"애가 감기에 걸려서, 아마 병원에 갔을 거야."

양지는 문득 남자가 키운다는 어린애에 대한 연민을 느꼈다. 말 못하는 어린애가 아픈 것은 정말 보기 안타까워 대신 아파 줄 수라도 있다면 꼭 그러고 싶었다. 정남의 아기가 고열에 시달리며 아무에게도 닿지 않는 응애응애, 소리 한 단어로 고통을 호소할 때 무력감과 안타까움에 생전 처음 눈물을 지었다. 아기는 오직 앓는 소리로밖에 의사표시를 못 한다. 그런 아이를 돌보고 있는 보호자도 그쯤의 생병을 같이 앓는다.

"남자 혼자서 애기를 키우려면 정말 힘들 건데."

"뭐 그렇지도 않은 모양이라, 자기는 아주 언내를 잘 키울 자신이 있다는데."

"애기엄마는 뭐하는 사람인데요?"

"도망을 갔대. 애초부터 뭐 그러기로 약속된 것을 이쪽에서 설마했던 건 사실이지만."

오빠의 말 중에 다소 애매한 부분이 없지는 않았지만 그 남자의 딱하게 된 사정은 양지의 입을 다물게 했다. 같은 여자로 연대된 어떤 수치심과 노여움 같은 것이 그녀의 얼굴을 붉게 했다. 뜻이 안 맞는 남편과 미워하며 헤어지는 것은 이해할 수 있지만 어린 강아지만도 자생능력이 없는 누운쟁이를 내버려두고 가는 어미의 행위는 도저히 용납할 수 없는 심정이었다. 다음 순간 그녀는 또 내게 과연 그런 노여움을 품을 자격이나 있을까 싶은 생각이 들었다. 늙은 아버지의 아들인 핏덩이가 있었지만 한번도 호의적으로 떠올려본 적이 없었고, 없는 것보다 나은 감정으로 바라본 적 없는 정남의 어린 딸이 떠올랐다.

"다 됐으면 좀 쉴래?"

텔레비전을 켜주며 오빠가 말했다. 바람도 쐴 겸이라고 오빠는 말했는데 은연중 대단한 기대라도 하고 있었나 보다. 양지는 고작 이 따위 단순한 일로 자신의 도움을 청했다는 것이 싱겁고 애매한 느낌이 들었다.

"제가 도울 일 더 없으면 가고 싶어요."

"조금 있다가 같이 가. 나도 곧 가야 될께."

양지는 따뜻한 이불 밑에다 손을 밀어넣으며 앉았다. 텔레비전 화면에는 한 남자노인이 밥을 먹고 있다. 며느리인 듯한 여자는 늙은이가 미워서 눈총을 주는데 그것도 모르는 늙은이는 맛있게 꼭꼭 씹어서 음식을 먹는 일에만 열심이다. 오직 이것뿐이라는 것을 깨달은 단순하고 억척스러운 표정으로 이것저것 가려서 먹는 망설임도 없이 왕성한 식욕이 화면을 꽉 채운다. 늙은이의 그런 본능적인 먹성을 역겨워하는 젊은 며느리의 찌푸린 얼굴이 괜히 밉살스럽게 보였다.

"동생."

어쩐지 늙은이가 측은하다는 생각을 하고 있는데 창밖을 내다보고 있던 오빠가 양지를 불렀다. 끝이 약간 말려올라가는 은밀한 음성이 무엇인가 같이 보기를 원하고 있다. 얼른 오빠 곁으로 다가간 양지는 오빠의 시선이 미치는 방향으로 창을 내다봤다. 저 멀리 과수원 초입에 택시 한 대가 와 있었다. 차에서 내린 한 남자가 굼뜬 동작으로 택시기사의 도움을 받으며 짐을 챙겨들고 있다.

"그 사람이 오는구나."

오빠가 아연 긴장한 눈길로 양지의 눈치를 살폈다. 양지도 오빠를 바라보았다. 그리고 다음 순간 놀라움으로 커진 양지의 눈이 오빠를 응시했다. 그 사이, 큰 짐을 굴리며 집으로 가는 쇠똥구리처럼 남자의 정체는 식별 가능한 지역으로 점점 가까워지고 있었던 것이다.

"외숙님이나 동생을 위해서 내가 도움 줄 수 있는 일이 정말 없었어."

그 사람은 바로 아버지였다. 순간 양지는 이제까지 예사롭게 들은 오빠의 말 한마디 한마디가 사실은 깊은 뜻을 내포하고 있었음을 알았다. 허를 찔린 기분이었다. 이런 일이 있을 수 있다는 것을 어떻게 상상조차 못 했단 말인가. 돌아선 양지의 등으로 오빠의 조심스러운 음성이 와 닿았다.

"단박에 화해가 될 거란 생각 안 해. 외숙님은 동생이 온 줄도 모르시니 그냥 가도 돼. 나도 아무 말 안 할 거니까."

가까워지는 아버지의 기척에 쫓겨 양지는 부엌으로 들어갔다. 뒤로 나가는 사잇문이 거기 있었다. 집 앞에서는 마중 나간 오빠와 아버지의 말소리가 어울리고 있었다.

"오늘은 날씨가 영 푹한 게 천생 봄이구먼. 천지자연은 못 쎄기는 기라."

"그래도 아직 겨울인데요."

오빠의 목소리가 낮아졌다. 대신 아버지의 목소리가 상대적으로 커졌다.

"뭐 시간 마차 약을 믹이라꼬 적어준 종이쪼가리가 있긴 한데, 뭐 우짜란 긴지 당최⋯."

검푸르게 짙은 향나무 가지 사이로 아버지의 모습이 보였다. 아이는 오빠가 받아갔는지 양손에 든 짐을 추스르며 불안정하게 구부정한 걸음이다. 겨울옷 차림이 다소 둔하기는 해도 생각보다는 덜 피폐해보인다. 누군가를 보호해야 된다는 책임감에서 나온 결기인 듯도 하다. 돌에 걸린 아버지가 어이쿠, 소리를 내며 앞으로 뛰다가 넘어질 듯한 몸을 겨우 지탱하여 세운다. 서슬에 무언가 작은 빛을 내며 아버지의 얼굴에서 땅으로 떨어졌다. 꿍얼꿍얼 무슨 말인가를 중얼거리며 다리 처맨 안경을 다시 집어서 낀 아버지는 고르지 못한 길을 걸어간다.


아버지의 여자가 젖먹이를 버리고 사라져버렸다. 아무리 부인해도 그것은 현실이었다. 감기에 걸려 우유도 제대로 못 빨고 쌕쌕거리는 어린 것의 가쁜 숨결을 지켜본 대책 없는 늙은 아비의 심정은 어땠을까. 설마 아버지가 어린것을 끼고 있으리라고는 상상도 못 했던 일이었다.

양지는 길을 가면서도 자신이 무슨 이유로 왜 이 길을 나섰는지도 모르겠는 거의 본능적인 동작만으로 걸음을 옮겼다.

"외숙님이 아이를 안고 엉거주춤 들어서있는디 하는 수 있어야제. 여관생활을 오래 권할 수도 없고."

"애를 젖 뗄 때까지는 키워주기로 했다면서요?"

"눈앞에 돈 있것다, 말이야 우선 뭐라꼬 몬 하것노."

"이 일은 처음부터 잘못된 일이었어요. 아버지는 사기를 당한 거라구요."

"어른이 고생하시게 된 건 보면 잘됐다 할 수도 없지만, 새겨보면 또 굳이 못된 일도 아닌 것 같아. 어른이 그렇게 생기 있어 하시는 건 나도 만나고 나서 첨보거든."

"지금 그 여자는 어디 있어요?"

"모르지. 내가 나서서 모들뜨기로 일처리를 한 것도 아니고. 나는 외숙님하고 외숙모님이 서로 말씀하시기 불편한 것만 중간에서 심부름한 것밖에 없었는데, 지금은 외려 내가 조금 적극적으로 나섰을 걸 싶은 마음이 없는 것도 아니네."

양지는 말이 나오지 않았다. 속절없이 날아가버린 돈 문제가 전부는 아니었다. 키울 사람이 없어진 것을 번연히 알면서 어머니와의 약속을 저버리고 제 속으로 낳은 자식을 그렇게 내팽개칠 수가 있는지, 아이를 버리고 간 여자의 모진 속셈이 그냥 넘길 수 없는 울화로 치밀었다.

양지가 여자를 찾아나선 것은 그 비정한 어미의 상호를 보며 따질 것은 따져야 했다. 양지는 자신이 걸어왔던 인생길이 얼마나 환상적이고 표피적인 노선이었는지 요즘 나날이 새로운 장을 맞닥뜨린다. 사는 것이 마음대로 안 된다는 말은 수없이 들었다. 그러나 귀로 들어서 저절로 외워진 말로만 이해했을 뿐 이렇게 참담한 현실을 체험하게 됐을 때의 느낌은 켯속부터 알지 못했다. 하기야 모성이 태곳적부터의 여성전용이던 시대는 이미 지나고 있음을 임신출산을 거부하고 애완용 동물을 육아 대신으로 하고 있는 인텔리 여성들이 앞서 보여주고 있다. 그러나 죽은 언니의 혼령과 여성의 자존심을 끌어안고 스스럼없이 죽음을 택한 어머니의 삶과 무관하지 않은 일이기에 양지의 놀라움은 비관적으로 확대될 수밖에 없다. 무언가 새로운 흐름으로 인본도덕의 척도가 추락하고 있음이었다.

"동생은 그래도 원칙에 입각해서 세상을 바르게 보려는 눈이 있어서 고맙구면. 외숙님이나 돌아가신 외숙모님은 물론 장판에서 생고기를 팔아먹고 사는 나까지 아직 세상의 켯속을 너무 모르고 살았던 거라."

"몰라서 몰랐던 것이 아니라 알고 싶지 않은 벽을 쌓아놓고 보고 싶은 것만 보았던 탓일 거예요."

"딴은 그럴지도 모르겠구면."

"엄마가 아픈 몸을 이끌고 가서 챙겨온 돈을 당신의 용돈 하나도 안 떼고 다 넘긴 건 사기 당하고 놀림 당하라고 드린 게 아니었잖아요."

"그렇지. 그렇지만 속이자고 작정하면 못 속일 사람이 어딨겠노. 남한테 꼬치꼬치 따지지 못하는 외숙님 성격에 믿거라 하고 넘겼겠지. 자식을 같이 낳고 산 부부로서의 신뢰랄까 뭐 그런 심정으로. 그래도 영감님이 기력 안 줄고 아이 돌보시는 것 보니 자식이라는 게 저렇게 큰 힘이고 즐거움인가 새삼 느껴지는 거라."

양지는 기우는 햇살을 올려보다가 시계를 보았다. 여자가 주방 일을 보고 있었다는 다방을 나선지 한 시간은 족히 넘었다. 가서 따진다고 돈이 돌아오리란 생각은 하지 않는 게 좋을 것이다. 고종오빠의 뜻만은 아니었다. 싸우러 가는 것도 아니었다. 그럼 무엇을 하러 가는가. 자신에게 물어보아도 대답은 애매했다. 그러나 그저 모른 척 넘어가서는 안 될 일이란 섬만은 확실했다. 이만 돌아갈까. 몇 번 그런 생각이 들었으나 내친김이었고 껌을 깩깩 씹으며 다방 아가씨가 가르쳐준 선술집 골목으로 이미 들어서고 있었다.

"야이, 가스나야 지랄 그만하고 장사할 준비 안 하나!"

욕설 같기도 하고 친근감의 표시 같기도 한 상소리가 걸쭉한 여자의 음성에 실려나오는 집 앞에 섰다. 남해집. 이마에 파도 무늬를 조악하게 그린 간판을 붙이고 있는 실비집. 아직 술 마실 시간은 이르다. 그리고 젊은 여자 혼자서 문을 밀기도 미적거려진다.

"들어오이소."

출입구의 유리를 닦아놓고 돌아서던 여자가 양지를 발견하고 술꾼을 끌 듯 먼저 말을 걸었다. 눈길이 마치 먹이를 본 아퀴와 같다. 양지는 선입견을 갖지 않으려고 마음을 평정시켰다. 그러나 눈썹이 유달리 꼿꼿하다. 주름을 감춘 짙은 아이라인과 인조눈썹, 취객용 최면제처럼 진한 향수가 역하게 날아온다. 게다가 홍자색으로 칠한 진한 루주. 불 밑에서 보면 나이를 절반은 감추고도 남게 분장을 한 얼굴이다. 여간 억셀 것 같지 않은 여자에게 문간에서 용건을 말했다가는 납득할 만한 답을 듣기도 전에 축출 당할 것이 분명했다. 양지는 약간 미소를 띠며 안으로 들어가 여자가 권하는 자리에 엉덩이를 걸치고 앉았다. 술은 뭘로? 하는 듯이 주방 턱에다 차반을 올려놓고 안주용 노가리를 찢고 있던 또 한 여자가 고개를 주억 내밀고 바라보았다.

누구랑 여기다 약속장소를 정해놓고 먼저 온 것으로 짐작하는 모양, 그녀가 자리에 앉아도 더 이상 말을 걸지도 않고 자기들 일만 하기 시작했다. 둘러보아야 두 여자 외에 다른 여자가 필요할 것 같지 않은 테이블 몇 개의 조그만 가게다. 또 그들 두 여자 외에 눈에 띄는 다른 사람도 없다. 한쪽 벽을 꽉 채우고 있는 대형냉장고 때문에 그렇잖아도 좁은 홀 안은 더 좁아보였다. 복사판 밀레의 〈만종〉이 주방 쪽 기둥 옆에 색 바 랜 조화 묶음을 등에 끼운 채 걸려 있고, 그 밑에는 크고 작은 유리컵을 엎어놓은 진열대가 그나마 제법 정갈하게 눈길을 끈다. 금방 장을 봐온 것 같은 올망졸망한 검은 비닐 꾸러미들이 주방 앞에 길을 막고 놓여 있 지만 천상 이 바닥에서 늙은 티를 숨기지 못하는 주방여자는 능숙하게 피해다니며 일을 한다.

"언니 담치 그것 참 맛있네. 국물이 너무 시원해."

손가락에다 담배를 끼운 속눈썹이 물큰 김이 솟는 냄비를 열고 국물 을 떠 마시며 감탄사를 질렀다.

"오실 손님이 계신 모양이죠?"

손님을 그냥 싱겁게 앉혀놓는 것은 주인의 도리가 아니라는 뜻인가. 다 찢은 노가리를 비닐 팩에 넣어서 냉장고 위에다 얹은 주방여자가 수 저통을 테이블마다 가져다놓으며 양지에게 물었다.

"아, 사실은 누구 아는 사람을 좀 찾을까 하구요. 전에 여기서 일했다 고들 하던데."

고종오빠로부터도 어디 실비집에서 일하던 여자라는 말을 들은 적이 있었고 다방아가씨에게서는 상호를, 지금도 거기 다닐 것이라 보장할 수는 없지만, 이라는 단서 속에 전해듣기는 했지만 모두 전에, 라는 전제 를 달았기 때문에 절로 말이 더듬거려졌다. 손님은 주인의 됨됨이에 따 라서 대접을 받는다. 일하는 사람을 찾아가면 직급에 따른 대우를 각오 하는 게 속 편하다. 이런 곳에서 술잔이나 씻던 사람을 찾아다니다 보면 좋은 대접보다는 눈총 받기 십상이라는 쓸데없는 상식도 있었다.

"누구요?"

"인식이 엄마라던가?"

"그 여자 여기 그만둔 지 오래 됐어요."

주방여자가 행주질을 하면서 딱 잘랐다. 예상했던 대로 말투에 좋은 감정은 없다. 노골적인 불쾌감을 나타내며 쌩한 찬바람이 느껴지도록 냉정해진 여자는 주방으로 돌아가 일없이 이 그릇 저 그릇을 덜그럭거리며 관심을 돌려버렸는데 대신 문간에서 밖을 내다보고 있던 속눈썹의 여자가 반짝 호기심 도는 동작으로 앞에 와 앉았다. 주머니에서 담배를 꺼내물고는 양지를 바라보았다.

"왜 댁에도 돈 받을 게 있소?"

"아, 예. 조금, 뭐…."

양지는 되도록 부드러운 인상을 지으며 그럴싸하고 어중간한 대답으로 얼버무렸다.

"망할 년. 생긴 건 공짜로 먹으라는 외꼭지만 한 게 재주는 좋아. 언니도 그것 뜯어치우고 좀 배우지."

"참 뭐라 카노. 제비가 작아도 강남을 가고 메추리가 작아도 새끼를 깐다꼬, 여자 아니가. 그런데 나는 죽었다 깨나도 그 재주는 몬 배우것더라."

주방에서 파를 썰고 있는 여자와 주거니받거니를 하던 속눈썹 여자가 담배연기와 함께 어이없다는 웃음을 날렸다.

"얼마나 되는지 몰라도 떼있다 치는 게 나을 거요."

하품하듯 양지에게 말한 눈썹여자는 이번에는 앞에 있는 양지는 젖혀두고 등 뒤쪽에 있는 주방여자에게 말을 던졌다. 양지의 청신경도 곤두서는 이름이 거론되었다.

"언니, 사실은 나 아까 길에서 인식이네 만났었거든."

"그래?"

칼을 든 손등으로 파를 써느라 매워진 눈을 훔치며 주방여자가 관심을 나타냈다. 그러자 속눈썹 여자는 아예 상체를 틀어서 돌아앉더니 아연 낮아진 목소리로 다른 화제를 곁붙였다.

"병원 앞에서 만났는데 그 말이 맞나봐."

"그래 아무리 돈이 좋다지만 어리석은 영감 사기 치고, 핏덩이한테는 생젖을 뗐으니 젖 아니고 뭣은 안 아프고 배길까. 죄받은 거다 그년, 썩을 년. 그래서 아무한테나 헤프게 퍼주고 할 때 알아봤다."

"난 그래도 매상 올릴라꼬 그리 친절한 줄 알았지. 그런 능구렁이 셈속이 있었는지 에나 몰랐다. 뺨을 맞아도 금반지 낀 손에 맞으랬는데, 쭉정이 같은 영감이 뭔 힘이 있다고 그랬을까?"

술 안 시킨 손님은 제외시켜놓고 그들은 제 이야기에 고소하게 젖어들어 곁에 누가 있는 것도 개의치 않고 나오는 대로 말의 공깃돌 놀이를 하고 있었다.

"누군들. 그래도 제 딴에는 꽤 머리를 쓴 거 아냐. 아, 말이야 바로 하지 여기 몇 년을 있었다 해도 그런 목돈 언니가 줄 수 있어? 빌려라도 줘 봤어?"

"굼벵이가 궁그는 재주가 있더라구 그렇게 둘러댈 줄 누가 알았어. 그어수룩해보이는 게 어디 그런 사기성이 들어 있었을꼬?"

"그거야 말 몇 마디에 넘어간 영감이 바보지 그 여편네 잘못은 없어. 딱 까놓고 이 바닥에 뭘 하러 나왔냐, 돈 벌러 나왔지."

"우리 옆에서 실제로 그런 일이 있었다니 참 기똥찰 일 아이가. 그 말 들은 뒤로는 년이 짐승 같은 생각이 들고 징그럽더라. 아무리 돈이 좋다지만 짐승도 아니고 제 새끼를 돈을 받고 낳아서 넘기냐."

"첨엔 꼭 그럴 셈은 아녔나 보더만, 영감이 자주 들락거렸다면서? 그 때부터 좀 수상하더라고. 아무튼 일이 좀 괴상하게 된 거야."

무슨 상상을 했는지 한동안 킥킥 목젖이 짓눌리는 듯한 웃음을 웃고 난 속눈썹이 양지를 핼끔 곁눈질하며 이상한 소리를 한다.

"언니 난 첨엔 사실 인식이네가 조개를 던져도 영감이 못 먹지 싶었거든. 그 영감이 어디 힘 쓸 기운이나 있어 뵙디까?"

"그래도 일이 될라 카모 뜨물에도 아아 서고 식은 밥에 더운 정 생긴다 안 카더나. 나이 칠십에 생남하는 사람도 있는데 뭐."

"그렇지만 결과는 그게 아니니까 탈이지. 하긴 언니 말대로 그런가보다 쳐놓자. 괜한 남의 일로 해골만 복잡하다."

"그거야 뭐 연속극 모양으로 유전자 감식인가 뭔가 그거 해보믄 당장 밝혀질 걸 뭐."

"한 사람 좋으면 한 사람 안 좋은 사람도 있는 거 그게 세상인데, 인제 와서 따져본들 니한테 덕이 될 끼가 내한테 덕이 될 끼가, 마 모른 척하고 언니하고 내하고는 오늘밤에 돈벼락 맞을 궁리나 하자."

"우리는 남이니까 그렇지만 그 집 딸들이 가만있는지 몰라. 딸도 많이 있고 마누라도 있는 모양이더만."

굳이 캐물을 필요도 없이 듣다보니 연줄은 아버지께로 닿았다. 양지는 더욱 시치미를 떼고 있을 수밖에 없었다. 자신이 그 영감의 딸이라고 밝히는 순간 대번에 그들은 입을 다물지도 모른다.

대강 흐름을 추측하게 된 양지가 일어서자 타인을 무시하고 자기들만 조잘거린 것이 미안했는지 약간의 정보를 양지에게 전해주었다.

"꼭대기 동네슈퍼에 가서 인식이네 하면 안답디다. 가본 적은 없지만 그 여자 입으로 들은 소린께 다른 데 이사 안 갔다면 찾을 수는 있을 거요. 우리가 하는 얘기 들어서 짐작은 하겠지만 돈 받을 생각으로 갔다가는 실망할 거유. 여자가 보기는 참 순진해보여요. 그렇지만 속하고 겉 다른 게 동물 중에 사람, 특히 여자라 안 캅디께. 마 내 말 참고해서 아예 포기하는 게 속 편할 깁니다. 자식은 셋이나 줄줄이 딸릿는데 빚 갚을 돈이나 남겨놨겠소."

그 여자에 대한 동정심인지 비난인지 모를 대화로 사뭇 격앙된 여자들은 양지의 발길을 아예 그쪽에서 떼어놓을 작정이라도 한 것처럼 번갈아서 덧붙였다.

"장사도 밑천이 있어야 하는데 밑천이라고는 몸에 붙은 그것밖에 없고, 세상에 오죽 답답했으면 그런 짓을 벌릴라꼬 작심했을까, 참고하이소."

양지는 올 때보다 발걸음이 무거워졌다. 갖고 나섰던 뜻이 무산될지 모르는 상황이었다. 양육비는 대드릴 테니 아이가 학교에 입학하도록만 이라도 길러줄 수는 없습니까. 농막에서 아버지를 본 뒤에 가지고 온 생각은 그랬다. 거기에 또 사연 복잡한 한 여자의 굴곡 많은 인생 역정이 중첩되어 있는 것 같다. 내가 언제 아버지의 일에 이렇게 살뜰한 관심을 보였던가. 문득 끼쳤던 열없음을 털어냈다. 아버지 때문이기보다는 세상에 태어났으니 살지 않을 수 없는 생명들이 겪어야 하는 삶의 고통을 어떻게 그냥 목격할 것인가. 아이는 죄가 없다. 자신의 원과는 상관없이 태어난 생명에 대한 책임은 어른들이 저야 마땅하다.

# 9. 삶의 미로

인식이네를 아세요? 아는 것이란 꼭대기 동네의 슈퍼밖에 없어 높은 위치에 있는 동네의 슈퍼를 몇 개나 더텄다. 아버지나 고종오빠에게 물었으면 쉽게 찾을 수 있었겠지만 아무도 몰래 혼자 나선 길이니 전화번호도 약도도 없었다. 미로찾기처럼 쉽지 않을 것은 이미 각오하고 있었으며 양지의 성격은 시작한 일에 대해 끝장을 보고야 직성을 푼다.

'부자네슈퍼'에서 미로는 끝이 났다.

"그놈아 인식이 동생이 아까 여게 어데서 놀았는데."

구시렁거리며 가게에서 나온 주인여자가 저쪽 골목에서 또래의 아이들과 빈 캔을 따그랑땅땅 차며 놀고 있는 사내아이 하나를 손짓해서 불렀다.

"야야, 진식아. 너거 집에 어매 찾아온 사람이다."

"울 옴마 집에 없는데예."

지적을 받고 뛰어왔던 열 살이 채 안 됐을 듯한 꼬마는 덕 되는 무슨 일이라도 있기를 기대하는 눈길로 양지의 위아래를 한번 쓰윽 훑어본 뒤 제가 놀던 곳으로 다시 깡충깡충 뛰어가버렸다. 약아빠진 것 같으면서도 나름대로의 심지가 드러나는 동작이었다. 고분고분 말을 듣지 않을 것 같은 녀석을 억지로 끌려면 호의를 보여야 한다. 양지는 손에 든 과자봉지를 내밀며 아이에게로 다가갔다.

"나 좀 너희 집에 데려다주고 놀아."

"집에 가기 싫어요. 형아한테 혼난단 말요."

상을 찌푸리며 거부하는 녀석의 까만 눈동자가 겉모습보다 제법 귀엽게 맑다.

"집만 가르쳐주고 넌 돌아오면 되잖아."

"인식이하고 형아빼끼 없다니까요."

"그래도 괜찮아. 아줌마가 너 좋아하는 것 선물 사줄게."

집요한 어른의 부탁에 마음이 여려진 건가. 양지는 머뭇거리는 녀석의 어깨를 밀며 가게 쪽으로 돌렸다. 녀석이 마지못한 듯 버티던 어깨의 힘을 풀었다.

"갖고 싶은 대로 골라봐."

양지가 아이를 데리고 가게로 들어서자 가게주인은 어이구, 저 말썽쟁이 하면서, 아이가 정말 말썽쟁이여서인지 물건을 또 팔 것 같은 즐거움으로인지 진식의 머리통을 쥐어박는 시늉을 하며 양지에게 눈웃음을 보냈다. 진열대 앞으로 다가가는 녀석의 눈길이 부지런히 아래 위를 훑으며 굴러다녔다.

"너 마음대로 뭐든 골라봐."

정말요? 하는 듯이 다시 한번 양지를 돌아보며 싱긋 하얀 치아를 드러내 보인 아이는 평소에 미루어놓았던 꿈이 많았던 듯 이것저것 손닿는 대로 분주히 아무거나 집어내 살펴보다가 다시 올려놓기도 하면서 물건을 고르는 재빠른 손길에 사뭇 신명이 올랐다. 이 모처럼의 기회를 어떻게 멋지게 활용하나, 아이는 나름 잔머리를 굴리는 모양이다. 제법 돈이 들겠다 싶은 게임기를 이것저것 모양과 색깔 따라 만지작거리는가 하면 장난감을 들었다놓기도 한다. 양지는 아이들이 이렇게 신중하게 물건을 고르리라는 것을 아직 생각해본 적 없었다. 슬그머니 미소가 지어지는 대로 아이의 하는 양을 처지도 잊은 채 지켜보고 있으려니 녀석은 다섯 개로 묶여져 있는 라면 한 묶음과 오징어 모양이 그려진 과자봉지 세 개를 들고 양지를 말끄러미 올려보았다. 눈으로 대충 읽어도 만 원 한 장이면 될 것 같은 양이다.

"뭐 다른 건 더 없니?"

아이는 그렇게 무리를 할 수는 없잖아요, 라는 듯 암암한 표정으로 고개를 젓는다. 말썽쟁이라던 주인여자의 표현이 어디서 연유된 건지 모를 일이다.

"뭐 더 없어?"

아이가 내미는 물건을 대충 헤아리며 돈을 계산하던 주인여자가 냄편이 돈 한 푼 못 벌어들이는 바람둥이라서 그렇제, 아아들 어매가 그리 막되게 키우지는 않심더 하며 양지의 의문을 풀어준다.

앞서는 아이를 따라가게 문을 나서는데 저쪽 길에서 어떤 여자가 비틀배틀 다른 여자의 부축을 받으며 올라오는 게 보였다. 부축하는 쪽은 뭐라고 계속 무게 중심을 못 잡고 휘청거리는 상대방을 나무라고 있었다.

"아, 엄마다!"

짧은소리를 지른 진식이가 양지를 올려다보며 기색을 먼저 살폈다.

"너희 엄마니?"

"아줌마가 이것 갖고 가요."

고개를 끄덕거려보인 아이는 라면과 과자가 든 꾸러미를 양지에게로 밀어준 뒤 어미의 눈을 피해 다른 길로 얼른 들어가버렸다. 아이가 빼쪼롬 얼굴을 내밀고 숨어 있는 담 모퉁이 앞으로 술 취한 여자가 또래 여자의 부축을 받으며 걸어와 양지의 앞까지 왔다. 저도 인간적인 양심은 있겠지. 양지는 인식 엄마라는 여자와 맨송한 얼굴로 맞닥뜨리는 것보다 취한 모습이 차라리 덜 부담스러웠다. 상식은 언제나 적중하는 것이 아니었다. 인식 엄마라는 여자는 보통으로 살찐 여염집의 아낙네보다 훨씬 더 몸피가 작았다. 저래서 그렇구나 싶게 양지가 품고 온 비인간적인 이상한 구석은 별로 느낄 수 없는, 그저 생활고에 찌들어 있는 마르고 검은 작은 여자였다.

양지는 말없이 두 여자의 뒤를 따랐다. 얼마쯤 골목을 걸어 휘어진 곳을 돌아가다가 부축을 받던 사람도 부축을 하던 사람도 남의 집 담장을 의지하여 걸음을 멈추었다.

"야야, 인식아 너거 집 다 왔다."

"알았다 인마, 내가 운제 술 무웃나."

"그래 술은 안 묵어도 오징어뽂음하고 쏘주는 묵었제."

"지랄한다. 남이야 쏘주를 묵든 막걸리를 묵든 니가 술 사좃나 와 시비고."

"그래 이년아, 시비다. 동창회는 담에 가도 된께 정신차리고 여서부터는 니 혼자 걸어가라."

"일있다. 서방힌테 돈 뺏기고, 사기꾼·도둑년 된 내가 불쌍해서 그라는 거 내가 다 안다만, 내가 운제는 니보고 붙잡아돌라 카더나."

"그래 니 말이 맞다. 내가 좋아서 한 일이다. 아이들 보는 데서 제발 약한 꼴 보이지 마라. 이왕 지난 일은 지난 일이고 앞날이 문제 아이가. 표없이 해라."

"알았다. 내가 와 약한 모습 보일 끼고. 누 좋으라꼬, 어림없다. 몹쓸놈 개새끼. 내 자슥들 고이 품고 얼매나 잘 사는고 보이줄 끼다."

"말은 좋다. 그렇지만 아아들이 눈 없는 줄 아나, 거죽이 아아라서 그렇제 요새 아아들 눈치는 어른 뺨치게 빠르다."

"알았다 안 카나 이년아. 지는 엔간히 잘난 줄 알지. 지도 다른 년한테 서방 뺏긴 년이."

"과부 생각은 과부가 해주고 홀애비 생각은 홀애비가 해준다꼬 옛말 틀린데 어데 있더노."

약간 퇴폐스럽게 주고받던 깐으로는 어울리지 않게 정색을 한 채 정신 차리라고 당부를 한 여자가 샛골목으로 사라지자 한동안 어깨를 들썩거리며 주기를 뿜어내고 있던 인식 엄마가 결연한 몸짓으로 허리를 꼿꼿이 폈다. 곁에 누가 있을 때와는 딴판으로 의연한 동작이다.

여자의 뜻 아니한 동작을 지켜보며 방향을 잡고 여자가 걸어가는 골목으로 양지도 뒤를 따랐다. 뒤를 돌아보는 법도 없이 여자는 걸어갔다. 친구의 부축을 받고 올 때와는 아주 다른 천연스러움이 느껴지는 올바른 걸음이다.

"인식이 어머니!"

인가가 뜸해지는 곳까지 온 양지는 앞서가는 여자를 불렀다. 작달막하게 주저앉아 있는 집들 중 어느 곳으로 여자가 선뜻 들어가버리는 날에는 흔적없이 놓쳐버릴 것 같은 좁은 골목이엇다. 자기 이름을 불린 여자는 낯선 양지를 흘끗 보고는 잘못 들은 것으로 여기는지 다시 길을 잡았다.

"인식 엄마, 저 좀 봐요."

"내 말입니꺼?"

여자가 눈을 가느다랗게 만들며 길을 되짚어 내려왔다. 주기가 되살아 난 듯 떨리는 몸을 가누며 벽을 짚는 것이 무척 엄살스러워졌다. 양지는 핏덩이를 내팽개친 야멸찬 모성에 대한 분노로 뺨따귀라도 갈겨주고 싶었던, 길을 나설 때의 감정을 곤추세웠다. 마주서니 양지보다 여자의 키가 더 작았다.

"당신이 그러고도 어미냐? 아무리 세상이 더럽게 변했다지만. 넌 인간도 아니야!"

양지는 퉁퉁 불어 있을지도 모르는 여자의 젖가슴을 일부러 힘껏 밀었다. 엉겁결에 양지가 밀어붙인 라면과 과자가 든 꾸러미를 끌어안고 여자는 벌렁 뒤로 주저앉았다.

"와, 와, 이라는 기요?"

졸지에 당한 완력을 어떻게 해석해야 할지, 여자는 어리둥절한 얼굴이다. 그러나 주위를 돌아보는 여자의 눈길에 얼른 긴장감이 들었다.

"자식이 어디 물건이냐? 너는 자식을 생산품으로 판매하는 기계야?"

비로소 무슨 소리를 하는지 알게 된 모양, 뜻밖에도 여자의 고개가 푹 숙여졌다. 그러나 그것도 잠시 여자의 벌겋게 핏발 선 눈이 양지를 향해 치떠졌다. 쫑긋해진 입술이 볼까지 바르르 떨렸다.

"그래, 나는 자식새끼를 돈 받고 팔았다. 너는 누고, 얼매나 잘난 녀이

길래 남으 아픈 가슴을 그리 쑤시고 드노?"

양지는 어이가 없었다. 고종오빠는 그저 술 한 잔 마시고 싶을 때 어떻게 드나들게 된 술집에서 아버지가 장난처럼, 은밀하게, 조심스럽게, 별스럽게 기대하지도 않았던 일이 그렇게 되었을 뿐이라고 말했기 때문에 양지의 뇌리에서 그 여자는 사람의 껍질을 썼으니 사람이지 윤리나 도덕이라고는 내팽개치고 사는 모호한 족속으로 그려져 있었다. 하지만 막된 세상을 아무리 저급하게 살고 있다 하지만 저렇게 당돌하고 뻔뻔스럽게 나올 줄은 몰랐다. 힐난을 퍼붓는 쪽도 자신일 것이고 용서를 해도 자신이 해야 된다고 여겼는데 도리어 양지 자신이 되밀리고 있었다.

"야이 잘난 년아, 니는 누고. 또 뺏어갈 돈 있는지 가보라고 그 놈이 보냈나? 돈이 없어서 고등학교 동창회도 못 간 난데 자식새끼들하고 내가 우찌 사는지 수탐하라고 보냈나?"

떠안고 있는 라면꾸러미를 아무렇게나 집어던진 여자가 양 허리에 손을 짚으며 양지를 향해 발딱 맞버티고 섰다. 역으로 손찌검이라도 할 듯 당당하고 도전적인 자세였다. 여자의 포악스러운 소리를 듣고 사람들이라도 모여든다면 망신만 하게 될 것 같다. 양지는 욱하는 감정으로 자신이 처음부터 너무 과격하게 나왔던 것을 알았다.

"우리 어디로 좀 가서 이야기해요."

"니년한테 내가 와 따라갈 끼고."

"그래요, 내가 조금 성급했던 것 인정하니까 우리 어디로 가서 조용히 이야기 좀 해요."

"말해라, 그 놈이 보냈나. 인자 와서 쓰파이 보냈나? 그리는 호락호락 안 될 끼다. 내 사는 기 그리 궁금하모 니 눈깔로 똑똑히 보고 가서 그 천하 잘난 잡놈한테 보고해라. 또 새끼 낳아서 팔면 지놈 없어도 목돈 벌어감서 잘 살 끼라 캐라."

선언하며 씩씩거린 여자는 아무것도 묻어 있지 않은 옷의 아래위를 훑어서 몇 번 탁탁 턴 뒤 앞장서서 굽어진 언덕길로 횡하게 걸어갔다. 빨리 따라가지 않으면 놓칠 것 같은 잰걸음이었다. 집들은 점점 키가 낮아지고 볼품없이 낡은 시멘트 담장의 그늘진 곳에는 이끼가 꺼멓게 터덜터덜 말라붙어 있는 냄새 나고 좁은 골목으로 연이어졌다. 얼룩덜룩하게 쌓여 있는 쓰레기만이 도회의 일각임을 말해주는 외진 언덕에 낡은 집 두어 채가 쓰러지는 몸을 의지하며 붙어 있었다. 그중 뒷집 문으로 여자가 들어섰다. 여자가 들어서는 순간 짜증스럽게 울부짖는 사내아이의 목소리가 찌그러진 판자문짝을 넘어 꽥꽥 아무렇게나 쏟아져나왔다. 여자는 소리나는 방문을 벌컥 열어젖히며 고함부터 질렀다.

"야 이놈의 새끼들아. 또 이놈의 웬수녀러 종자들이 싸우고 지랄이다!"

여자가 연 방문 사이로 안을 바라보던 양지는 순간적으로 눈을 감았다. 쓰레기장을 연상시키는 어지러운 방안에 해골같이 여윈 얼굴의 아픈 아이가 누워 있는데 다른 한 아이가 누워 있는 그 아이에게 밥을 먹이고 있었던 모양이다. 그런데 누워 있던 아이가 그만 먹는다고 했거나 처음부터 안 먹겠다고 버텨서 시중드는 아이의 울화를 돋운 것 같았다. 서 있는 아이의 손에서 날아간 밥 양푼이 누워 있는 아이의 얼굴에 부딪쳐서 굴러떨어졌고 반찬물이 든 무수한 밥알이 누워 있는 아이의 얼굴은 물론 온 방안에 흩어져 있었다.

"야, 이놈들아 죽사. 우리 다같이 죽자!"

불량스럽게 굴던 현장을 어미에게 들킨 당황함을 미처 지우지 못하고 서 있는, 열 살 좀 넘은 듯한 사내아이를 여자가 끌어안고 엎어진 것은 거의 찰나적인 동작이었다. 여자는 다시 그 아이를 끌고 미라처럼 누워 있는 아이에게로 되엎어져 두 아이의 목을 조이면서 엎치락뒤치락 몸부림쳤다.

　"내가 전생에 무슨 죄를 그리 많이 지었노. 말 좀 해라. 내가 무슨 죄로 그리 많이 지었노 말이다!"

　아이들이 막힌 숨을 캑캑거리고 있었지만 여자는 놓아주지 않았다. 밑에 깔린 아이의 얼굴은 거의 사색에 가깝도록 창백해지고 있었다. 아랑곳없이 넋두리를 늘어놓으며 그들을 놓아주지 않는 여자를 말리지 않으면 아픈 아이가 큰일을 당할 것 같은 위기였다.

　"이봐요, 진정해요. 애들을 놓아요. 애들이 숨 막혀 하잖아요!"

　양지는 손가락이 부러질 것 같은 힘을 쏟아 악감정대로 다하겠다고 버둥거리는 여자의 팔을 풀었다. 성한 아이가 재빨리 몸을 빼자 여자를 떼어내기는 쉬웠다. 양지가 밀치는 대로 벽에 처박힌 여자가 가쁜 숨을 토해내며 울음을 울기 시작했다.

　"봐라. 나 이선미는 이런 꼬라지로 산다. 자식은 병들어서 죽어가는데 서방은 계집질할 돈이나 빼가고…. 내 딴에는 잘 키우고 싶었다. 돈이 있나 빽이 있나. 가진 기라꼬는 내 몸땡이 빼끼 없는디 우짤 끼고. 그래 맞다, 희귀병 든 큰자식을 구하기 위해 소·돼지도 아니면서 새끼를 낳아서 팔았다. 사기꾼 년 더럽은 년이라꼬 처옇을라 카모 처옇으라."

　자신이 누군지 밝히지도 않은 양지 앞에서 여자는 방언처럼 자신의 신세한탄을 처절하게 쏟아냈다. 심한 양심가책에 시달리고 있음이었다.

헝클어진 머리카락 사이로 여성답지 않게 굵고 검은 눈썹이 작은 얼굴에 비해 기구한 그의 인생처럼 턱없는 부조화를 드러냈다. 함에도 울음을 뱉어내는 입술 사이로 하얗게 드러나는 고른 치아는 두엄 밭에서 주운 진주알갱이처럼 생경스럽도록 곱다.

여자의 울음이 좀체 잦아들지 않자 양지는 아수라장이 된 방에서 말없이 빠져나왔다. 상한 짐승의 오열이 저러하리라. 그런 여자를 상대로 아버지가 당한 사기행각의 전말을 꺼내서 따지는 것도 열없어졌다. 인간이 극한상황에 놓이면 무슨 짓인들 못 하리. 아픈 자식을 구하기 위해 새끼를 낳아 팔았다는 여자의 피어린 넋두리가 양지를 따라오고 있었다.

이제는 집안일이면 크든 작든 독단적으로 처리하지 않고 호남이와 의논을 해서 처리하리라던 양지의 결심은 또 무너졌다. 호남이가 이 일의 전말을 알면 펄쩍 뛰며 유전자 감식이라도 하자고 서둘 것은 분명했다. 만약 들은 소문대로 재수 없는 아버지가 사기를 당한 게 분명하다면 법을 앞세워서 짚고 넘어가는 것이 순서인 것은 당연했다. 아이를 돌려주고 법의 심판에다 여자를 맡길 수는 있겠지만 돈을 되돌려받지는 못할 상황이다.


"세상에 어떻게 그런 일이 있을 수가 있어요?"

인식 어머니를 떠올리면 양지는 아직도 떨리는 가슴을 누르며 말라드는 입술에다 침을 발라야 했다. 그러나 밭은 양지의 태도와는 대조적으로 오빠는 태연했다. 양지는 또 엽차로 입술을 축였다. 하지만 더운 숨결이 몰려나와 이내 입술은 건조해졌다.

"나도 처음엔 그랬지. 동생 신정 이해할 만해. 그렇지만 세상은 그렇더라고. 한없이 높고 넓고 밝은 곳이 있는가 하면 또 상상도 못 하게 어둡고 습하고 위험하고 깊고 좁기도 하고…. 얼마든지 그럴 수 있어. 강도질, 도둑질도 있고. 동생이나 나나 세상을 너무 좁게 외길로만 살아서 미처 몰랐을 뿐이지."

무릎 위에 놓인 오빠의 손아귀 속에는 손때 배인 호도 두 개가 알그랑달그락 만져지고 있었다. 오빠는 입가에 빙긋 미소를 베어문 그윽하기조차 한 눈길로 탁자 모서리를 응시하며 양지의 경과보고와 하소연을 들었다.

"동생이 이리 허급지급 나를 찾았던 것도 왜인지 짐작하겠어. 처음엔 나도 상식적으로 납득하기 어려웠지. 하지만 외숙모님은 역시 나보다 한 수 위인 분이셨어. 과연 어머니다 싶었거든."

"지금 와서 엄마가 어쨌고 그런 얘긴 하고 싶지도 않아요. 사람이 병신스러워 진 것도 그렇지만 현실이 너무 갑갑하게 돼 있잖아요. 도대체 어디서부터 바로잡아야 될지 기가 막힐 따름이고요."

"그냥 둬보는 수밖에, 우리가 이러고저러고 한다고 바른 해결은 안 나올 건데."

아무리 진정하려고 해도 목소리는 자꾸 강팍해지려 했다. 누군가를 끌어잡고 할퀴지 않으면 직성이 풀리지 않을 것 같다. 그렇지만 지금 옆에는 아무도 없다. 믿고 속을 털어놓아도 흉잡지 않고 받아줄 사람은 오빠밖에 없다. 그러나 그는 시종 미미한 고갯짓으로 일관하며 양지의 말을 듣더니 그런 의견을 해결 방법인 양 내놓는다.

"전 솔직히 말해서 기대했던 오빠의 역할에 대해서 실망했어요. 아버지나 엄마나 올바른 이성판단을 하기로는 아무래도 그렇잖아요?"

"글쎄, 내가 이런 말하면 동생은 어떻게 생각할지 모르지만 결혼을 안해본 사람은 아무리 잘 이해한다고 해도 부부간의 미운 정까지는 속속들이 다 간파하기 어려울 기라. 나 역시 뭘 아나. 하지만 외숙님 내외간을 보면서 뭔가 조금은 알 것 같기도 했어. 두 분의 이번 일은 내가 알았을 때는 때가 너무 늦어 있더라고. 내가 이대로 가만히 있어서 되겠느냐고 했더니 본인인 외숙모님이 밝히고 따지지 말고 그냥 두라고 하셨거든. 외숙님 평생에 그렇게 기분 좋고 생기 있었던 적이 없었다는 거라. 남의 자식도 얻어다 기르는 데 당신이 당신 자식으로 알고 있는 데 굳이 따져서 지옥 만들 게 뭐 있느냐 하시는데, 아 그럴 수도 있겠구나, 묘한 인연법에 감탄만 했지 달리 할말이 없었어."

"물론 저까지 오빠가 하시는 말씀을 이해하고 납득하리라고는 생각지 않으시죠?"

"그렇지만 우짜겠노. 인제 와서 아버지더러 당신 자식이 아닐지도 모르니 병원에 가서 검사를 하자고 해?"

"그렇게라도 해서 책임소재는 분명히 밝혀야죠."

"그래서 어쩌겠노."

"그렇다고 저대로 둘 수는 없는 것 오빠가 더 잘 아시잖아요."

"오늘도 거기 갔다 왔는데 다행히 애기는 많이 좋아졌고, 외삼촌도 극히 만족한 상태로 지내고 계셨어. 잠든 아이 옆에 같이 잠든 모습을 한참 지켜봤는데 참 평온해보이는 거라. 동생이 직접 확인했다니까 그 형편에 애를 돌려준대도 그 아이가 갈 데라고는 고아원밖에 없어. 모르긴 몰라도 희귀병 든 큰애의 약값을 벌기 위해서 그 여자는 또 다른 돈벌이를 원하고 있을지도 모르고."

"끔찍해. 그런 발상을 한 여자도 문제지만 그런 일을 조장하는 사람들도 이상해요."

"이렇게도 우리 한번 생각해보자. 만약 그 여자한테 그런 일이라도 주어지지 않았다 카모 어떤 일이 생겼을 것 같노. 도둑질, 강도짓? 상상도 안 되지? 아이들과 동반자살? 그게 더 무서운 거라고."

"저는 지금 아버지 처지만을 얘기하고 싶어요. 언제까지 어린애를 키우면서 살 수 있을 것 같아요?"

"그건 그때 가서 또 형편대로 해야지. 내 생각은 그래. 힘은 드시겠지만, 외숙님은 외숙님대로 외숙모님에 대한 허망한 상실감을 덜 수 있고 어린애는 또 어린애대로 보호받으면서 자라면 서로 의지가 돼서 좋지 않겠어?"

"그렇지만 이건 말도 안 돼요. 키우지도 못할 자식을 낳고 또 떠맡기만 하면 어떻게 해요. 자기 자신에 대한 노후대책도 막막한 사람이."

"산목숨은 우찌 살아도 살아지는 거라. 우리가 생각할 때 삶이란 멀고 거대한 것처럼 보이지만 사실은 가까이 바로 우리가 지금 하고 있는 일이 모두 그거더라고. 삶이란 참으로 하찮기도 하고 또 참 지엄하기도 하고."

그 여자가 아이를 낳는 것도 할 수 없었다면 어떻게 했을까. 양지는 오빠의 말뜻을 곱씹었다. 자기가 할 수 있는 일이면 무엇이든지 해서 돈을 벌어야 하는데 방법이 없다면. 아픈 자식을 구하기 위해서 자식을 낳아서 팔았다던 여자의 절규는 아버지와 관계된 일만 아니라면 너무나 야릇한 감동일 것 같았다. 에미는 죄인이란다. 아이를 낳아 기르면서 죄를 사하는 동시에 다시 죄를 짓는 거다. 자신의 건강상태를 점친 어머니는 어쩌면 아무도 몰래 그 여자의 집에 가서 사정을 알아본 뒤 아버지의 행위를 눈감아준 것이 아니었을까. 저 죽이고 나도 죽자 싶어서 손가락에 피멍이 들어도 아픈 줄 모르고 초오(독초)를 찧었다. 옛날에 들었던 어머니의 음성이 시공을 훌쩍 뛰어넘어 그녀의 뇌리에서 되살아났다. 고종오빠도 모든 것을 다 알고 있건만 모른 척하고 있었던 것이 분명한 상황. 앗겼을지도 모르는 돈에 대한 미련은 입에 올리는 순간 어머니의 뜻깊은 묵인을 욕되게 만들 것 같기도 했다.

"자네 보기에는 우쨌는지 모르지만 두 분이 평생을 같이해오신 반려인 점을 먼저 생각하지 않으모 이해가 안 되지. 남 보기엔 외숙부님이나 외숙모님이나 아웅다웅 사신 것 같았지만 육친 이상의 부부애를 쌓아오셨던 거고 또 그걸 서로를 위하는 일로 실천하셨던 기라. 하긴 내 말을 즉시로 이해할라면 새 뒤비시 날라가는 소리로 들릴 거고 한 단계 더 거쳐서 살아봐야 되겠지? 허허허. 그보다 호남이 동생 소식은 들었나?"

결론도 안 날 대화의 무위함을 간파했는지 오빠는 다른 데로 화제를 돌렸다.

"무슨?"

"호남이 동생이 불원 도 서방하고 법원에 갈 모양이더라. 동네 사람들 눈치도 보이고 해서 우선 읍내다 따로 방을 얻었다면서."

양지는 아프도록 꽉 입술을 깨물었다. 잘잘못을 가리기 이전에 형제는 형제였다. 양지는 며칠 전 살던 마을에서 호남이 겪은 일을 오빠에게 말하지 않았다. 펄펄거리던 날개를 꺾인 채 동네 인심으로부터 배반당하고 돌아섰을 호남의 심정은 어땠을까. 한 집에서 평생을 같이 살리라 하던 다정한 부부가 같이 장만했던 살림을 분류하면서 어떤 생각을 하며 헤어질까. 더구나 그들은 잉꼬부부였는데.

"오빠 그 애만은 정상을 지키게 하고 싶어요. 도와주세요."

"나도 몇 번 도 서방을 만나 이야기도 해봤지. 그렇지만 호남이 동생이 더 뻑세게 나오는 성격이라서 의논이고 자시고 더 할 것도 아니고, 언제 또 우리 정리했어요, 할지."

마을에서 돌아오는 늦은 밤길에서만 해도 호남은 도 서방과의 관계는 전혀 꺼내지 않았다. 억울하고 분노에 찬 음성으로 끝까지 마을 사람들과 맞대응해 살면서 오해를 풀고 자기의 위치를 지켜내겠다는 것만 강조했다.

"당장 호남이를 만나볼게요. 어디다 방을 얻었대요?"

"일간 또 한번 오겠다고 했으니까. 참 아버지한테 간다고 했으니까 쉽게 만날 수는 있겠다."

"그동안에 법원에라도 다녀오면 어떡해요?"

"글쎄⋯. 경거망동은 해서 안 된다고 일렀다만. 모르긴 해도 각오는 하고 있어야 될 끼라. 도 서방 그 사람 성질도 겉보기하고는 다르게 질긴 구석이 있어, 남의 말 듣고 호락호락 자기 결심을 흩트릴 것 같지도 않고."

오빠는 모처럼 난감한 안색을 지으며 입맛을 다셨다. 수학공식처럼 해법을 찾아내고 중장비로 산 하나를 파 없애는 것도 아니었다. 인생살이란 왜 이렇게 보이지 않는 고난들로 더 많이 얽혀 있는지. 양지는 잔뜩 숙제를 떠맡고 앉은 듯 가슴이 답답했다. 자신이 나서서 해결될 일은 아무것도 없는 걸 알면서.

오빠와 마주 앉은 상태로 한동안 가만히 있었다. 꺼낼 말도 없었다.

양지는 자신이 은연중 고종오빠를 의지하고 있음을 확인할 뿐.

"장 사장님, 댁에서 전화 왔는데 받아보세요."

계산대의 아가씨가 손짓하자 전화를 받고 온 오빠가 양지에게 손을 내밀었다.

"집에 큰 손님이 왔다네. 같이 안 갈래?"

"아뇨, 전 여기 조금 더 있다 갈게요"

비리누릇한 피냄새가 고여 있는 푸줏간으로 오빠를 따라가서 그녀가 할 일은 없다. 더구나 집으로 바로 갈 마음도 생기지 않았다. 일어서서 두어 발자국 걷던 오빠가 양지를 돌아보며 말했다.

"우리 안집 옆 골목에 방이 하나 있던데 우선 서울 갈 동안까지만이라도 거기 와서 있는 게 어때?"

내일 갈 거라고, 오빠에게 큰소리쳤던 내일이 벌써 몇 내일이나 지났다. 터를 고르기 위해 굴삭기가 갈 거라고 명자네서 연락도 왔다. 가야 한다면서도 떠나지 못하는 발걸음을 환히 읽고 있던 오빠가 배려를 한다.

"생각해보고 말씀 드릴게요."

"나중 들어갈 때 같이 저녁 먹고 가도록 해."

꼭 그러겠다는 확답도 아니면서 양지는 고개를 끄덕여보였다. 오빠네 옆집에다 잠시라도 기거를 정하는 것도 덕이 되면 됐지 나쁘지는 않을 것이다. 그러나 양지는 아직 누군가를 의식하며 사는 일에 서툴다. 혼자 생각하고 혼자 결정하고 죽이 되든 밥이 되든 혼자 해결해온 습관이 어물쩍 울타리를 허물지 않는다.

혼자 남은 양지는 차게 식은 커피를 조금 입술에다 댔다. 혀끝으로 입술에 묻은 맛을 걷어들였다. 피붙이란 참 따뜻한 것이다. 오빠가 앉았던 자리를 건너보니 더욱 그런 생각이 들었다. 그렇게 무엇이든 따져서 꼭 밝혀야 되겠나? 오빠로부터 여러 번 들었던 소리였다. 오빠가 거느리고 있는 사유의 세계는 아주 부드럽고 넓었다. 즉석에서 바닥이 드러나는 것보다 느리고 답답하기는 해도 얼마나 넉넉하고 편안한가. 이왕 이렇게 된 것 핏줄이 기고 아니고를 따지지 말고. 산사람은 어떻게든 살게 돼 있으니 조금 기다려보자 어떤 길이 열릴지. 물론 오빠는 다른 사람도 돕는 데 외삼촌을 못 도울 것 같냐 했으니 양지가 꼭 나설 필요도 없고 앞으로도 부담 가지지 않게 오빠의 형편이면 대책도 강구해줄 것이다. 오빠는 마치 전개될 앞으로의 일도 다 알고 있는 것처럼 항상 걱정없이 태연하게 나오는 사람이니까.

마음이 한가해야 한가함을 느낄 수 있지 몸이 아무리 한가해도 마음이 불안하고 불편하면 앉아 있는 자리도 마찬가지다. 또 한 잔의 엽차를 받아놓고 양지는 일부러 의자에다 깊이 등을 기댔다. 마음은 분주했다. 그러나 딱히 할일은 없다 그녀는 편치 않은 마음을 무표정한 얼굴로 감추고 있다. 어두운 망막으로 떠오르는 며칠 전 호남을 따라갔다가 보았던 일들도 그랬다.

동구 엄마한테서 연락이 왔는데 마을에서 나 때문에 회의를 한대. 모르고 그냥 온 것처럼 와보라는데 즤들이 무슨 권리로 남을 이래라 저래라 해. 양지는 돈키호테 같은 성질로 어떤 불상사를 야기할지 모른다는 불안 때문에 호남을 혼자 보낼 수 없었다. 호남은 호남이대로 불미스러운 꼬락서니를 언니한테까지 보여주기는 싫으니까 따라오지 말라고 했지만 적지로 동생이 간다는 것을 안 이상 혼자 보내놓고 기다릴 수 없어 우겼다. 내가 몰매라도 맞을까봐서? 천만에다. 태권도 3단, 이 최호남이를 뭘로 보고. 나는 아무 말 않고 그저 멀리서 보고만 있을게. 동구 밖에서부터 따로 떨어지면 안 되나. 그런 다짐을 받고서야 호남이도 양지의 동행을 묵인했다.

사람의 손길이 닿지 않는다고 집이 이렇게 황폐해질 수 있는가. 잠겨 있는 현관 앞에는 쓰레기가 쌓여 있고 어수선한 집안에는 냉기만 가득했다. 잠긴 문을 열려고 승강이 하던 중에 호남이는 마을회관으로 불려가고 양지만 혼자 남았다. 들려오는 소문이나 다가오는 모난 시선들이 걱정된 양지가 마을회관까지 꼭 따라가려 했으나 혼자 가야 한다며, 호남은 우정 씩씩한 동작으로 대문을 벗어났다. 호남에게는 그냥 집에 있겠다고 했지만 양지는 이내 발자국 소리도 내지 않고 호남을 뒤따라갔다.

회관에는 마을 아낙네들이 죄 모여든 듯 늙고 젊은 여자들이 자리를 꽉 메우고 있었다. 하나같이 굳은 표정들인 게 절대 호남에게 호의적인 분위기는 아닌 것을 알 수 있었다. 늙은이가 하나 일어나서 목에 핏대를 세우고 뭐라고 자기의견을 말하면 젊은이가 다시 일어나서 반대 의견을 말하는 것이 늙은이들과 젊은이들의 격한 설왕설래가 분명했다. 좌중에는 연신 삿대질이 오고 갔다. 듣고 있던 호남이도 참을 수 없다는 듯 벌떡 일어나서 자기변명을 했지만 양지도 전에 본 적이 있는 동구 엄마에게 등을 떠밀려 뒷자리로 가서 앉는 것이 보였다. 양지는 낮은 창턱에다 귀를 대고 안의 소리에 청신경을 모았지만 여간 큰소리가 아니면 감으로 짐작할 수밖에 없었다. 무슨 말이 있었는지 아까의 그 동구 엄마가 호남에게로 가서 귓속말을 하는 것이 보였다. 싫은 표정을 보이며 몸을 흔들던 호남이 좌중을 향해 곱잖은 시선을 휘두른 뒤 동구 엄마에게 등을 밀려 회관 밖으로 나갔다. 양지가 발소리를 죽이고 회관의 정문 쪽으로 나오니 동구 엄마가 호남을 달래고 있었다.

"쬐맨만 피해 있어라. 그래야 우리도 우리 생각을 자유시리 말할 수 있제. 내 낭중 갈게, 집에 가 있어"

동구 엄마가 들어간 회관 안을 잠시 흘겨보고 서 있던 호남은 단념한 듯 발길을 돌렸다. 호남은 집으로 가지 않고 차라리 그믐밤이었으면 싶은 애매한 어둠이 희부윰하게 뒤덮고 있는 들길로 나섰다. 좀 전까지의 일은 잊은 듯이 천연스러운 걸음으로 밭둑길을 가다가 이 집은 얼마나 농사일이 진행되고 있는지 궁금했는지 길옆에 있는 비닐하우스 몇 군데를 삐끔삐끔 들여다보기도 했다. 밭에 두고온 물건이라도 가지러 가는 양 부지런히 한 방향으로 나아갔다. 자신이 농사짓던 하우스를 둘러보러 가는 것이 분명했다. 양지는 거기서 단념하고 발길을 멈추었다. 사람들이 호남을 어떻게 말하고 있는지 회관의 분위기가 더 궁금했다.

아까의 자리로 돌아온 양지는 안의 소리를 좀 더 정확하게 듣기 위해 창문을 조금 밀어보았다. 그러나 새시로 된 창문은 안으로 잠겨 있어 요지부동이었다. 그나마 대행인 것은 격렬해진 감정들이 쏟아내는 소리라 아까보다 훨씬 크게 잘 들렸다. 누군가 손을 저어 끊고 있는 좌중의 소리를 가라앉히는데 비탈밭에서 마늘을 심던 그 노파 옆에 앉았던, 은발의 낭자를 탱자열매처럼 뒤통수에다 매단 까만 얼굴의 할미가 일어섰다. 대추나무 방망이처럼 야무진 얼굴에 쇳소리가 강한 억양으로 할미는 입을 열었다.

"도구방아, 디딜방아 겉보리 곱찧어서 그 많은 식구들 새벽밥 해믹이고, 우는 아 업고 낭구해다 나리고, 논매고 밭 매고 질쌈하고, 들에 가모 머슴이고 집에 오모 요새맹키로 비누가 있나 세탁기가 있나 재물 내서 삼베 무명베 푸서답해서 층층시하 어른들 의장수발 다 들었고, 에이고 에이고 식모, 식모는 월급이라도 있다. 우리는 그냥 매인 종 아이더나. 그렇지만 우리는 그리 살아야 되는 기라 생각하고 어른 앞에 고개 들고 말대꾸 한분 해봤나. 그리 산 우린데 요새 젊은 것들은 해도 너무한다."

늙은이의 말이 길어지자 마늘밭노파가 어깨를 눌러앉혔다. 기다리고 있었다는 듯 파마를 한 긴 머리에다 여러 개의 장식 핀을 꽂은 젊은 여자가 발딱 일어섰다.

"이 자리는 나이 많은 아주머니들 시집살이 자랑하는 자리가 아닙니더. 어른들 시집살이한 이바구는 너무 많이 들어서 인제는 귀에 못딱가리가 앉았거만요. 우리도 그때 태어났으면 똑같이 그런 일하고 살았것지예. 어른들은 말끝마다 당신들이 그렇게 산 원인제공을 우리가 한 것처럼 늘 우리한테 공격을 하는데 젊은 우리들한테 질투하는 것 같애서 에나 듣기 싫습니더. 우리도 물려받은 것 없이 시작해서 하느라고 합니더. 옛날보다 일도 더했음 더했지 적게 하지는 않십니더. 우리 그만 본론으로 들어가입시더."

당돌하게 나오는 젊은 여자를 향해 늙은이들의 눈총과 삿대질이 일어났다. 젊은이들 쪽에서도 지지 않고 늙은이들 쪽을 향해 야유 같은 기색을 피워보냈다. 한동안 어수선한 분위기가 감돌았다. 마늘밭노파가 위축되고 밀리는 기막힌 심정을 누그러뜨리기 위한 듯 담배 한 대를 피워 물자 다른 늙은이들도 하나 둘 담뱃불을 나누어물었다. 그러자 불경스러움이 단박 드러나는 빠른 동작으로 담배연기를 쫓으며 젊은이들 쪽의 창문이 몇 개 열렸다.

신구세대의 묘한 대리전이 전개되고 있는 셈이다. 세습시킬 시어미살이의 기회를 놓쳐버린 노인들은 이런 기회를 빌려 버릇없는 젊은 며느리들의 기를 꺾어놓자는 심산들이 분명했고, 젊은이들은 젊은이들대로 구세대들의 이유 많은 타박과 질투를 곱다시 받아들일 의지가 진허 없는 것이다. 거품처럼 부풀어서 버글거리던 실내의 분위기가 얼마간 가라앉고 나자 마늘밭노친네가 다시 앞으로 나섰다. 한층 침착하게 정돈된 음성에는 강한 자제력이 실려 있었다.

　"주영 에미를 이 동네 살리고 안 살리고 그 한 가지 문제가 아니다. 젊은이들 말도 노상 일리가 없는 거 아인 거 우리도 알제. 그렇지만 사람은 지 혼자 사는 기 아니고 이 동네는 또 늙은 우리만 살고 마는 기 아니라 자자손손 전래해줄 터전인 기라. 우리는 그걸 생각하미 이런 자리를 맹글었제 누구 하나를 쥑이자꼬 만든 자리가 아인 거 생각하고 의견을 같이 모아주모 좋것십니다. 철모르는 언내도 학비 대고 핵교 보낼 때는 좋은 거 배울라꼬 보내는 거 아이것나. 좋은 기라 카능 기 뭐이것노. 사람 사는 보법이제. 그 법은 꼭 돈 내고 핵교만 댕기면서 배우는 것도 아이더라 이 말이라. 집에서 새는 바가지 밖에 나간다꼬 안 샐까. 아아들이 핵교 가모 너거 동네 우떤 우떤 일이 있었다 카데 그런 말 들어모 그 아들 심정이 우떻것노? 어른은 변명이라도 하지만 아아들이 뭘 아노, 뭐라꼬 말할 끼고. 탁 깨놓고 말해서 늙은 우리는 개안타. 귀도 안 뚫린 에린것들 가진 젊은 사람들이 큰일이제. 내 말이 무신 뜻인지 얼른 몬 알아듣는 사람이 있을 듯해서 그라는 디, 바로 한마디만 더하자. 그 에편네한테는 살기가 있어. 네 자식의 얼굴을 쓰다듬으면 네 자식이 죽고 네 논밭에 곡식을 그년이 처다보기만 해도 병이 들고 죽어간다 카모 우짤래. 그래도 동정하고 히히 하하하면서 한 동네서 같이 살것나 말이다. 옛날부터 그 집안이 잘될라 카모 삐가리 한 마리도 울안에서 안 죽는다 카는 긴디, 아무리 고의로 쥑인 거는 아니라도 항차 씨에미를 해친 살인이 난기다. 참말로 이 일이 작은 일이가? 그 일이 생각날 때마다 편하기 복 받을 끼라 생각것나 그 말이다."

수굿하던 젊은 측의 분위기가 차츰 어수선해졌다. 마늘밭노친네의 쐐기 박는 한마디 비유는 너무 간단하게 좌중을 설득하고 압도했다. 양지는 빠르게 눈길을 돌려 동구 엄마를 찾았다. 젊은이들의 앞에 앉아 있는 동구 엄마의 표정도 굳어 있었다. 그래도 가만있지 못하겠다는 듯 동구 엄마가 일어나서 안타까운 눈길을 젊은이들 쪽으로 더 많이 보내며 발언권을 달라는 손을 들었다. 위기감을 느낀 얼굴로 젊은이들 쪽 여기저기를 돌며 무슨 말인가를 하고 있었지만 양지에게까지 들리는 소리는 아니었다. 반응을 보이는 사람도 있고 아까와는 달리 외면을 하는 사람도 있었다. 변하고 있는 젊은이들 쪽의 흐름을 돌아보다 고개를 몇 번 가로젓던 동구 엄마가 결심한 듯 큰소리로 말했다.

"그라모 우리 손을 들어 찬성과 반대로 결과를 지읍시더."

몇 사람 찬성의 손뼉을 쳤다. 이리저리 둘러보며 서로의 의견을 타진한 늙은이들이 먼저 거수를 했다. 만세를 외치듯 단호한 동작으로 두 손을 올리는 늙은이도 있었다. 늙은이들 모두는 한마음 한뜻임을 알리는 일사불란한 동작이었다. 편갈려서 망설이고 있던 젊은 여자들 속에서도 하나 둘 올라가던 손이 나중에는 늙은이들이 보내는 비난의 눈길과 함께 동구 엄마를 비롯한 몇 사람만을 남기고 거의 모두가 손을 들었다. 반대 숫자를 헤아리기 위해 고개를 빼고 살피던 동구 엄마의 얼굴이 실망으로 굳어졌다. 후세들이 피해를 받는다는 마늘밭 노파의 충격적인 비유는 호남이 쌓아놓은 행적을 깨부수는 절명의 구호가 된 것이다.

호남을 축출하기 위한 결정이 내려졌음을 알리려고 몰려왔던 마을 사람들이 돌아갈 때까지 호남은 돌아오지 않았다.

"안에 잠들었는 거 아나?"

"열쇠도 없는데 안으로는 몬 들어가제."

"그라모 어데로 갔시꼬? 모리제, 동네 사람들 나오는 거 본께 낮 들고 몬 살것다 싶은께 미리 줏자를 놨는지."

"차라리 그라모 서로 편하게 잘됐다. 모두 돌아들 가자."

무기로 쓰려던 돌을 던지듯 모난 말 한마디씩을 내뱉으며 멀어지는 마을 사람들의 발자국 소리를 들으며 양지는 허물어진 옆집의 뒷담에 기대 서 있었다. 호남은 이제 사랑하는 가족들과 오래 살기를 원하며 터 잡았던 마을에서 쫓겨나는 것이다. 마을의 분위기가 그렇게 흐르고 있다는 소리는 진즉 들었지만 그래도 설마했던 양지는 제 눈으로 확인한 젊은이들의 변심에 써늘해지는 충격을 가눌 길 없었다.

골목에서 투덕거리는 여러 사람의 발자국 소리가 들렸다. 미안해하는 동구 엄마의 진정어린 목소리가 겹쳤다.

"주영 엄마야. 이해해라. 내 혼자 힘으로는 우찌해볼라 캐도 안 되더라. 우선에 잠시만 다른 데 있거라. 내 꼭 돌아오게 만들어보꺼마."

"괘안타, 여 아이모 설마 사람 살 데 없나."

여전히 기죽지 않은 목소리였으나 승복할 수 없는 불만이 호남의 어투에는 배어 있었다. 소리는 집 쪽으로 멀어졌다. 시선이 닿는 대로 눈을 돌리니 멍석처럼 담장을 뒤덮고 있는 담쟁이넝쿨이 보였다. 하늘을 향해 머리를 쳐들고 바람에 너울거리는 모양이 상승욕구 아니면 구원을 부르짖는 애절한 손짓처럼 안타까워보였다. 양지는 언뜻 고개를 든 어떤 기이한 생각에 고개를 갸웃했다. 언젠가, 꼭 이런 시간에 이런 기분으로 이런 자리에 있어본 것 같았다. 너절하게 흩어져 있는 가랑잎과 꾀벗은 감나무와 무궁화나무를 가장자리로 세운 텃밭이며 오뚝하게 무덤을 이루고 있는 두엄더미며 엇비슷이 보이는 이웃집의 농기굿간. 저 담쟁이넝쿨 때문인가. 저 구름에 가린 희미한 달빛 때문인가. 양지는 고개를 저었다. 악몽이었다. 꿈이었다면 언제 이런 현실을 예시 받았던 것일까. 후미진 어둠 속에 숨어서 동생의 미래를 걱정하고 있는 것이 아니라 거역할 수 없이 예정되어 있는 수순의 절차를 따르고 있는 것 같은 이 기이한 현실감. 양지는 아니다, 아니다 하면서도 깊이 들어와 있는 자신을 발견했다. 우리는 넝쿨식물이면서도 땅을 기고 싶지 않았던 저 담쟁이넝쿨이었다. 담장 끝까지 올라갔던 넝쿨은 더 오를 곳 있는 처마를 발견하고 처마를 기어 건너고 있다. 그러나 하늘에 이르기는 처마도 한계가 있음을 발견한 즈음 건너편에 있는 까마득한 미루나무를 발견하고는 그쪽으로 뻗었으나 허공에서 바람을 맞고 있다. 누군가의 본의 아닌 손길에 저 담쟁이의 뿌리가 잘리는 날 담쟁이는 어떻게 될까. 능력 이외의 것을 탐심한 허황한 생명들에게 내려지는 가차없는 징치. 너무 비약된 비유일 수도 있지만 살인을 한 호남을 탄원으로 풀어낸 마을 젊은이들이 이번에는 자신들의 장래에 끼칠 두려움 때문에 호남의 뿌리를 자르는 결단에 동참을 했다.

그 순간 무엇인가 와장창, 파괴되는 소리가 났다. 호남이네 집 쪽이었다.

"나는 잘 살고 싶었다아!"

슬래브 지붕 위에 호남이가 있었다. 간장냄새가 진동을 했다. 박살난 오지항아리가 피처럼 검붉은 간장을 질펀하게 흘리고 있었다. 또 무엇인가가 퍽지근 떨어져내렸다. 까만 항아리의 파편을 살 속에 박고 누런 된장이 여기저기로 흩어졌다.

"내가 뭔 잘못을 했어. 저들 모두한테 하느라고 했어. 나는 안 쫓겨갈 끼다. 내가 와. 내가 와, 내 집에서 쫓기날 끼고."

말리는 동구 엄마를 달고 미끄러지듯이 난간을 타고 내려온 호남은 잠겨 있는 현관문을 장식용으로 놓였던 문양석을 집어들고 내려치기 시작했다.

"인마야, 이라지 마라. 주영이 아부지가 열쇠 갖고 갔응께 주영이 아부지 부르모 안 되나."

"그 인간이 그럴 줄 몰랐다. 내가 온다 소리 듣고도 문 잠가놓고 간 놈인데 나타날 줄 아나. 지가 내 속을 모르나. 그 인간이 그럴 줄 몰랐다. 내가 와 살았는데. 내 뜻에 동의하고 잘해보자 칼 때는 언제고 인제사 등을 돌려. 배신자! 나쁜 놈!"

언니야, 니는 사회생활도 그리 했다는 사람이 우찌 그리 간이 작노. 있는 거 다 내삐리고 다시 시작하모 된다. 설마 산 입에 거미줄 치것나. 걱정도 팔자다이. 여기 아님 설마 살 데 없을까. 그러면서 당당하게 마주 웃고 온 호남이었다.

"이기 무신 짓이고, 이 동네가 니 혼자 사는 세상이가. 젊은 기 어데서 겁도 없이 이라노!"

귀 밝게 먼저 달려와서 호통치는 사람은 역시 마늘밭에서 보았던 노파였다.

"아지매가 그랄 줄 몰랐심니더."

들고 있던 돌을 다른 손으로 옮겨들며 호남이가 계단을 내려서자 자신을 해치려는 줄 아는지 노파가 주춤 뒤로 물러섰다. 노파와 같이 온 다른 늙은이들도 저만큼 동정과 분노가 뒤섞인 표정을 감추며 둘러서 있었다.

"그랄 줄 몰랐다이? 아이구야 뭐로 믿고. 가제는 게 편이란다. 어데서 배와묵은 짓이고. 살림살이 야무치게 산다꼬 쪼매 봐줬더마 어른 아도 겁 안 내고, 세상에 겁나는 기 있나. 이 세상에는 법이 시퍼렇게 살아 있다. 어른 아아가 있고 선후가 다 있는 긴데, 이런 망할 놈으 세상이 어데 있더노. 너거 젊은것들이 아무리 나대봐라 에미없는 새끼가 있는 가. 와 요새 세상이 이리 어지럽은고 아나. 젊은 것들이 천벌을 짓고 있는 땜시라."

이참에 억하심정을 분출하느라 꺽꺽 목이 잠기기도 했지만 노파는 마을 여인들의 선봉으로 이쪽저쪽을 번갈아치면서 할 말을 다하고 있었다. 불도저처럼 앞을 잘 차고 나가던 호남이마저 그렇게 망가지는 것을 보자 양지는 마치 허물어진 담장에 의지하고 있던 담쟁이넝쿨처럼 힘이 쑥 빠졌다.

# 10. 오만의 후예

호남이 따로 방을 얻어나왔다는 의미는, 멀리뛰기 위한 동작으로 웅크린 개구리처럼 해석하기 나름일 테지만 그 말을 들은 양지의 지금 심정은 아주 신산하고 암담했다. 아아, 우리들의 장래는 과연 어떻게 열려 있는지 미리 알 수는 없을까. 양지는 바람결이 아직도 매서운 언덕에 서 있었다. 어린 날 환경으로 인해 열리지 않던 암담한 앞날을 바라보며 자주 서 있곤 하던 굴참나무 고목이 있던 자리였다.

억센 서북풍을 막기 위해 저 산을 만들었느니라. 원래는 한양으로 가는 지름길이 산 고개를 가르고 있었는데 세월 따라 턱이 낮아져서 자연히 바람골이 되었지. 갈라진 산자락으로 칼바람이 휘몰아 쏟아지면 얼음폭포가 어디 따로 있을라고. 금계가 추워서 알 품는 것을 포기할지도 모른다는 설을 인위적으로 막아보자던 꽤 집요하고 방대한 노력의 현장이었다. 자연적인 산의 형상을 이루고 있지만 사실은 조산인 거라. 저게 어떻게 사람의 힘으로 이루어진 것인 줄 짐작이나 하겠어. 바위를 굴러다 심을 박고 붉은 황토를 져다 다지고, 인간이 한 일 치고는 대단하고 무엄한 역사 아니냐. 세월이 가고 그 비밀을 아는 사람들이 모두 사라지면 저 산은 비로소 자연스럽게 산이라는 제 모습을 갖게 될 것이다.

양지는 치마폭처럼 풍성하게 퍼져나간 동네 주위의 산들을 깊은 눈빛으로 둘러보았다. 언제 이렇게 산과 들의 모양을 찬찬히 살펴본 적이 있었던가. 그 모양이 그 모양이라 예사로 보아왔던 산이며 들이었다. 그러나 자세히 보면 그 모양이 그 모양 같아도 뻗어 있는 방향이 다르고 솟아오른 고도며 흙의 토질도 다르다. 저 산들도 혹시 아주 옛날에 인위적으로 만들어진 조형물은 아닐까. 높은 산꼭대기에는 상징적으로 단단한 바위가 있어 산의 기상을 산답게 받쳐주고 있다. 커다란 암석들이 융기해 있지 않으면 제아무리 높은 산이라 한들 커다란 흙무더기에 불과하며 힘이 솟구치는 기상 같은 것은 느낄 수 없다. 들추어보면 비록 낮은 산일지라도 각각 제 이름이 있고 또 그럴싸한 전설도 있다. 특히 눈길을 보내고 있는 저 안장산은 비록 큰 산은 아니지만 자주 일컬어지는 전설과 밀접한 관계로 누가 시킨 것도 아니지만 양지의 심중 한 곳을 별다르게 차지하고 있다.

"전설이 그럴싸하게 현실로 재현될 때도 있는데 정말 감탄할 정도로 사실감 있는 이야기들도 많지. 저 산에 얽혀서 전해지는 이야기도 내가 아는 어느 기자가 콩트식으로 정리한 걸 본 적이 있는데 아주 그럴싸하데."

양지는 자신이 어릴 때부터 듣고 자란 내용과 별반 다르지 않는 오빠의 이야기를 모르는 듯이 들었다.

만물이 소생하는 삶의 훈기로 봄기운이 무르익는 봄날이었다.

하인의 안내를 받은 박 처사가 최 진사의 집으로 들어왔다. 박빙처럼 해맑게 퍼져 있는 사랑마루의 햇살 위로 뜬 듯 가뿐한 걸음이었다. 그는 낙남落南 이전부터 세교가 있는 최 진사의 친구였다.

"앉게나. 이 사람."

뒹굴던 안석에서 느리게 몸을 일으키며 최 진사가 자리를 권하자 당장 끌어 일으키기라도 할 양 급한 호흡으로 박 처사가 말을 받았다.

"이 사람아, 참 딱도 하이. 내 말 허투루 듣지 말라 그리 일렀는데도 어찌 이리 한가하게 나롱이나 부리고 있나. 어서 일어나서 밖으로 나가. 내 말 좀 들어."

"허허, 또 그 성화 나오네. 때는 좋아 호시절, 꽃 피고 잎 피는 봄 오는데 무에 그리 급한가. 여기 와서 가만히 눈을 감고 있어 보게. 봄바람에 간지럼 타는 화초들의 웃음소리가 들리네. 바람이 몰고 오는 세월의 긴 끄나풀 소리도 들리고 말일세. 자네 그 걱정 많은 재기로는 못 들을 소리들이긴 하지."

"잔말 말고 일어나, 어서 일어서라니까! 허, 어쩐지 그래서 이쪽으로 자꾸 오고 싶더라니."

최 진사의 놀림대로 재기가 넘쳐서 좀 경박스러워 보이는 눈을 굴리며 박 처사는 딱한 듯이 손을 내밀어 비스듬한 최 진사의 상체를 끌어 반듯하게 일으켰다.

"소나기 번개가 쳐도 참새걸음을 걷지 말 것이며 우캐덕석이 떠내려가도 군자는 호들갑을 떨면 안 된다고 내 그렇게 가르쳤거늘…."

상대방이 어떤 행동을 보이건 최 진사는 여전히 능갈치며 여유를 보인다. 어릴 때부터 너무 잘 아는 성격이라 못 이긴 듯 박 처사도 주저앉고 말았다. 하지만 굳은 표정은 여전히 풀지 않는다.

"그나저나 웬일인가. 그 출랑 걸음이 뜸하길래 흙밥된 줄 알았더니."

"토굴에 든다고 내 그러지 않던가."

툭 내뱉는 말속에 서운하다는 투정도 섞여 있다.

"참, 그랬던가?"

최 진사는 느긋하게 대답하며 늘어진 수염을 만지던 손길을 뻗어 협문을 민다. 술상을 차려오라 할 것이다.

"내가 그깟 술 배고파서 온줄 아나. 내 단도직입적으로 말하겠네. 그만 이치쯤은 자네가 깨닫고 있을 줄 알았더니, 자네 어쩌자고 계속 여기 이렇게 눌러 있나. 내 생미 보내온 막쇠놈한테 일러보냈거늘. 어서 이 집을 떠나야 된다는 내 당부 안 전하던가?"

"막쇠? 그 놈을 그럼 자네가 돌려보냈던가?"

"어허이, 영리한 놈 내 말 듣고 줄행랑 놓았군. 내 자네가 업혀보낸 쌀값이나 한답시고 비답을 보냈더니 신실한 과객 편에 중의적삼 부친 격 났군 그래, 쯧쯧…. 여인함원女人含怨이면 오월비상五月飛霜이라고 막쇠놈한테 시켰건만. 지금이라도 늦잖으니까 당장 이 집을 뜨세. 급한 불을 꺼야 돼. 살煞을 막아야 된다니까!"

싱그레 웃으며 듣고 있던 최 진사가 순간적으로 정색을 하며 기대고 있던 몸을 발딱 바로 세웠다.

"이 사람 듣자듣자 하니까, 명색이 내 결격 없는 사대부거늘 그깟 계집들 좀 희롱했기로, 반풍수 자네 말마따나 그런 짓한 사내들 모두 서리 맞고 급살 맞다보면 세상 사내들 몇이나 명줄을 보전하겠나."

"글쎄, 내 이런 말은 차마 입에 올리기 뭣하지만 자네 부인은 여인 아닌가? 가운이 다했어. 모릿대가 내리앉게 됐다니까!"

최 진사의 손길이 자신도 모를 동작으로 이마 위의 관테를 쓸었다. 날아가는 매미 날개처럼 관뿔이 파르르 떨었다. 박 처사의 형형한 눈빛이 여느 날과는 사뭇 다른 것을 그는 비로소 알아차렸던 것이다. 할말을 잃은 최 진사가 박 처사를 건너다본다. 이런 최 진사의 반응에 고무된 박 처사가 사명감 넘치는 얼굴로 말을 이었다.

"내 언젠가 말했지. 자네 집터가 금계포란혈金鷄胞卵穴과 오공혈蜈蚣穴의 상충점이라고. 지네하고 닭이 서로 기를 세우고 상충하는 극점에서 운기가 치솟았는데 이제 서서히 한쪽이 죽어가고 있다네. 지네 독이 살아나서 닭을 녹이고 있다 이거야. 맞겨루던 힘의 균형이 깨지면 누가 패를 볼지 뻔한 것 아닌가."

귀담아 듣자니 께름칙하지만 최 진사는 두 손을 내저으며 여전히 허세를 부렸다.

"이 사람 곡차나 들고 편히 쉬었다 가게. 원 말도 말 같아야 듣고 자시고 하지. 지난해 우리 전답에서 난 소출이 얼마나 불었는지 아는가? 게다가 큰손자 돌 지냈고 며느리가 또 태중에 있어. 언감생심 어느 바람이 들이칠 울안이라고, 당치도 않는 그런 소리하려거든 아예 상종을 하지 않겠어."

최 진사가 내미는 술잔을 내려놓고 분연한 음성으로 박 처사는 일어섰다.

"그만하면 전에 입은 붕우지정은 한 셈이니 나는 가겠네. 부디 내 말이 허언이 되고 탈없이 평안하시기를 빌겠네."

진의를 무시당한 분기로 가랑잎처럼 파르르 화를 내며 박 처사가 중문을 나서자 최 진사는 빙긋 미소를 지으며 원래대로의 자세로 돌아가 비스듬히 안석에다 몸을 기댔다. 재주가 너무 많아도 복이 없다더니. 박 처사의 명민함을 연민하며 최 진사는 스르르 눈을 감는다. 고대 박 처사가 돌아와서 술잔이라도 받으면 노자 얼마라도 내리려니 생각다가 그도 성가서서 고개를 저어버린다.

　최 진사의 뇌리에서 죽 떠먹은 자리처럼 박 처사의 경고는 사라졌다. 중국비단의 노리끼리한 핫바지 속으로 최 진사의 손이 미끄러져 들어갔다. 손동작에 따라 최 진사의 눈시울이 아연 가늘어진다. 삼월이 그년. 그 샛별처럼 반짝이는 눈구녕을 진작 뽑아놓아야 하는 건데. 갱엿같이 괴로운 신음이 최 진사의 입술을 비집고 흘러나왔다. 이내 고개를 저었다. 그만큼 반반한 년이 눈에 안 띄어서 그렇지 종년은 또 쌔고 쌨다. 대담한 년. 최 진사는 눈을 떴다 다시 감았다. 삼월이 그 아이의 터질 듯 말 듯 매끄러운 맨살이 숨 가쁘게 그리운 순간이었다. 두 사람이 합일된 순간은 어떠했던가. 자신이 먼저 갖고 있는 모든 것을 버림으로써 빈틈없이 충만함을 맛볼 수 있었던 순간이었다. 단내 나는 입술을 귓가에 대고 애소하던 년의 비음은 분명히 면천을 애원하고 있었다. 년의 신분이 어째서 종년이란 말이냐. 하긴 그래서 일은 더 쉽게 시작되었고 또 빨리 끝나게 되고 말았던 게 아니던가. 년은 교태가 졸졸 흐르는 몸뚱이를 은어처럼 빼돌리며 황황스레 몸을 피했었지, 이미 정혼한 놈이 있다던가 어쨌다던가. 상대의 나이를 묻고 이름을 물을 필요도 없었다. 년을 비단 금침 속으로 끌어들이는 일은 정낭에 앉아서 개 부르기보다 수월한 걸. 손을 홰홰 저으며 다시 일어난 최 진사는 앞에 놓인 놋재떨이를 장죽으로 힘껏 내려쳤다. 괴로운 신음이 다시 잇사이로 삐져나왔다.

　고얀 거, 제깟 것이 서방을 들여 가시버시로 살겠다며 달아났겠다? 어디 그년 같은 년이 또 없을까보냐는 안방마님의 간곡한 만류가 아니었다면 최 진사는 년과 배가 맞아서 달아났다는 사내놈까지 찾아 물고를 냈을 것이었다. 돌이켜보니 삼월이 같은 눈을 가졌고 휘늘어진 수양버들처럼 착착 감기는 허리를 가진 년은 눈에 뜨이지 않고 떨군 고기 같은 아쉬움 속에 눈만 감으면 년의 교태어린 몸매가 떠올라 최 진사의 심기를 산란하게 만들었다. 최 진사는 울화가 치밀었다. 그리움인가. 주책스러워서 아무에게도 말할 수 없는 안타까움이었다. 되짚어보니 년이 종적을 감춘데 대한 수습 부분이 좀 아리송한 데가 없잖았던 것도 새삼스레 상기되었다. 어느 날인가 년이 보이지 않아 물어보니 년은 서방 따라 야반도주를 했다고 부인 하씨가 일러주었다. 도지를 깎아달라고 아우성인 작인들을 다스리느라 영토를 둘러보고 다닐 무렵에 년이 단봇짐을 쌌다는 믿기지 않는 보고였다.

만상에 봄물이 흐드러지게 오를 때, 오늘 같은 날 더욱 년이 필요한 법인데…. 남편의 위신을 지킨다는 미명하에 아내 하씨가 내린 감쪽같은 처단인지 모른다는 뒤늦은 짐작은 하고 있었으나 대장부 뺨치는 안방의 기지에 눌려 모르는 척 아쉬움을 눌렀다. 그러나 오늘 같은 봄날은…. 온갖 암상을 감추고 점잖은 척 거드름 피우고 있는 하씨의 투기어린 처신을 썩은 박바가지처럼 박살내버리고 싶은 분기도 치받았다.

최 진사는 벌떡 일어서서 방안을 서성거리기 시작했다. 무언가를 박 처사는 알고 있음이었다. *그렇다, 년은 분명히 면천을 애소하고 있었으니 그리 서둘러서 야반도주할 리는 없었다. 긴가민가하던 안방 여자들의 투기와 음모가 혼재했던 사건이었음이 비로소 확연해지는 순간이었다. 최 진사는 주먹을 휘둘러서 방문을 열어젖혔다. 안방으로 쳐들어가

경위라도 따져볼 셈이었다. 그때 얼굴이 파랗게 질린 젊은 하인 하나가 구르듯이 안채 쪽에서 뛰어나왔다.

"나으리, 큰일 났심니더!"

굳은 몸을 떨고 있는 아랫것의 상통을 굽어보던 최 진사의 뇌리로 기왓골을 쯔릉 울리는 듯한 어떤 굉음이 흘렀다.

"큰 도령님이, 큰 도령님이 금방…."

"큰 도령님이 와?!"

덮치는 예감에서 빠져나오기 위한 벽력같은 소리로 최 진사는 고함을 질렀다.

"유모하고 잘 놀았는데…. 방금까지 잘 놀았는데…."

"야 이놈아, 속 시원히 털어 놔아! 아아가 우쨌단 말인지."

최 진사의 발꿈치가 치 닷분 마룻장을 쾅 울렸다.

"네. 지금 막, 지금 막."

달려간 최 진사의 눈앞에는 이미 눈을 감은 큰손자가 통곡하는 할미의 품에 안긴 채 늘어져 있었다.

"어허, 이런 변괴가 있나. 뭘 꾸물거리느냐. 어서 사관을 트고 의원을 불러야지!"

발을 구르는 최 진사의 호령으로 어찌할지 몰라 옹송그리고 있던 하인들의 움직임과 아울러 잠자는 벌집을 쑤신 듯 온 집안이 수선스러워졌다. 마침 동구 밖 당산나무 아래 머물고 있던 박 처사가 불려왔으나 절망적으로 고개를 저었다.

"소용없네. 올 것이 온 것뿐…."

"올 것이 온 거라니…. 그럼 농담이 아니라 진담이었단 말인가?"

최 진사는 털썩 무릎을 꿇며 허탈하게 입을 벌렸다. 파랗게 변한 손자의 시신이 눈앞에 부웅 떠올랐다. 벙그는 함박꽃처럼 활짝 웃을 때 드러나 보이던 온갖 즐거움과 앙증스럽던 하얀 젖니들…. 앞날을 기대해도 좋을 무성한 거목감이었는데. 아아, 어이할 거나. 지축이 무너지는 듯한 아뜩함이 최 진사의 감각을 함몰시켰다.

종으로 횡으로 잇대어 있는 안채, 사랑채, 뒤채, 별당, 행랑채, 곳간 마구간 등의 기왓골이 꿈틀꿈틀 비늘을 세우고 일어나서 기어다니기 시작했다. 맏손자는 종가의 대를 잇는 외의 희망을 온 집안에 떨치고 있었다. 겨우 두돌바기가 천자문을 곧잘 외우는가 하면 장골 두 명이 양쪽에서 들어야 하는 지게문을 한 손으로 밀어젖혀 지난 여름에는 온 집안을 놀라움 반 우려 반으로 발칵 뒤집었다. 문무 겸비한 출중 재인의 탄생 아니겠는가. 그렇잖아도 가문의 한미가 느껴져서 어서 자손이 홍성하거라 애태우고 있던 참이었다. 손가락이 끼어서 자지러질 듯 우는 걸 발견하고서야 아기가 문을 밀었음을 알았다며 아기가 어떻게 그 무거운 것을, 하면서 믿지 않는 사람들에게는 아기의 손가락에 깊이 팬 상처를 보여주며 자랑하곤 했다. 최 진사의 마음 한 구석에 도사리고 있던 미망이 검은 그림자를 펼치는 순간이 왔다. 앞서 여러 번 박 처사의 암시도 있었다. 해묵은 기왓골에 뿌리내리고 피어나는 극성맞은 잡초들…. 집이 너무 늙었다. 곡식도 해걸러서 윤작이 필요한데 묵은 터에 새 인걸? 박 처사의 암시도 무시한 채 자주 엇갈리는 비유를 자문자답하며 털어냈던 것이다.

"어서 기운 차리고 좌정하시게. 처방이 영 없는 것도 아니니 이제라도 내 말 명심해서 거행해야 되네."

그러나 죽은 아이를 살릴 수 있다는 뜻은 아니었다.

"누군가 알을 품고 있는 닭모가지에다 침을 꽂았음이야. 온갖 살煞이 비쳤어."

박 처사가 천기누설이라며 굳이 거부하던 말문을 연 것은 해거름이 거의 다 되었을 무렵이었다. 말 안 해도 될 충분한 징후가 나타났으니 다음 일은 굳이 설명하지 않아도 될 터, 알아서 피신이나 하라는 박 처사를 최 진사는 잡고 늘어졌다.

"누가, 누가 감히 그런 짓을 했단 말인가?"

"누구를 찾아내서 벌 줄 생각부터 하는 그 오만함부터 고쳐야 하네."

듣고 보니 박 처사의 말은 틀리지 않았다. 대대로 이어져온 터전이 가로질러 십 리를 넘는다. 그 땅에 명을 걸고 빌붙어사는 씨종이며 소작인들이 얼마인데…. 그들이 모두 충복일 리 없다는 점은 알면서도 혹 그런 반증이 보였어도 작인들끼리 처리하라 혼찌검 낸 뒤 가볍게 얼러넘겼다.

아랫것들의 면면들을 떠올려보는 충혈된 최 진사의 눈빛을 건너보던 박 처사가 못마땅함을 참지 못하고 대뜸 입을 열었다.

"아니 멀리."

빠르게 돌아온 최 진사의 눈빛이 허공에서 맞부딪쳤다.

"자네 삼월이, 잊지 않았지?"

"삼월이?"

최 진사의 음성이 흑돔처럼 튀어올랐다.

"삼월이로 보면 지체만 다르다 뿐 안방마님이나 저나 동격으로 자네를 다툴 수도 있었겠지."

"그렇잖아도 궁금했어, 그 년 지금 어디 있나?"

"나도 잘은 모르네. 핏덩이 하나를 떨군 뒤 산후풍으로 죽었다는 뜬소문뿐…."

혼잣소리로 중얼거린 박 처사의 말이 마치 바늘 끝처럼 최 진사의 가슴 한구석을 찔렀다. 박 처사의 말처럼 아무리 천한 계집이었지만 그년한테도 인격이란 것은 있었을 것이거늘. 박 처사의 지적은 늘 이렇게 심기를 긁는다. 최 진사는 호통에 가까운 음성을 내질렀다.

"그래, 그 년이 한을 품고 죽어서 내가 벌을 받는다는 게야 뭐야!"

여자, 그게 작아도 요물의 씨종자인 걸 알았어야지. 그러나 박 처사는 애써 입을 열지 않는다. 공은 쌓은 대로 가고 죄는 지은 대로 가는 법. 짐작조차 없지는 않으리라. 웅장한 최 진사네의 기왓골에는 벌써 요기가 내리고 있었던 것이다. 박 처사의 귀에는 그들의 원성이 들렸다. 이놈 최가야, 달면 삼키고 쓰면 뱉어버리는 사내놈들의 그 이중적인 처신, 양반이라는 허울로 가린 양심이 멸망을 부르는 거야. 서서히 피가 말라 목숨이 지듯 네 집 운기가 다할 것을 원혼들은 안다.

"사람끼리 복도 주고 재앙도 주는 법인데, 늦었으나마, 높낮이없이 인격을 존중하고 수신제가를 하게."

고통스러운 신음을 주먹으로 토해내는 최 진사의 귀에 과연 얼마나 깊이 그 충고가 새겨질까. 친구라는 이름으로 당하고 넘긴 수모가 박 처사에게도 적지 않았지만, 친구의 집이 멸문에 이르는 것을 즐길 만큼 좁지 않은 그의 아량은 나름의 조언을 한다고 했지만 이미 때는 돌이킬 수 없는 지경으로 기울어 있었다.


남도 특유의 온화한 날씨 덕에 쌓였던 눈도 거의 녹았다. 매운 듯한 바람결 사이에도 싹눈을 간질이는 부드러움이 있어 감각이 예민한 수양버들은 벌써 연미색 몸짓으로 봄맞이 춤을 춘다. 고종오빠는 과수원에 넣을 퇴비를 사러 지리산 목장을 오간다. 모두들 제 나름대로의 생각을 행동하며 삶을 연속시키고 있다. 만족하는 부분도 있고 그렇지 못한 부분도 있겠지만 생존이란 만족도 불만족도 수용하고 보수하는 과정이다. 인생이란 불확실한 미래에 대한 고통스러운 대비학습이기에.

더 이상 머물러야 할 명분이 없어 양지는 가방을 챙겼다. 뒤늦게야 아버지의 일에 머리를 디밀었던 자신의 행동에 대한 어쭙잖음도 있었다. 어디서 어떻게 끼어들어 간여를 할지, 그런다고 해서 또 바람직한 결말이 주어질지 어떨지도 미지수인 일에 새삼스레 해결을 염두에 둔 관심을 갖는 것 자체도 무리가 따를 것이란 생각도 든 참인데 아버지의 일은 고종오빠가 자신에게 맡겨보라 하니 한결 가벼운 마음이다. 이제 가면 언제 다시 올 것이라는 기약도 없는 가운데 고향은 그녀의 굳어붙은 마음속에서 전설처럼 잠들어갈 것이다. 오라는 데는 없다. 가라는 사람도 없다. 그러나 떠나지 않으면 안 된다.

양지는 어머니의 산소로 발길을 옮겼다. 이제 가면 언제 다시 찾아올지 모르는 곳이다.

음지에 쌓인 눈은 아직 녹지 않고 푹신푹신 뽀드득뽀드득 발등을 덮었다. 어마지두에 정했던 어머니의 산소는 반음반양의 음택이어서 봉분을 정점으로 한쪽은 아직 눈이 수북하게 쌓여 있고 다른 한쪽은 거의 눈이 녹아서 붉은 흙이 그대로 드러나 있었다. 생각하면 참 꿈 같은 생각밖에 들지 않았다. 불과 얼마 전까지만 해도 어머니랑 대화를 했고 같이 비행기를 탔으며 물건을 사러다니기도 했는데, 이제 어머니는 차디찬

땅속에 묻혀서 이 세상과는 아무런 소통이 안 된다. 상포계 사람들이 자기들끼리 쉬쉬하며 가족들 누구에게도 어머니의 시신을 보여주지 않은 채 수습하여 입관을 해버렸기 때문에 양지는 아직 어머니의 죽음을 실감하지 못한다. 자주 보이던 지인들도 이민을 가고 나자 다시는 눈앞에 나타나지 않는 것처럼 편지도 전화도 통하지 않는 먼 나라로 어머니도 이민을 갔다고, 양지는 자신의 슬픔에다 어깃장을 놓고 버텼다.

발끝에다 신경을 모으고 다리에 힘을 주었으나 미끄러지고 엎어지며 길을 오른다. 채 다져지지 않은 새 길이어서 한결 미끄러움이 더했다. 거의 묏벌에 이르러 어머니의 산소를 올려다보던 양지는 저도 몰래 전신이 굳어 드는 놀라움으로 발걸음을 멈추었다. 아주 빨리 스치는 생각으로 어머니의 마지막을 지켜보지 못한 죄책감으로 괴로워하던 호남이 어느결에 석상을 마련해서 안치했구나 싶었다.

아버지는 그렇게 석상처럼 어머니의 묏등 앞에 앉아 있었다. 앞에는 소주병이 놓여 있었다. 그러나 금방 술을 마신 것 같지는 않았다. 오래전에 굳어버린 것처럼 움직임도 없이 은빛 성성한 머리카락만 바람에 이저저리 쓸리고 있었다. 어머니가 살아 있을 때 했던 말이 생각났다. 남자, 그 어리석고 허풍선이 존재를 갚아본들 뭐하것노. 나이 들고 덩치만 컷제, 생각는 것 행동하는 것 모도 어린안 기라. 어머니는 큭큭 웃다가 이런 소리도 했다. 나만 아는 비밀이제. 너긋들 성이 최 간지 뭐인지는 내가 군이 안 밝히모 너가부지가 우찌 알 끼고. 그란 데도 나는 아무것도 아니고 자기만 똑똑다꼬 나대는 것 보모 참 가소롭고 측은한 때가 한두 번이 아이제. 어머니가 했던 이야기 중에는 또 이런 것도 있었다. 나는 평생 홀아비로 외롭게 살다가는 시아부지의 상여 뒤를 따라가면서도 실상은 망인의 죽음보다는 천지간에 돌에도 나무에도 등 기댈 데 없이 혼자 외롭게 남은 너거 아부지 모습이 더 애처로바서 뜨거운 눈물을 한없이 펑펑 쏟았단다.

아버지에게다 외짝사랑을 바치며 살았던 어머니야 그랬겠지만 아버지는 그렇지 않다고 퇴박을 놓았었는데, 상상도 해본 적 없는 아주 뜻밖의 상황을 잠시 바라보고 있던 양지는 발길을 돌렸다. 아버지를 여기서 만나리라는 생각은 해본 바도 없었고, 또 다가간들 무슨 할 이야기가 있을런가. 어머니의 초상치레를 끝 낸 후 정리해야 될 의례적인 일 때문에 데면데면하게 몇 번 대했고 스쳤을 뿐이다.

소리 나지 않도록 조심스럽게 발을 떼는데 벼락 치는 듯한 고함 소리가 양지의 뒤통수를 후려쳤다.

"내가 귀신이가, 와 가노!"

양지는 놀라 털버덕 엉덩방아를 찧으며 주저앉을 것 같은 몸을 간신히 옆에 있는 소나무를 잡고 버티었다. 돌아보았으나 마치 다른 사람이 대신 소리치기라도 한 것처럼 햇빛을 옆으로 받으며 앉아 있는 아버지의 실루엣은 그대로 흔들림없이 꼿꼿했다. 양지는 내키지 않는 걸음을 옮겨 산소 가까이로 다가갔다. 아버지가 저렇게 당당하게 나오다니. 결코 취해서만이 아닌 오기의 저돌적인 분출은 아버지에게서 멀어지고 싶은 양지의 거부감을 더욱 강한 힘으로 부추겼을 뿐 아버지가 의도했을지도 모르는 위상에는 어떤 보탬도 되지 않았다.

"내 이때꺼정 네한테는 싫은 내색 한번 안 보이고 체변만 바랬다만, 대체 어느 썩어죽을 놈의 나라 벱이 애비가 자슥 눈치보고 비위 맞추기 되어 있노?"

누구를 향해 던져버릴 듯이 앞에 놓인 소주병을 들어올린 아버지는 털어붓듯이 단숨에 병의 주둥이를 빨기 시작했다. 술을 넘기는 목젖도 울근불근 볼썽사납게 꿈틀거렸다. 동작으로나 목청에 배인 노기로 보나 술은 이게 처음이 아니라 전작이 꽤 있는 듯했다. 쿨럭쿨럭 넘어가던 술이 기도로 들어갔는지 사레 기침을 캑캑 뱉어내는데 튀어나온 술과 침이 어린애의 배변으로 더럽혀진 듯 누렇게 얼룩져 있는 낡은 상의의 오지랖을 적시며 게걸게걸 흘러내렸다.

겨우 사래기침이 수습되자 다시 병나발을 불던 아버지는 콕 박히게 술병을 땅에다 드놓은 다음 어머니의 묏등을 두 발로 번갈아가며 발길질하기 시작했다. 아직 다져지지도 않았으며 얼부풀기조차 한 무덤 흙이 아까부터 그랬던 표시로 푹푹 패어 있었다. 보다 못한 양지는 날카로운 목소리로 항의하며 아버지를 밀어냈다.

"와 그라는데예. 뭘 그렇게 편하게 잘해주었다꼬 여어까지 와서 괴롭힙니꺼."

돌연한 몸짓으로 홱 돌아서며 정면으로 노려보는 아버지의 한쪽 눈이 녹슨 대포 구멍처럼 거부와 증오를 품고 있었다.

"그래, 니 말 잘했다. 그리 끔찍이 생각는 에미만 부모고 애비는 아무껏도 아이란 말이가? 농막에 왔더란 소리 들었다. 애비 꼬락서이가 하도 같잖애서 그냥 간 거 나도 안다. 그렇지만 인간이 그라는 기 아이다."

양지는 입을 딱 벌렸다. 아버지는 그럼 나한테 무얼 해주었었느냐고 물어야 한다. 그러나 그건 너무 야비한 일이다. 왼쪽 다리를 실로 묶어 맨 안경테 너머로 술에 전 벌건 외눈이 그녀를 응시하고 있다.

"애비가 없이모 니 몸은 어데서 날 끼고, 에미가 중하모 애비도 응당

중한 대접을 해줘야 되는 기지만 내 이때꺼정 그 꺼정은 안 바랬다."

"이 세상에 태어난 거 좋아한 적 한번도 없응께 생색 내지 마이소."

"그라모 죽어라, 죽어삐모 될 거 아이가."

"괜한 트집 그만 잡으시고 정신 차리세요. 죄 없는 남의 애까지 데려다 우리처럼 설음둥이 만들지 말고요."

양지는 고종오빠와 나누었던 인식 엄마의 일을 따지고 싶었다. 오빠는 아이 엄마와 아버지의 윤리적인 정서에 해결을 맡겨두는 게 더 낳을 것 같다는 말을 했다.

"그래 니 잘났다. 니 똑똑타 이 년아. 그리 똑똑한 기 와 꼬치는 한 개 몬 달고 나왔더노. 니가 운제 자슥이라꼬 이 애비하고 선은 이렇고 후는 이렇다꼬 집안 걱정이나 한번 해본 적이 있었더나. 있었시모 있었다 캐라!"

격앙된 몸짓으로 부르르 내달은 아버지는 양지의 두 팔을 움켜잡고 이를 악물며 흔들어댔다. 터진 물고에서 봇물이 쏟아져 나오듯이 거칠고 격한 폭언도 그치지 않았다. 얼마나 벼르고 별러 왔었는지 안면근육에서 벌떡거리는 노기가 터질 듯 벌겋게 부풀어오른다.

"야, 이 년아 니는 그리 똑똑타 카는 기 와 니 에미는 몬 살리내노. 아이고이, 너것들이 우찌 내 쏙을 알 끼고. 그래 다아 부질없고 시장시럽다. 개천아 니 그러나 눈먼 봉사 내 그르제."

갑자기 자조적인 태도로 변한 아버지는 잡고 있던 양지의 손을 뿌리치듯이 놓아버리고 아까 있었던 자리로 정확하게 되돌아가 앉았다.

"저한테 어떻게 그런 말을 할 수 있어예?"

그 말을 하는 양지의 눈에 그만 눈물이 핑글 돌았다. 잔잔하게 갈앉아 있던 아버지에 대한 포한의 앙금이 뜻 안 한 자극으로 아린 몸짓을 꿈틀거리기 시작했다.

"그런 말하는 니는 애비한테 전화라도 한 통해서 이웃 늙은이한테도 할 만한 인사 한마디 살갑게 한 적 있었더냐? 송곳 끄트머리맹키로 빠꼼하기 꼴치보기만 했제. 내가 너거 에미한테는 죄로 많이 지었다 칼 수도 있다만 너것들한테는 뭘 그리 큰 죄로 지었더노. 복 있는 부모 가려서 못 만난 너거 잘못은 없더나? 내 우짜다가 낙락장송 끄트머리에 달린 외솔방울맹키로 태어나서 평생을 요모양 요꼴로 계집 자슥들한테 욕이나 묵고 원수 취급이나 받아야 되는지, 나는 한이 없는 줄 아나? 아이구우 낸들, 사람이고 애빈데 반들반들 기름기 돌게 처자식 건사해놓고 보고 싶은 맴이 와 없었다꼬 생각하노. 아이구우, 내 쏙에 인병 든 걸 누가 알꼬. 하늘이요 산천이요 말 좀 해보소."

탁탁 가슴을 치던 아버지는 옆에 비스듬히 놓여 있던 술병을 다시 기울어뜨려 벌컥벌컥 빨아들이기 시작했다. 게우듯이 트림을 해가면서 자신의 신세한탄을 왝왝 다시 토해냈다.

"나는 한꺼번에 모들띠기로 쏟아져 나온 인간이 아이라 명산대천에 백일기도를 해서 점지된 사람이다. 태생이 그런고로 조상의 유업에 귀신맹키로 홀리갖고 다문 하룬들 다리 쭉 뻗고 잠잔 날이 있는 줄 아나? 자손이 못 나서 조상의 터전을 훼정시켰단 소리 듣기 싫어서 발버둥했던 것 너것들이 알기나 할 끼가? 객지에 나가서 잠을 자도 집이고 담장이 무너지는 꿈을 꾸다가 소리를 지름시롱 깨어난다. 내가 와 자꾸 집밖으로 나가서 떠돌아댕긴 줄 아나? 마음으로 못 벗어나는 집구석 그렇기라도 벗어나본 기다. 그렇다꼬 혼에 백힌 기 벗어나지는 기가? 비가 오고 바람이 부는 날, 홍수가 지는 날은 어김없이 집이 떠내려가고 쎄까래가 주저앉고 담장이 무너지는 꿈을 꾼다. 쎄까래 한 개 기와 한 장이 절단 나도 내 몸이 다친 것맹키로 아푸다 카모 니가 이해하겠나? 새로 이루고 번성시키지는 몬 해도 물려받은 기나마 놓치지 않고 고시란히 지키는 기 내 할일이라꼬. 사람한테는 지지금 지고 나온 책무가 있다. 목심을 아끼드키 책무를 다하고 싶은 것도 인지상정인기라. 나는 사나아 대장부다. 참새가 우찌 봉황의 뜻을 알 끼고 말이다. 넘들은 세태도 모르는 사람이라꼬 숭도 많이 보더라만 같은 처지가 안 돼 보모 절대 이해 못할 것도 내 알제. 조상의 유업을 복원은 못 하더라도 남아 있는 대로나마 확실히 인계를 할라 카모 그게 누고? 호냄이? 니?"

"아버지는 언양 할머니의 행적을 뻔히 알면서도 그런 소리를 합니꺼?"

"덱끼 순! 니는 넘들이 하는 허튼 소리를 믿고 니 목심꺼정 부정하것나. 나는 그리 몬 한다. 내 목심이 소중하고 내 인생이 한시럽어서라도 그리 몬 한다."

양지는 바람에 흔들리는 나무꼭대기에다 눈길을 주고 있었다. 취중에 진정한 말을 한다. 지금 아버지는 취했다. 혼자 성내고 조소하며 응어리진 잠재의식의 한을 쏟아내고 있다. 갑자기 말이 끊겼다 싶어 돌아보니 아버지는 자신의 품안을 뒤적거리며 무언가를 꺼내는 일에 골똘해 있었다. 마음의 명령을 손이 제대로 이행하지 못하자 강파른 성깔대로 주머니를 뜯어버릴 듯이 아무렇게나 잡아당긴다. 이윽고 무엇인가 네모 난 종이를 꺼내서 들여다보는 순간, 아버지의 얼굴에는 잠깐 형언할 수 없는 어떤 색조가 봄 햇살같이 머물렀다. 그리곤 마치 휴지라도 버리듯이 가볍게 양지가 서 있는 곳으로 그 종이를 던져버렸다. 시선만 보내도 파악할 수 있는 곳으로 종이는 날아와서 착지를 했다. 사진. 양지는 호기심 어린 눈길로 사진을 향해 초점을 모았다. 아직 어린애랄 수도 없는 아주 작은 영아의 모습이 환영처럼 가까워졌다. 그리고 확대되는, 일부러 기저귀를 채우지 않고 노출시켜 놓은 듯 두 다리 사이로 쫑긋하게 드러나 있는 앙증스러운 작은 고추.

"엄마한테는 와 바른 대로 말 안 했십니꺼? 그리고 와 우리들한테도, 다른 사람들은 다 알고 있는 일을 우리만 모르게 숨캤십니꺼?"

"숨키다이, 뭐로?"

자신에게로 당겨지는 시위가 있다는 것 자체를 못 견딘 아버지의 반문이 퉁겨질 듯이 팽팽하게 날아왔다. 오빠와의 대화로 이미 정리된 일인데 다시 거론하기 열없었지만 아직 그 건에 대해서는 터놓고 아버지와 논쟁조차 해본 적이 없었다. 무슨 뜻인지 알았다는 듯 아버지는 잇사이로 바람이 새는 듯한 묘한 웃음을 날렸다. 그리곤 하늘을 쳐다보며 잠시 무언가를 생각하더니 자신만의 말을 뇌까렸다.

"산뻬들키 먹콩 쥐먹드키 따꼼따꼼 나이만 쳐 묵다가 가리늦게사 철들었제, 흐흐흐… 내가 뭐이고, 사람인 기라, 묵은 만큼 싸고, 또 쌀 꺼리를 찾아헤대는."

아버지가 갑자기 땅을 주먹으로 치기 시작했다.

"이라모 되겠나? 살아서 서푼어치도 안 되던 기 죽어서 만 냥 어치란 말이 만고에 명언이다. 내가 지금 기댈 언덕이 없다. 야, 이 년아! 이 모질고 똑똑한 년아. 니는 우짠다꼬 에미가 그리 죽을 걸 눈치도 못 챘단 말이고. 가자, 못 간다, 발버둥쳐도 인생은 잠깐이다. 아서라, 이 세상 한나절 낮꿈인 것을…. 야, 술이 없다. 한 병 사온나!"

"많이 취하셨어요."

"것도 몬 들어준다 이기가?"

아버지의 입에서 다시 음산한 웃음소리가 새어나왔다. 무슨 말을 어떻게 해야 할지 아무런 생각도 행동도 자의로 결정할 수 없는 무력감이 양지의 전신을 감고 돌았다.

"전 지금 떠납니다."

입맛을 쩝쩝 다시며 상의 주머니에서 담배를 꺼내물던 아버지가 손가락 사이로 담배를 옮겨들며 빤히 건너다보았다. 그러더니 이내 다시 문담배에다 불을 붙이고는 꺾듯이 고개를 숙이고 누구에게랄 것도 없는 어투로 중얼거렸다.

"갈 끼라꼬? 가야제, 그래 죽는 날까지는 지지금 지고 나온 짐을 날라야제. 그런데 그게 어느 지점이고? 그라모 뭐할 끼고. 인생이라 카는기 뭐꼬? 니 그거로 단단히 생각해라. 애비로서 못 되라는 말이야 하것나. 하나, 인생이 그리 호락호락한 기 아이다. 그런데 그게 환각이라. 술에 취해서 꼬부라져 자다가 한번 더럽게 꾼 낮꿈 같은 환각. 뭐가 뭔지를 깨달았을 때는 한바탕 꿈이라 이기다. 한마디로 말해서 인생은 환각이란 말이다, 환각!"

"그래요, 아버지는 항상 그런 식으로 독선적이었죠. 하지만 나는 아버지처럼 늙지 않았어요. 나는 내 인생속에서 아버지처럼 결코 환각 같은 건 만나지 않을 겁니더. 어서 가서 그 죄 없는 어린애나 혼자 두지 말고 돌보이소."

"아아? 니가 그걸 걱정하다니 참 놀랍네."

납득 못 하겠다는 듯 빤한 눈길로 양지를 건너다보던 아버지가 마른

풀 위에 떨어져 있는 어린애의 사진을 길게 뻗은 손으로 주워들고는 새겨보듯 한참을 들여다보더니 두 번 세 번 꼭꼭 눌러서 속이 보이지 않게 접었다. 그러고는 일부러 몇 발자국 옆으로 옮겨서 판 구덩이에다 소중한 물건처럼 따독따독 눌러묻었다. 이를 지켜보는 양지를 향해 히히히, 겸연쩍은 웃음과 함께 뜻밖의 말을 뱉어냈다.

"내 핏줄 아이라꼬 고백함서 지 에미가 찾아갔다. 형편지사 보른 척은 해서, 돈은 모진 강도 만내서 목숨 부지한 것만도 다행이라 치기로 했고."

허. 이건 정말 환각인가. 아버지의 말대로 한번 더럽게 꾼 낮꿈인가. 뻥해진 심정인 양지의 뇌리속으로 아버지가 소원 성취했다고, 호남이 소리친 이후로 어지럽게 소용돌이쳤던 지난 일들이 떼구름처럼 몰려왔다.

절연을 선언하는 과감한 동작으로 아버지에게서 등을 돌렸으나 뭔지 모를 혼란함이 덮씌워졌다. 눈 쌓인 내리막길을 나뭇가지를 잡고 내려오는 동안 그녀는 계속 미끄러졌다. 아버지의 외눈이 자꾸 앞을 가렸다. 아버지 안경 하나 사자던 어머니의 목소리가 곁에서인 듯 생생하게 들렸고 누구 앞에서도 보이지 않던 눈물을 아무도 없는 아내의 묏등에서 흘리고 있던 아버지의 모습이 겹치듯이 정강이를 걸었다. 양지는 너무 부끄러웠다. 긴 산맥과 들판처럼 들고난 데도 표없이 어우러져 있던 부부…. 무슨 형식으로 무슨 해법으로 그들 부부의 관계를 풀이할 수 있을 것인가. 남이 보면 청승스럽고 측은해보일 꼬락서니가 지금의 자기 모습인 것을 아버지는 개의치 않는다. 갑시다. 집으로 갑시다. 어린애 달래듯이 팔을 껴잡고 집으로 인도할 너무나 만만하고 충직하던 아내를 기다리며 아버지는 고대 어머니의 산소에 앉아 있을 것이다.

옆을 보아도 뒤를 보아도 갑자기 쑥쑥 자라오른 듯 하늘을 찌르고 있는 잡목들 사이에 갑자기 어린 난쟁이가 되어 양지는 갇혀버렸다. 아버지만이라도 만나지 말았어야 했다. 그가 아무리 소리쳐도 그의 말만은 귀를 막고 듣지 말았어야 했다. 깊이 박혀 단단하다고 믿었던 정신력의 근간이 다시 어이없이 흔들리고 있었다. 여자는 결국 어미요, 아내가 천직이다. 그걸 애써 부인하는 너, 아닌 말로 네 나이 적의 네 어미는 너와 너의 자매를, 그리고 흔들리는 기둥뿌리라도 붙들고 가정을 지켜냈지만 같잖은 오기와 방황 밖에 너는 뭘 하고 있는 거냐? 내려오는 양지의 뒤통수를 향해 나무와 풀숲을 만든 자연의 혼령들이 바람 회초리를 쳤다.

산소에서 내려온 양지는 다시 거처로 돌아와서 웅크리고 들어앉았다. 이왕 떠나야 할 길이라면 당당하게 이곳을 떠나고 싶었다. 그러나 길이 막혔다. 암담했다. 갈피를 잡을 수가 없었고 창피스럽기도 했다. 한곳, 한 목표만을 보고 질주할 때는 오기도 원망도 힘이 되어 그녀를 도왔다. 그러나 크고 작은 시련을 직접적으로 겪고 해결하는 동안 외길 한쪽만 바라보며 비정상으로 쌓아올린 축의 형상이 얼마나 비이성적인 편향으로 자신을 이끌었는지를 다시 절절한 심정으로 깨닫지 않으면 안 되었다. 스스로에게 위기감을 느낀 양지는 또 하나의 자신에게 안타까운 최면을 걸었다. 용기를 가져라. 힘을 내라. 다시 옛날의 당당함을 바탕으로 하나하나 시작한다면 큰 것만을 바라던 예전같이 엇나가지는 않을 거야. 용기를 잃지 마라. 최양지, 너는 남과 다른 사람이잖니. 네 이름을 왜 최양지로 정했는지 그 옹골찬 결심을 결코 잊어선 안 돼!

불탄 자리에서 다시 태어나는 촉이 되리라. 어지간히 담금질되었기에, 여간 불리한 환경에서도 좌절하지 않는 고목이나 커다란 바위 같은 꿋꿋한 기상을 요즘 와서 보고 듣고 깨달은 대로 표현하리라. 나는 최양지니까, 나는 최강양지니까!

&lt;제3권으로 계속&gt;

# 복잡미묘한 여성의 본색으로 쓴 여성의 역사

백두산만 산이냐. 우리 동네 앞산도 산이다.

그런 심정으로 무명의 길이나마 묵묵히, 열심히 걸었다.

『갈밭을 헤맨 고양이들』은 20여 년 전에 썼던 「언니」라는 제목의 단편소설인데 공교롭게도 내 인생의 심화과정에 겹쳐 동행하면서 4,000여 장의 장편소설로 거듭나게 되었다. 긴 세월 동안 한 작품을 오리고 덧대고 다듬는 작업은 사실 참 지난한 작업이었다. 그러나 숲속에 갇힌 것처럼 답답한 장거리 길을 동행하는 동안 다행히도 운이 좋아 대량의 열매를 받은 셈이다. 그리고 이 작품 속을 관류하는 동안 작품 속 인물이나 사회환경에 대한 이해의 폭과 깊이는 물론 각도에 따른 관점 또한 그래프처럼 내 인간적인 성숙도를 높이는 데 많은 도움을 받았음도 빠뜨릴 수 없는 고백이다.

그동안 여자로서의 역할에 따른 굴레에 저항한 것도 사실이며 잠시 절필 지경을 헤매기도 했다. 하지만 깊이 들여다볼수록 거룩한 모성에 힘입어서 과대포장 되었을지 모르는 복잡미묘한 심리로 구성되어 있는 여성의 본색을 발견했고, 이와 연결된 충돌로 드러난, 나와 같은 여성들의 역사를 보면서 얻은 과외의 큰 수확이 있다면 관조나 관망의 긍정적 사고로 일상을 대할 수 있는 안목이 생긴 터일 것이다.

여성이 가진 수많은 능력을 바로 읽지 못한 채, 핍진한 사랑과 관심의 결과가 빚은 불행했던 시대는 어느덧 지나갔다. 그러나 각종 시험에서 여성우위론이 나올 정도로 남녀평등의 기회가 온 듯하지만 새로운 양상의 몸살은 계속되고 있다. 어머니 시대의 인내와 딸들의 다양한 지식이 잘 버무려진 성찬이 되어 가족과 사회를 배부르게 했으면 얼마나 좋을까. 너와 나 손뼉 치면서 함께 웃는 세상은 우리 모두의 지향점이기에 말이다.

어릴 때 내가 자란 마을은 시골이어서 멀고 먼 비포장도로를 십 리 길이나 걸어 학교로 가야 했다. 일가친척으로 구성된 마을이었지만 성큼성큼 보폭이 큰 언니들을 따라가기에 친언니도 없는 맏이였던 나의 등굣길은 언제나 고난의 행군이었다. 황새를 따라가는 뱁새처럼 종종걸음을 치다보면 자갈투성이 도로에 엎어지기도 하는데 다친 무릎에서 흐르는 피를 닦을 겨를도 없이 절름거리면서 따라 뛸 수밖에 없었다. 그런 어느 날, 나 역시 예상 못했던, 지금도 왜였는지 모르게 아리송한 말이 내 입에서 튀어나왔다. 어젯밤에 재미있는 꿈을 꾸었는데 이야기해줄까? 별스러운 기대를 품고 했던 말도 아닌데 언니들은 의외의 반응을 보이며 내 이야기를 듣기 위해 나와 같은 보폭을 만들며 어깨동무를 해주었다. 신이 난 내 음성은 먼 먼 등굣길이 지루하지 않고 재미있게 꿈 이야기를 풀어나갔다. 진짜로 꾸었던 꿈은 그날로 동났지만 그 후 몇 날 동안 나는 어린 세에라자드가 되어 지어낸 꿈 이야기로 언니들의 보호를 받았다.

어느덧, 먹은 나이가 가당찮음을 실감하면서 자신을 성찰해볼 때면, 그 많은 설법을 남겼으면서도 '나는 아무 말도 하지 않았다'고 했다는 부처님 말씀이 떠오른다. 대성대각도 아닌 내가 쓴 글이나 말은 얼마나 허풍스럽고 필요 없는 감언이설로 넘쳐났을까 부끄러움도 생겼다. 어떤 삶을 살아야 하는지에 대한 가치관의 명료함도 없이 선배들의 그림자에 끄달려서 흉내내기만 한 듯한 것이 무척 아쉽다.

가사를 책임진 아내와 어미의 여력으로 다른 분야에 비해 긴 시간이 소요되는 소설을 쓰는 일은 참 어렵다. 그러나 소설 창작의 심해로 나를 이끌기 위해 내 인생 초기의 흐름은 그처럼 협소하고 굴곡졌으며 거칠기까지 했던가. 이 역시 부엉이 집처럼 가득 차야 하는 작가의 곳간을 충분히 채워준 과정이었음을 이해하게 되었다. 소설이 어떤 것인지 조금 보인다고나 할까.

아직도 내 곳간은 빽빽한데, 느낌 좋은 작품 인연을 계속 만났으면 좋겠다.


덧.

나의 남자, 목원 김태호 씨에게,

착한 '사미'처럼 평생 나를 지켜준 당신. 이 작품이 신문에 연재되는 동안 하루도 빠짐없이 스크랩한 묵직한 관심까지 선물해주셨지요. 서로를 서로의 작품이라 상정해놓고 동반하는 동안 당신의 순도 높은 사포질에 힘입은 결과임을 어찌 인정하지 않으리요.

그 아버지의 자녀들답게 아들 딸 삼남매와 사위의 배려까지 힘입어서

이 작품이 묶여 나왔음을 보고합니다. 이 모두 당신의 뜻이 발현된 현상이라 믿습니다. 고맙고 고맙습니다. 마하반야바라밀.

2019년 8월
박주원

박주원 장편소설

# 갈밭을 헤맨 고양이들

## 제2권 칼날 위에 선 삶

지은이_ 박주원
펴낸이_ 조현석
펴낸곳_ 북인
디자인_ 푸른영토

1판 1쇄_ 2019년 09월 21일
출판등록번호_ 313 - 2004 - 000111
주소_ 121 - 842 서울 마포구 서교동 467 - 4, 301호
전화_ 02 - 323 - 7767
팩스_ 02 - 323 - 7845

ISBN 979 - 11 - 87413 - 52 - 3    03810
ⓒ 박주원, 2019

이 도서의 국립중앙도서관 출판예정도서목록(CIP)은 서지정보유통지원시스템 홈페이지
(http://seoji.nl.go.kr)와 국가자료종합목록시스템(http://www.nl.go.kr/kolisnet)에서
이용하실 수 있습니다. (CIP제어번호 : CIP2019035020)

이 책은 경남문화예술진흥원의 문화예술지원금을 보조받아 발간되었습니다.